Roland Krause
Der Sandner und die Ringgeister

PIPER

Zu diesem Buch

»Der Tod pickt dir Leut auf wie ein blinder Gockl die Körndl.« Dem Münchner Hauptkommissar Josef Sandner wird ein ungewöhnlich blutiger Sonntagmorgen beschert: erst ein geköpfter Hahn und dann die geschundene Leiche eines jungen Schlagzeugers. Bei seinen Ermittlungen machen Sandner renitente Nachbarn, zwielichtige Musiker, einflussreiche Persönlichkeiten und nicht zuletzt ein arroganter Staatsanwalt das Leben schwer. Und auch privat scheint das Schicksal ihm wieder mal den Mittelfinger zu zeigen. Aber Sandner ist fest entschlossen, die Tat aufzuklären, und in der Wahl seiner Mittel wenig zimperlich. Als seine Gegner schließlich zurückschlagen, wird es nicht nur für ihn schmerzhaft – denn die nächste Leiche steht schon ins Haus.

Roland Krause wurde 1964 in Lindau geboren. Nach einigen Jahren in Nürnberg lebt und arbeitet er heute in München. Die Stadt mit all ihren heiteren, skurrilen und abgründigen Facetten menschlichen Daseins bildet auch den Hintergrund seiner Erzählungen. »Der Sandner und die Ringgeister« ist sein erster Roman.

Roland Krause

Der Sandner und die Ringgeister

Kriminalroman

Piper München Zürich

Mehr über unsere Autoren und Bücher:
www.piper.de

Kontakt zum Autor: rolandkrause@email.de

MIX
Papier aus verantwortungsvollen Quellen
FSC
www.fsc.org
FSC® C083411

Originalausgabe
Oktober 2011

Umschlagkonzept: semper smile, München
Umschlaggestaltung: Hauptmann & Kompanie Werbeagentur, Zürich, unter Verwendung eines Fotos von Akira Sakomoto / gallerystock
Satz: Kösel, Krugzell
Gesetzt aus der Rotis Serif
Papier: Munken Print von Arctic Paper Munkedals AB, Schweden
Druck und Bindung: CPI – Clausen & Bosse, Leck
Printed in Germany ISBN 978-3-492-27260-5

»Herrgottsakrament!«

Mit diesem Fluch fährt der Josef Sandner aus dem Schlaf hoch. Das wirft gleich ein schlechtes Licht auf ihn. Dabei ist er sonst keiner, der jeden Morgen die Augen aufmacht und sofort losschimpft wie eine paranoide Amsel im Hinterhof. Da er seit vierundvierzig Jahren mit sich auskommen muss, ist ihm sonnenklar – einmal aufgewacht, hat er bei Morpheus ausgespielt. Kein Weg zurück in erholsamen Schlummer.

Die morgendliche Verwünschung hat demnach der frühen Uhrzeit gegolten. Sonntag, und es ist gerade mal halb acht. Quasi mitten in der Nacht für den Sandner. Die Zeit ist schon oft verflucht worden, die kratzt das nicht eine Sekunde.

Ein zeitiger Weckruf am Wochenende kommt immer ungelegen. Irgendwo lässt jemand den Rasenstutzer aufheulen oder haut die Tür ins Schloss, und du bist wach – mittels einer akustischen Banalität.

Überhaupt, das Banale. An sich ist so ein gewöhnlicher Tag ja keine Telenovela mit aneinandergereihten Höhepunkten bis zur totalen Ermattung. Von wegen, lebe deinen Traum und Pipapo. Wenn du nicht gerade Alexander der Große bist, warten in der Schlange vor der Tageskasse allenfalls biedere Momente – von den bitteren ganz zu schweigen. Und falls sich ein denkwürdiges Ereignis vordrängelt, musst du Schwein haben, dass es keine Tarnkappe aufhat.

Aber es gibt im Leben vom Sandner Tage, da weiß er, heute kommt etwas Besonderes. Ein erhobener Zeigefinger vom Schicksal. Pass auf, den Tag unterstreich dir fett, und stell kein Weinglas auf den Boden! In der Retrospektive ist ihm dann allerdings öfter aufgegangen, das hat wieder nur der Mittelfinger gewesen sein können.

Heute allerdings hätte das Schicksal am liebsten beide Finger genommen und damit einen Pfiff herausgelassen, der dem Sandner mindestens einen Tinnitus beschert, aber da brauchst du Übung. So einen Tag mit einem Fluch einzuläuten, das hat schon prophetischen Charakter.

Von Vorfreude beim Sandner naturgemäß keine Spur. Der Mann ist Hauptkommissar bei der Münchner Mordkommission, genauer K11, vorsätzliche Tötungsdelikte. Qua beruflicher Definition geht ein besonderer Tag für ihn einher mit dem letzten Seufzer eines Unglückseligen. Und privat? Tendenz Mittelfinger. Er fragt sich, wie viel Zeit ihm noch bleibt, bevor es losgehen wird. Man sagt ja gern, jemand hat einen Riecher dafür, oder der hätte das im Urin.

Als der Sandner vor Jahren in Kalifornien war, damals noch mit der Corina, hat er sich mit den Mordraten vor Ort beschäftigt. Statistik, schon wissenswert. Da hat er nicht aus seiner Haut gekonnt. Wenn so ein Police Officer in Oakland in der Früh aufgewacht war, brauchte der nicht erst in seinem Morgenstrahl zu lesen – da gab es nur ein Fragezeichen: Wo würde man heute die rote Nadel in den perforierten Stadtplan picken? Damit hast du in München nicht täglich zu rechnen, statistisch.

Doch für unseren Hauptkommissar passt heute alles zusammen. Der Meininger ist krankgeschrieben, wegen eines Unfalls in eigener Werkstatt. Der Meininger, beseelt von der Idee, sich ein Boot zu bauen. Dazu ist nicht jeder berufen. Wobei das in puncto Sinnsuche natürlich schon als Versuch gilt.

Der Hauptkommissar Meininger und der Sandner sind im gleichen Alter. Mit Mitte vierzig brauchst du manchmal einen neuen Anstoß. Körperlich und für den Geist sowieso. Körperlich ist der Sandner, anders als der Meininger, der schon Wert auf massive Planken legen muss beim Schiffsbau, noch ganz gut beieinander. Er ist so ein Hagerer, Drahtiger, nur aus den Falten in den Augenwinkeln und dem leichten Bauchansatz kann man das Alter herauslesen.

Die Corina war partout der Meinung gewesen, er hätte sich aufpeppen sollen, »altersgemäß« – weg mit den Jeans und den schwarzen T-Shirts, da hatte sie sich an ihm abgearbeitet.

Das Projekt war furios gescheitert. Die gestreiften Hemden und ihre Karopullis könnte sie getrost dem Neuen anhexen.

In ihrer gemeinsamen Zeit hatte er wöchentlich ein Corpus Delicti im Kleiderschrank aufgefunden, als hätten sich über Nacht bei ihm die Heinzelmännchen über Kaschmirschafe hergemacht. Und immer wieder Blau – weil das so gut zu seinen blaugrauen Augen passen täte.

Die Leute von der Caritas-Kleiderkammer hatten immer ihre helle Freude daran gehabt. Lieber harmonisch betrinken. Asche zu Asche, Blau zu Blau. Musikalisch betrachtet ist der Sandner eben weniger Streichquartett, mehr Independent.

Seine strubbeligen Haare haben zwar in rapidem Tempo vom Dunkelbraun zum Grau wechselt. Den Alterungsprozess hat er jedoch weitgehend an der optischen Differenz zwischen Morgen und Abend wahrgenommen, beim Tête-à-tête mit dem Badspiegel. Dass er beim Rasieren höllisch aufpassen musste, so zerknautscht, mit all den Schluchten und Tälern in der Früh. Als ob über Nacht die Luft rausgezischt wäre, und unter Tag würde er sich wieder aufpumpen. Und die geistige Herausforderung? Er war noch lange nicht bereit, sich wie der Meininger, den »Noah von Haching« nennen zu lassen. Und weil der Hachinger Noah, möglicherweise wegen schlechten Wetters, fahrig hantiert hat mit der Flachdechsel, ahnt der Sandner, dass er diesen Sonntag keinen Freizeitstress haben wird.

Morde passieren gern an Wochenenden. Der Mensch hat einfach unter der Woche keine Zeit dafür, wegen der Arbeit, den S-Bahn-Verspätungen und Pipapo. Am Wochenende spannt man aus, geht ins Kino, ins Stadion, oder denkt sich, mei, wieder ein fader Sonntag, ich hab Muße, bring ich halt wen um. Mag sein, wegen dem Fußball, aber angenommen, du wohnst in Giesing und fieberst mit den Löwen, wie der Sandner, bist du eh jedes Wochenende suizidgefährdet.

Mörderische Energie allein reicht natürlich nicht, Talent ist gefragt. Da fehlt oft die fundierte Ausbildung, der Master of Murder-Arts, es sei denn, du hast in einer abgelegenen Wüstenregion oder dem geheimen chinesischen Kloster für den Feinschliff geschwitzt. Ansonsten ist die Spurensicherung auf Champions-League-Niveau – und so ein unbedarfter, weil ungelernter Mörder spielt meist in der Kreisklasse. Eine Prise Luminol und Genetik, null zu zwei, ausgeschieden.

Trotzdem wäre es unvorsichtig zu behaupten, es gäbe keine phantasiebegabten Leut mit mörderischem Esprit, wo du nur hoffen kannst, deine physische Präsenz stößt denen nicht sauer auf – die Hoffnung stirbt bekanntlich immer zuletzt.

Das verbrecherische Gedankengut wirbelt dem Sandner im Kopf herum, wie Herbstblätter im Sturm, während er quasi auf Autopilot in die Küche schlappt, hin zu seiner Kaffeemaschine. Saecco, ein Geschenk der Tochter Sanne zum Vierzigsten. Auf Knopfdruck strömt der Espresso. Der Duft röstfrischer Bohnen breitet sich im Zimmer aus. Wenn es nur mit dem Kopf ähnlich funktionieren könnte, für den Sandner. Bräuchte er mal einen gescheiten Gedanken – alles per Knopfdruck. Kekse dazu und Ruhe.

Ein Komposthaufen gibt bei ihm zurzeit das Hirn. Das kann kein Zufall sein. Erst gestern Abend hat er im Baumarkt den neuen Lebensbereicherer von der Corina getroffen. Es hat mit ihnen nicht funktioniert, akzeptiert – aber ausgerechnet mit dem Staatsanwalt Doktor Wenzel? Nicht nur, dass sich ihre Wege immer wieder kreuzen müssen – allein die Vorstellung, wie der Wenzel mit seinen weißen Spinnenfingern der Corina den BH aufhakelt – zum Speien. Da würde manch einer in der Eisenwarenabteilung doch ein wenig länger stehen bleiben und sinnieren.

Der Doktor Wenzel hatte ihn auch gesehen, mit dem Kopf

genickt und auf seine herablassende Art geschaut – es gibt Menschen, die brauchen nur mit einem Muskel im Gesicht zu spielen und können dir damit ganz rationell aufzeigen, dass sie dich, evolutionär betrachtet, auf einer Stufe mit der Küchenschabe ansiedeln – eine mimische Kunstform, und der Wenzel beherrscht die aus dem Effeff.

Dass er sich gerade mit einem Eimer Farbe abgeschleppt hat, als der Wenzel so spartanisch grimassiert hat in seine Richtung, hat den Sandner am meisten gefuchst. Er hat endlich die Rotweinflecken an der Wand im Schlafzimmer überstreichen wollen, immer ein Ärgernis für die Corina. Souveränität schaut definitiv anders aus. Und die Farbe steht noch immer im Flur, schon aus Trotz und weil diese spontane Energie sich gar nicht konservieren lassen wollte, quasi wie weggewenzelt.

Ein jeder zelebriert sein besonderes Morgenritual. Mit der Kaffeetasse ins Wohnzimmer und auf der Couch fläzen, ist zwar nicht wahnsinnig einfallsreich, aber Sandners Zustand angemessen. Espresso schlürfen und ins Leere schauen. Ein abgenutzter Begriff, weil sein Wohnzimmer natürlich nicht leer ist, höchstens sparsam möbliert – stilvoller Minimalismus. Philosophischer formuliert: Er wendet den Blick nach innen. Da geht es ihm wie all den anderen Existenzen – die Minderheit der Erleuchteten ausgenommen –, wieder nicht aufgeräumt und der Dreck unter dem Teppich wirft bereits Beulen. Zu lange sollte man sich das nicht anschauen.

Für das universelle Bewusstsein ist der Sandner eh nicht zu gewinnen, das vermag ihm den Morgen nicht zu retten. Eher seine alte Jazzmama. Eine Archtop, Hoyer Spezial, natural, handgefertigt von Arnold Hoyer in den 50ern. Massive Hölzer.

Der Sandner hat ein Faible für Dinge, die beständig sind und eine Geschichte zu erzählen haben beim Anschauen oder Beschnuppern. Er bildet sich manchmal ein, er könne etwas erlauschen. Ein Wispern aus der Vergangenheit. Dazu muss er auf der Gitarre nichts klimpern. Allein das Betrachten weckt in ihm ein warmes, kribbelndes Gefühl. Nicht satt sehen kann er sich. Wie wenn du ein Kunstwerk anschaust. Oder eine schöne Frau. Honigblond ist seine Hoyer, und die Perlmutt-Inlays auf dem Griffbrett glitzern verführerisch.

Da kann er die Finger dann doch nicht weglassen. Er stellt die Tasse aufs Parkett und greift nach ihrem Hals. Parat im Ständer muss er sie haben, nicht im muffigen Koffer, wie in einem Sarg unter dem Bett – dort könnte das Instrument ihm unbeachtet wegsterben. Er zupft eine Saite an und streicht mit den Fingerspitzen über die Maserung. E-Moll, ein paar Takte Gershwin, Summertime. Weit weg verschlägt es ihn, in den Süden – tropfender Schweiß, der zwischen ausladenden Brüsten Rinnsale bildet, Brustwarzen, die sich unter nassen Baumwollblusen spitz aufrichten, sengende Sonne, Selbstgebrannter, der die Kehle verätzt, das Summen der satten, schwarzen Schmeißfliegen – und überall gelber Staub. Wie er da so sitzt, die Augen geschlossen, summend, nur in seiner Unterhose, hat er seinen Frieden mit der Uhrzeit geschlossen. Ein schönes Bild, beinahe episch.

Jetzt presst er die Gitarre aus, verschleppt die Akkorde, bis sie jammert, dissonant und dreckig, Lee Hooker, »It serves me right to suffer«.

Dass es jetzt an der Tür läuten muss, ist für den Sandner eine logische Konsequenz des Sonntagmorgen-Blues.

Einen Moment lauscht er, mit angehaltenem Atem, fleht stumm um falschen Alarm. Umsonst. Wieder das Schellen. Gar nicht mehr aufhören will es.

»Ja, reiß mir doch die Glocke ab, Depp.«

Er muss sich arg zusammennehmen, dass er die Gitarre sanft zurück in den Ständer bringt. So wie er ist, hatscht er durch den Gang und reißt die Tür auf.

Jesses! Seine schnellen Reflexe haben sich auszeichnen

dürfen, obwohl er die Schinderei in der Boxfabrik längst schleifen lässt, sonst hätte sein Gesicht inmitten von verklebten Federn gesteckt. Förmlich zurück wirft es ihn. Was ihm da auf Augenhöhe entgegengereckt wird, ist ein toter Gockel! Nicht direkt Lebensgefahr, aber ohne Kissenbezug doch ein bisschen viel Natur am Morgen für den Sandner. Da hat er gleich eine Leich in der Früh, auch wenn's bloß ein Viech ist.

»Ja, spinn i«, bricht es aus ihm heraus. Er bräuchte den Gockel nicht mehr anzuschreien, weil wenn du guillotiniert worden bist, fehlt der eigene Antrieb – ergo keine Schuld.

Den Gepetto gibt der Lehnharter, der das Viech am ausgestreckten Arm animiert, die Füße gepackt, der Hals schlenkert hin und her. Der Lehnharter ist Hauswart in der Lohstraße. Ein Bär von einem Mann, alternativ Troll, dreihundert Pfund, Frührentner mit kaputtem Kreuz, weil er sich als Klempner zu oft verbiegen musste. Den Schlangenmensch hat er gespielt, zwischen den Abflussrohren. Am Nachmittag verstehst du meistens schon kein Wort mehr von ihm wegen seinen alternativen Heilmethoden: Weißbierkrüge stemmen gegen den Schmerz. Das ist schon einer, dem man zutrauen kann, dass er jeden Morgen erst mal einen Fluch oder sonst etwas Lautes lässt, zur Prävention. Überdies hätte er auch die Eignung, schimpfende Amseln ans Garagentürl zu tackern oder Vierjährigen den Fußball zu zerschlitzen.

Aktuell bringt er nix raus vor Aufregung, puterrot ist das pausbäckige Gesicht, er pumpt wie ein Maikäfer. Nur einen großen, stummen Schatten wirft er unter dem Deckenlicht, stocksteif, in seinem roten Rollkragenpulli und der blauen, verschlissenen Arbeitshose.

Und der Sandner? Was willst du da sagen?

»Selber gjagt?«, fragt er.

Da kommt der Lehnharter in Wallung. Er schwenkt den Hahn hin und her, wie ein tollpatschiger Ministrant den Weihrauchkessel.

Der Sandner muss auch gleich an eine Opfergabe denken.

Wenn der Lehnharter noch auf die Knie gehen würde, mit dem kaputten Rücken – pure Selbstkasteiung.

»Der ist vor meiner Tür gelegen«, maunzt der Hausmeister stattdessen. Seine Stimme will so gar nicht zur bärigen Statur passen, als tät grad ein Schimpanse zetern oder der Pumuckl hat einen Wutanfall.

»Wie ich die Zeitung holen will – direkt auf dem Fußabtreter, verstehens?«

Der Sandner will es nicht recht begreifen, er wünscht sich eine Pausentaste, um das Geschehen einzufrieren, zumindest solang der Espresso noch heiß ist.

Das wäre schon eine feine Sache. Da fallen einem pro Tag gleich Minimum zehn Möglichkeiten ein, wie sich so eine Taste bewähren könnte. Man hat verschwitzt, die Parkscheibe akkurat zu stellen, oder du bist beispielsweise ein Mafiosi und damit beschäftigt, den nackten Gespielen deiner Maria unter dem Bett herauszukratzen. Bevor es ans Kastrieren geht, erst mal einen schönen Latte. Oder bedenke in dieser Konstellation den Contra-Protagonisten, für den tät es sich auch lohnen, das Geschehen erst einmal psychisch in den Griff zu bekommen. Vielleicht bei einem Diplomatenkaffee mit 3cl Eierlikör.

Aber von der cremigen Phantasie zurück zum Statusbericht vom Sandner: Es ist noch nicht mal acht, und ein schweißelnder Depp schüttelt einen gekragelten Hahn vor seinem Gesicht. Da kommst du ins Grübeln. Als fleißiger Nutzer psychoaktiver Substanzen wärst du hier, bezüglich Erklärungsmodell, eindeutig im Vorteil. Einem Sandner, der höchstens trockenem Rotwein und einem guten Whiskey zuspricht, stellt sich eher die Frage nach persönlichen Defiziten. Bin ich damisch geworden? An sich keine schlechte Frage. In der Psychotherapie schon längst etabliert – such die Fehler nicht bei den anderen Deppen, du hast selber dein Päckchen.

Ein paar rotgesprenkelte Federn schaukeln gemächlich in Richtung des braunen Linoleumbodens. Er schaut zu, wie die

Zugluft sie weiterwirbelt, rüber zur Frau Rindsbacher, die sich bestimmt schon die Nase breitgedrückt hat, am Türspion.

»Wo hat er seinen Kopf gelassen?« Der Sandner ist nicht auf der Höhe. Wieso sich Sorgen machen um einen Fremdkopf? Vielleicht zwei bis drei Aspirin, dann ginge es dem eigenen wenigstens akzeptabel.

»Des is kein Gspaß, sonst wär ich nicht da!«

»Warum sind Sie denn überhaupt zu mir? Und hätt das nicht Zeit gehabt?«

Der Lehnharter stiert ihn an, als wäre der Sandner der Depperte von beiden.

»Weil Sie ein Kriminaler sind! Verstehen Sie nicht? Ein Huhn ohne Kopf, das weiß man doch – das ist eine Warnung!«

»Ach so, dann passens halt gut auf, wenns über die Straße gehen.«

»Ja aber auf was? Das ist doch eine verreckte Sauerei!«

»Kann das sein, dass Sie zu viel Mafiafilme schauen, Lehnharter? Schauns mal in Ihrem Bett nach, vielleicht liegt da noch ein Pferdekopf.«

Das Assoziative ist ja oft ein Überraschungspackerl. Dem Sandner fällt spontan die Frau Lehnharter ein. Eine feine Frau, gebürtig in Passau, ganz zierlich und immer höflich. Zimmermädchen im Hotel Adlon ist die früher mal gewesen. Und jetzt? Kaum einmal aus der Wohnung raus, und wenn, dann ganz verhuscht, wie eine Spitzmaus.

»Sie müssen rausfinden, was das für eine Hurendrecksau war, die dreckige!«

Da hat der Hausmeister sich rhetorisch vertandelt – dafür bekommt er einen sandnerschen Wutanfall retour.

»Glaubens, ich hab meine Zeit gestohlen, Lehnharter? Gehen Sie nunter, und werfens das Viech in den Ofen! Machens sich Knödel dazu und eine Soß. Fressens die auf, Ihre depperte Warnung! Wiederschaun!«

Die Tür will er zuhauen, aber da würde er die Vogelmarionette bös einquetschen, vom Hauswart sturköpfig hingehalten. Selbst wenn das Viech mausetot ist, gut anfühlen würde sich das nicht. Als ob der Hahn noch aufgeregt mit den Flügeln schlagen würde, so beutelt ihn sein Gegenüber.

»Nehmens endlich das Scheißviech weg oder …«

Irgendwo in der Wohnung spielt das Handy »Rawhide« von den Blues Brothers.

»Sie müssen des rausfinden!«, plärrt der Lehnharter ihm hinterher, wie er sich umdreht, um an der Garderobe seine Jackentaschen zu durchwühlen. »Wer die Sau war! Kommens!«

»Was ist?«, meldet sich der Sandner, wie er fündig geworden ist.

»Herr Sandner?«

Es ist der Hartinger Hubert – aufgedreht klingt er, vor Kurzem hatte der seine erste Leiche bei der Mordkommission erlebt. Eine Tötung auf Verlangen.

»Im Grünwalder Friedhof ist eine männliche Leiche gefunden worden.«

Der Sandner schaut zwischen dem Lehnharter und dem Handy hin und her. Ganz Voodoopriester, reckt der Hausmeister beschwörend die Arme, mit Schweißflecken unter den Achseln – ein überdimensionierter Rorschach-Test – und diesem Glotzen, als hätte er plötzlich den fehlenden Schädel vom Viech auf.

Das wäre schon ein Gewinn an Hirnmasse, man bräuchte bloß noch drauf zu warten, bis der Troll zum gackern anfängt.

Einfach wieder ins Bett steigen. Decke drüber, und gut ist es. Morgen reloaded.

Und der Hartinger? Denkt sich auch nix, bevor er was dahersagt.

»Das ist jetzt an sich ned ungewöhnlich, dafür hat man einen Friedhof«, antwortet der Sandner ihm, betont langsam.

Ein heftiges Schnaufen bekommt er zur Antwort. Als wäre

es ein obszöner Anruf. Natürlich hat der Hartinger jetzt nicht in seinem BMW hurtig ins Taschentücherl onaniert, obwohl ihm das Adrenalin bestimmt schon aus den Ohren dampft. Schlicht die Sprache hat es ihm verschlagen.

Schließlich erlöst ihn der Sandner. »Na gut, hol mich ab, sagen wir in zwanzig Minuten, aber derrenn dich nicht. Zuerst ist eh die Spusi dran, und du erzählst mir dann im Auto alles.« Er wartet nicht auf eine Reaktion, sondern wirft gleich das Handy auf das Sofa.

Was denn jetzt wär, hat ihn der Lehnharter vom Gang her gemahnt.

Schweigend schlappt der Angesprochene in die Küche und kommt mit einer Plastiktüte vom Penny zurück, die er dem Hausmeister hinhält. Die Miene dazu hat er sich vom Clint Eastwood geliehen.

»Einpacken!«

Dankbarkeit pur strahlt ihm aus rot geäderten Augen entgegen. Wie der bärtige Riese das Tier umständlich in die Tüte stopft, um sie dem Polizisten zu überlassen, kann der bloß fasziniert die Augen aufreißen. Das hast du nicht alle Tage. Manche nie. Madre mia!

»Dank Ihnen und ent…«

Dem Troll wird der eingetütete Gockel weggerissen, und die Tür knallt zu.

»In maximal fünf Minuten sind wir da«, hat der Hartinger gerade stolz vermeldet. Angemessene Begeisterung ist dafür vom Hauptkommissar nicht zu ernten.

Der Regen prasselt gegen die Windschutzscheibe, sodass die Scheibenwischer mit der Arbeit kaum nachkommen.

Untergiesing ist »Llareggub« in der Morgenstunde, die Vorhänge zugezogen, die Autos in den Garagen hinter den hölzernen Türflügeln. Träge rappelt er sich hoch, der Tag. Drinnen, in den Stuben der grauen und gelben Wohnblocks, ziehen sich die ersten Kirchgänger die schwarzen Strümpfe an oder köpfen ihr halbfestes Frühstücksei, wie seit vierzig Jahren jeder Sonntagmorgen begrüßt werden will. Wohnküche, Kammer und Speis, so lebt es sich in den geduckten Arbeitersiedlungen. Manchmal ein Balkon oder ein Fetzen Grün.

Die Nachkriegszeit hat die Bewohner angespült, zähes Treibholz, von überall her – hier hat es die Wurzeln eingehakt und ausgetrieben. Nach Braten riecht es, Nusskranz und Zufriedenheit.

Dass Untergiesing im Begriff ist ein kommendes »In-Viertel« zu werden, gerade sonntags spürt man es am wenigsten.

Der Sandner ist dankbar dafür. Dankbar für die Isarauen, den Mühlbach, den nahen Wald und diese Mischung aus Verwurzeltem und Kreativem, die in Giesing daheim ist. Selbstredend wird hier spekuliert, restauriert, phantasiert, pulverisiert und saniert, auf Teufel komm raus, damit sich der Mietpreis auch gescheit aufplustern kann. Die Münchner Ursuppe ist trotzdem zu löffeln rund um den Kolumbusplatz. Gnadenbrot gibt's dazu für die kleinen Läden und für jeden, der ein Hefterl braucht, ein Packerl Respekt gratis.

»Grias Eana Gott, Frau Obermayer, die ›Bunte‹ hob i Eana scho zruckglegt.«

Die Disposition zu einem »In-Viertel« merkst du gleich, sobald sich diese tragischen Chimären aus Secondhandstores und Designershops vermehren, wie Motten im Küchenschrank. Nutzwert entsprechend. Wenn sich die depperten Namen der »Locations« alle vier Wochen verändern – auch ein Fingerzeig. Hier ein Changeprozess und da ein Changeprozess – besser noch ein Turnaround. Der Wandel ist allerweil ein unglaublich beliebter Begriff. Der wird geherzt und abgebusselt, und manche gehen mit ihm schwanger. Hauptsache, du bleibst nicht als einziger Narr am Platzl hocken, weil du dich mal verschnaufen musst.

Der Hartinger ist offensichtlich von diesem Geist getragen, trotz Einraumwohnung im Dachauer Betonblock – günstige Miete versus papierdünne Wände – er hatte nicht vor, sich länger als gefühlte zwei Minuten mit Untergiesing aufzuhalten.

Der Sandner hatte sich gerade das Shampoo aus den Augen gewaschen, da war dessen BMW schon mit heißen Reifen in den Innenhof geschossen. Dem ausgefallenen Frühstück hat er nicht nachtrauern müssen, ein leerer Magen bringt Vorteile bei einem Tötungsdelikt. So hatte er sich hastig angezogen und den abgewetzten gelben Regenmantel übergeworfen.

Draußen nicht vergessen, der alten Imhofer zu winken, die immer am Fenster lurt, symbiotisch mit ihrer Katze. Beide die Augen zu Schlitzen, auf der Lauer. Die Katz spechtet auf Vögel und die Imhofer aufs Leben vor der Haustür. Sie haben ihn einfach weiter angestarrt oder durch ihn hindurch, was immer sie da gesehen haben in ihrem Privatkino, wie er da mit seiner Plastiktüte ins Auto gestiegen ist.

Was da drin wäre, hat der Hartinger gleich neugierig wissen wollen, weil er sich wahrscheinlich gedacht hat, der alte Fuchs hat gleich ein geheimes Werkzeug im Tascherl, zum Mörder-Fangen. Der Sandner hat nur die Achseln gezuckt und die Tüte auf den Rücksitz geworfen.

»Ned so gach, in zehn Minuten reicht es uns auch noch«, beschwichtigt er jetzt.

Der Angesprochene linst zu ihm hinüber. Einen fiebrigen Blick hat er und knallrote Wangen. Jagdfieber, Hundegebell, Halali!

Die Merkmale eines englischen Aristokratensohns bringt er mit, auch wenn er in Altusried gebürtig ist. Rötliche Haare, bleiche Haut, tapsig und schlaksig ist er obendrein. Neben ihm ist sein Vorgesetzter ein eins achtzig großer Zwerg.

In der Polizeischule wird gelehrt, dass bei so einer Mordermittlung die Geschwindigkeit ein gravierender Faktor ist. Dieses Wissen versucht der Hartinger unmittelbar auf das Gaspedal zu übertragen. Ein Theorie-Praxis-Transfer, der dem Sandner den Espresso hochsteigen lässt.

Sie preschen am baufälligen Grünwalder Stadion vorbei, und dann geht's nach rechts, neben den Straßenbahngleisen Richtung Grünwald.

Früher hat der Sandner die Sechzger noch im Grünwalder spielen sehen. Gemütlich war es, auch wenn die Toiletten dauernd verstopft waren, die Darbietung unterirdisch, eine Gaudi war es allemal. Heutzutage, da nur noch die Amateure den Rasen pflügen, haftet den Wochenenden immer ein Hauch von Bürgerkrieg an. Mannschaftswagen fahren jedes Mal auf, um martialisch gewappnete Polizisten auszuspucken – Robocops, beauftragt, Obergiesing weder den bösen Mächten noch marodierenden Horden zu überlassen. Wenn sie das Fan-Gerammel gleich auf den Rasen im Stadion verlegen täten, Bierausschank mit dabei, die Dauerkarte wäre unbezahlbar. Das Münchner Kolosseum.

Viel zu schnell wischen die Harlachinger Eigenheime an ihm vorbei. Unwirklich, schemenhaft hinter dem Tropfenvorhang. Sandners Vernunft kapituliert vor dem Zwang. Nicht einen Wimpernschlag kann er den Blick von der Straße lassen. Konzentriert starrt er durch den Regen, besser, er hätte auch das Steuerrad unter seiner Gewalt.

Je näher sie Grünwald kommen, desto mehr haben sich die Häuser diskret von der Straße zurückgezogen. Weitläufige Grundstücke, Alcatraz-Mauern, Mini-Trutzburgen mit Toskana-Flair, unterbrochen vom Grünwalder Forst auf der Linken, der sich an manchen Stellen bis zum Straßenrand geschlichen hat. Die grüne Lunge, eine massive Kiefernwand, zerhackt und portioniert von Wanderwegen und Bahngleisen.

Quizfrage. Warum hat der Sandner in seiner gesamten Schaffenszeit nie hauptverantwortlich in Grünwald ermittelt? Das hat mit seiner mangelnden Begabung zu tun. Es ist ihm nicht gegeben, eine Persönlichkeit oder gar Autorität sofort auszumachen und entsprechend respektvoll zu würdigen. Ein Makel. Du schickst einen solchen Proleten halt nicht so gern in die noble Welt hinaus.

Die kriminelle Energie dagegen kennt keine Hemmungen, kraxelt locker über Grundstücksmauern. Wo das Geld daheim ist, findest du allerweil ein Motiv. Entweder das, oder der Mangel lässt die Leute das Messer wetzen.

Im Lauf der Jahre hat es immer mal wieder Sonderermittlungsgruppen gegeben, mit spaßigen Namen, denen er zugewiesen wurde. Meist hatte er dabei einer nichtigen Spur nachschnüffeln dürfen, die endlich versickert war, wie Scheiße im Abort, nur um die Staatsanwaltschaft restlos zu befriedigen. Der Fuchs ist längst woanders gewesen. Ruhm und Ehr dito.

Und wieder einmal Statistik. Es brummt das bloody Business, wenn die Leute aufeinander hocken wie die Hühner, mit amtlich genehmigten fünfzehn Quadratmetern pro Stück und Nase. Teilst du dreihundert Quadratmeter durch zwei angesehene Persönlichkeiten und einen Dobermann, trifft es dich seltener. Höchstens den Gärtner.

Weiter jagen sie dahin, der BMW schüttelt seine Insassen ordentlich durch.

»Ich sag dir doch, das pressiert nicht! Die Spurensicherung und der KDD sind ja am Werkeln, da stehen wir eh deppert im Regen rum. Hast du wenigstens einen Schirm oder eine Regenjacke?«

Das Mütterliche ist sonst nichts, was den Sandner auszeichnet. Er muss beruhigen. Nicht, dass der junge Kommissar ihm durchgeht, wie der Brauereigaul nach einem Hornissenstich.

Die Reifen schlittern gefährlich über den Asphalt.

Der Hartinger wackelt nur leicht indisch mit dem Schädel. Regenschirm? Was für eine Banalität angesichts einer Mordermittlung. Eine schwarze, glänzende Lederjacke trägt er. Das ärgert den Sandner. Der Hauptkommissar im Friesennerz und der Bursch im Kriminaleroutfit. Wenn der Regen nicht so niederprasseln täte, würde er bestimmt gleich die Ray Ban aus dem Halfter reißen. Dafür sollte er tüchtig nass werden, zur Strafe.

Überhaupt der Regen, seit Tagen, vielleicht wäre es vorausschauend, in Meiningers Boot eine Platzreservierung vorzunehmen.

»Wann hat man denn die Leich gemeldet, und wer?«

»Sieben Uhr achtundfünfzig«, kommt es vom jungen Ermittler, wie aus der Pistole geschossen, »eine ältere Dame, Erdlinger heißt sie, hat die Eins-eins-null gewählt. Die Bereitschaft vor Ort hat dann bestätigt.«

»Brav.«

Sie fliegen am Grünwalder Ortsschild vorbei.

»Habt ihr den Kare auch erreicht?«

»Mailbox.«

»Na sauber, der Hundling.«

Auf dem Friedhof herrscht reger Betrieb. Die Grünwalder Polizeiinspektion ist nur einen Katzensprung entfernt und hat gleich einen Betriebsausflug organisiert. Dreist ist das, ihnen die Leiche praktisch in den Vorgarten zu werfen. Überall wuseln Uniformierte umher. Ein grüner Ameisenhaufen, in Szene gesetzt vom blinkenden Polizeifuhrpark, der American Christmas gibt. Handygedudel und Thermoskannen.

Der Hartinger will gleich bis zur Mauer hinpreschen.

»Bist narrisch?!«, wird er vom Beifahrer angebrüllt, sodass er vor Schreck auf die Bremse steigt und das Lenkrad verreißt. Der BMW bricht aus und stellt sich quietschend quer.

Großes Kino, alle Augen sind auf sie gerichtet.

»So hab ich mir das gewünscht«, knurrt der Sandner und bleckt die Zähne. »Soll ich dir ins Auto reihern oder was? Und die Spusi schaufelt dir gleich ein Loch aus, wenn du zur Mauer hinfährst.«

Der Rennfahrer schaut ein bisschen kleinspuriger aus der Wäsche. Leben ist Lernen.

»Schaug«, setzt ihm der Hauptkommissar auseinander, wie

er sich wieder halbwegs beruhigt hat, »da drinnen liegt eine Leich, die da nicht hingehört. Wenn die nicht selber reinstrawanzt ist oder sich heut Nacht ausgegraben hat, weil es gar so fad war im Eichensarg, dann hat sich ein mutmaßlicher Täter wahrscheinlich nicht mit städtischen Öffnungszeiten aufgehalten. Und was tust du, wenn das Tor verrammelt ist? Du stemmst es auf – oder ab über die Mauer.«

Nur ein Ächzen kommt vom Hartinger, der sich wohl innerlich gerade ans Kreuz nagelt.

»Da hätte ich auch selber draufkommen müssen«, traut er sich schließlich zu nuscheln.

»Ah geh! Du hast es nur zu brisant gehabt, das passiert jedem einmal. Das nächste Mal weißt du es.«

Aufmunterndes Schulterklopfen, Zuckerbrot und Peitsche, dann steigt der Sandner aus dem Wagen.

Einen ordentlichen Friedhof haben wir hier, naturbelassen, geschmackvoll, eigentlich ein passender Ort für den Tod.

Ein Mann im weißen Overall nähert sich. Schon am schlürfenden Gang zu erkennen. Wenn auf jemanden die Bezeichnung »Schnüffler« zutrifft, dann auf Poschner. Der Leiter der Spurensicherung ist ein kleines, o-beiniges Männchen, das Gesicht immer gen Boden geneigt, auf Fährtensuche, als würde ihn das Gewicht seiner langen, spitzen Nase nach unten ziehen. Als Pestdoktor erste Wahl. Frankfurter Wurzeln, enormes Wissen, der Sandner arbeitet gern mit ihm.

»En gude, Sandner, sin mer auf dem Nürburgring? Kannscht du es nicht erwarte, oder wolltest dich dazulege? Mir sind glei ferdisch, geschissener Reesche, da brauchst du ned viel von uns erwarte. Kannscht ruhisch herumsauen, alles gesischert und fotografiert.«

»Und das am heiligen Sonntag, Respekt, Raimund. Wisst ihr schon Genaueres?«

»So wie es aussieht, könne se iwwer das Tor sein. Die Zweische danebe sehen frisch geknickt aus. Müsst man den Friedhofsgärtner noch dazu befrage. Mir schneide sie grad ab und sacke sie ein, vielleischt is was auf den Blättern zu finde. Sonst fällt mer aa nix mehr ein.«

Sandner sieht kurz zu, wie zwei Männer vorsichtig Plastiksäcke um die Äste stülpen, um sie dann mit einer Gartenschere abzuknipsen.

»De dürftige Spure nach, hat den jemand in einer Plane hingeschleift und auf das frische Grab vom Erdlinger geschmisse. Einfach so! Schöne Sauerei so was und eine Blasphemie sondergleichen! Sind grad amal fuffzeh Meter von da. Mir häwwe en Furz von am Gummistiefelprofil, aber der Reesche ... Kommst du gleisch mit?«

Einfach so. Maximal fünfzehn Meter. Der junge Wilde ist schon vorausgeeilt, verschwindet um eine Biegung.

Eine große Tanne versperrt die Sicht. Der Sandner lässt sich Zeit. Wenn du auf einen Friedhof kommst, ist der Tod so gegenwärtig wie die Maß auf der Wiesn. Eins ohne das andere – undenkbar. Da hat der Polizist erst ein Gespür bekommen wollen, für das Absonderliche, das Brutale inmitten dieser stillen Atmosphäre, die alles zudeckt mit ihrem schwarzen Leichentuch. Das muss er erst freischaufeln, die Erde weg, im Kopf.

Das letzte Mal war er am Freitag vor drei Wochen auf einer Beerdigung gewesen. Oberkommissar Jochen Haube vom Raub, Autounfall. Er hat seine Mutter in Chemnitz besuchen wollen und jemand hat beim Überholen gepatzt und mit seinem Audi SUV den Polo vom Haube weggewischt, als wäre es ein Fliegenschiss. Ende – fünfunddreißig Jahre, Ostfriedhof mit Polizeikapelle.

An verwitterten Grabsteinen schreitet der Sandner jetzt vorbei.

Als kleines Kind wollte er immer die eingravierten Namen vorgelesen haben und die altehrwürdigen Berufe. Geheimrat oder Magister. Da hat er sich dann eine Geschichte dazuphantasiert. Damals war der Tod so abstrakt wie Leben auf dem Mars oder das Heiraten. Das hätte er sich nicht ausmalen können, dass er ihm später ständig über die Schulter schauen wird beim Ernten. Der Boandlkramer, hier hat er Heimspiel.

Es riecht nach Schnittblumen und nasser Erde.

Da liegt er.

Der Sandner kann ihn noch nicht richtig anschauen, den Toten. Eigentlich sieht er nur nackte Beine auf dem ausgehobenen Erdhügel. Eine Gestalt im dunklen Mantel ist darübergebeugt. Klassisches Filmplakat: Nosferatu beim Brunch.

Josef Erdlinger, steht auf dem Holzkreuz, 1928 – 2011. Verstreute Blumen, keine Kränze – ein Grablicht liegt umgekippt neben dem schwarzen Hügel.

Ja, Sepp, jetzt hast du noch Besuch bekommen.

Sein Gewicht hat den Toten einsinken lassen, der Unterleib verschwindet halb im feuchten Schwarz. Es sieht aus, als hätte er sich aus dem Grab herausarbeiten wollen, von tief unten. Grausig wirkt das. Durch die aufspritzenden Regentropfen ist die Haut mit Friedhofserde schwarz gesprenkelt.

Wie sich der Doktor aufrichtet, gibt er den Blick auf den Leichnam vollständig frei. Ein junger Bursch, achtzehn oder neunzehn, sehr mager, Rippen und Schlüsselbeine stehen deutlich hervor. Die Arme hinter den Oberkörper gebogen, offenbar mit Handschellen fixiert. Auf der Brust Einschnitte und der Kopf mit bräunlichem Blut verkrustet.

Der Sandner tritt näher, verharrt neben dem Körper.

Die Gesichtszüge des Jungen sind im Schmerz verzerrt, die Augen aufgerissen, der Moment des Sterbens, wie auf Polaroid.

Ein Regentropfen, der in die Pupille des Jungen fällt, zwingt Sandner zum Blinzeln. Die Augen will er ihm am liebsten zudrücken. Die Schnitte auf der Brust verkörpern ein blutiges Pentagramm. Zahlreiche Tätowierungen, als sei die Haut von einem Künstler als Skizzenblock benutzt worden. Ein mächtiger chinesischer Drache krallt sich in die Schulter, den schuppigen, grünroten Schweif mehrfach um den linken Oberarm geschlungen. Um den Rechten wickelt sich ein Stacheldrahtband. Durch eine Brustwarze ist ein silbern glänzender Ring gezogen. In der Pinakothek der Moderne würde das als ausgefallene Installation durchgehen. Das tät das Mörderfangen unbedingt erleichtern, das Schild mit dem Künstlernamen.

»Grüß Gott«, sagt der Doktor und reckt den Kopf aus der Kapuze. Adlernase und graue, buschige Augenbrauen kommen zum Vorschein. Es ist nicht der Aschenbrenner, den der Polizist erwartet hat.

»Servus, Hauptkommissar Sandner«, stellt er sich vor, »wo ist denn der Aschenbrenner?«

»In Bad Kohlgrub, Wellnesswochenende – Moorbäder, Klangschalenmassagen, all inclusive. Morgen sieht er wieder aus wie neu«, antwortet sein Gegenüber.

»Tät uns allen nicht schaden, so eine Ganzkörperrenovierung«, sagt der Sandner.

»Früher oder später reicht's bei uns allen eh bloß noch für die Schrottpresse.«

»Sehr poetisch ausgedrückt.«

»Für die Verklärung bin ich nicht zuständig, andere Baustelle. Tja, also ich vertrete den Aschenbrenner. Doktor Schädlinger – nun Todesursache, Gewalteinwirkungen am Schädel respektive Hinterkopf. Massiver Schlag, Impressionsfraktur höchstwahrscheinlich. Fremdeinwirkung ist anzunehmen. Man fesselt sich nicht und haut sich den Hinterkopf ein danach, wenn man nicht Houdini heißt und Entfesselungskünstler ist. Schlangenmensch schließen wir aus.« Der Schädlinger lacht meckernd, berauscht vom eigenen schalen Witz. Zwischen den Grabsteinen tönt es wider.

Wenn man Sandner heißt und es früh am Morgen ist, möchte man das Zickengeblöke ohne Umstände zurück in den Schlund stopfen. Der Doktor wandelt auf schmalem Grat. Auf Sandners Nerven probiert er das Geigespielen.

»Mordwaffe? Und die Schnitte am Körper?«, fragt der knapp.

»Schwer zu sagen, vor Ort gefunden wurde nix Passendes. Eine Eisenstange, ein Hammer, stumpfe Seite von einem Beil, das wäre die richtige Hausnummer. Große Wucht, auf jeden Fall. Und das Pentagramm? Nicht tödlich, oberflächige Schnitte, filigran in die Subcutis geritzt. Übrigens – sieht so aus, als ob da Schmuck an der rechten Brustwarze fehlt, könnte rausgerissen sein. Und – erster Eindruck für die Verletzungen – postmortal.«

»Ach so? Und wann ist er ungefähr gestorben?«

»Ist noch nicht lang her, zwischen drei und vier, genauer kriegen Sie es ja noch, sehen Sie, weil wenn Sie …«

Er beugt sich über die Leiche und dreht sie schnaufend zur Seite.

Der Blick vom Sandner geht gen Himmel, Regentropfen zerplatzen auf seiner Haut. Er presst die Augenlider zusammen. Froh ist er, dass er die Nässe spüren kann – dass er überhaupt spüren kann. Seine Tochter Sanne und all die anderen, die er gern hat, sie könnten genau so den Regen fühlen, gerade jetzt. Er malt sich aus, wie sie ihre Köpfe in den Schauer recken und lachen, sich narrisch freuen an der Lebendigkeit. Nie möchte er jemanden so anschauen müssen, für den er etwas empfindet, den er lieb hat – so hingeschmissen, zum Kadaver gehauen, das Hirn bloßgelegt, filigran in die Subcutis geritzt. Verreckter Scheißdreck!

Diesen kurzen Moment hat er aussetzen müssen, bis er wieder als Ermittler mitwürfeln kann. Ihn fröstelt.

Die knarrende Stimme vom Schädlinger dringt schon wieder zu ihm durch, »… und ob der hier die tödlichen Schläge bekommen hat, ist schwer zu sagen, weil bei dem Regen und der frischen Erde – vielleicht könnte man die abtragen und die Blutsättigung der Erde …«

»Es reicht, wenn die Spusi feststellt, dass der in einer Plane hergeschleppt wurde.«

Die Frau vom Erdlinger Sepp! Wenn sie noch in der Graberde wühlten, könnten sie die gleich reinlegen, wegen dem Gram.

Er hat nie gern Leichen angeschaut, anfassen tut er sie nicht. Da hat er als niegelnagelneuer Polizist ein traumatisches Erlebnis gehabt.

Wie er da nach einer Meldung zu einer mutmaßlichen Leiche hingefahren ist. Sendling, sozialer Wohnungsbau, wo sich dumme Klischees vordrängeln, wie die Wildschweine bei der Sauschütt, wenn's Eicheln frisch vom Baum gibt.

Da hat unser junger Sandner schon beim ersten Gekritzel im Hauseingang, »Tomas ist ein Hurenson«, die Schublade im Hirn aufgemacht, das war alles säuberlich sortiert. Nur will die Wahrheit oft vom bösen Schein nichts wissen, wie der Sandner hier exemplarisch lernen durfte, fürs Leben.

Seit einer Woche hat sie aus der Wohnung unter ihr niemanden mehr gesehen, hatte die Nachbarin gesagt, der Hausverwaltung wär es wurscht gewesen, aber es würde schon komisch riechen.

Die Feuerwehr hat flockig die Tür aufgestemmt, und er, ganz naseweiser Frischling, SEK gespielt – gleich rein in die Wohnung. Ein Gestank, barbarisch, dass er sofort loskotzen hätte können.

Im Nebenzimmer hat ein Mensch nackt auf einer fleckigen Pritsche gelegen. Ein schwammiger Kerl mit blasser Haut und Halbglatze.

Der Sandner, gleich hin und beugt sich drüber. Er hat geglaubt, der liegt da schon Minimum eine Woche. Hat sich auch nix gemuckst oder geschnauft. Wenn der Sandner mehr Erfahrung gehabt hätte mit dem Sterben oder aufmerksamer hingeschaut – es wäre wahrscheinlich anders gekommen. Dann hätte dem jungen Polizisten vielleicht das Fehlen von Leichenflecken oder sonstigen Insignien, mit denen das Ableben so einhergeht, auffallen können.

An die Decke gestarrt hat die Leiche, mit getrübten Linsen und einer Vorhangkordel um den Hals. Aber urplötzlich fährt sie hoch und packt ihn beim Schlafittchen.

Den Schrei vom Sandner hat man noch vier Straßen weiter hören können.

Asphyxia erotica hat ihn der Aschenbrenner später schmunzelnd aufgeklärt. Die Selbststrangulation zu weit getrieben. Und gestunken hat bloß der ganze Müll, besonders die zerbrochenen, fauligen Eier und die alten Sardinenbüchsen, von der Kochnische her.

Dass der Mann blind gewesen war und das mit dem Müll nur passieren konnte, weil seine Tochter beim Preisausschreiben der »Für Sie« eine einwöchige Menorcareise gewonnen hat, hat der Sandner erst hinterher erfahren. Die Reise war für zwei gewesen, all inclusive, und sie hat einen Vorwerkvertreter mitgenommen, der, obwohl ohne Geschäftsabschluss, öfter bei ihr reingeschaut hat. So ist das mit der Liebe und dem Schein, frag den Shakespeare.

Es hat schon eine Weile gebraucht, bis den Sandner seine Kollegen nicht mehr »unseren Münchner Jesus« genannt haben.

Erst hat er gemeint, er könnte sich desensibilisieren, wie die Leute mit der Angststörung, mit denen der Psychologe im Aufzug so oft den Olympiaturm hochfährt, bis er ihnen nicht mehr die schweißigen Hände vom Nothalt reißen muss. Bei jeder neuen Leiche hat er sich vorgenommen, herzhaft zuzugreifen. Aber jedes Mal, wenn er sich darüberbeugen wollte, hat er sich nicht mehr rühren können. Die Erwartung hat ihn verschnürt, wie ein Packerl. Er hat damit gerechnet, dass ihn der Tote am Kragen packt, selbst wenn faktisch nichts Praktikables am Rumpf gehangen ist, mit dem die Leich hätte grabschen können.

Und eine Autopsie? Da malt er sich Dinge aus, das langt an Albträumen für einen Fünf-Personen-Haushalt. Dagegen

Blut, auch so eine Sache – macht ihm gar nichts. Da wiederum könnte er sprichwörtlich drin baden, wenn das einen Nutzwert hätte.

»Was ist das Schwarze in seinem Gesicht?«

Jetzt hat sich der Sandner doch ein wenig gebeugt, Grenzerfahrung. Vielleicht haben ihn die Handschellen beruhigt.

»Schminke«, hört er eine Stimme hinter sich.

Er dreht sich um.

Einer von den Spusileuten. Jungspund mit Dreitagebart und Knopf im Ohr, bläulich-schwarz gefärbte Haare lugen unter der weißen Kapuze hervor.

»Ich glaube, ich kenn den, Herr Sandner.«

»Wer ist das?«

»Das ist der Schlagzeuger von einer Band, die gestern im ›Zenith‹ gespielt hat. Das Gesicht ... ja und das Tattoo da, auf der Schulter, todsicher.«

»Ja, der Tod ist das Sicherste, auf den kann man setzen.« Sandner verzieht den Mund. Schaut zum Toten hin.

»Wie heißt der?«

»Keine Ahnung, aber die Band heißt ›Nachtgoul‹. Gute Mucke, das ist schad um den.«

»›Nachtgoul‹? Klingt nach diesen Viechern vom Tolkien?«

»Nein, wie die Geister aus dem Kinofilm, ›Herr der Ringe‹, die neun Nazgul. – Wer ist denn Tolkien?«

»Ein russischer Wanderprediger, aber wurscht. Was ist das für Musik? Sie haben keine CD da?«

»Gothic – neue deutsche Härte. Ich hätte es auf'm Handy.«

»Tun Sie's mal her.«

»Jetzt gleich?«

»Freilich.«

Während der Spusimann mit gerunzelter Stirn Symbole auf dem Display seines Handys antippt, läutet Sandner im Büro an. Dabei kommt ihm eine Erkenntnis über die tiefen Stirnfurchen bei den jungen Leuten, die ihm oft auffallen, als ob die ihre Zeit mit Grübeln vertändeln täten. Die neue Handygeneration, mit den klitzekleinen Bildschirmchen, alles kannst du machen, außer duschen – würde ihn nicht wundern, wenn es da eine direkte Verknüpfung zu Botox-Herstellern gäbe. Wie es überhaupt die seltsamsten Verstrickungen gibt. Man könnte vogelwuid spekulieren, zum Beispiel, ob die Pharmaindustrie das Putzpersonal in Hallenbädern beeinflusst oder die Sonnenschirmpreise an der Adria. Das ist weit entfernt von Paranoia, aber eine Disposition dazu kann dir als Mordermittler nicht schaden. Im Fachjargon: Vernetztes Denken. Das mag einem komisch vorkommen, dass Sandners Hirn angesichts des Toten plötzlich so ausschweift, aber vielleicht hat es einfach auf die Pausentaste gedrückt. »Have a break«, so gesehen geistiger Schokoriegel. Du kannst nicht ständig Mord Leiche, Mord Leiche, Leiche Mord denken, sonst wird's dir schwindlig im Karussell.

Wieder präsent, erzählt er der Wiesner, was er weiß.

»Schau mal, was du draus machen kannst, und meld dich.«

Dass die Kommissarin Sandra Wiesner im Büro geblieben war, ist beileibe kein Akt von weiblicher Diskriminierung durch den Chef gewesen. Eine solche Effizienz beim Einholen von Informationen, so ein technisches Verständnis, da hätte sich der CIA die Finger danach geschleckt.

Der Hauptkommissar hatte den Eindruck, sie wüsste oft schon im Voraus, was sie noch brauchen täten – prophetische Gabe oder Oberpfälzer Hexenwerk.

Grabestief gestimmte Gitarren, Stakkatoriffs, die Drums hämmern, schlagen hart auf seinen Schädel ein.

Eine martialische Bassstimme düstert was von Blut und endloser Qual daher.

Sandner lauscht den Klängen und muss dabei das Grab anstieren, bis es vor seinen Augen verschwimmt.

Dadadawamm dadadawamm dadadawamm.

Wenn er auf einen Toten getroffen ist, hat er sich immer

die Frage gestellt, »wer warst denn du im Leben?«. Von jeher ein Paradox für den Sandner, so lang schnüffeln zu müssen, bis das innere, lebendige Bild vom Toten dem Seziertisch Konkurrenz machen kann.

Mit der Musik von »Nachtgoul« will er gleich reinschauen in die Stube, ein Gespür für den Burschen kriegen, der da vor ihm liegt, so gesehen, schneller Vorlauf.

Das Vorgehen sollte er sich aber nicht patentieren lassen. Falls es, zum Beispiel, den Tubavirtuosen der Daxlhauser Blaskapelle gewaltsam dahinraffen tät, bräuchtest du schon eine sehr spezielle Persönlichkeit, um Ton und Bild in einer Komposition zu ertragen.

Ummantelt vom Klanggewitter, schaudert den Sandner. Die Nässe kriecht ihm gemein in die Knochen, und dumpfe Bedrücktheit legt sich um den Hals, wie ein Galgenstrick. Ein dunkler Schatten saugt ihn auf. Verflucht noch mal! Dieser Geruch von nasser Erde! Er hat es schon auf der Zunge schmecken können, dieses Bittere, Pappige.

Rausgerissen aus dem Leben mit der Wurzel, wie ein Unkraut, und weggeworfen zum Verrotten. Im Tod mag man gleich sein, im Sterben noch lange nicht.

Dadadawamm dadadawamm dadadawamm.

»Dein Schmerz ist mir die Lust.«

Eine schwere Hand legt sich ihm auf die Schulter.

Er schrickt zusammen und reißt sich hektisch die Stöpsel aus den Ohren. »Bist du komplett narrisch?«

Der Bischoff Kare schaut seinen Vorgesetzten verblüfft an, müde Augen hat er, übernächtigt. Selbstverständlich in schwarzer Lederjacke, allerdings mit Taschenschirm. Das kantige Gesicht unrasiert, die Haare duschnass, muss er erst einmal ein Gähnen unterdrücken, bevor er sich äußern kann.

»Hab ja nicht gewusst, dass du jetzt einen Soundtrack brauchst, wenn du einen Tatort anschaust.«

»Freilich – und die Musi spielt dazu. Lustig ham wir's am Friedhof. Das hat aber gedauert bei dir.«

Er reicht den MP3-Player zurück.

»Was verpasst?«, fragt der Kare.

Der Sandner schüttelt den Kopf. Eigentlich schüttelt er den Kopf über sich und über den Kare, er kann sich denken, wo der herkommt. Ob er ihn fragen soll, was die Kathrin meint, zum Fremdvögeln in Ebersberg und zu seiner Trulla? Besser auf den Toten konzentrieren.

Sein Handy lärmt. Die Wiesner. Er lauscht, wirft einen Blick in die Runde.

»So, wir wissen inoffiziell, wer es ist, ein Spusimann hat ihn erkannt. Die Sandra hat scho die Daten. Dennis Weiß heißt der Bursch, Schlagzeuger von ›Nachtgoul‹. Gestern haben die noch im ›Zenith‹ aufgespielt.«

»Das schaut aus wie ein Ritual oder was Mystisches. Was ist da eingeritzt, ein Pentagramm? Liegt da wie der Jesus unterm Kreuz«, kommentiert sein Kollege.

»Dann bräuchten wir nur drei Tage zu warten, dann könnte er uns die Geschichte selbst erzählen.«

»Glaubst du, das könnt so was Besessenes, Religiöses sein?«

»Frag mich was Leichteres. Schau, das Pentagramm zeigt mit der Spitze nach oben. Das heißt ja per se nicht gleich, das Böse geht um.«

»Glaubst du, dass der Mörder vorher gegoogelt hat? Der gute Wille zählt.«

»Guter Wille wär ein Monogramm.«

»Auf jeden Fall will er uns etwas mitteilen.«

»Wenn das bloß der Fundort ist, gibt es zwei Varianten. Der Täter wollte ihn unbedingt so dem Publikum präsentieren, warum auch immer. Oder – der Tatort hat zum Täter eine Verbindung, daheim zum Beispiel, und er musste ihn eh irgendwo hintun. Weil, wenn du jemanden im Wald derschlägst, kannst du ihn auch flacken lassen und arbeitest dich nicht so ab – oder?«

Der Kare scharrt mit dem Fuß im Kies, zeichnet einen Kreis.

»Beide Möglichkeiten zusammen?«

Die Leichenbestatter erscheinen auf der Bildfläche.

»Seid ihr dann fertig mit ihm?«, will einer der beiden wissen. Tropfnass bauen sie sich auf, wischen sich das Wasser aus den Augen. Keine Regenmäntel, nur eigenartige, braune Weichplastikhüte ohne Krempe. Zwei Steinpilze im Regen. Durch ihre unterschiedliche Größe werden Tote von ihnen in Schräglage transportiert. Hoffentlich Kopf oben, denkt sich der Hauptkommissar. Wie aus dem Panoptikum, Zwerg und Riese in schwarzer Gewandung.

Auf Sandners Nicken hin beugt sich sein Kollege über die Leiche und ruckelt sie hin und her.

»Äha, die Handschellen haben Sicherheitsverschluss, damit man sie ohne Schlüssel wieder aufbringt, so hab ich das gern.« Er fummelt etwas, dann klickt es.

»Wozu sind die überhaupt gut – Kinderspielzeug?«, will der Hartinger wissen, der sich hinkniet, damit ihm kein Detail entgeht. Er muss den Schirm halten.

Die Leichenbestatter und der Kare werfen sich einen wissenden Blick zu.

»Normalerweise nimmst du die zum Vögeln«, erläutert er. Er schiebt die Fesseln behutsam in einen kleinen Beutel.

Ein Spusimann nimmt sie ihm ab.

»Sonst hat er nichts, keinen Schmuck, niente.« Er streift sich die Latexhandschuhe ab.

Der Sandner seufzt auf und nickt den Bestattern zu.

Während sie den Toten vom Grab pflücken, marschiert er zurück zum BMW und holt seine Pennytüte. Am Leichenwagen wartet er auf die beiden. Bevor sie einsteigen, drückt er dem Kleinen die Tüte in die Hand.

»In der Rechtsmedizin gebts das für den Doktor Aschenbrenner ab. Sagts, der Hauptkommissar Sandner will den Todeszeitpunkt wissen, und was er sonst noch sagen kann.«

Überaus skeptisch starrt der Mann auf die Tüte, die er nun mit spitzen Fingern weit von sich hält.

»Todeszeitpunkt, ja?«, versichert er sich, die Stirn tief gefaltet. Er ist sich unsicher, ob er fragen soll, was drin ist, ob er es wirklich wissen will – das nützt der Sandner gnadenlos aus.

»So ist es, und das ist nur für den Aschenbrenner, ja keinem anderen – Servus.«

Bevor das ungleiche Duo protestieren kann, dreht sich der Polizist abrupt um und schreitet zurück auf den Friedhof. Er weiß, dass sie reinschauen, Hauptsache sie geben den Gockel ab. Da setzt er auf hauptkommissarische Autorität.

Es gibt bestimmt Legionen von Vorschriften und Paragrafen bezüglich der Hygiene und Pipapo. Der klassische Patient in der Gerichtsmedizin dürfte jedoch immun sein gegen Hühnerpest und Vogelgrippe.

Wenn man etwas über den Tathergang und das Opfer erfährt, kann man den Täterkreis eingrenzen, basta. Mortui vivos docent. Das ist bei Menschen so und auch beim Federviech.

»Hat jemand noch Kaffee?«, fragt er in die Runde.

Der Rückerl vom KDD kommt auf ihn zu. Zigarette im Mundwinkel, Kragen hochgeschlagen, Dackelgesicht. Der Bogart von der Kripo.

»Servus, Sandner. Brauchst du die Alte noch, die ihn gefunden hat?«, fragt er. »Die ist noch drüben im Bus – da gibt's auch einen Kaffee – und einen Psychologen.«

»Ich nehm beides – schwarz, ohne Zucker. Hat sie was Wichtiges gesagt, außer dass sie den Jungen entdeckt hat?«

Der Rückerl schüttelt den Kopf, nimmt einen tiefen Zug, bläst den Rauch Richtung Himmel. Seine Augen werden zu kleinen Schlitzen.

»Den Friedhofswärter habt ihr bestimmt auch schon befragt«, stellt der Sandner fest. »Ich les mir dann die Protokolle durch, das reicht eh. Ihr könnt alle nach Hause schicken. Dankschön erst mal.«

Der Kare gesellt sich zu ihnen, fummelt eine Zigarette aus

der Packung. Rückerl gibt ihm Feuer. »Was machen wir mit der Presse, die sind schon angerückt. Friedhof ist gut für die Auflage, Gruseleffekt.«

»Ja nix über die Identität heute, nur das Routineblabla. Das Prominentengschiss können wir nicht brauchen.«

Sandner sucht sich seine Leute zusammen. »Pack ma's!«

Der Kare hat sich die Hände in die Hosentaschen gesteckt und mustert stirnrunzelnd die Gräberreihen. Die feuchte Kippe hängt im Mundwinkel. Bullenattitüde.

»Staatsanwalt?«, presst er zwischen den Lippen hervor.

Der Sandner schafft es so gerade, gleichmütiges Achselzucken zu imitieren. Scheißdreck. Gibt es noch blödere Fragen? »Heute? Der Wenzel ist dran – den setzt du über alles ins Bild«, sagt er schroff.

»Was soll ich ihm Nettes erzählen, wo du abgeblieben bist? Und du könntest ruhig einmal ›Bitte‹ sagen.«

»Du hast ja keinen Schimmer, was ich alles könnt ...«

Sie gehen gemeinsam zum schmiedeeisernen Tor.

Trotz der vielen Menschen herrscht beinahe Stille. Friedhofsruhe. Der Regen frisst die Geräusche. Die Spusileute in ihren weißen Anzügen wirken auf den Sandner wie kleine emsige Engel, wie sie da zwischen den Gräbern herumwuseln.

Er steigt wieder zum Hartinger ins Auto. Als der losfahren will, hält er ihn mit einer Handbewegung auf. Dass er dem Wenzel nicht begegnen mag, könnte man vermuten, wie er zum Handy greift, um die Wiesner im Büro anzurufen. Der Sandner täte das natürlich vehement bestreiten. Zügig ermitteln, würde er sein Vorgehen beschreiben.

»Hast du was für mich?«, fragt er gleich.

Die Wiesner ist voll im Bilde: »Die Band ist im Hotel Sammert in der Landwehrstraße abgestiegen, Information vom ›Zenith‹. Und beim Handy vom Manager, van Leyden heißt der, erwisch ich nur die Mailbox.«

»Okay«, beschließt der Sandner, »da fahr ich mit dem Hartinger jetzt hin, wenn du noch was erfährst, meld dich.«

Von der Ablage greift sich der Sandner eine bunte Postkarte samt Kugelschreiber. Darauf notiert er sich van Leydens Nummer, ohne sich um den Text zu scheren. Er dreht die Karte um, betrachtet das Bild. Sonnenuntergang auf Bali. Klassiker.

»Hätten Sie halt was gesagt, ich hab ein Notizheft dabei«, muckt der Hartinger auf.

Der Sandner hat ein Déjà-vu. Die Corina hat auch immer seine Rücksichtslosigkeit beklagt. Keinen müden Gedanken würde er für andere verschwenden. Müde Gedanken? Vielleicht bleibt einfach nichts für die Lebendigen übrig, die Toten fressen ihn schon auf, bis zu den Knochen.

»Von deiner Freundin?«

»Sie haben sie gelesen?«

»Hätt ich sollen?«

»Nein.«

Plötzliche Müdigkeit überfällt den Sandner.

»Also ... Landwehrstraße, Hotel Sammert«, bring er bloß raus.

Wieder das Handy. Kurz durchschnaufen – er konzentriert sich, bevor er loslegt. »Schauts ihr, was alles den Weiß mit München verbindet – kommt er daher, Bekannte, Angehörige, Feinde? Und ein paar Beamte sollen mal um den Friedhof in die ... Anwesen. Die sollen aber auf die Hund aufpassen, dass ihnen keiner die Hosen zerreißt. Wird zwar nix bringen, die Häuser sind zu weit weg von der Straße, da hätte schon einer aus Langeweile mit einem Nachtsichtglas statt mit seiner Thusnelda spielen müssen – aber trotzdem. Identifizieren wäre auch ned schlecht. – Ich meld mich vom Hotel wieder.«

Der Hartinger trödelt Richtung Innenstadt. Wahrscheinlich kennt der nur die zwei Extreme. Antreiben will der Sandner ihn nicht, sein Bedarf ist gedeckt.

»Was meinen Sie?«, fragt ihn der junge Polizist.

Mit so einer allumfassenden Frage kann der Hauptkommissar nichts anfangen. Genauso gut hätte er von ihm den Sinn des Lebens wissen wollen.

Er spürt dessen Blick auf sich ruhen. Der Sandner schaut dafür auf die Straße und seufzt. »Meine Tochter wohnt mit einem Musiker zusammen.«

»Rockmusik?« Sein Fahrer stellt ein verständnisvolles Nicken zur Schau.

»Nein, er ist Flötist bei den Wiener Philharmonikern.«

Jetzt hat der Hartinger was zum Kauen.

Wieder hat Sandner das Handy am Ohr.

»Heim«, sagt er, nachdem er der Wiesner eine Weile gelauscht hat.

»Aber Sie können mir doch sagen ...«

Die Frau am anderen Ende der Leitung wiederholt nur das städtische Beamtenmantra.

»Ich kann Ihnen keine Akten faxen, die müsst ich ja auch erst auffinden, die liegen ja nicht hier einfach rum, wie stellen Sie sich das vor? Am Montag ist die Vertretung von der Frau Frode-Schöneberg, die ja noch krankgeschrieben ist, bis einschließlich Mittwoch, wie ich schon sagte, die Frau Binsenmeyer wieder da. Die ruft Sie dann bestimmt zurück. Ich bin nur der Jourdienst, für ganz dringende Geschichten.«

Sandra Wiesner hätte gern ein Stück vom Hörer abgebissen, am allerliebsten aber der amtlichen Jourdienstkuh das vorwitzige Zungenspitzel. »Also, wie ich schon mehrmals sagte, wir führen Ermittlungen durch, ist das jetzt dringend, oder was? Ich will jetzt die Informationen. Jetzt! Sonst schick ich bei der Frau Binsenberg einen Beamten vorbei und lass sie auf dem Präsidium vorführen. In spätestens fünfzehn Minuten. Oder soll der Staatsanwalt anläuten? Himmelherrgott, das muss doch möglich sein, eine vorläufige Auskunft zu bekommen. Von mir aus lesen Sie mir die Daten vor. Ich will wissen, ob und in welcher stationären Einrichtung der Dennis Weiß war!«

»Telefonisch kann ich da ja gar nichts machen, ich würde Ihnen ja gern helfen, Frau …?«

»Polizeikommissarin Wiesner, wie ich schon sagte.«

Sie knallt den Hörer auf. Zigarette, sie braucht dringend Nikotin.

Ob der Sandner da einen Dreh gehabt hätte? Die leere Drohung hatte dieses dumme Stück in etwa so hart getroffen wie ein geschnipptes Wattebäuschchen. Sie hatte sich provozieren lassen und war voll gegen die Behördenwand gebumst.

In dem Jahr, seit sie zur Mordkommission versetzt wurde, hatte sie fünf Anläufe gestartet, sich die dämliche Raucherei abzugewöhnen. Der letzte Versuch war knapp eine Woche her und hatte drei Tage gehalten.

Je öfter man es probiert mit dem Aufhören, desto größer ist die Chance, dass es klappt. Im Heftl aus der Apotheke hat sie das gelesen. Zeitvertreib während einer Beschattung. Vor dem Dreißigsten sollte es hinhauen, wegen der Fältchenbildung.

Hör bloß nicht auf zum Qualmen, hatte der Sandner gemeint. Sonst täte ihr als einziger Charakterfehler bleiben, dass sie gegenüber den verkümmernden Yuccapalmen genau dieselbe sadistische Gesinnung offenbaren würde wie alle anderen.

Genau genommen lässt sie noch mehr verkümmern, zum Beispiel ihr Privatleben. Das läuft auch unter dem Motto vertrocknende Topfpflanze. Sie würden sich den privaten Schmu der Leut reinziehen, wie Junkies das Methadon, ein Ersatz, der nicht kickt, aber wenigstens etwas. Typischer Spruch vom Sandner.

Der Chef und seine Weisheiten! Dabei hat der über sein Leben eine Decke geworfen – nur ja nicht darunterschauen. Seine Ex hat was mit dem Staatsanwalt Wenzel am Laufen, seine Tochter ist in Wien, und sonst?

Das letzte Mal hatte sie halbwegs vernünftigen Sex vor zwei Monaten gehabt, gerade mal wieder Nichtraucherstadium. Paul, klassischer Web-Treffer. Wie das Rote-Kreuz-Los auf der Wiesn, hundertvierundzwanzig, Glück gehabt! Du kannst wählen zwischen dem Schlüsselanhänger in Herzform aus rosa Hartplastik und dem Vierfarbstift. Da gilt der Akt des Gewinnens bereits als Klimax vom Loserwerb, Hauptsache keine Niete.

Nett war er schon gewesen, der Paul mit seinem Knackarsch, Tiefgang leider von einem Pilcher-Roman, und last not least Klammeraffe mit hoffnungsvollem Hundeblick, um den ein oder anderen Mitleidsfick rauszuschinden. Aber mit ihr nicht mehr – voraussichtlich. Den Bruder von »Nett« kennt ein jeder.

Das Klo ist leer. Sie geht in eine der Kabinen, setzt sich auf die Schüssel. Tief und hastig inhaliert sie, bläst den Rauch zur Decke. »Bitte im Stehen pinkeln!«, steht da, mit Bleistift auf den Spülkasten gekritzelt. Schenkelklopfer.

»Wenns schon unbedingt rauchen müssen, benutzens hinterher gefälligst das Raumspray auf der Ablage!«, quäkt eine Stimme aus dem Vorraum. Niemand, den sie kennt.

»Du mich auch, dumme Trutschn«, murmelt die Wiesner und zertritt die Kippe auf dem Klinkerboden. Charakterfehler. Sie zwingt ihre Gedanken wieder zum Weiß-Fall.

Die Sache mit dem Heim war eine Idee vom Sandner gewesen, nachdem sie ermittelt hatte, dass der Vater von Dennis schon fünfzehn Jahre tot ist und seine Mutter in der Psychiatrie lebt. Dass er aus München war, hatte sie über die Website der Band erfahren. Zurück am Schreibtisch, sieht sie sich auf Youtube ein »Nachtgoul«-Video an. Antwerpen Live: »Alle Macht dem Fleisch.«

Der Sandner lauscht erneut einer Stimme aus dem Netz.

»So«, resümiert der Kare, »du schuldest mir mindestens ein Essen. Wenzel war angemessen angepisst, Ermittlung passt aber natürlich soweit, er will selbstverständlich zeitnah lückenlose Information, Polizeirat ist auch im Bilde, und Presseerklärung ist in der Mache. Morgen früh hätten die Herrschaften gern eine Einsatzbesprechung und eine Pressekonferenz. Acht Uhr dreißig. Ich kümmer mich jetzt um den Fundortbericht, mach der Spusi Druck und der Gerichtsmedizin. Schert sich ja offenbar sonst niemand drum. Am liebsten ess ich italienisch.«

»Ja, Schatzi, ganz romantisch.« Sandner bringt mit gespitzten Lippen ein schmatzendes Geräusch hervor, bevor er das Handy wieder einschiebt.

Es schert sich niemand drum, weil das Organisatorische dem Karl Bischoff niemand wegnehmen darf, sonst könnte er auch nicht mehr das Opfer hauptkommissarischer Willkür spielen. Außerdem ist er der Beste. Akribisch, detailverliebt, eben ein Westentaschenbürokrat. Wenn er weniger hart arbeiten tät, müsste er sich zu Hause öfter blicken lassen, und das vermeidet er zurzeit tunlichst.

Er sollte mit ihm unbedingt über Ebersberg reden.

Eine Koryphäe in Eheberatung ist der geschiedene Hauptkommissar definitiv nie gewesen, lieber greift er auf Erfahrungswerte zurück, auf eine ganze Agenda von Erfahrungen, die man nicht zweimal machen sollte.

Über kurz oder lang würde es beim Kare scheppern, und zwar gewaltig. Von seiner Ebersberger Zweitfrau weiß das gesamte Präsidium, einschließlich der Gebäudereiniger, und dass du nicht bei Gewitter auf dem Stahlseil tanzen sollst, das weiß der Sandner. Es hat sich noch keine passende Gelegenheit gefunden, dieses Wissen dem Kare zu vermitteln. Und letzten Endes Hormonschub pur! Einem Vulkan kannst du nicht nebenbei nahelegen, dass ein Ausbruch unpassend käme für die Fauna drum herum. Sei doch vernünftig, auch wenn die Magma drückt. Bei etwas Gewaltigem, Existenziellem, das dir aus jeder Zelle deines Körpers entgegenschreit, brauchst du Argumente nicht mit der Pipette zu dosieren, da musst du mit ihnen zuschlagen können. Da gibt es kein Zögern, kein Wenn und Aber. Schlagen. Den Kopf einschlagen. Der blutige Schädel des Jungen. Ein Hammer wäre die richtige Hausnummer.

Kulissenumbau, abrupter Szenenwechsel im Hirn.

Zuhauen, wenn nichts mehr nützt – das allerletzte Argument. Wenn was nichts mehr nützt? Das Reden? Was hatte der Dennis getan oder tun wollen? Warum musste er weg? Oder hätte er nicht wiederkommen sollen?

Kurz schließt der Sandner die Augen, reibt sich die Nasenwurzel. Aus den Autolautsprechern trällert eine sonore Frauenstimme von verworrenen Gefühlen und Verständnis, unterlegt von treibenden Beats.

»Wer ist das?«, erkundigt er sich, ohne die Augen zu öffnen.

»Zweiraumwohnung.« Der Hartinger schlägt im Takt auf das Lenkrad ein. »Soll ich's wieder ausmachen?«

Er bekommt keine Antwort. Nur mit dem Kopf wackelt sein Beifahrer. Eine Flasche Wein tät gut dazu passen, zu dem dreckigen Morgen.

Die Welt hinter dem Hauptbahnhof hat ihren eigenen Charakter. Du könntest dieses Fleckerl betonierte Erde rausreißen und hinter jedem Bahnhof Deutschlands oder wahrscheinlich weltweit implantieren. Es würde sich sofort organisch einfügen. Da gäbe es keine Abstoßreaktion. Jeder Herzchirurg würde vor Neid ins Stethoskop beißen.

Im Angebot das gleiche lauwarme Futter aus der Mikrowelle, gleiche Rituale. Du solltest generell mit Cola oder Red Bull nachspülen, damit es den Schlund hinunterkriechen kann. Die gleichen Gestalten mit geröteten, hungrigen Augen und fahrigen Bewegungen. Hinterbahnhofsland, Kirmes des Lebens. Wo die Träume abfahren und du hierbleibst, auf dem Abstellgleis, und ihnen nachgreinst.

Sie waren an Dutzenden Computer- und Kleiderramschgeschäften vorbeigeschlendert. Er hatte nie begreifen können, was den Leuten durch ewiges Gefummel an ihren Computern die Lebensqualität steigern mochte. Sein Laptop muss nach dem Einschalten einfach nur werkeln und Schluss. Ein übertakteter Prozessor sorgt bei ihm nicht für eine Dauererektion.

Zwischen der Vielzahl an Geschäften mit billigem elektronischem Gelump kommt er sich fremd vor, ein ungebetener Gast beim Treffen einer Geheimloge. Zwischendrin Sexshops, fleischige Inseln für den schnellen Triebabbau, mit gespiegelten, glitzernden Höhleneingängen und hochglanzpolierten Treppen, die sich hinter Vorhängen im vielversprechenden Nirgendwo verlieren.

Sein Magen signalisiert dem Sandner, dass ein Frühstück fällig wäre. Der Kompromiss besteht in einem Milchkaffee to go im Pappbecher. In Spendierhosen gibt er dem Hartinger auch einen aus. Die beiden Polizisten sind noch am Juxen über einen kleinen Zwischenfall, den sie gerade hinter sich haben.

Als der Hartinger nämlich das Auto am Bahnhof zwischen den Polizeifahrzeugen abgestellt hatte, auf Anweisung vom Sandner, war er schnell zur dazugehörigen Dienststelle geeilt, um Bescheid zu geben. Alles muss ja seine Ordnung haben.

Aber er war nicht mehr zurückgekommen.

Dem Sandner ist das Warten natürlich zu blöd geworden, er hat bald nach dem Rechten geschaut.

Drinnen hat er eine Weile den Disput zwischen seinem Kollegen und einem übergewichtigen Schreibtischhengst, Motto – »da könnte ja jeder daherkommen« – verfolgt, die schäbigste Talkshow seit der TV-Nachmittagsbeschimpfung. Als die Argumente erschöpft gewesen waren, ist er spontan hin zum uniformierten Oberlehrer und hat ihm ganz ruhig verdeutlicht, er solle doch bitte gleich einen Strafzettel schreiben, ein Protokoll oder sonst etwas Jämmerliches, das würde er ihn an Ort und Stelle fressen lassen, süßer Senf inklusive.

Sein Wort darauf. Ja, der Sandner war halt bemüht gewesen, das Niveau zu erhalten. Zugegeben, nicht ganz einfach.

Zum Glück war der Weinzierl gerade hereinmarschiert, mit dem er auf einer Stube gehaust hatte, vor hundert Jahren in der Polizeischule. Großes Hallo, und wie ist es dir ergangen, und überhaupt. Flugs war das Thema erledigt gewesen.

Der schmollende Sesselpupser, um eine außergewöhnliche Mahlzeit herumgekommen, hatte den Rückzug aufs Scheißhaus angetreten, um in der Einsamkeit der Kabine auszuhirnen, wen es als Nächstes zu triezen galt.

Es hat eine Weile gedauert, bis das Gesicht vom Hartinger wieder seinen normalen, milchweißen Farbton angenommen hat. Selbstverständlich hätten sie mit dem Wagen, ganz brisant, vor dem Hotel vorfahren können, quasi schnelle Einsatztruppe. Das Atmosphärische ist halt die Marotte vom Sandner, und wieder ist es ums Gespür für die Umgebung gegangen.

Zwei Minuten mitten durchs Bahnhofsbiotop, dann stehen sie vor dem Hotel. Die runtergekommene Fassade gibt Auskunft darüber, dass »Nachtgoul« ein noch ausbaufähiges Bandprojekt sein muss. »30€ one Night«, liest er auf einem Schild, das im Fenster neben der Eingangstür prangt. Hauptsaison, Wiesnzeit.

Der erste Eindruck ist immer gravierend, selten kriegt man einen zweiten auf dem Silbertablett. Und dem Eindruck wird erst Leben durch Kontraste eingehaucht.

Der Sandner ist im Laufe der Zeit zum Kontrast-Fetischisten geworden. Er kann das Normale annähernd ausblenden, wobei sich das praktisch im Minutentakt weiter ausdehnt, wie eine Grippeepidemie. Aber das wäre ein philosophischer oder soziologischer Diskurs, und dafür ist keine Zeit, letztlich geht's um einen Mord.

Also, der Kontrast – das beginnt bereits bei einer ordentlichen Beschreibung. »Der Mann mit dem Schlachterbeil trug einen Trachtenjanker, Herr Kommissar.« So viel zur rudimentären Form. Aber falls die Hirschhornknöpfe nur Plastikimitate gewesen wären – signifikanter Kontrast! –, wäre das Würstchen ein traditionsfremder Möchtegern oder gar Norddeutscher, und die wahren, kernigen Trachtfetischisten wären aus dem Spiel.

Wie der Sandner jetzt, den Hartinger im Schlepptau, in die Hotellobby kommt – prompt springt ihn ein Kontrast an.

Ruhig ist es, die Theke ist verwaist und übersät mit bunten Zetteln aller Art. Ein farbenfroher Prospekt von Herrenchiemsee liegt auf dem Boden – wohl einem Chinesen aus dem Tascherl gerutscht. An den Wänden Schwarz-Weiß-Bilder historischer, aufgeputzter Brauereigespanne zwecks bayrischem Feeling. Die Rahmen aus Eichenimitat. Düster ist es, der Schmierfilm an den Fensterscheiben ersetzt die Vorhänge. Ein Geruch nach Desinfektionsmittel und Zigarren.

Gegenüber der Rezeption stehen ein abgewetztes Ledersofa, zwei Sessel und ein brauner, hochglanzlackierter Tisch aus den Siebzigern auf der ehemals weinroten Auslegware. Willkürlich wirkt das, als hätte der Riese Tunichtgut kurzerhand Möbel durch den Raum gekegelt.

Der einzige Anwesende lümmelt auf dem Sofa und blättert sich unaufmerksam durch Magazine. Bei ihrem Eintreten ruckt er hoch und scheint sie zu belauern, ohne direkten Blickkontakt aufzunehmen. Aschblondes, gegeltes Haar, in das eine Sonnenbrille gepflanzt ist, als wäre sie vorgestern da vergessen geworden. Schwarzer Anzug, früher bestimmt bester Zwirn, aber die Falten und abgeschabten Stellen verraten, dass er in letzter Zeit wenig achtsam behandelt worden ist. Tiefe, bläuliche Augenringe über breiter, fleischiger Nase, vielleicht Mitte vierzig.

Personifizierter Kontrast. Fehl am Platz, vermutet der Sandner, entweder er ist der Besitzer oder …

»Hallo«, plärrt der Hartinger durch den Raum, »wer da?«

Ein mürrisches Ding mit rotgefärbtem Pagenschnitt erscheint, zieht eine Schnute. Sie trägt ein enges Pepsi-Cola-Shirt, das speckige Hüften freilegt, auf denen man locker eine Pepsi-Dose abstellen könnte. Die beiden Polizisten sind in der Aufmerksamkeitshierarchie weit hinter ihrem Kaugummi angesiedelt. Sie schlurft mit gesenktem Kopf hinter die Theke und zieht einen eselsohrigen Zettel hervor.

»Einzel oder Doppel?«

Der Sandner könnte auf der Stelle einen Striptease zeigen oder auf den Händen durch den Raum laufen und dabei »Heidi« jodeln, das würde sie nicht tangieren.

Ihre Worte sind offenbar ein Beruhigungselixier für den Blonden. Die Spannung nimmt sichtbar ab, er erschlafft, verschmilzt mit der Couch zum Gesamtensemble.

Wo dem Herr van Leyden sein Zimmer wäre, will der Sandner vom Pagenkopf wissen. Er guckt ihr auf die mahlenden Kiefer und die narbengezeichneten Unterarme. Als hätte sie etwas zusammenzählen müssen, ein geröteter Strich sauber neben dem anderen.

Kurz ist er abgelenkt, aber selbst wenn er gelurt hätte wie ein Tiger auf das fette Viech, der Auftritt des Blonden wäre nicht zu verhindern gewesen.

Was eine unschuldige Frage für einen durchschlagenden Erfolg haben kann!

Der Kerl schnellt aus dem Sofa, gleich einer Springmesserklinge, annähernd zwei Meter muss er sein, und ist durch die Tür, bevor die Ermittler Piep sagen können.

Die Schrecksekunde entfällt.

Hinter dem Hartinger hastet der Sandner ins Freie.

Zwanzig Meter weiter sieht er den Mann springen.

Weit ausholende Schritte, seltsam schlenkernde Arme, der Pinocchio trainiert wohl für den Hundertmeterlauf. Er hat einen ordentlichen Vorsprung, offenbar will er Richtung Bahnhof.

Der Hauptkommissar betrachtet unschlüssig seinen Kaffeebecher, den muss er wegwerfen, um loszujoggen.

»Scheißdreck!« Fangermandl spielen am Morgen!

Sein hurtiger Kollege hat schon den Spurt angezogen – der Lange ist erstaunlich flink. Raumgreifend, wie auf Stelzen. Er umrundet einige gleichgültige Passanten, keine ernstzunehmenden Hürden.

Der Sandner rennt, was Beine und Lungenflügel hergeben, muss aber bald durchschnaufen. Ein stechender Schmerz in der Hüfte lässt ihn verharren. Seitenstechen nach fünfzig Metern! Kruzifix! Falls der Dodel ihnen auskommt, lacht das ganze Präsidium sich krumm und bucklig.

Der Flüchtende, weiterhin wie von Furien gehetzt – hinter ihm drein springt die letzte, weil einzige hochmotivierte Furie namens Hartinger.

Sandner reicht es, er mag nicht den Deppen geben.

«Hirsiz!«, brüllt er mit seinen letzten Atemreserven – das einsame Krächzen eines Raben – und weist nach vorne.

Vereinzelte Passanten drehen sich zu ihm, gaffen dann dem ausgestreckten Arm nach. Selbst der Verfolgte wendet kurz den Kopf. Böser Fehler!

Ein Rollkoffer wird sein Verhängnis, den ihm ein alter Mann vehement zwischen die Beine stößt.

Der Länge nach schlägt er hin.

Szenenapplaus vom Sandner. Ja sauber!

Ein Knäuel aus umherwirbelnden Gliedmaßen. Ein zappelnder Krake auf dem Trockenen.

Der Hartinger kommt schon über ihn, packt ihn beherzt am Kragen, grimmig beobachtet vom Besitzer des Koffers.

Einen ausgebeulten schwarzen Polyesteranzug trägt der zum stoppeligen Dreiwochenbart, das graue Haar ein kurzrasierter Kranz. Die dunklen Augen funkeln aufgeregt.

Der Sandner, gleich zu ihm hin, drückt ihm die Hand, während sich sein Kollege noch mit seinem Fang abplagt.

»Tesekkürler«, sagt er.

Der Alte nickt bloß stumm und begutachtet mit finsterem Blick das Schauspiel. Er scheint einverstanden mit Hartingers

Nahkampftechnik, kein Grund für ihn, ernsthaft Hand anzulegen. Bedächtig bückt er sich, mustert seinen Rollkoffer und fährt mit der Hand prüfend über die Oberfläche. Wie er sich aufrichtet, ist er offenbar zufrieden mit dem Erhaltungszustand. Gemessenen Schrittes setzt er seinen Weg fort.

Der Krake gibt erst auf, als der Sandner ihm seinen Polizeiausweis ins schweißnasse Gesicht drückt.

Das Zeichen für die Umstehenden, unauffällig weiterzugehen. Niemand will hier Aufmerksamkeit haben, die zwei Polizisten freizügig verschenken wollen. Bescherung sieht anders aus.

»Was haben Sie es denn gar so eilig, Herr van Leyden?«, fragt der Sandner, als der Hartinger ihn auf die Füße gestellt hat.

»Verdammich, was wollt ihr von mir?«, kriegt er zur Antwort.

Wenn der Sandner geahnt hätte, dass er heute den van Leyden das letzte Mal prae mortem sieht und was er noch für Kopfschmerzen durch ihn haben wird, hätte er sicherlich Antworten parat gehabt oder ihn erst mal eingesackelt.

Gesünder wäre es natürlich für den van Leyden, er hätte das geahnt, aber das führt in den Wald – wenn ein jeder seine Zukunft wüsste, könnte das Schicksal Hartz 4 beantragen. Doch ein wenig voraussehen können, hätte er das schon.

Der Mensch glaubt ja oft, dieses oder jenes passiert nur den anderen, Stichwort Autobahn.

Der Sandner ist eher einer, der sich wundert, mit einem Schuss Dankbarkeit, dass er von manchem, bis dato, verschont geblieben ist. Er hat ja ständig vor Augen, dass der Tod die Menschen aufpickt, wie ein blinder Gockel die Körndl. Hauptsache, was zu fressen, egal, ob du gerade noch deinen Maserati gewienert oder auf die U5 gewartet hast, ob lammfromm oder hinter Klostermauern.

Dass der Holländer davongelaufen ist, weil er ein Mörder ist, will dem Ermittler nicht einleuchten.

Oft ist das Leben ausgesucht banal, die vertrackten Theorien, welche gleich die letzte Hirnwindung verstopfen, bis du sie nur noch mit Schnaps ausspülen kannst, eignen sich für Schriftsteller, die ihre tüftelnde Leserschaft vom gesunden Schlaf abhalten.

Für die Friedhofsgeschichte kommt der Lange ihm zu hypermotorisch, zu spontan daher. Du planst nicht detailliert, schnitzt und werkelst und wirst dann sofort panisch, quasi Rumpelstilzchen, sobald dein Name fällt.

»Warum der Frühsport?«, insistiert er noch einmal.

Das Hotelzimmer vom Holländer hält für den Sandner keine Überraschung bereit. Genauso hat er es sich vorgestellt. Zwei Stühle mit fleckig braunem Cordüberzug, ein weißes Melaninschränkchen, Velourvorhänge und ein durchgelegenes Bett. Unbenutzt sieht es aus, kaum vorstellbar, dass sich hier ein beflissener Roomservice schon in der Früh getummelt hat. Es stinkt nach kaltem Rauch, und er reißt erst einmal das Fenster auf. Sogleich werden sie überfallen von den Klängen und Gerüchen der aufgewachten Stadt. Hintergrundrauschen.

Der Hartinger hat dem van Leyden Handfesseln anlegen wollen, um die Hatz wichtig erscheinen zu lassen, aber sein Chef hat abgewunken.

Der Manager war brav mitgekommen, schweigend, den Kopf reumütig gesenkt, und sie hatten ihn, an der teilnahmslosen Hotelfachkraft vorbei, in sein Zimmer bugsiert.

Der Sandner will gleich noch mit den Bandmitgliedern reden. So ist es ihm am liebsten, alles unter einem Dach.

»Ik hab gedacht, ihr seid von der Presse und wollte nicht reden jetzt. Ik hab ja schon im Web gelesen, dass der Dennis tot ist. Hab ik gedacht, vielleicht ist es ein Fake oder so. Ik hab den Jungs doch noch nichts gesagt, die schlafen noch. Kann ik doch kein Interview geben.«

Wie der van Leyden ihnen so gegenübersitzt und den Mund

auf einmal nicht mehr zukriegt, scheint er trotzdem nur halb bei der Sache zu sein. Natürlich ist er zutiefst erschüttert, und wie das alles hat passieren können und die Band und Pipapo. Aber alle seine Sätze fangen mit »ik« an, sodass sich der Sandner fragt, ob der Niederländer bloß ein Egomane ist oder das Geschehen mit dem Dennis nur die zweite Geige für ihn spielt. Die Ausrede mit der Presse glaubt er keine Sekunde. Van Leyden hat Angst. Große Angst. Er sieht nicht aus, als ob er zum Vergnügen durch die Pampa sprinten würde. Dass die Nachricht vom Tod bereits verbreitet wird – da hat der Sandner sich, bei den vielen Anwesenden auf dem Friedhof, keinen Illusionen hingegeben.

Der Hartinger hat ein kleines, silbernes Diktiergerät aus der Tasche gezogen und auf dem Tisch platziert. Damit sie sich gut erinnern könnten und nicht alles mitschreiben müssten, erklärt er.

Darauf starrt der Holländer. Plötzlich springt er auf. Er zieht sich die Anzugjacke aus und wirft sie aufs Bett. Das weiße Hemd klebt an ihm. Unruhig trippelt er im Zimmer umher, greift sich immer wieder ins Haar.

Wenn sich der Sandner mit ihm unterhalten will, muss er sich drehen, wie beim Schäfflertanz, oder zum Rücken reden.

Dem Hartinger muss auch sein Sitzfleisch abhanden gekommen sein, so wie er plötzlich hochruckt. Zappelig, wie Guppies auf dem Trockenen, alle beide.

Dafür ist das Zimmer definitiv zu klein. Wie in der Messestadt-U-Bahn um acht.

»Setzts euch gefälligst wieder hin«, grummelt der Sandner, noch unleidig wegen dem Milchkaffee.

Sofort lässt sich van Leyden widerspruchslos auf einen Stuhl plumpsen. Der Hauptkommissar hat sich den zweiten gesichert, der Hartinger setzt sich auf den Bettrand.

»Also weiter!«, wird van Leyden von ihm aufgefordert.

Als der Manager ihnen erzählt, dass die Band in London leben tät, aber Deutsche wären, ächzt der Sandner innerlich auf, weil das bedeutet, dass sie wahrscheinlich international ermitteln müssten.

»Wie kommt denn das?«, will der Hartinger wissen.

»Die Jungs sind alle von super Music Schools in London, da studierst du Drums oder Guitar, acht Stunden am Tag, sind mit die besten Teacher in Europe, und da gibt es dann natürlich so eine German-Connection. Du triffst dich und denkst, wieso nicht was machen, together? Ik hab sie dann in einem Club gehört, ouh da war Potenzial. Haben dann eine CD produced, läuft super, Deutschland, Austria, Schweiz, auch in die Niederlande – der Download auch super, und jetzt unsere erste große Tour – und war immer groß, immer voll … das ist so unglaublich, unbelievable.«

Wieder fährt er sich durchs strähnige Haar, schüttelt den Kopf.

»Die schlafen noch, wir wollen um elf nach Salzburg. Da ist heute Abend … da wäre heute … fucking Bullshit!«

Der Sandner nickt mechanisch, schaut ihm dann aufmerksam ins verlebte Gesicht. »Gestern, nach dem Auftritt, wie war das?«

»Normal, alles gut.«

»Nichts Ungewöhnliches bei Dennis? Dammische Fans, Ärger?«

»Dat wis ik niet. Aber ik bin nicht lang geblieben, nur bis elf oder so, die Jungs wollten feiern und ik bin weg dort.«

»Wohin?«, fragt der Sandner.

»Wieso?«, will sein Kollege zeitgleich wissen. Er will wieder vom Bett hoch, aber der mahnende Blick vom Chef friert ihn ein.

Der Befragte verrenkt den Hals, um beide ins Blickfeld zu bekommen.

»Hab mich mit Friends getroffen, Connections sind wichtig. Du hast als Manager immer Business. Internet und Presse und all das, verstehst du?«

»Und die Band ist im ›Zenith‹ geblieben?«

»Dat wis ik niet. Ich wollte vorhin zu ihnen ...«

»Die sind alle in den Zimmern?«

»Glaub ik, ja, aber dat wis ik niet, sind ja keine Kinder.«

Der Sandner steht auf.

»Dankschön, ich denk, Sie reisen nicht ab, erst mal. Und wenn Sie das doch wollen, rufens mich vorher an, auch wenn Ihnen noch etwas einfällt. Wir werden Sie noch mal vernehmen, im Präsidium, wegen dem Abend. Liste aller Begleiter und Guestlist benötigen wir. Jetzt schau mer uns mal die Band an. Es sind drei, oder? Sie warten bittschön hier. Zimmernummern?«

Van Leyden stützt den Kopf auf die Hände. »Was mach ik mit den Jungs. Poor Dennis, so ein fucking Shit!«

»Welche Zimmernummern sind das?«

»Es sind nur zwei Zimmer 307, 308, dritter Stock.«

Der Sandner spürt, dass der Hartinger noch etwas fragen will, aber er steht auf und nimmt ihn beim Arm.

Sie stapfen die Treppe nach oben.

»Gibt's hier keinen Aufzug?«, protestiert der Hartinger im ersten Stock.

»Dat wis ik niet«, kriegt er vom Sandner zur Antwort.

Im Dritten angekommen, greift sich der an den Kopf.

»Mensch, ich Volldepp, geh noch amal kurz runter, Hartinger, und der van Leyden soll dir die Adress und alles vom Weiß Dennis geben, Musikschule, Wohnung, Freundin. Dann rufst den Kare an – der soll die Londoner Police kontaktieren, da müsste er noch jemanden kennen, von früher. Die sollen dort amal nachfragen, ob es was Besonderes gibt. Nachbarn, Bankkonten, et cetera. Brauchen wir alles gestern. Er soll nett sein. Amtshilfeersuchen. Den Wenzel informierts ihr natürlich auch – oder noch besser – fragts ihn vorher, dann fühlt er sich an den Eiern gekrault. Und dann gehst du auf Zimmer 308 und fängst mit der Befragung an, ich komm später dazu. Kannst du dir des merken, oder schreibst es lieber auf?«

»Bin ich deppert oder eine Kellnerin?«, hört er den Hartinger schnappen, wie der die Treppen wieder runtersteigt.

Das ist vielleicht ein Fehler vom Sandner, denn vom Jagdfieber gepackt, geht das kommunikativ bei ihm in Richtung Löwenrudel. Da bräuchte er Nachhilfestunden in Mitarbeiterführung und Motivation oder besser ein essenzielles Coaching. Er ist gedanklich bereits einen Schritt weiter, quasi auf Zimmer 307.

Überhaupt ist es eine Kunst, darauf zu achten, dass die Gedanken nicht weiterspringen, während der Mensch sich noch an der letzten Ecke verschnaufen muss. Erst die Todesnachricht zu überbringen, ist ein Geduldsspiel für den Hauptkommissar. Selbstverständlich mag es kriminalistischer Erfahrungswert sein – wie schaut einer dabei, ist der betroffen, oder kommt wem ein sardonisches Grinsen aus –, aber besser, es sprudeln gleich die Antworten für all die Fragen, die ihm auf der Zunge liegen.

Die Wiesner steht auf dem Parkplatz des Klinikums in Haar. Wie bringst du einer Mutter bei, dass ihr Sohn tot ist, wenn sie nicht alle beieinander hat?

Jahrzehntelanger Alkoholabusus, hat der Doktor am Telefon gemeint und ihr noch einen Fachvortrag über Hirnrindenatrophie und Wernicke-Enzephalopathie gehalten.

Keinen Tag zu früh hätte sie wegen der Frau Weiß angefragt. Der Koffer ist schon gepackt. Geschlossene Abteilung, Pflegeheim, letztes Kapitel.

Sie hat den Arzt nicht unterbrochen, weil er eine angenehme, tiefe Stimme hatte.

Der Sokrates hat gesagt, »sprich, damit ich sehe, wer du bist«.

Zugegeben, nach diversen Gläsern Hochprozentigem, bei der Feier anlässlich der Überführung des Frauenmörders Schwanke hatte sie die Theorie aufgestellt, dass der Täter, wenn er eine unangenehme Stimme hat oder quiekt wie ein aufgeregter Eber, öfter mal ungeschoren davonkommt. Man mag ihn im Verhör einfach nicht so lang durchmangeln – so gesehen Selbstschutz oder evolutionäres Programm, welches sich da ungewollt abspult.

Der Schwanke zum Beispiel, sehr angenehmes Timbre, eher balsamierend. Der hat die Frauen nicht grob einfangen müssen, bevor er sie mit der Black & Decker malträtieren konnte, nur locken, quasi die Stimmbänder rumwickeln und zuziehen.

Der Sandner hatte allerdings die Antithese aufgestellt, als Polizist hätte man per se einen masochistischen Kern, von daher tät man in der lang anhaltenden akustischen Qual schwelgen und das Ende möglichst hinauszögern. Zum andern tät er das aus einer Faszination, einem wissenschaftlichen Standpunkt her betrachten, ein Forscher beim Sezieren einer seltenen Spezies – damit ich sehe, wer du bist.

Jedenfalls hatte sie die medizinischen Begriffe auf einen Zettel geschrieben, um sie irgendwann zu googeln, vielleicht abends zur Abschreckung, damit die Anziehungskraft eines guten Pinot Noir nach dem zweiten Glas abnehmen würde. Was sie begriffen hatte, war, dass es eine Chance gab, länger zurückliegende Ereignisse zu erfahren. So weit brennt da noch Licht im Oberstübchen bei der Frau Weiß. Sie hofft, das bezieht sich nicht nur auf Dennis' Geburt. Das Beibringen würde sie den Ärzten überlassen, entscheidender für sie ist die Frage, ob es einen Kontakt zum Dennis gegeben hat, wo er in München gelebt und was er ihr mitgeteilt hat. Sie zündet sich eine Zigarette an und sieht zum Eingang eines grauen Flachbaus. Für manche die Endstation.

Die Zimmertür ist nicht abgeschlossen gewesen.

Der Sandner braucht einen Moment, um sich zu fassen. Zuerst hat es ausgesehen, als würde der Dennis Weiß auf dem Bett sitzen und Gitarre spielen. Aber da spielt natürlich keine Leiche.

Nur fast genauso aus sieht er, der Mathias Kleinschmidt. Ein dürrer Hering mit strubbeligen schwarzen Haaren und üppig verziert mit Körperkunst. Er lümmelt auf dem Bett, mit Boxershorts und Kopfhörern, den Blick gesenkt, sodass sich der Sandner erst einmal bemerkbar machen muss.

Er geht nahe zu ihm hin und tippt ihm auf die Schulter. Wie der Bursch erschrocken zuckt und den Kopf hebt, fällt dem Ermittler doch ein Unterschied zum Dennis auf. Das Alter – er schätzt den Musiker auf Mitte zwanzig. Während er ihm erklärt, wer er ist und warum er da so hereinspaziert, zieht er sich einen Stuhl heran und hockt sich zum Bett.

»Tot?« Der Mann starrt Sandner ungläubig an. »Was ein Schwachsinn. Ich meine, wir haben gestern noch … das ist irre.«

Ordentlich schaut es aus, da wäre auch nicht viel Platz gewesen, um Chaos zu schaffen. Zwei Betten, ein Schrank, ein kleines, windschiefes Tischchen und zwei Stühle. Den Bezug kennt der Sandner schon. An der Wand ein Bild mit Sonnenblumen. Eines der Betten ist unbenützt.

Der Polizist vermutet, dass es Dennis' Schlafstätte gewesen war.

Der Gitarrist steht auf, geht zum Tischchen und greift sich eine Zigarette, blickt dann aus dem Fenster.

»Einfach so tot«, murmelt er.

»Jemand hat ihn umgebracht, und deswegen bin ich hier.«

Der Junge dreht sich um, sein Blick fixiert einen Punkt an der Wand. Eine Fliege putzt dort ihre Flügel.

»Wie irre ist das denn?«

Er schüttelt den Kopf, eine Bewegung, die den ganzen Körper mitnimmt, ein einsames Bäumchen, von der Böe durchgerüttelt. Der Sandner bekommt einen Blick zugeworfen, als wäre er eine Erscheinung, die jeden Moment wieder verschwinden kann.

Das hat er nicht vor. Der Stuhl knarzt unter ihm, wie er die Position verändert, die Beine breit und fest auf dem Boden.

Warum sind neun von zehn Hotelzimmern eingerichtet, als hätte das Dekor ein farbenblinder Schimpanse ausgesucht? Hässlich und billig sind scheinbar eineiige Zwillinge.

Der Bursch lässt sich aufs Bett fallen und greift nach der Gitarre, spielt ein paar Läufe.

»Was war gestern Abend nach dem Konzert?«, fragt der Hauptkommissar.

»Wir haben Party gemacht, eine Menge alter Kumpels waren da.«

»Im ›Zenith‹?«

»Ja.«

»Und ihr seids alle beisammen gewesen?«

»Erst schon, aber der Joost ist weg, der bleibt da nie lange, und der Dennis auch. Scheiße, das gibt's einfach nicht.«

»Wieso ist der Dennis weg?«

»Hat gemeint, er muss noch was erledigen.«

»Wann?«

»Keine Ahnung, so um zwölf oder so.«

»Ist er allein weg?«

»Glaub ich schon, aber es war viel los, weiß ich nicht genau.«

»Und er hat nicht gesagt, wohin? Ist er mit dem Taxi weg?«

»Mir hat er nichts gesagt.«

»Hat er mit jemandem telefoniert – mit wem hat er hier in München Kontakt gehabt?«

»Hören Sie, ich hab keine Ahnung. Was weiß ich, wir haben uns ja nicht überwacht oder so. Ist ja nicht Big Brother.«

»Sie leben hier auf engstem Raum, wochenlang – und nix? Seids ihr euch alle wurscht? Helfens mir halt ein wenig!«

Das Achselzucken vom Burschen hilft Sandners Ärger in die Schuhe. Er könnte aus der Haut fahren und den Musiker einfach packen und beuteln. Kurz schnauft er durch. »Mädchen?«, fragt er.

»Dennis – nein.«

»Sie sagen das so überzeugt, obwohl Sie sonst nichts mitgekriegt haben wollen. Wieso keine Madln, der sah doch fesch aus?«

»Weil Dennis auf Jungs steht, aber da war gestern auch nix.«

»Okay, also auch nix.«

Schweigend schaut der Kriminaler einen Moment lang zu, wie der Junge Halt an der Gitarre sucht. Abwesend streicht er über die Saiten, ganz anders, als der Sandner die Musik von »Nachtgoul« in Erinnerung hat. Er glaubt, alte Clapton-Links raushören zu können. Schließlich deutet er auf das Instrument.

»Die is scho ziemlich alt, die Hoyer Paula da.«

Der Junge sieht auf. »Die hab ich überall mit dabei, ist von meinem Vater. Nehm sie aber nicht mit auf die Bühne. Sie spielen auch?«

»Ja, hab auch eine Hoyer, Jazzgitarre, aber nur für den Hausgebrauch. Wie kommt ma nach London zum Gitarrespielen?«

»Wenn man die Schnauze voll hat, hier rumzuhängen und da hinwill, wo es brennt, wo es weitergeht, verstehen Sie?«

»So was ist doch ned billig.«

»Ja, schon klar. Wissen Sie, mein Vater, der hat das verstanden, stand ja auch mal vor der Wahl. War damals ein Rocker, let it roll, highway to hell, all der Kram und ...«

»Und?«

»Na, dann Studium, Lehrer für Deutsch und Geographie und aus.«

»Und er hat es Ihnen gezahlt.«

»Die Schule, ja, aber fürs Leben hab ich gejobbt, richtig Teller gewaschen und all die Drecksjobs.«

»Und der Dennis, wie hat der das finanziert?«

»Der hat ... hatte einen Sponsor, hat nie was Näheres gesagt. Aber immer Asche, musste nicht rödeln wie wir anderen, und wenn was anstand, hat er immer gemeint – hey, kein Problem, ich zahl's. Woher das kam, keine Ahnung, Goldmine auf jeden Fall.«

»Was kostet so ein Unterricht?«

»Siebentausend Pfund im Jahr.«

»Sapperlot. Waren vom Dennis auch Spezln da, gestern?«

»Glaub nicht. Der Jens war da, Jens Sobotnik, aber das ist nicht unbedingt ein Kumpel. Ich hab sie zwischendrin mal diskutieren sehen und dachte mir, alles im grünen Bereich.«

»Wieso sollte das nicht so sein?«

»Die hatten Stress in London, als der Jens noch da war, letztes Jahr, alte Geschichte. Fragen Sie den lieber selbst.«

Da sollte er nachhaken. Der erste kleine Kratzer im Lack.

Die Stimme des Burschen wird unsicher, leiser.

»Liebesgeschichte?«, will der Sandner wissen.

Der Musiker wischt imaginäre Flecken vom Gitarrenkorpus.

»Kann sein, auch – wie gesagt, fragen Sie den Jens selber.«

»Ich frag aber grad Sie!«

»Ich weiß nix.« Jetzt hat er sich wieder gefangen, zieht an der Zigarette, der Moment ist vorbei.

Der Sandner stößt den Atem aus.

»Ich brauch eine Liste, wer gestern Abend im ›Zenith‹ war. Alle, die Ihnen einfallen. Ich hab eurem Manager gesagt, ihr solltet erst mal nicht verreisen, hierbleiben.«

»Hier in dem Loch? Mal sehen.«

»Hat das van Leyden für euch arrangiert?«

»Ja klar, und das war nicht witzig.«

»Ah so?«

»Wir haben ihn gefragt, was der Scheiß soll, wir dürften dieses Jahr ganz schön Kohle gemacht haben – und dann so was. Ich meine, ich hab schon genug in alten Bussen gepennt oder auf Matratzen in versifften Kellern, aber wir dachten alle, dieses Mal wird's anders, größer.«

»Wie fand der Dennis das?«

»Der hat sich tierisch aufgeregt.«

»Hat es Krach geben mit dem van Leyden?«

»Hören Sie, der Dennis war nicht ganz einfach, wenn der Stress gemacht hat, konnte er sich nicht kontrollieren, das hat der nicht immer ernst gemeint.«

»Was heißt denn des? Hatten er und van Leyden Ärger oder ned?«

»Ja klar, ständig. Aber das war irgendwie normal und ...«

»Und was?«

»Na ja, das war halt auch Dennis, ich will nicht, dass Sie denken, der Joost könnte ihn ...«

»Nein, aber sie hatten sich doch heftig in der Wolle. Wollt der Dennis ihn loshaben?«

»Keine Ahnung, gesagt hat er das, aber der hat öfter Sachen gelabert, die er nicht so gemeint hat. Wie eine Explosion, wusch, und dann wieder okay. Der hat das gebraucht.«

»Und ihr anderen?«

»Wir haben uns schon auch Fragen gestellt, vor allem wegen der Kohle, aber wenn du auf Tour bist und alles, das ist wie ein Film, da kannst du keine vernünftigen Entscheidungen treffen, weil das ja ein Ding ist, wo du eh nicht klar denken kannst. Unterwegs, schlafen, Soundcheck, Gig und wieder von vorn. Verstehen Sie? Vielleicht hinterher.«

»Wenns hier ausziehen, gebens mir die Adresse, unter der wir Sie erreichen können.«

»Haben Sie mit Joost schon gesprochen?«

»Ja. Und ich hab mir eure Musik angehört.«

Der Bursche setzt ein Lächeln auf. Jetzt wirkt er wie ein kleiner Bub in zu großen Latschen.

»Und wie finden Sie es?«

»Ist wohl ziemlich hip, das Düstere ... zeitgemäß.«

»Wir könnten alle auch was anderes, aber ...«

»I versteh scho. Was machens jetzt?«

»Mit den anderen reden, weiß nicht, zu meinen Eltern nach Augsburg fahren, vielleicht – und hoffen, dass Sie den Mörder kriegen.«

»Ja, des hoffen wir auch. Ah ja – irgendeine Idee, wo dieser Jens Sobotnik steckt?«

»Der Joost müsste seine Handynummer haben.«

»Ich möcht mir noch die Sachen vom Dennis anschauen.«

»Ja klar, ich … muss mal unter die Dusche.«

»Eins noch – ham Sie sich ned gefragt, wo er gewesen ist, heut Nacht?«

»Nee, hab mir gedacht, er hatte noch Spaß – is ja kein Kindergarten.«

Der Junge deutet auf einen Alukoffer.

»Ist von Dennis.«

Natürlich hat der Sandner nicht erwartet, da liegt ein Tagebuch obenauf, aber enttäuscht ist er schon, dass er nur auf Klamotten stößt. Auf dem Kofferboden findet er einen Stapel Mangas und einen Gameboy Advance. Ein Griff in die Hosentaschen fördert eine Zwei-Euro-Münze zutage.

»Sagens, wie war das so mit Fanpost, Webblogs, Facebook – ich mein, war der Dennis da fleißig?«

Der Kleinschmidt zuckt die Schultern. Altbekanntes Bild.

»Nee, Dennis ist – war nicht so der Kommunikative, ich glaub, der hat immer Schiss gehabt, er kann nicht das ausdrücken, was er meint. Nur an den Drums war das anders. Er hat nicht viel gelabert. Konnte stundenlang rumsitzen und Mangas anschauen oder X-Box zocken.«

Der Sandner nickt. Er kann das Gefühl nachvollziehen. Manchmal ist eben alles von jedem gesagt.

So kann man sich täuschen. Der Nervenarzt Doktor Wegener, der die Sandra Wiesner in seinem pompös holzgetäfelten Büro empfängt, ist ein kleines Männchen mit einem Spitzbauch und dünnen, fettigen Haaren, die ihm auch eifrig aus den Nasenlöchern spitzen. Sein weißes Hemd sieht aus, als wäre er beim Spaghettiessen im Kindergarten der Ehrengast gewesen, und er riecht nach Zitronenaroma.

Die Wiesner schaut an ihm vorbei, auf das Bild hinter dem

Schreibtisch, um nur der Stimme zu lauschen, aber da müsste sie ihn schon als MP3 einpacken, um olfaktorische Wahrnehmungen auszuschließen.

Er muss sich denken, dass sie schielt wie ein schizophrenes Chamäleon, dagegen würde sie die porträtierte Frau vom Gustav Klimt an der Wand selbst als Wasserleiche problemlos wiedererkennen, so sehr studiert sie die Einzelheiten.

Das einführende Gespräch, in dem er all das langatmig wiederholt, was er schon am Telefon zum Besten gegeben hatte, wirkt als verbale Tröpfchenfolter. Ein Meister der Selbstzitate. Salbungsvoller Vortrag, sie wartet auf die Power-Point-Präsentation. Er sagt nie Frau Weiß, immer Patientin.

Schließlich, als sie schon nicht mehr daran geglaubt hat, marschieren sie gemeinsam über ein Dutzend gleichförmiger Gänge zum Zimmer der Frau Weiß.

Der Doktor hatte die Polizei schon angekündigt, und sie sollte auch schon vom Tod ihres Sohnes wissen.

Klein ist sie, die Frau Weiß, höchstens eins fünfzig, und sie sieht aus wie siebzig. Aus den Akten hat die Wiesner erfahren, dass sie gerade mal vierundfünfzig ist. An ihren Unterarmen ist die Haut um die fleischlosen Knochen gewickelt wie alte Putzlappen. Riesige, bläuliche Tränensäcke unter den Augen und eine struppige Kurzhaarfrisur.

»Der Dennis hat mich schon lang nimmer besucht«, wiederholt sie immer wieder, die Stimmbänder klingen eingerostet.

»Der hat nie geschrien, der war kein grantiges Kind, immer nur gelächelt.«

Der Psychiater lächelt auch.

»Die Frau Wiesner ist von der Polizei«, erläutert er ihr. »Ich hab Ihnen doch gesagt, was mit dem Dennis ist.«

Die Frau schüttelt vehement den Kopf.

»Ich weiß schon, was mit dem Dennis ist«, knurrt sie ärgerlich. »Der kam nur ganz selten her.«

»Wann ist er denn zuletzt gekommen?«, will die Wiesner wissen.

Wieder das Kopfschütteln, Verwirrung und tiefe Traurigkeit spiegeln sich in wässrigen Augen.

»Frau Weiß? Wo hat er denn gelebt, der Dennis?«

»Na, im Josephus-Heim halt, in Planegg. Was will die Polizei von mir? Ich hab dem Dennis nie was getan und der Astrid auch nicht.« Tränen laufen ihr über die Wangen.

Die Wiesner geht auf die Frau zu und reicht ihr die Hand. Sie wird fest gepackt, dann gedrückt und gestreichelt.

»Wiederschaun, Frau Weiß, ich muss wieder weiter.«

»Ja, behüt Sie Gott. Schön, dass Sie gekommen sind, besuchen Sie mich wieder. Und gut aufpassen, wenns über die Straße gehen.«

Es dauert eine Weile, bis sie ihre Hand wieder zurückbekommt, sie wartet geduldig. Wegreißen will sie die nicht, aber raus muss sie bald, sonst lässt sie einen Schrei oder schluchzt im Chor mit der verlebten Frau.

Draußen hält sie den Arzt auf, der gleich zurückeilen will.

»Ich bräuchte von Ihnen noch ein paar Informationen.«

Er nickt. »Es war logisch, vom hirnorganischen respektive psychischen Zustand her, dass die Patientin Ihnen nicht sehr weiterhelfen konnte, das hab ich Ihnen ja alles auseinandergesetzt. Ob sie morgen noch weiß, dass ihr Sohn tot ist, bezweifle ich. Die Realität …«

»Die Realität ist hier eigentlich ziemlich nebensächlich, oder? Oh, und sie hat mir geholfen. Nur noch ein paar Fragen, das haben Sie sicher in den Unterlagen – und … wer ist eigentlich Astrid?«

»Astrid war ihre Schwester, die ist schon lange tot – Verkehrsunfall in Spanien.«

Das Männchen wirft einen ungeduldigen Blick auf seine Uhr.

»Was genau wollen Sie noch wissen? Schnell, bitte.«

Der Sandner hat sich zum Kollegen und den anderen Bandmitgliedern gesellt. Dass er es wieder mit Klonen vom Dennis zu tun hat, wundert ihn nicht. Es kommt nichts Neues, nur Wiederholungsschleifen.

Der Hartinger hat Schweißperlen auf der Stirn, und das Zimmer ist völlig verqualmt. Die Fassungslosigkeit steht herum, dass man sie packen und in die Tasche schieben könnte.

Wenigstens angezogen sind die beiden Musiker. Schwarze Jeans, schwarze Gürtel, schwarze T-Shirts. Harmoniert mit den gefärbten Haarschöpfen und den düsteren Mienen.

Der junge Kommissar hatte versucht, den Abend zu rekonstruieren, aber dabei war nicht viel herausgekommen.

»Passen Sie auf, ich möchte, dass Sie noch mal genau darüber nachdenken«, mahnt der Sandner ungeduldig, »schreibens mir den genauen Ablauf des Abends auf, wie es für jeden von Ihnen gelaufen ist, was Sie gesehen, gehört oder erlebt haben. Machens ein Brainstorming, jede Kleinigkeit, alles kann wichtig sein. Die Liste mit den Namen nicht vergessen. Ich schick später jemanden, der holt das ab – und geben Sie sich Mühe!« Er spielt seinen alten Deutschlehrer Walldorfer, Schillerfan und immer in Theaterlautstärke, sehr akzentuiert – »und geben Sie sich Mühe, Sandner, sonst habe ich keine Hoffnung für Sie!«.

Aber Hoffnung gibt's immer irgendwo.

»Ach ja – hat der Dennis telefoniert, habens da irgendwas aufgeschnappt?«

»Hat der Dennis eigentlich ein Handy gehabt?«, ergänzt der Hartinger.

»Nee, aktuell nicht, der hat die ständig irgendwo liegen lassen«, meint der Bassist, ein Thomas Meisnitzer.

Die beiden Ermittler wechseln einen kurzen Blick.

Wenn der Dennis telefoniert hat, vielleicht mit dem Täter, musste er also jemanden nach einem Handy fragen, grübelt der Sandner. Jemand könnte die Nummer haben, aber wer? Ein hauchdünner Strohhalm, eine Hoffnung.

Als sie aus dem Hotel kommen, hat es aufgehört zu regnen, und der Sandner ist froh, dass er den Friesennerz nicht mehr zu tragen braucht. Schirme hat er sich abgewöhnt, wahrscheinlich sind schon alle Beamten der Dienststelle mit Sandner-Schirmen ausgestattet, weil er sie überall flacken lässt. Vielleicht sollte er sich welche mit seinem Logo drauf machen lassen.

Er lotst den Hartinger zwei Straßenecken weiter zu einem türkischen Imbiss. Einfache Resopaltische, eine Theke mit kleinen Leckereien und angenehme Preise. Um diese Zeit ist noch nicht viel los, sodass sie den kleinen Raum fast für sich haben.

Die Mezes, türkische Vorspeisen, haben es dem Sandner angetan, die in der Glasvitrine zur Schau gestellt sind. Voller Vorfreude blitzen seine Augen.

Für den Hartinger sieht es so aus, als würde sein Chef wahllos auf alles deuten, was die Schalen und Schüsseln enthalten. Er stellt sich seinen Teller zusammen. Von Lavas und Dolma ist die Rede, Börek, Ezme und Haydari.

Der Hartinger bestellt einen Chai.

Sie lassen sich auf die weißen Plastikstühle fallen.

Der Sandner macht die Augen zu, lässt die letzten drei Stunden Revue passieren, seine Gedanken vom Zügel.

In seiner Jugend war er ein ganz passabler Gitarrist gewesen. Nicht außergewöhnlich, aber Talent hat er schon mitgebracht. Familiär vorbelastet. Der Vater hat mit der Quetschen umgehen können und bei manch einer Familienfeier aufgespielt. Volkstümliches Liedgut. Er hat dem Jungen beim Lindberg eine Höfner Gitarre gekauft, für neunundvierzig Mark, und geglaubt, der tät darauf den Ländler üben, für die gemeinsame Stubenmusi. Vom musikalischen Horizont seines Sprösslings hat er dann allerdings nicht viel gehalten. Clash, Sex Pistols, The Police. Was das mit Musik zu tun hätte, hat er immer gemurrt. Nur den Freddy Mercury hat er gelten lassen, der dem Sandner schon zu aufgebrezelt war.

Zu Hause haben immer die Aktion-Sorgenkind-Platten genudelt, mit der Anneliese Rothenberger und all den fönfriesierten Tralalas, bis der Sandner endlich alt genug war, um sich dagegenzustemmen.

Da konnte er heute dem Herrgott danken, dass die musikalische Indoktrination so abgeperlt ist an ihm. Ganz abgesehen davon, dass sein Vater als Schlosser nicht in der Lage gewesen wäre, ihn zu sponsern. Jeder Pfennig ist zweimal umgedreht worden im Hause Sandner.

Dass dem Vater just während der samstäglichen Hitparade das Herz versagt hat, ist dem Sandner immer wie ein schlechter Witz vorgekommen.

Er war zu der Zeit grad auf seinem ersten Lehrgang in Regensburg und hat, viel später, die Mutter allen Ernstes einmal gefragt, bei welchem Lied das passiert ist.

Sie hat die Frage nicht beantworten können – natürlich nicht –, und verstanden hat sie den Sandner gleich gar nicht.

»The Grattlers« hat dem Sandner seine Band geheißen, mit dem Aschenbrenner am Bass, sie haben in Schwabing ab und zu Darbietungen abgeliefert, wenig mit Erinnerungswert.

Irgendwo zwischen dem Gerümpel im Keller dürften sich noch ein paar alte Aufnahmen auf Kassette befinden.

Träume hat er schon gehabt, aber als junger Polizist hat er die schnell in den Spind gehängt und abgeschlossen. Du kannst eben nur einem Weg nach.

Auf den Wagner Lucky, ihren Sänger, ist er vor Jahren mal wieder getroffen, dienstlich, illegales Glücksspiel und Kokain. War das ein Überflieger gewesen, damals, als alles leicht gewesen war. Weiber hier und Weiber da, immer ein Grinsen und alle Welt gekannt. Jetzt existiert der in einer anderen Dimension, in seiner eigenen Halbweltgalaxie.

Was hatten sie es früher krachen lassen, der Aschenbrenner ist praktisch immer high gewesen und mehr geflogen denn gestanden. Und der Sandner hat jeden zammfallen lassen, der nur schräg geblinzelt hat, meistens besoffen, wie ein

Seebär auf Landgang, aber irgendwann hat's klick gemacht. Vielleicht als er die Corina kennengelernt hat.

Die Burschen von »Nachtgoul« imponieren ihm, die Zielstrebigkeit, der Ehrgeiz, mit welchem die zur Sache gehen – keine Kompromisse. Harte Arbeit. Und gleichzeitig macht sie ihn melancholisch, diese Kaltschnäuzigkeit und Berechnung. Wenn es in der Musik heute so ausschaut, dann sind ihm die lieber, die saufen, kiffen und ihren Zorn herausschreien. Aber vielleicht ist das auch nur eine verklärte Illusion oder ein angeklebtes Image.

Er spürt den fragenden Blick vom Hartinger auf sich, wie er da so in sich gekehrt sitzt.

»Sollten wir nicht längst ins Büro?«, will der wissen.

»Hast keinen Hunger?«

Der Hartinger verneint. »Ich hätte den van Leyden auch ohne Hilfe gekriegt«, sagt er. »Ich war Siebzehnter beim Stadtmarathon über die Halbdistanz letztes Jahr. Das, was Sie auf der Straße gerufen haben, war türkisch, gell?«

»Ja«, bestätigt der Sandner, »Dieb.«

»Sie können türkisch?«

»Fünf Wörter fließend. Ich bin zweisprachig aufgewachsen.«

»Ihre Mutter ist Türkin?«

»So könnt man fast sagen. Das wäre eine längere Gschicht. Um es kurz zu machen, meine Mutter musste mittun in der Schlosserei, Buchführung, Rechnungen und weiß der Geier, und ich war quasi ein Schlüsselkind. Aber ein sehr hungriges. Und unter uns hat eine Familie Öselim gewohnt, Fremdarbeiter hat das ja geheißen, mit einem Burschen in meinem Alter. Die hat mich verpflegt, wenn ich aus der Schule gekommen bin. Mein Vater hat die Leut nie danach angeschaut, wo sie herkamen, nur ob sie rechtschaffen waren in seinen Augen. Ja, so war das.«

»Deswegen mögen Sie also auch die türkische Küche.«

»Alles Prägung. Wobei sich die gute Frau Öselim oft an

Knödel und Schweinernem probiert hat, quasi kulinarische Integration – das ist aber grandios in die Hose gegangen, das kann ich dir sagen. Leck mich am Arsch, ohne großen Hunger und Überwindung war das kaum zu packen. Und geplärrt hab ich vorhin, weil die einzigen Gestalten, die da unterwegs waren, türkisch ausgeschaut haben und ich partout nicht mehr schnaufen konnte. War halt ein Glück. Und jetzt hab ich Hunger.«

Mit einem strahlenden Lächeln stellt ihm ein weißbeschürzter Junge den überladenen Teller auf den Tisch.

»Wirklich nichts?«, versichert er sich beim Hartinger, bevor er sich den ersten Bissen in den Mund schiebt.

Als das Handy lärmt, schiebt er es über den Tisch.

»Sag der Sandra, wo wir sind, in einer halben Stund kommen wir ins Büro«, schmatzt er, den Mund voller gebackener Bohnen.

Während er seinen Teller leerschaufelt, rutscht der Hartinger auf seinem Stuhl herum, als täten Wanderameisen an ihm knabbern.

»Das sind abgezockte kleine Wichser.«

Der Sandner hält mit der Gabel auf halbem Weg zum Mund an und zieht die Augenbrauen hoch. »Die Bösen haben keine Lieder. Geh, Hartinger, Mörder sind es doch nie und nimmer.«

»Woher wollen wir das wissen?«

»Was haben sie uns denn gesagt?«

»Eben nix! Party gemacht wollen sie haben, der Dennis wär irgendwann weg gewesen und Ende der Geschichte.«

»Und dann schleicht ihm einer von den Schwarzkopferten hinterher und derschlägt ihn, ohne erkennbares Motiv, und fährt mit der Leich im Taxi zum Friedhof.«

»Ja, trotzdem«, beharrt der Hartinger.

»Iss halt was«, befielt der Sandner.

Dass er einen Hang hat, kulinarisch zu missionieren, könnte man ihm vorwerfen.

»Der van Leyden, den müssen wir abklopfen«, sinniert er

kauend. »Ich weiß noch nicht, was es ist, aber astrein ist der nicht. Die Band hat ihm auch nicht vertraut. Der Dennis hat Stress mit ihm gehabt.«

»Aber wenn er sie betrogen hat, Geld eingeschoben – was hätt er davon, den Dennis zu erschlagen? Man schlachtet doch nicht die Kuh, die man melkt.«

»Nicht erschlagen, Hartinger, irgendwie verwickelt, Dreck am Stecken, das ist nicht dasselbe. Und wenn der Dennis ihn sonst abgesägt hätt? Mal schauen, ob über den was vorliegt, würde mich nicht wundern.«

»Soll ich mich später um die Anwesenheitslisten kümmern? Da werden bestimmt nur Vornamen und Spitznamen drauf sein, ob das so Sinn macht?«

»So eine Liste macht schon Sinn, abwarten. Vielleicht können wir den Abend zusammenpuzzeln. Und – wenn der Dennis telefoniert hat, kriegen wir Futter.«

Der Sandner ist fertig mit dem Essen. Er unterdrückt ein Rülpsen und lehnt sich aufseufzend zurück. Eigentlich hätte er es nicht eilig, überlegt sich einen Mocca und eine süße Nachspeise. Aber die Füße vom Hartinger laufen schon unter dem Tisch, seine Finger trommeln, der ganze Mann ist pure Bewegung.

Inzwischen hat sich die Imbissbude gefüllt, vorwiegend Männer mittleren Alters, die sich mit gedämpfter Lautstärke unterhalten.

Die beiden Polizisten erheben sich.

Niemand nimmt Notiz von ihnen. Jeder ist mit seinen eigenen kleinen Geschäften und Nöten, seinem eigenen kleinen Leben beschäftigt, und der Sandner wünscht sich, dass er sich um keines davon posthum kümmern muss.

Um zu bezahlen, muss er sich an zwei wild gestikulierenden Männern vorbeidrücken. Er fasst den jüngeren bei den Schultern. »Obacht Miran, ned so stürmisch.«

»Ja servus, Sandner, lang nicht gesehen. Was treibst du?«

Verwegen schaut er aus, mit wilder, dunkelblonder Lockenmähne und speckigem Ledermantel. An jedem seiner Finger protzt ein dicker, silberner Ring.

Der Sandner legt das Geld auf den Tresen. »Hab's eilig, tschuldige.«

»Du hast es doch immer eilig, immer Stress, nie Vergnügen.« Der Langhaarige grinst mit gebleckten Gebiss.

Draußen dreht sich der Hartinger noch mal um und wirft einen Blick durchs Fenster auf den Hünen. »Drogen oder Körperverletzung?«, mutmaßt er.

Der Sandner bleibt stehen und lacht kurz auf. »Der Miran ist der beste Änderungsschneider in München. Beim Kolumbusplatz. Wenn dir an deim windigen Lederjackerl der Reißverschluss platzt, ist das der Richtige. Und ned teuer. Ob der was einwirft, weiß ich nicht, Hauptsache, er näht gscheit.«

Als die Mordkommission noch in der Löwengrube residiert hat, war der Sandner einer der wenigen, der sich nicht aufgeregt hat über die Enge und das alte Interieur und dass du eine Ladung Putz abbekommen hast, sobald jemand laut husten musste. Asthmatiker durftest du keiner sein, WLAN Fehlanzeige, und über seinen wackeligen Schreibtisch wird sich ein städtischer Beamter schon 1923 gebeugt haben. Täter im Rollstuhl oder mit Kinderwagen waren nicht auf dem Zettel, die hätte man im Flaschenzug zur Vernehmung zerren müssen.

Jetzt, nach dem Umzug, hatten sie Platz, alles war aufgeräumt, weiß und praktisch. Bestimmt hatten die Bakterien sich schon mangels Beschäftigung suizidiert. Hier konntest du auf dem Linoleumboden eine erfolgreiche Herz-OP durchführen, ohne dass bei erwartungsvollen Keimen schon die Sektkorken knallten, wie im Krankenhaus.

Als Ermittler hat er immer das Gefühl gehabt, mit der Atmosphäre der Löwengrube beim Vernehmen Verdächtiger spielen zu können. Die historische Kulisse war ein beeindruckender Verbündeter, wenn es galt, die Wahrheit herauszuquetschen. Die alten hohen Räume, das Parkett, der Geist des Hauses hatten sich stets eingemengt, düster und einschüchternd. Die Nazizeit hatte allerdings ihre eigenen Gespenster hinterlassen.

Dass sie kürzlich unter der Außenfassade sechs Fresken vom Bruno Goldschmitt mit Darstellungen der Todsünden entdeckt hatten, passt für den Sandner. Die Wollust geht ab, die könnten sie in der Hansastraße an die Wand pinseln.

Das Gebäude dort ist funktionell. Als hätte der Sandner seine Hoyer gegen eine billige Kopie aus China eingetauscht. Klimpern kann er auf der auch, aber es würden andere Lieder werden. Ohne Wärme, ohne Gefühl, ohne Spaß.

»Jetzt sind wir hautnah bei den Nutten«, hatte der Kare den Umzug der Mordkommission in die Hansastraße kommentiert, worauf die Wiesner von ihm wissen wollte, ob er jetzt mittags immer außer Haus sein würde zum Lunch.

Betritt der Sandner sein Büro, stellt er sich gern ans Fenster. Aus Sicht der Kollegen ein kontemplativer Moment, ein Augenblick stiller Sammlung oder, weniger wohlmeinend interpretiert, eine Marotte. Es hat sich herumgesprochen, dass man da nicht stören sollte.

Der Polizist blickt nach draußen. Er lässt sich gefangen nehmen von der Umgebung. Was da kreucht und fleucht, zeigt sich unbeeindruckt vom sandnerschen Mord- und Totschlag-Geschäft. Die staubgrauen Tauben mit den verkrüppelten Füßen etwa oder der Prospektausträger, der seine rostige Vespa vorbeischiebt. Falls sich Schäfchenwolken am Himmel tummeln, nehmen sie für ihn oft Gestalt an. Fratzen, die Münder zum O gerissen, zerfledderte Karikaturen oder Traumgespinste – sein windgeblasenes Wolkenorakel.

Drache, Häschen oder Elefant wollen sich ihm schon lange nicht mehr zeigen. Verblichene Erscheinungen spielerisch-unbeschwerter Kindheit, während langweiliger Autotouren, um die ländliche Verwandtschaft zu beglücken. Den selbst gebackenen Zopf hat er sich dazumal mit geduldigem Stillhalten erdienen müssen, bis das Großtantenheer sich geräuschvoll schnaubend an ihm abgeschmatzt hatte.

Mit verbundenen Augen hätte er sie alle an ihrer eigenen Geruchskreation aus Salben, Körperwässerchen, Schweiß und Bratensoßen erschnuppert. Jede umgeben von individueller Dunstwolke. Ein nicht unerheblicher Faktor war die empfangene Münze in seiner Hand, Beigabe zum Abschiedsbusserl. Metallene Hostie. Was tut man nicht alles für mageren Obolus?

»Schaug amal, Josef, da sand Küh!«

In berechenbaren Abständen hatte seine Mutter, mit gespieltem Entzücken, die rustikale Aussicht aus dem VW-Käfer-Fenster kommentiert. Mit zehn hat er sich, bezüglich der Rindviecher, eine Winchester imaginiert, frühe Prägung durch die Sonntagswestern.

Ritsch – Ratsch – Bamm! »Schaug amal, Mama, jetzt sands nimmer da!«

Gerade mag es der Himmel schlicht, verschiedene Grautöne kombiniert, dafür würde es genügen, schwarz-weiß zu sehen, wie dem Aschenbrenner sein Schäfermischling.

Zwei Minuten – und der Hauptkommissar hat das Gefühl, er wär gründlich mit dem Besen durchs Hirn. Den nächsten Schritt hat er parat. Gespannt ist er, wer den Dennis Weiß vor dem Ableben betüdelt hat – oder einfach mit Geld zugeschissen. Was tut man alles für Geld? Was zahlt sich aus? Hat sich der Weiß Dennis mit einer Winchester bewaffnet, um reinzuholzen in die Idylle?

Der Sandner dreht sich um und lässt den Blick auf seinen Mitarbeitern ruhen. Keinerlei Reaktion erzeugt sein observatives Gehabe. Er ist kein Moses, der mit steingehauenen Geboten unter dem Arm vom Berg schreitet, das niedere Volk bangend an seinen Lippen hängend. Um ihn herum Business as usual.

Uniformierte laufen ein und aus, vollgeschriebene Blätter

in Händen, Drucker lärmen, der Kare und die Wiesner, lamentierend über Akten gebeugt, die Handys am Ohr.

Das macht den Sandner zufrieden. Du brauchst keinen Mechaniker geben, wenn die Maschine rund läuft.

Einzig vom Hartinger fängt er einen unsicheren Blick auf.

Der Mensch an sich ist ein Herdentier. Das Hierarchische war praktisch längst verankert, als der Ötzi noch durch die Alpen gekraxelt ist. Durch Beamtenrecht und Beförderungsprozedere hat es den finalen Feinschliff erfahren.

Heutzutage brauchst du nicht den größten Hirsch daherschleppen, damit ein jeder dir huldigt. Bist du erst im Besitz von Amtsautorität, darfst du dich getrost selbst als kapitaler Hirsch erweisen. Der Seneca hat dazu sinngemäß gemeint, ein Zwerg auf dem Berg bliebe ein Zwerg.

Der Hartinger fängt unten an, nicht gerade Spucknapf, aber keine Herrenjahre. Ungeschriebene Gesetzmäßigkeiten sind im Präsidium equivalent zu den Strafrechtsparagrafen. Da ist eine Schulung angezeigt, wie für den Opernball-Novizen.

»Bericht halt von der Landwehrstraße«, ermuntert der Hauptkommissar den jungen Polizisten.

Der gesellt sich zu den anderen.

Halb auf Sandners Tisch hockt der Kare, während die Wiesner danebenstehend auf einen Bildschirm schielt.

Gerade einmal bis zum Anfang der Großwildjagd kommt der Hartinger mit seiner Schilderung.

»Den van Leyden haben wir schon auf dem Spickzetterl«, funkt ihm der Kare dazwischen, »illegales Glücksspiel und BtmG-Verstoß. Das ganze Programm, regelmäßig wie eine Monatsblutung, auch hier in unserer sauberen Stadt. Ein Kokser und Zocker – aber so oft, wie der europaweit abgegriffen wurde – absolut talentfreies Bürschchen.«

»Wir sind hier ned von der Abteilung Tandelei und Fangden-Hut«, stellt der Sandner fest. »Gut, er ist der Manager vom Dennis Weiß, und er hat die Hosen voll. Vielleicht Schulden – und gwies ned bei der Sparkasse Obermenzing. Aber hat er den Burschen erschlagen? Ich wüsste partout nicht, warum. Noch nicht. Oder ist der Dennis wegen einer gemeinsamen Gschicht mit dem van Leyden umgebracht worden, und der fragt sich, komm ich als Nächster dran? Wir nehmen uns den morgen einmal gründlich vor.«

»Warum nicht gleich?« Hartingers Tatendurst bricht sich Bahn.

»Weil uns ein paar mehr Informationen nicht schaden täten. Neue Erkenntnisse geben neue Fragen, sonst denkt der van Leyden, unsere CD hat bloß einen Kratzer«, meint der Sandner.

Gerade als der Hartinger sein Safari-Highlight endlich an die Leute bringen will, schaut der Rückerl bei ihnen herein, eine Aktenmappe in der Hand.

»Das ist, was wir haben, vom Fundort – und die Aussagen vom Friedhofspersonal und der Alten. Bei den Nachbarn sind wir noch nicht durch, aber das kriegst du dann morgen früh.«

»Sandra, schau nach, ob wir in unserem Schub noch Fleißbildchen haben«, sagt der Sandner und grient.

»Tiere oder Fußball?«, kommt es von der Wiesner.

»Ich nehme eins von dir«, turtelt der Rückerl.

»Also Tiere«, lässt sich der Kare vernehmen.

Wahrscheinlich hat der Rückerl die Vernehmungsprotokolle nur wegen der Wiesner höchstpersönlich vorbeigebracht. Etwas Trauriges, Verlorenes spiegelt sein Blick wider. Dieser Köder ist fängig bezüglich so manch verhinderter Lebensretterin.

Die Wiesner winkt ab.

»Mich kannst du dir bei deinem Gehalt eh nicht leisten, nicht mal als Foto.«

Der Sandner schlürft vom Kaffee, reckt sein Kinn zum Rückerl hin. »Wenn er weiter so umtriebig ist, wird er bestimmt bald Polizeipräsident.«

»Du bist genau der Richtige als Karrierecoach – dann lieber gleich einen pfundigen Banküberfall.«

Der Kare deutet auf die Akten. »Was Interessantes?«

Der Rückerl schüttelt stumm den Kopf und schafft sich Platz neben ihm.

»An was ist eigentlich der Alte gestorben?«, will der Oberkommissar wissen.

»Beim Kirschenpflücken im eigenen Garten hat es ihn von der Leiter geschmissen.«

»Ehrlich?«, kommt es ungläubig vom Hartinger.

Der Rückerl lacht auf. »Weiß ich doch nicht, Hartinger, aber hätte halt so sein sollen, oder? Allerweil gscheiter, als dement im Pflegeheim verrecken.«

Der Hartinger schluckt und wirft einen katholischen Blick Richtung Decke.

»Apropos Erdlinger«, sagt der Hauptkommissar, das Schweigen verscheuchend, das es sich gerade im Raum gemütlich machen wollte. »Du könntest noch rausfinden, wer alles auf der Beerdigung war. Ist zwar bestimmt ein Schmarrn, aber vielleicht hat man den Bursch mit Absicht gerade auf dieses Grab …«

»Dritte Seite«, unterbricht ihn der Rückerl und wedelt mit dem Aktenpackerl. »Ich kenn doch meinen Sandner. Wir haben gleich die Tochter befragt. Die Leichenschmauserer sind alle notiert. Übrigens ein Studiendirektor a.D., der Erdlinger.«

Mit dem Reden kommst du manchmal bis zum Ende einer dunklen Sackgasse. Falsch abgebogen und vor der Wand. Beim Wörterverhau ist jedes Navi für die Katz. Anschaulich demonstriert das beispielsweise ein politisches Palaver, alternativ Paargespräch übers Gfrett mit den Schwiegereltern. Strebt man nach Erkenntnissen, darf es gar ein nagelneuer Horizont sein, sollte man stattdessen eine Pizza essen gehen oder, falls intellektuell versaut, Sushi. Hinterher ist von der

Stubenmusi bis zum Death Metal, von der Krippenausstellung bis zur koitalen Live Performance programmatisch, je nach Gusto, alles im Packerl. Striegelt den Bauch und macht den Geist geschmeidig.

Für den Sandner wird hypothetisches Geeier rund um traurige Faktenbrösel allerweil zum Brummkreisel. Begreifen kommt vom Greifen – beriechen, begaffen und erschmecken muss er die Geschichten. Ein Vernehmungsprotokoll ist staubtrocken Brot, die belauschte Stimme gibt den Schinken dazu.

Er wirft den Kaffeebecher in den Müll und winkt der Wiesner. Verabredet ist er mit der Frau Giese, Leiterin vom Josephusheim in der Karl-Valentin-Straße, letzter Wohnort von Dennis Weiß in München.

Das Gebäude ist ein schlichter Klotz aus den Sechzigern. Quadratische, kleine Fenster, rauhverputzte Wände. Diese typische braun-gelbe Fassadenfarbe, bei deren Anblick jedermann den Farbmischer ob seines gravierenden Augenleidens bedauert. Unauffällig duckt sich das Haus zwischen seine Nachbarn, als täte es sich schämen oder verstecken müssen. Nicht weit hergeholt. Das findest du ab und an, dass kreuzbrave Anwohner sich grantelnd zusammenrotten, wie Sauen im Maisfeld, weil's in ihrem Gau Befremdliches erschnuppern. Eine Schand für alle Sinne und selbstredend eine Watschn für den Wohnwert. Warum nicht im Salzstock einlagern oder in entseelte Winkel verschicken, das Gschwerl. Bedrohungspotenzial für die Beschaulichkeit.

Der Sandner lässt die Wiesner etwas vorausgehen, schaut sich in der Straße um. Weiter vorn eine Grundschule und ein klassisches Café, dazwischen postierte Einfamilienhäuser aus der Nachkriegszeit.

Am hüfthohen Holztor, Zugang zum heilpädagogischen Heim, wartet die Polizistin auf ihn.

Es ist offen. Ein kleines Mäuerchen umrahmt das knapp

bemessene Rasenstückchen. Zwei Nussbäume, eine Kastanie und drei rostige Fahrradständer.

Sie schlendern über die Rasenfläche.

Einige Köpfe kann der Sandner ausmachen, hinter den spiegelnden Scheiben.

Wie sie das Haus betreten, werden sie gleich in Empfang genommen. Ein junges Madl kommt ihnen entgegen. Pausbäckig und umtriebig, samt resolutem Schritt. Ein blonder Pferdeschwanz gibt wedelnd das Metronom. Erzieherin wäre sie, in Gruppe zwei, aber den Dennis Weiß hätte sie nicht gekannt, auch nicht seine Band. Dass einer gestorben ist, der hier gewohnt hat, wäre trotzdem arg traurig.

Im Gang riecht es nach Patschuli, Vanillewässerchen, Bodenreiniger und durchgeschwitztem Polyestergwand. Die amtliche Schulhausmischung. Man könnte den Geruch in Flakons abfüllen, Marke alte Erinnerung.

Zwei Jugendliche lungern herum, Ohrstöpsel, Röhrenhosen, die Augen gebannt auf ihre Handydisplays.

Ein helles Zimmer im Erdgeschoss, dominiert von einem klotzigen, eichenen Schreibtisch, erwartet die Ermittler. Überbleibsel klösterlicher Herrlichkeit, vermutet der Sandner. Holzpolitur und Bienenwachs bekommt er in die Nase.

An den strahlend weißen Wänden ein Kruzifix, ein vollgekritzelter Landschaftskalender und gerahmte Kinderzeichnungen. Gekleckste Menschfiguren, die für den Polizisten wie Heuschreckenmutanten aussehen. Dazu schiefe Häuschen und Blumen in abstrakten Varianten, beschienen von der Viertelsonne.

Ihnen gegenüber sitzt Frau Giese, die Leiterin. Herbe, alterslose Ausstrahlung. Knöchrige Figur, hervorstehende Nase, das kurz geschnittene, schwarze Haar grau durchwirkt. Alles an ihr erscheint zu groß, steht eckig hervor, als wäre sie mit dem Meißel aus einem Holzklotz herausgetrieben worden. Die Konturen harrten noch der Feinarbeit durch den Ammergauer Schnitzer.

»Das ist ein großer Schock für uns, Herr …«

Der Polizist lässt sich Zeit, bevor er ihren Satz ergänzt.

»Hauptkommissar Sandner, Kommissarin Wiesner.«

»Ja – der Dennis war fünf Jahre bei uns, bis siebzehn, ich habe gerade noch einmal nachgesehen.« Die Frau klopft auf einen gelben Aktenordner, der vor ihr auf dem Tisch liegt.

»Erzählen Sie uns, was für ein Typ der Dennis war«, wird sie vom Sandner ermuntert. Während die Giese den Toten beschreibt, vollzieht sich bei ihm ein mentaler Schöpfungsakt. Langsam taucht ein Wesen auf, als würde der Bursche aus dem Nebel ins Licht schreiten. Vor sich sieht er ihn, nicht als Geschundenen auf dem Friedhof, sondern in seiner Lebendigkeit. Der Sandner bekämpft die Traurigkeit, die mit diesem Prozess einhergeht. Alle Bilder haben einen schwarzen Rand. Er konzentriert sich auf das gesprochene Wort.

Nicht unbeliebt wär der Dennis gewesen, aber ein verschlossener Einzelgänger. Kaum Freunde, kaum Außenkontakte, Konfliktpotenzial, aber keine Feinde. Zu unvermittelten Ausbrüchen neigend, doch sonst hätte er seine Gefühle hauptsächlich unter Verschluss gehalten. Der Alkoholabusus der Mutter und daneben ein verschlossener, magerer Junge. In eine unverständliche Welt geschubst und den Elementen ausgesetzt. Auf dem Ozean ist er getrieben, mit seiner Nussschale. Mal hierhin, mal dorthin.

Wie der Sandner London ins Spiel bringt, ruckt die Leiterin auf dem Stuhl hin und her, fixiert den Aktendeckel. Da haben die Holzwürmer im Hintern rebelliert. Ihr Zeigefinger malt ein imaginäres Muster auf die Tischfläche. Weder das Haus vom Nikolaus noch ein Pentagramm. Nicht einmal ein Kreuz. Sie streckt den Rücken durch, schaut auf, ihr Mund lächelt den Sandner an.

»Sehen Sie, Herr Sandner, der Dennis hat immer gern Musik gemacht, Schlagzeug gespielt, da ist er richtig aufgelebt. Unten im Keller haben wir einen Bandübungsraum mit allen Instrumenten, und der Dennis hat geübt wie ein Besessener. Eine normale Lehrstelle wäre bei ihm nicht infrage gekommen, das hat sich schon bei den Praktika abgezeichnet. Er hat das nicht durchgehalten, hat sich mit den anderen angelegt, blaugemacht, Krankheiten vorgeschoben ... schwierig.«

»Ja, aber London ...«

»Das war die Idee vom Herrn Auerhammer.«

»Herr Auerhammer ist wer?«

»Sehen Sie, seit Jahren werden wir von einer Stiftung, einem Förderverein, unterstützt, der HiZ e.V., Helfen ist Zukunft, der uns finanziell unter die Arme greift bei notwendigen Ausgaben, Anlegung eines neuen Spielplatzes zum Beispiel oder eben dem Bandübungsraum. Es ist ja so, dass der Etat eine Heimes mittlerweile eng begrenzt ist. Wir sind bei den Sparmaßnahmen nicht außen vor, ganz im Gegenteil, sodass es unabdingbar ist, Förderer, Stiftungen oder Spendengelder zu akquirieren. Da sind wir sehr, sehr dankbar.«

»Und der Herr Auerhammer ist der Vorsitzende von HiZ e.V.?«

»Besser gesagt, es liegt in Händen seiner Frau. Der Herr Auerhammer ist Bauunternehmer, und seine Frau hat es geschafft, dass sehr einflussreiche Leute aus der Stadt und dem Umkreis als Förderer für die Stiftung Spenden erbringen – und damit auch uns unterstützen.«

»Zehntausend Euro im Jahr, ist das quasi normal?«

»Nein, aber in diesem speziellen Fall hat der Herr Auerhammer das unterstützt und organisiert. Dennis' Schicksal lag ihm am Herzen. In der ersten Zeit hat der Dennis dort in einer Gastfamilie gelebt, aber er ist direkt an seinem Achtzehnten umgezogen. Wir haben danach nicht mehr viel von ihm gehört. Natürlich haben wir uns gefreut über den Erfolg seiner Musikgruppe. Und London war ideal, gerade wegen der besonderen Verwicklungen hier. Um so tragischer jetzt ...«

»Was für Verwicklungen?«

»Ja, der Dennis hatte mit einem Mädchen von hier etwas angefangen.«

Jetzt rutscht der Sandner im Sessel hin und her.

»Etwas angefangen, wie meinens des – was ist da besonders?«

»Dieser Fall ist leider schon besonders – sie ist schwanger geworden, die Janine und …«

»Und da wird er nach London geschickt? Ins Exil? Wär's nicht besser gewesen …?« Er lässt die Frage offen.

Fuchtig scheint sie zu werden, die Frau Giese, ihre Wangen nehmen Farbe an. Offenbar nicht aus Holz. Da kann doch nicht jeder hier hereinspazieren und ihr erzählen wollen, was das Beste wäre. Malefizbua, ab in die Ecke! Vom strengen Blick wird der Sandner aufgespießt, wie ein Mistkäfer vom Entomologen. Er ist auch angemessen zerknirscht. Jetzt soll sie sich am Ende rechtfertigen, weil er als Gscheithaferl daherkommt. Da hat er die Gesprächsatmosphäre ohne Zwang ins Eisfach geschoben.

Ihre Stimme wird augenblicklich frostig.

Über fundierte fachliche Entscheidungen belehrt sie die Polizisten und die mangelnde Fähigkeit zur Auseinandersetzung mit einer Vaterrolle. Die Janine wäre zu einer Pflegefamilie gekommen, mit ihren fünfzehn, und hätte dort ihr Baby bekommen. Sie hätte auf keinen Fall in einer stationären Einrichtung verbleiben wollen. Von Akzeptanz spricht sie, Eigenverantwortung und Reife, bis der Sandner dazwischengeht. Ihr sedativer Vortrag schmeißt ihm gerade die Aufmerksamkeit in Stücke.

»Jaja, gut – haben Sie die Adresse der Familie?«

»Natürlich, aber die Janine ist dort nicht mehr, das ist tragisch. Sie ist abgehauen vor fast einem Jahr. Hat das Baby allein gelassen – und weg. Wenn man mitkriegt, wie die Kinder aufwachsen und was sie mitbekommen, mitmachen müssen – das ist wohl eher Alltag, die logische Konsequenz.«

Das Tragische scheint dem Sandner inflationär aus dem

Mund der Frau zu purzeln. Zumal sie die Geschichten gleichzeitig im Reich des Gewöhnlichen ansiedelt. Tragisch, aber so ist es um die Welt bestellt.

Als die Sanne noch Kind war, hat er ihr in einer Ausstellung einmal gezeigt, wie viel Leben in einer Handvoll Erde ist. Ein eigener Kosmos unter dem Mikroskop. Da wuselt es, spielen sich Dramen ab, fressen und gefressen werden, schlüpfen, sterben, kopulieren, verpuppen, verwandeln, Mimikry und Tarnung. Sobald man sich nur weit genug entfernt hat, weiter nichts als ein Dreckhaufen.

Der Sandner lehnt sich zurück im knarzenden Holzstuhl, verschränkt die Arme, Abstand schafft er sich.

Dass er immerzu ein Mikroskop mit sich herumschleppen muss – manchmal, ganz unvermittelt fühlt er sich einem Lastesel gleich, dem sein volles Tragerl bald die Beine spreizt. Er seufzt.

»Und das Kind vom Dennis lebt da noch, bei der Pflegefamilie?«, will die Wiesner wissen und wirft ihrem Kollegen einen forschenden Blick zu.

»Ja, Frau äh?«

»Wiesner.«

»Es ist ein Junge, Kevin heißt er. Das Jugendamt fand es am besten so, nach Prüfung und Abwägung aller Faktoren, bevor man ihn wieder verpflanzt. Die Pflegeeltern sind äußerst verantwortungsvoll und kooperativ. Die kümmern sich, die Mutter ist ja vermisst, und der Vater – war nicht greifbar.«

»Ich hab gehört, der Dennis wäre schwul gewesen.« Der Sandner gräbt vergeblich nach Ungereimtheiten. Von seiner Gesprächspartnerin kommt keine großartige Reaktion. Sie zuckt bloß die Achseln.

»Viele der Kinder und Jugendlichen hier haben eine harte Vergangenheit, Herr Sandner. Auch sexuell. Man nennt das sexuelle Verwahrlosung, für die sie keine Schuld tragen. Aber da wird viel experimentiert, in fast jedem Alter, und kontrollieren kann man das kaum, nur im therapeutischen Rahmen aufarbeiten und ihren Selbstwert stärken. Manche haben gelernt, dass sie sich nur über ihren Körper definieren können. Der allein war Bestätigung. Das würde ich beim Dennis jetzt nicht überbewerten. Es ist halt passiert.«

»Hat der Dennis einen Therapeuten gehabt?«

»Nein, es gab Versuche, aber er hat sich verweigert.«

»Und die Janine?«

»Ja, die war in Therapie.«

Sie lassen sich die Adresse der Pflegefamilie, der zuständigen Jugendamtsperson und der Therapeutin geben und verabschieden sich von Frau Giese, nicht ohne anzumerken, demnächst noch mit den Gruppenerziehern sprechen zu wollen, falls Bedarf. Jederzeit herzlich willkommen zu sein, wird ihnen von der Heimleiterin versichert. Der Gesichtsausdruck verheißt das Gegenteil. Du hast ja keine Ahnung, einfältiger Polizistenschädel, glaubt der Sandner lesen zu können. Ihr Händedruck ist flüchtig, abwesend. Noch ehe die beiden Beamten bei der Tür draußen sind, mimt sie die Geschäftige und greift zum Telefonhörer.

»Was meinst jetzt du dazu?«, fragt er die Wiesner, als sie wieder im Auto sitzen.

»Deprimierend irgendwie, und solch einen Alltag möchte ich nicht haben.«

Der Sandner lacht auf.

»Ja, der unsrige ist da schon prickelnder.«

»Ich find, diese Stiftung hat sich schon arg für den Dennis eingesetzt. London, zehntausend Euro Minimum. Aber pädagogisch find ich es nicht gerade, den Vater im Ausland zu entsorgen, statt ihn in die Verantwortung zu nehmen. Und gibt's im Heim keine Pille, oder was?«

»Alle Faktoren haben sie abgewogen, den Vortrag haben wir doch grad gehört. Und? Den Stiftungssamariter müssen wir befragen. Den laden wir uns morgen vor.«

»Und die Giese?«

»Was meinst?«

»Ich hab des Gefühl gehabt, des is der zumindest wurscht, wer den Weiß umgebracht hat. Sie hat nicht wissen wollen, wie und was passiert ist. Nix.«

»Tragisch«, sagt der Sandner, »vielleicht ist sie so abgebrüht, dass es für sie normal ist, oder sie wollt uns schnell wieder loshaben, da stellst du keine depperten Fragen.«

»Irgendwie riecht die Gschicht komisch … ich weiß nicht.«

Der Sandner wedelt mit seinem Notizheft, in dem er die Adressen vermerkt hat. »Schau mer mal, dann seng ma's scho.«

Beide versinken in Schweigen.

Der Dennis war ein armes Würstl gewesen, der versucht hatte, einen Zipfel Glück vom bunten Lebensteppich zu ergattern. Fast hätte er es geschafft, aber jemand hat ihm das nicht vergönnt. Der Sandner ist kein gläubiger Mensch, das war schon immer so in ihm, dass er sich gedacht hat, für eine gerechte, höhere Macht wäre das alles viel zu ungleich verteilt, auf dem Spielbrett. Zumindest ein Regelheft hätte sie dazulegen können oder gratis Cognac für alle ausschenken.

Die Musik aus dem Autoradio plätschert dahin, den Regen als Vorbild. Das x-te Madl mit glockengleichem Stimmchen und dünnem Gitarrengeschrammel wird grausamst gepeinigt vom Ego-Trip ihres Verflossenen. In d-Moll. Der sonntägliche Verkehr hält sich in Grenzen. Die Leute bleiben lieber im Nest, machen es sich gemütlich und bereiten sich für den Sonntagabend vor. Das Kanapee wartet schon.

Vor einer der zahllosen Bäckereifilialen im Viertel hält die Wiesner, und sie lümmeln sich drinnen an einen Stehtisch.

»Ich mach mir Gedanken um den Kare«, sagt sie. »Irgendwie …«

Der Sandner hat die zwei Verkäuferinnen im Blick. Verkörperte Langeweile, gepaart mit mittelgradiger Erschöpfung. Könnten sich wohl Besseres vorstellen, als sich die Füße in den Bauch zu stehen. Krampfadern holst du dir, wegen ein paar Hanseln, die sonntags partout ihren Schwarzen nicht selber aufbrühen wollen.

Die Polizisten sind aktuell die einzigen Kunden.

»Der Kare kommt schon klar«, sagt er und weiß, dass es nicht stimmt. Auf diese Art Gespräch verspürt er keine Lust. Seine Nackenmuskeln versteifen sich. Den Beziehungsquark anderer Leute durchzurühren, ist substanziell gesehen für ihn nahe an der »BamS«. Zuerst könnte man den eigenen Dreck wegputzen. Traurig genug, dass man nie einen passenden Lumpen findet. Er könnte ihr weismachen, dass er mit dem Kare reden wird, irgendwann, nippt aber bloß vom Kaffee und beißt in seinen Schokomuffin.

»Schon klar«, murmelt die Wiesner. Nachäffen bräuchte sie ihn nicht. Ruhe sollte wieder einkehren, aber wenn etwas einkehrte, dann alle dreißig Tage ein Tötungsdelikt, statistisch. Der Lehnharter kommt ihm in den Sinn, samt Gockel.

»Hast du schon einmal ein Viech geschlachtet?«, fragt er die Kollegin unvermittelt.

»Ich hätte einen Angelschein zu bieten, aber ich komm nie dazu«, sagt sie und schaut ihn groß an. »Den Schein hab ich mal einem Typen zuliebe gemacht, stell dir vor, wie tramhappert muss ma sein. Kurz drauf war eh der Kas bissen.«

»Waidgerecht«, murmelt der Sandner. Er kriegt einen Blick von ihr, als hätte er nicht alle im Stüberl.

»Wie kommst jetzt darauf?«

»Ich hab grad an einen Gockel denken müssen, dem wer die Gurgel abdraht hat. Tötungsdelikt.«

»Ich tät schätzen, kein Einzelfall.«

»Der scho, glaub mir. Präzedenzfall.«

»Aha. Meine Brüder und i, wir haben früher oft Tauben gejagt und Frösch, mit dem Luftgewehr oder sonst wie«, sagt die Wiesner und mustert dabei kritisch ihre rotlackierten Fingernägel, »des is aber verjährt.«

»Das hätte ich dir gar nicht zugetraut, so ein graziles Wesen, wie du bist.«

»Als Kind war ich nur Haut und Knochen, aber a derbe Maz. A richtiges Luder. Des derfst keinem erzählen, was uns ois eingefallen is.«

»Sauber, mit Misses Hyde bin ich unterwegs.«

»Wenn schon, dann Miss Hyde. Also, überleg's dir gut, bevor du dich mit mir anlegst.«

»Reißt mir dann den Haxen aus?«

»Mindestens beide.«

»Apropos, gehört des zum amtlichen Sadismus, wenn du jemanden post mortem quälst?«

»Fragst du mich als erfahrene Domina? Keinen Schimmer. Du weißt doch selber, dass der Fetischismus keine Grenzen hat. Du findest selbst einen, der deine Fußnägel frisst.«

»Ja, und trotzdem bin ich sicher, das sollt ein Zeichen für die Lebenden sein. Für uns. Fragt sich, ob uns da jemand arg verscheißert, oder ned?«

Die Wiesner nickt.

»Frag den Wenzel«, meint sie dann. »Dem tät ich's zutrauen, dass er sich auskennt. Peitschen-Björn.«

»Merci beaucoup, den hättest nicht erwähnen müssen, jetzt schmeckt mir der Kaffee nimmer. Das ist pietätlos.«

»Deine Qual, meine Lust.«

Der Sandner verzieht das Gesicht. Er wirft einen Blick auf die Uhr. Wenn sie heute noch etwas reißen wollen, müssen sie die Pferde satteln. Bis dato hat es keinen Moment gegeben, der sie vorangebracht hatte. Als wenn sie dir aus »Krieg und Frieden« ein mickriges Blattl in die Bratzen drücken und du dir den Roman daraus fitzeln sollst.

Die Fendts wird er aufsuchen, die aufopferungsvollen Pflegeeltern, immerhin – vielleicht hat sich der Dennis bei ihnen gemeldet, bezüglich seines Sohnes. Die Eltern von der Janine sind auch im Rennen, Familienzeit. Da wird die Wiesner vorbeischauen. Sie ruft den Kare an und gibt ihm den neuesten Stand durch. Ihr Handy auf Lautsprecher gestellt, hören sie ihm zu.

»Der Herr Fendt ist ein rasanter Autofahrer, sonst ein unbeschriebenes Blatt, aber der liebe Papa von der Janine, das ist schon eine andere Nummer. Also Fetzner Ricco ...«

»Schöner Name.«

»Der hat die Kollegen schon öfter beschäftigt. Eine ganze Litanei. Körperverletzung, Trunkenheit am Steuer, Erschleichung von Leistungen, häusliche Gewalt, Drogen – a staubiger Bruder, sag ich euch. Vor drei Jahren hat er auf der Wiesn einem Kerl mit dem Maßkrug den Scheitel nachgezogen, aber Schwein gehabt, bei der Verhandlung. Seine Spezln haben ausgesagt, dass sein Kontrahent mit dem Hirschfänger rumgefuchtelt hätte. Und die Gemahlin, Drogen, Körperverletzung und Betrug.«

»Klingt sympathisch – Kinder?«

»Ja, die Janine halt und den Pascal, der ist – warte mal – fünfzehn, wenn ich richtig rechne, und noch zu Hause.«

Der Sandner wirft der Wiesner einen Blick zu.

»Wenn du zu denen fährst, nimmst du dir bittschön einen großen, kräftigen Bullen mit, Zivil soll er anhaben. Das ist eine Anweisung.«

»Darf ich den behalten, Papa?«

»Kommt nicht infrage, was glaubst du, was so einer am Tag verfrisst!« Der Sandner schaut nach draußen. »Ich bräucht dein Wagen.«

»Das letzte Mal bist du zwei Tage damit rumgefahren, Sandner. Und wenn ich dir den Schlüssel nicht abgeknöpft hätte ...«

»Also? Du kannst dich hier von unserem Escort-Service abholen lassen, und ich fahr hinterher in die Hansastraße, oder wir telefonieren.«

Die Wiesner nickt ganz gegen ihre Überzeugung und greift zum Handy, um die Dienststelle zu informieren.

Der Mann neben ihr wippt manisch im Takt. Jede Textzeile brabbelt er mit, ein Fan. Jan Delay. In einer Lautstärke, dass die Wiesner ihn erst einmal anplärren muss, er solle den Krach leiser stellen, damit sie ihm die Situation erklären könne, ohne heiser zu werden.

Er nickt immerzu, und sie ist nicht sicher, ob er ihr zuhört oder als Wackeldackel zum Dienstwageninterieur gehört. Fesch ist er trotzdem, höchstens Mitte zwanzig, das Hemd spannt sich über den Muskeln, Schnäppchen aus der Kinderabteilung. Stretch selbstredend, sonst drohten die Knöpfe beim Einatmen die Windschutzscheibe zu durchschießen. Blonde Mähne, markantes Kinn, und die schwarze Lederjacke flackt auf dem Rücksitz.

Du Tarzan, ich Sandra.

»Scheißdreck«, kommentiert er, als er sich im Gewirr der Straßen verirrt und zurücksetzen muss. Rund um den Innsbrucker Ring wetteifern die Mehrfamilienhäuser um die größtmögliche Eintönigkeit. Straße für Straße der gleiche Anblick. Häuserwüste als Ratebildchen für die Kleinsten. Finde fünf Unterschiede, da kannst du lange knobeln. Hohe Kinderfahrradquote vor den Eingängen und fast überall dieselben blauen, verwitterten Eingangstüren.

»Die Zweite rechts«, kommandiert die Wiesner. Sie hat einmal um die Ecke gewohnt und kennt sich aus.

Vor dem Haus ein buntes Kinderknäuel, alle Altersklassen sind vertreten – neugierige Blicke.

Wortlos gehen die beiden Beamten durch die offene Eingangstür. Im zweiten Stock werden sie fündig. Auf einem Blechschild an der verschrammten Wohnungstür – Fetzner. Auf ihr Klingeln macht ihnen ein Mann auf, den die Wiesner zuerst für einen Freund des Hauses hält. Er passt so gar nicht zum Bild, das der Kare ihnen vermittelt hat. Sie bereut, dass sie vom blonden Kleiderschrank begleitet wird.

»Ja?«, fragt der Mann unsicher. Sein Blick geht eine Etage höher.

»Herr Fetzner?«, vergewissert sich die Polizistin.

»Polizei?«, mutmaßt er. Da kennt er sich aus, gute Witterung. Klein ist er, die Wiesner überragt ihn um einen Kopf, mit schütteren, schwarzen Haaren und flackernden Augen. Pausbäckig, Bäuchlein und gestreifter Pulli. Ein Streifenhamster in Strickware.

»Ja, Kommissarin Wiesner und … äh«, sagt sie, »dürfen wir reinkommen, es geht um Ihre Tochter.«

»Die Janine? Ja freilich, klar, kommens. Hier lang.« Fast hätte er noch eine Verbeugung gemacht.

Hinter ihr stapft der Personal Bodyguard mit seinen eins neunzig in den Flur. Er muss sich gleich bücken, sonst hätte er die Flurlampe abgeräumt. Düster ist es schon. Abgeschabter Teppichboden, Streifentapete. Ein Geruch von Schweiß und abgestandenem Rauch. Was noch in der Luft wabert, traut sich die Wiesner nicht zu erschnuppern. Aus einem Raum speit der Fernseher gekeiften Wörtermüll aus. Da hast du am Nordseestrand ein höheres Diskussionsniveau, wenn sich die Seehundbullen um ihren Harem fetzen. Sie gehen an der Lärmquelle vorbei. Offenbar das Schlafzimmer. Der Fetzner führt sie in die Küche, in der eine Blondine rauchend an der Spüle lehnt.

»Meine Frau«, stellt er sie vor.

Die sagt nichts, zieht nur geräuschvoll an der Kippe, angespannt, schnippt die Asche dann ins Becken.

Knipst du den falschen Draht durch, vermutet die Polizistin, geht sie in die Luft und zerreißt alles in der näheren Umgebung. Hohe Sprengkraft, die Gute. Anfang vierzig, klapperdürr in lila Jogginghosen und einem bauchfreien, weißen Irgendwas. Die Mähne gebleicht, die Falten in den Mundwinkeln tief eingekerbt. Streicheleinheiten hat das Leben nicht gehabt für sie. Fahrig, als wär sie von Spinnweben umgeben.

»Setzen Sie sich doch hin, wollen Sie einen Kaffee?« Fetzner schleicht um sie herum, ein Lakai vor der Queen herself.

Gefäße aller Art tummeln sich auf dem weiß lackierten Pressspantisch, der gläserne FC-Bayern-Aschenbecher quillt über. In einer Tasse schwimmen aufgequollene Zigarilloreste in hellbrauner Brühe.

»Nein, nichts – dankschön.«

»Ham Sie's gefunden, ist sie wieder aufgetaucht?«, will Fetzner wissen.

»Nein, tut mir leid. Sagen Sie, die Janine, wie lange haben Sie die schon nicht mehr gesehen?«

Der Mann fährt sich mit den Händen durchs Haar, schüttelt den Kopf, sieht zu seiner Frau.

»Die wollt uns gar ned sehen«, sagt sie, mit einer Stimmlage, einen Halbton entfernt vom Hundepfeiferl, »nicht mal, als der Kleine auf der Welt war.«

»Ich will ja nichts Böses über das Heim sagen«, ergänzt er hastig, »aber die haben ihr nur Schlechtes eingeredet über uns, was alles gar nicht gestimmt hat. Nur Lügen, und ihre Aufsichtspflicht haben sie auch nicht wahrgenommen. Anzeigen muss man sie. Ich hab schon mit meinem Anwalt …«

»Okay, und kennen Sie den Dennis Weiß, den Vater?«

»Der hat sich nicht gekümmert und hat sich – entschuldigens – ins Ausland verpisst, das hat man uns so mitgeteilt. Aber mit dem Heim – da tun sie immer so mit Nächstenliebe und Hilfe und Pädagogik. Ich sag mal, entschuldigens schon, dass ich so direkt bin, aber da wird doch richtig rumgehurt, jeder mit jedem, muss man doch so sagen.«

Die Frau Fetzner wirft Tarzan einen langen Blick zu, reckt ihre kleinen Wölbungen in den Raum.

»Was wollens eigentlich von uns – schickt Sie das Jugendamt, oder wer?«, will sie wissen. Sie stößt sich von der Spüle ab und tappt unsicher zum Tisch. An der Platte muss sie sich wieder abstützen.

»Dass sie sich verzupft hat, passt zu ihr«, teilt sie den Ermittlern mit, »so ist sie halt, auch wenn sie ihr das Geld vorne und hinten reingschoben ham. Die haben's ja. Das Flitscherl war nur den Mannsbildern hinterher, war schon mit zwölf so eine und …«

»Verstehe schon – wir sind da, weil der Dennis Weiß erschlagen worden ist, und wir ermitteln.«

Falls der Hamster sich noch schneller durch die Haare führe, sollte die Reibung für eine spontane Selbstentzündung reichen.

»Na und«, sagt sein Weib kalt, »wird schon jemand einen Grund gehabt haben. Juckt mich ned.«

»Damit hab ich fei nix zu tun«, beteuert ihr Gatte, eingespielter Satz, »ich ruf meinen Anwalt an, wenn Sie mich beschuldigen tun. Schauen Sie, wir kennen den doch gar ned. Und ich hab früher Scheiße gebaut, geb ich offen zu. Das war ned sauber, aber das hab ich gfressen. Man muss jedem Menschen eine Chance geben!«

Aus dem Küchentischstillleben fördert er eine bunte Visitenkarte hervor und reckt sie in die Höhe. Der Zauberer und sein magisches Amulett. Böses, weiche von mir!

»Ich bin im Außendienst, schauen Sie, das ist ein neues Ordnungssystem, Büko, alle Module ineinander steckbar, für zu Hause, fürs Büro …«

»Sie hätten schon ein saubernes Motiv.« Die Wiesner weicht nicht und hat nicht vor, sich in Rauch aufzulösen.

»Was?« Jetzt ist sein Kopf knallrot, und seine Angetraute wirft die Kippe in die Spüle.

»Ich soll den umgebracht haben? Spinnts ihr Bullen denn völlig? Kommts daher und verzapfts so einen Schmarrn!«

Tarzan, der dezent am Türrahmen gelehnt hat, macht einen Schritt auf ihn zu.

»Und gestern auf d' Nacht, wo waren wir da?«, schnurrt er sanft. Er hatte der Wiesner im Auto wohl doch ein Ohr geschenkt oder ist spontaner Eingebung gefolgt.

»Gleich um die Ecke, im ›Rondewuh‹, wo sonst, bis um zwei oder so und dann daheim. Fragts halt den Boris, der schenkt dort aus, der hat gestern Geburtstag gefeiert.«

»Wir überprüfen das. Sie können die Angaben Ihres Mannes bestätigen, Frau Fetzner?«

Die Angesprochene zuckt die Achseln und zündet sich eine neue Zigarette an.

»Ja, klar«, schnaubt sie, verdreht die Augen.

Die Wiesner wendet sich um und geht durch den Gang zur Tür. Das war's, mehr ist nicht zu holen. Abgesehen davon, dass sie noch hätte verlangen können, dass der Fetzner ihr ein Pentagramm vortanzte.

»Wiederschaun, wenn noch was ist, laden wir Sie in die Dienststelle vor, und wenn Ihnen noch was einfällt, rufen Sie an«, sagt sie. Schweigen. Nach dem Pascal hätte sie fragen sollen, aber sie muss raus. Ihr Visitenkärtchen auf dem überladenen Flurkästchen inmitten des Krimskrams zu deponieren, wäre eine Topleistung in Jenga. Sie schnippt es auf den Teppich. Da liegt nicht so viel Konkurrenz.

»Wiederschaun«, sagt ihr Begleiter.

Die Tür knallt hinter ihnen zu.

Eine Zigarette benötigt sie. Rauch für innere und äußere Reinigung.

Vor der Haustür noch immer die Ansammlung von Kindern.

»Wer von euch ist der Pascal, es geht um seine Schwester«, ruft die Wiesner in die Runde.

Drei Jungen nähern sich zögerlich.

«Bullen?«, fragt einer.

»Was ist mit der Janine?«, will ein anderer wissen.

»Bist du der Pascal? Komm, wir gehen ein Stück«, meint sie zu ihm. Einer der Burschen hat sich direkt vor ihnen aufgebaut, die Augenbrauen bilden ein drohendes V. Er beglubscht ihren Tarzan. »Dürft ihr das?«

Der Mann starrt zurück. Die beiden berühren sich beinahe. Archaisches Männerballett, altes Gewand wird aus der Imponierkiste gezogen.

»Was schaugst'n du so? Bin i a Kino?«, fragt der Polizist, um lässig hinzuzufügen, »schleich di, sonst schnupf i di, Grischberl, windiges.«

Ihre Blicke kreuzen die Klingen, dann dreht sich der Junge um.

»Hey Domi, kommst mit Kippen holen?« Zu zweit verschwinden sie mit ausholender Gestik um die Hausecke.

Die Wiesner ist very amused. Sonst schnupf i di? Lernt man das auf der Polizeischule zum Thema Deeskalation? Auf jeden Fall ist er ein Polizei-Frischling, blutjunges Ferkelchen aus einem verschlafenen Kaff, Hintertupfing. Eigentlich der klassische Finger-weg-Kandidat, leider aber der wandelnde Schlüsselreiz. Und ja – ein primitives Klischee auf muskulösen Beinen, mit all den antrainierten Wülsten und der hübschen Schnauze. Ein vernünftiger Satz von ihm, Subjekt – Prädikat – Objekt, und sie hätte Lust, dem Bürschchen ihre Handynummer zu stecken.

Nein, besser keine Nummer, sie kann sich nicht entscheiden, ob das unter die Kategorie »mannstoll« fiele oder unter »gesundes Selbstvertrauen«.

In Gedanken schlendert sie in Richtung des geparkten Dienstwagens, zündet sich eine Zigarette an. Den Blonden mit den übergroßen Hosen und dem schwarzen Kapuzenshirt hat sie im Schlepptau. Offensichtlich Pascal. Sie bleibt stehen, wendet sich ihm zu.

»Krieg ich eine?«, fragt er.

Sie hält ihm die Packung hin.

Er greift zu und steckt sich die Zigarette hinters Ohr.

»Ich heiß Sandra Wiesner.«

»Mhm, was ist mit Janine?«, will er wissen. Er ist dicht neben ihr, sie riecht sein Haargel und billiges Moschusgebräu.

»Du weißt ja, dass sie verschwunden ist?«

Er nickt, schaut sie kurz an. So sollten Augen eines Fünfzehnjährigen nicht in die Welt sehen, hart, unstet und misstrauisch, ein gebeutelter Straßenkater. Immer auf dem Sprung, mit verborgenen Ängsten und keinen Träumen mehr.

Sie hat nur die brutale Wahrheit für ihn im Gepäck.

»Dennis Weiß ist umgebracht worden.«

»Den hab ich ein paar Mal gesehen, in der Karl-Valentin-Straße. Scheiße, der war schon okay. Wie ist er denn ...?«

»Heute Nacht haben wir ihn tot gefunden.«

»Krass.«

»Ja, das ist es.«

Der Junge schiebt die Hände in die Taschen seines Sweatshirts.

Die Wiesner nimmt noch einen Zug.

»Die Janine, hast du die eigentlich oft besucht?«

»Im Heim schon, manchmal auch in der Stadt, aber bei den komischen Typen nicht mehr, das waren Pisser.«

»Pisser?«

»Na ja, voll auf – tu dies nicht und tu das nicht, immer nur gelabert, blablabla. Loser eben.«

»Und die Janine?«

»Für die waren das auch Pisser. Aber die wär nicht weg, ohne mir was zu sagen, die wär nicht einfach so weg.«

Die Wiesner schaut ihm ins Gesicht.

Sein Blick geht zum Boden.

»Ohne den Kleinen, den hat die voll lieb gehabt, und ohne mich«, murmelt er.

»Danke, Pascal, das war's schon.«

Er blickt auf, die Stirn in Falten.

»Suchen Sie die Janine noch?«

Sie seufzt, inhaliert dann tief. Keine Antwort gibt es, die passt.

»Wir suchen den Mörder vom Dennis, und es gibt eine Vermisstenstelle, die kümmert sich um die Janine.«

»Ach Scheiß drauf, das ist jetzt ein Jahr her, das geht denen doch am Arsch vorbei!«

»Und bei dir? Wie ist es daheim?« Falsche Frage, das merkt sie gleich. Der Körper des Jungen versteift sich.

»Was soll'n das jetzt? Passt schon – mich kriegt niemand ins Heim oder so. Das könnt ihr knicken. Scheiße!«

Er dreht sich um. Sein Kopf wirkt winzig zwischen den

hochgezogenen Schultern, als er zurück zu den anderen schlürft.

Dieses Mal kutschiert der Sandner betulich durch Harlaching. Quasi lustwandeln mit Auto. Nicht zu langsam, sonst tät ihm das Hupkonzert der Ungnädigen die Ohren durchblasen, der Posaunenchor vom jüngsten motorisierten Gericht – demnach angepasste Geschwindigkeit. Seit einem halben Jahr plagt er sich mit der Entscheidung herum, ob er sich einen neuen Wagen anschaffen sollte. Die TÜV-Prüfung für seinen betagten CX hatte sich als Demütigung herausgestellt. Du bringst deinen polierten Schatz daher und schleichst dich mit einer Tonne Alteisen vom Acker. Wenn er so dahinfahren kann, könnte er gleich morgen zum Autotandler. Bei jedem Stau bläst es den Entschluss davon, wie Feinstaub aus dem Auspuff.

Momentan bedauert er es, schon am Ziel zu sein. Die letzten Meter legt er zu Fuß zurück. Er schlendert entlang einer staden Nebenstraße, gerade einmal eine bessere Zufahrt, gesäumt von einzelnen Häusern. Hingepflanzt, das traute Heim, akkurat mitten in die Parzelle, scheinbar vom Legobaukasten abgekupfert, eins ums andere. Gereihte Autos am Straßenrand wie schwarze Perlen, Achtung-Kinder-Papperl auf schnuckeligen Zweitwagen. Pu der Bär als Sonnenrollomotiv. Dazwischen deutsche Modelle der gehobenen Mittelklasse, gleich ihren tüchtigen Fahrern hinter den wärmeisolierten Fassaden.

Der Sandner ist allein unterwegs. Ein Auto überholt ihn, verschwindet um die Ecke. Unwillkürlich geht er schneller.

Friedhofsruhe. Die Straße dämmert vor sich hin, schläft den Schlaf der Gerechten, bis sie geweckt wird, hochrumpelt, Schlag halb sieben in der Früh. Spielzeug und winzige Radln auf den Rasenflächen, da kommt nichts weg hinter den Zäunen – kleinstädtische Oase, happy Village.

Hinter einer akkurat getrimmten und frisierten Hecke verbirgt sich das Eigenheim der Familie Fendt.

Mit der Corina hat sich der Sandner so ein Häuschen angeschaut, damals war sie im dritten Monat schwanger. Ganz in der Nähe muss das gewesen sein. Für zwei Familien aufgeteilt, plus Student in der Mansarde. Gut gefallen hätte ihm das schon, ein Gärtchen, da hat er sich schon mitsamt Baby in der Hängematte lümmeln sehen, und der Amselchor singt ein Lied dazu.

»Sie sollten natürlich mit der Hausgemeinschaft noch den Gartenanteil absprechen und was an Arbeiten zu tun ist. Da werden Sie sich bestimmt einig, die sind unkompliziert«, hatte der Makler beiläufig angemerkt.

Da ist der grüne Traum geplatzt, für den Sandner. Ein markierter Gartenanteil, eingeschlagene Grenzpfähle, Hecken schneiden am Wochenende, und wenn du mal rumflackst mit Rotweinglas, dolce vita und trallala, geben Herr und Frau Unkompliziert justament ein Grillfest, oder der Laubsauger röhrt durch die Botanik. Da brauchst du Sonderausstattung, charakterlich. Nachgiebige Geselligkeit, gepaart mit pedantischem Lupenblick für die umfangreichen Erfordernisse einer Grünanlage. All das ist dem Sandner damals so klar vor Augen gestanden, dass er sich seiner mangelhaften Integrationsfähigkeit schuldhaft bewusst geworden ist, angesichts Corinas Begeisterung. Eine Einsiedlermentalität könnte er sich mit seinem Gehalt nicht leisten, hatte sie seine Abneigung bissig kommentiert.

Die Fendts sind alleinige Besitzer des Hauses.

Wie er sich nähert, sieht er sie gerade vom Carport kommen. Er bleibt beim schmiedeeisernen Tor stehen.

Jetzt hat ihn der Mann entdeckt.

»Wollen Sie zu uns?«

Der Sandner nickt und zückt seinen Dienstausweis.

»Das Tor ist offen«, ermuntert ihn der Hausherr.

Ein Polizeibeamter sollte vorurteilsfrei durchs Leben wandeln, dass Kleider die Leute machen, ist nur ein Gimmick der Gebrüder Grimm. Im nüchternen Alltag könnte sich ein derber Triebtäter durchaus den Hosenstall von seinem Maßanzug aufreißen, und ein Träger der bayrischen Rettungsmedaille trägt Secondhand aus Willis Wühlkiste.

Jetzt ist der Herr Fendt mutmaßlich keines von beidem. Er zeigt sich im beigen Cordsakko, mit ledernen Ellbogenschonern – da springt dem Sandner sein Hirn an, als nähme eine chemische Reaktion ihren Lauf. Harlaching – Gartenarbeit – Cordsakko. Eine schlüssige, absolut subjektive Assoziationskette. Wenn du die Leute so geschwind in der Schublade verräumst, entgeht dir natürlich die eine oder andere Mutation. Von Vorteil ist, dass nicht alles durcheinanderflackt und eine Ordnung herrscht. Der Sandner macht sich nach all den Dienstjahren keine Illusionen um seine Menschenkenntnis. Aus seinem Schub hüpfen die Menschen rein und raus, wie es ihnen gerade passt. Jedermann, alternativ Frau, ist alles zuzutrauen. Da nimmt er sich nicht aus, der Hauptkommissar.

Ein Lächeln hat der Fendt im Repertoire, das gleichzeitig Überraschung und Freundlichkeit ausdrücken soll.

Das hat der Sandner noch nie ausprobiert, Augenbrauen und Mundwinkel synchron in die Höhe zu bringen. Pantomimisches Highlight. Schüttere blonde Haare hat sein Gegenüber und eine Portion Wohlstandsspeck, der gern an den Hüften siedelt, sobald du nicht mehr dich, sondern allerweil den Sharan und dir ergebene Chargen in Bewegung setzt.

Hinter ihm kommt eine Frau vom Carport, die ein schlafendes Kleinkind in den Armen hält.

Mit ausgestreckter Hand kommt Herr Fendt auf ihn zu.

»Hauptkommissar Sandner«, sagt der Ermittler und greift zu.

»Rainer Fendt«, sagt sein Gegenüber, »was kann ich für Sie tun? Sie haben Glück, wir sind gerade gekommen.«

Als tät er ein rohes Schnitzel packen, so fühlt sich Fendts Hand an, weich und nachgiebig.

»Ja, da schau her, heute ist mein Glückstag. Wir ermitteln in einem Mordfall, und ich hätte ein paar Fragen an Sie.«

»Ein Mordfall?« Das Lächeln wird weggewischt, und am Taferl stehen Besorgnis und Neugier.

»Ja, aber vielleicht könnten wir rein?«

»Äh … natürlich, entschuldigen Sie.«

Der Sandner schlendert mit dem Hausbesitzer die gekieste Einfahrt entlang bis zur Haustür. Als sein Handy erklingt, bleibt er stehen und wendet sich ab.

»Moment«, sagt er. Es ist die Wiesner.

»Pisser sind das, die Fendts«, sagt sie.

»Sagt wer?« Der Sandner wirft dem Herrn Fendt, der jetzt wieder lächelt, diesmal fragend, einen Blick zu.

»Der Bruder von der Janine und sie hätten dieselbe Meinung gehabt. Aber nie im Leben wär die einfach so alleine weg, das glaubt er nicht.«

»Überzeugend?«

»Hm … schwer zu sagen – klang ehrlich.«

»Okay, meld mich später wieder.«

Der Sandner schiebt sein Handy ein und folgt dem wartenden Mann ins Innere des Hauses. Durch einen langen, holzgetäfelten Flur gelangen sie ins Wohnzimmer.

»Meine Frau ist gleich da, bringt bloß noch den Kleinen ins Bett, Sie haben ja gesehen …«

»Das war der Kevin?«

»Ja«, Fendt seufzt kurz, schaut dann den Hauptkommissar gespannt an. »Sie sagten Mordfall?«

»Dennis Weiß ist tot.«

Während der Sandner bei den Fendts im Wohnzimmer sitzt und den Hausherrn befragt, lässt sich die Wiesner in die Hansastraße chauffieren. Der Einzige, der etwas mitzuteilen hat, ist Jan Delay. Das ist ihr ganz recht, um die Gedanken zu sortieren. Die Fetzners geben keine gescheiten Mordverdächtigen ab, sonst wäre ihr Schauspiel reif für den Komödienstadel gewesen. Beiden war schon zuzutrauen, dass sie ab und an grob austeilten, Impulskontrolle Fehlanzeige. Aber der Fundort und Merkmale der Leiche? Never. Und ein Motiv? Dafür waren sie zu abgebrüht, zu emotionslos dem Treiben ihrer Tochter gegenüber, als dass sie sich die Mühe machen täten, jemanden zu massakrieren, nur wegen lächerlicher Vaterschaft.

Sie fahren die Hansastraße entlang, und das junge Muskelpaket parkt schwungvoll vor dem Dienstgebäude.

»Dankschön«, sagt sie artig, steigt aus und kommt sich gleich unglaublich blöd vor. Eine Wut kriegt sie auf den Sandner, sie ist die Kommissarin Wiesner und kein Püppchen, das einen Helden braucht, der es beschirmt. Gar nicht einlassen hätte sie sich sollen, auf den Schmarrn. Seine Besorgnis hätte er getrost in der Steinzeit lassen können, der depperte Chauvi. Gott im Himmel! Und ihren Autoschlüssel soll sie sich wahrscheinlich auf Knien erflehen.

»Immer wieder gern«, brummelt der Tarzan. Er bleibt sitzen und kramt im Handschuhfach, sie nimmt den Weg zu ihrem Büro.

Dem Sandner ist, sagen wir in polizeilicher Hinsicht, das androzentristische Weltbild fremd. Er täte sich ermittlungstechnisch arg reduziert fühlen, und fad wär's obendrein, wenn in seiner Truppe keine Frauen mithirnen würden. Pragmatisch hat er sich gedacht, irgendwie muss die Sandra ja hinkommen, zu Fetzners Behausung. Die kurze Reaktionszeit bei einem Befragten bekommst du quasi mit drohend erhobenem Faustkeil (die Wiesner tät ihn Tarzan nennen) als Dreingabe gratis.

Während der Herr Fendt seine Bestürzung über den Mord gestenreich kundtut, geht seinem Gast der »Pisser« nicht aus dem Kopf.

Das Wohnzimmer ist Bavarian Landhausstil. Massive verschnörkelte Möbel der gehobenen Preisklasse, die Glaseinsätze der Vitrinen streifenfrei gewienert, sandfarbene Wände nebst Eichenparkett. Kein Stäubchen weit und breit, auf der Anrichte ein Handsauger im Ladegerät. Ansonsten ist sie mit Bildern überladen, die üblichen »Zeig-die-Zähne-Schnappschüsse« vor idyllischem Grün, alternativ dekorativen Gemäuern. Der fendtsche Stammbaum, teils in vergilbtem Schwarz-Weiß, blickt hochmütig auf den kümmerlichen Sandner hinab, weil der tief ins Polster eingesunken ist. Plüschigbraune Treibsandcouch. Ein junges Madl kann er nirgends ausmachen, abgesehen von den Hochzeitsbildern der Hauseigentümer. Allerdings scheint der Kevin öfter verewigt samt Pflegeeltern.

Der Fendt wirft immer wieder einen nervösen Blick zur Tür, offenbar zieht sich die Versorgung von Kevin noch hin. Ohne bessere Hälfte scheint er sich mental reduziert vorzukommen.

»Haben Sie den … Vater gekannt?«

»Wir haben ihn ein, zwei Mal gesehen. Sagen Sie, wie ist das denn passiert?«

»Wie ist was passiert?« Auftritt Frau Fendt.

Der Sandner braucht fünf Sekunden, dann weiß er, dass er sich wappnen muss, gegen den Ansturm.

Da muss er durchschnaufen, die Arme verschränken, damit sie nicht durchdringt zu ihm. Das Sofa unterstützt ihn, so gut es eben kann.

Die Frau Fendt hätte eindeutig das Zeug dazu, ihn in einen Wasserkocher zu verwandeln, und ohne Vorsichtsmaßnahmen würde er alsbald munter vor sich hin brodeln. Zwei, drei klagevolle Sätze aus ihrem Mund würden genügen, um den Drang aufsteigen zu lassen, sich zu rechtfertigen, für Handeln, Aussehen, Existenz und Geburt. Ich kann doch auch nichts dafür, würde wie ein Mantra in seinem Kopf kreisen.

Natürlich ein Fass ohne Boden, beistehen soll man, das ist

ihrer Miene zu entnehmen, dabei wird das Knochenmark herauszuzelt, ohne Erbarmen.

Man könnte nicht ohne Grund behaupten, dem Sandner fehlt, grob geschätzt, acht Jahre Analyse vom Feinsten. Gefühlter Einfluss der Urgroßmutter, pränatale Traumata, Kastrationsangst und Pipapo – Routine für den Fachmann, aber ihm langt's, wenn das Alarmlämpchen blinkt im Hirn.

»Das ist ja entsetzlich!«

Der Sandner nickt, ihm beginnen die Ohren zu glühen, und für die Frau ist der Ausruf das Zeichen, ihren Gatten zu umhalsen. Dramatische Szene. Sollte er die nächste Frage stellen, wenn sie sich wieder entwirrt haben? Er wendet sich an die fendtsche Symbiose.

»Hat der Dennis Kontakt gehabt zu Ihnen, vor allem in letzter Zeit?«

Die beiden lösen sich voneinander und nehmen aufrechte Haltung an. Weich sehen sie aus und üppig, die Konturen verwischt und aufgequollen, wie die Teigmännlein zum Nikolaus. Zuckerguss magst du drüberbazen und ihnen Rosinen andrücken, an den beigen Cord und die blau-weißen Streifenpolos.

Der Sandner muss sich zusammenreißen und den Proletarier in sich niederringen.

Einen blonden Pagenkopf hat die Frau Fendt, große Augen starren ihn an.

»Er hat den Kevin nie sehen wollen, die Janine auch nicht. Kalt war der, eiskalt«, urteilt die Frau.

Wo sie in der Mordnacht gewesen wären, will der Sandner wissen, reine Routinefrage.

»Daheim, wir sind beide Samstagabend nicht weg gewesen, ist ja immer kompliziert mit der Tagesmutter.«

Fortan beginnen ihre Sätze zu fließen, ohne Punkt und Komma sprudelt es, plätschert dahin, während der Sandner sich wieder zu den Gesichtern auf den Fotos flüchtet. Sie pisst Wörter, schießt es ihm in den Kopf. Verbale Inkontinenz tät der Asche dazu sagen. Pisser. Und er darf grad den Abort geben. Vom Hundertsten ins Tausendste bis hin zu Kevins Neurodermitis. Sauber. Wie er merkt, dass seine Aufmerksamkeit schon ins Polster gerutscht ist, zaubert er ein kleines Notizhefterl samt Stift hervor. Konzentrationstrick.

»Wie war das mit der Janine, schwierig?« Den Bericht über das vermisste Madl hätte er vorher studieren sollen, wie es sich gehört. Akribisch schaut anders aus. Wegen akuter Bürophobie kann er sich jetzt alles haarklein von den Fendts schildern lassen. Herrschaftszeiten!

Ein eingespieltes Erzählerduo rückt die Sessel zurecht.

Eine Stunde später sitzt er wieder im Auto. Der Kopf schwirrt ihm. Der Sandner hat schon ein paar Mal zuschauen dürfen, wie das SEK eine Rauchbombe schmeißt, damit sich die Spitzbuben nicht mehr auskennen. Noch gesünder für alle Beteiligten – sie täten die Frau Fendt einsetzen, die hätte sie gwies in völlige Orientierungslosigkeit hineinpalavert. Leichte Opfer. Dass der Sandner dann doch mir nichts dir nichts verabschiedet worden ist von den Fendts, war dem Umstand zu verdanken, dass er nach dem Beruflichen vom Hausherren gefragt hat. Der Herr Fendt ist ja ein hohes Tier im Baureferat. Dass des gspassig wär, hätte der Sandner vielleicht nicht anmerken sollen, wo der Herr Auerhammer doch ein Bauunternehmer wär.

Der Fendt ist aufgegangen wie ein Hefeteig und hat sich gegen jedwede Unterstellung ausdrücklich verwahrt, und dass er den Herrn Auerhammer aus anderen Bezügen kennen würde, politischen – und eine lange Freundschaft hätten sie und kein Gemauschel. Eine Frechheit wäre das, hat sich auch die Gemahlin echauffieren müssen. Natürlich sei man auch in der Stiftung engagiert, für den guten Zweck. Der Herr Hauptkommissar solle ja aufpassen, hat der Fendt ihm beim Gartentürl eine Warnung hinterhergeworfen, wie eine faule Tomate, mit seinen haltlosen Spekulationen, das könne bös enden.

Warum sollte es nicht bös enden, so wie es angefangen hat? Und zum Spekulieren war der Sandner gar nicht aufgelegt gewesen, da haben ihm die Fendts, in vorauseilender Besorgnis, die Wertpapiere in die Hand gedrückt.

Das Adrenalin hat dem Sandner seine Stimmung aufgehellt und ihn wach gemacht.

Die Zahnarztstrategie nennt er das. Das ist ihm letzten Herbst plötzlich gekommen, als er beim Dentisten mit aufgerissenem Maul, wie ein gähnender Alligator, auf dem berüchtigten Stuhl gelegen ist. Allerdings haben ihm nicht die Vögelchen die Fleischreste herausgepickt, sondern der Weißkittel hat einen Zahn nach dem anderen abgeklopft, bis der Sandner gezuckt hat.

So hält es der Sandner auch gern bei einer Befragung, und seit damals hat er einen Terminus dafür. Ein Terminus ist immer wichtig, damit hast du allerweil eine Begründung bei der Hand, noch für den größten Schmarrn, frag nach in der Politik. Mit reinem Bauchgefühl machst du nur den Esoteriker glücklich.

Apropos Bauchgefühl. Das hat den Sandner arg im Stich gelassen, wie er später seine Wohnungstür aufgesperrt hat. Vielleicht hat es an dem Stück Spinatpizza mit Zwiebeln und Knoblauch gelegen, das er sich im Präsidium vom Kare stibitzt hat. Einem trägen Bauch mangelt es an gefühlvollem Eigenleben, respektive der Neigung zur Alarmanlage. Feierabend, Schicht im Schacht, ein Glas Wein noch zum Ausklang und die Arno-CD, die ihm die Sanne ans Herz gelegt hat. So kann man sich täuschen.

Aber der Reihe nach: Als er in der Hansastraße angekommen war, ist es noch geschäftig zugegangen.

Der Hartinger hat einen Almabtrieb organisiert. Die Leute von der Konzertliste der Band wurden in rauen Mengen herbestellt, sodass sie sich am besten einen Nummernautomat geleistet hätten, wie beim Finanzamt. Die Fleißbildl wollte er dem Rückerl wohl nicht gönnen. Am Fließband wurden Aussagen zu Protokoll gegeben, mal haben die Leute monologisiert wie betrunkene Matrosen, mal haben sie einsilbig und mürrisch dagesessen vor dem »Scheißbullen« und herumgezickt.

»Nix«, hat der Kare resigniert gemeint, »den Sobotnik haben wir noch nicht derwischt, müssen wir morgen auftreiben, bis jetzt stiehlt uns der lustige Gesangsverein bloß die Zeit. Morgen Nachmittag ist die Obduktion, und aus London gibt's die News auch tomorrow.«

Der Sandner hat einen mittleren Wutanfall bekommen, weil es noch nicht morgen gewesen ist – und er einsehen hat müssen, dass ein Hauptkommissar den Lauf der Sonne nicht wirklich beeinflussen kann.

Der Kare hat noch die gierige Presseabteilung gefüttert, für den Morgenticker, und die Vorbereitung für die Lagebesprechung getroffen. Das klassische »wir ermitteln in jeder Richtung«. Nicht auszuschließen war, dass der Bursch tatsächlich einem Ritualmord zum Opfer gefallen war, auch das Bandumfeld war im Rennen und die Geschichte mit London, dem Heim und der Janine. Ein Haufen Fragezeichen, die es morgen zu sortieren galt.

Von der Wiesner ist er dann nach Hause gefahren worden, liegt ja bei ihr auf dem Weg. Hauptsächlich geschwiegen haben sie beide, bis er in der Lohstraße aus dem Auto gestiegen ist. Froh ist er gewesen, dass sie nicht wieder vom Kare und seinem Techtelmechtel angefangen hatte.

Den Absacker hat er sich gespart, und jetzt sitzt er auf der Couch und hält unschlüssig das Telefon in der Hand.

Dass der Anrufbeantworter stumm geblieben ist, hat ihn enttäuscht. Seine Tochter hätte sich melden können. Seit drei Wochen Sendepause. Ob er einen Besuch in Wien machen sollte? Einen neuen Anlauf starten, sich dem Frosch objektiv zu nähern?

Die Corina hat gemeint, er wär ein konservativer Sturkopf.

Das findet er nicht. Nur vernunftbegabt. Weil – vernünftig ist es nun mal nicht, dass die Sanne ihr Studium abbricht, um einfach nach Wien zu gehen. Und dann noch ein Flötist. Mag ja sein, dass er bei den Philharmonikern ist, aber als Schwiegersohn einen Rattenfänger? Seine Vorbehalte sind rein objektiver Art. Da gibt's nichts zu deuteln.

Er kann sich noch gut erinnern, wie die beiden letzten Sommer im Schyrenbad mit dabei gewesen waren und ihm Freddys rasierte Beine aufgefallen sind.

Seine Sanne ist mit einem Flötenhansel zusammen, der sich die Schenkel epiliert. Seitdem ist er für ihn nur noch der Frosch.

Der Sandner fläzt sich mit einem Glas Rioja auf das Sofa und zappt sich gelangweilt durchs Fernsehprogramm.

Ein Anfall von Aktionismus lässt ihn zum Telefon greifen.

»Hier ist der Anrufbeantworter von Sanne Sandner und Freddy Domescy. Wir sind leider …«

Kruzifix! Warum sollten sie auch zu Hause sein. Freddy, was für ein Name!

Manchmal beflügelt dich die Wut. Die Angst selbstredend, die Hoffnung, die Liebe, der Hass oder Vitamine. Summa summarum scheint auf dieser Welt nichts zu existieren, was dich nicht den Hintern heben lässt, außer einer gescheiten Depression. Jetzt, um halb elf, spendet der Ärger dem Mann die Energie, um den Farbeimer im Flur zu packen und sich auf den Weg in den Keller zu machen. Dreimal ist er darüber gestolpert, heute Abend, und zusammen mit dem Gedanken an Froschschenkel ist das allemal Motivation für einen Kraftakt.

Im dritten Stock wohnt er. Unten sticht ihm der Fußabtreter vom Lehnharter ins Auge. Grobgefilzt und grau, vielleicht sollte er sich zu einer Vernehmung immer die Vorleger von den Leuten mitbringen lassen, zwecks erstem Eindruck. »Grüß Gott« steht drauf, in rotem Zwirn, und weil der Lehnharter gwies nicht in die Mette rennt, ist das eine gewobene Floskel.

Der Sandner stellt den Eimer ab und bückt sich. Nichts ist zu sehen, zumindest rotbraune Flecken hätte er sich erwartet. Der Erkennungsdienst hätte aus dem gammligen Filz bestimmt ein paar Tröpfchen Hühnerblut herausgemolken. Da ist er offenbar Dilettant.

Ein leises Kratzen lässt ihn aufhorchen. Er schießt wieder in die Höhe und geht weiter. Von der Imhofer ihrer Tür ist es hergekommen. Entweder die Katz spinnt, oder die Alte lurt am Guckloch. Der Sandner möchte sich nicht ertappen lassen, kniend auf dem Teppich, als würde er sein Abendgebet an den Lehnharter verrichten.

Wie er die Eisentür zum Keller aufsperrt und Licht machen will, rührt sich nichts. Dunkel bleibt es. Ein paar Mal schaltet er ungläubig hin und her.

Wenn der Lehnharter seinen Hauswartsstand ernst nehmen tät und nicht entweder eine Flasche oder ein Viech in den Pratzen hätte, müsste der Sandner sich nicht an den Bretterverschlägen entlangtasten. Sein Kabuff ist nach der ersten Abzweigung links das dritte. Ein muffiger Geruch steigt ihm in die Nase. Im Wesentlichen kannst du da herunten nur lagern, was du nicht mehr brauchst oder du dem Zerfall und dem Schimmel aussetzen willst. Stiller Tod für ausgemustertes Gelump.

Langsam nimmt er Konturen wahr, gewöhnen sich seine Augen an die Düsternis. Seine Finger tasten sich die Holzbretter entlang. Wenn er sich richtig orientiert hat, ist der nächste Verschlag der seinige. Gerade angelangt, hört er, wie die Tür erneut geöffnet und der Lichtschalter sinnlos geknipst wird. Er stellt den Eimer ab.

»Hallo, ist da wer?«, quäkt das Organ vom Lehnharter durch den Keller. Schlürfende Schritte nähern sich. Rums. Die Eisentür fällt zu.

»Lehnharter?«, ruft der Sandner.

»Herr Sandner?«, bekommt er zur Antwort.

»Schraubens doch ein Birndl ein, Kruzifix!«

»Ich hab keines, ich wollt bloß schnell schauen, ob es wahr ist.«

Der Sandner hat sein Schloss gefunden, sperrt auf und schafft es, den Eimer endlich unterzubringen. »Oder machen Sie die Tür wieder auf, damit Licht reinfällt.«

Der Hausl schnaubt wie ein Roß, die übrigen Geräusche kann der Polizist nicht einordnen.

»Geht ned!«

»Ja freilich«, grollt der Sandner. Wenn er nicht zufällig anwesend wäre, müsste der strunzdumme Lackel hier nächtigen – zu besoffen, die Kellertür aufzubringen.

Jetzt ist er bei ihm. Er drückt die Klinke. Nichts. Aufsperren lässt sie sich nicht, offenbar steckt von außen ein Schlüssel.

»Lehnharter, Sie Depp«, brüllt der Sandner, »was hams da gmacht?« Sein Puls hat sich verdreifacht.

»Wirklich nix«, quiekt sein Gegenüber. »Dafür kann ich doch nix, Hurenseuch!«

Der Sandner ist seinem Bieratem ausgesetzt. Narrisch ist er, dass er platzen könnte.

»Ham Sie Knoblauch gessen?«, fragt ihn der Lehnharter leutselig. Das Rütteln an der Tür bleibt ohne Ergebnis.

»Das ist jetzt ned wahr!« Der Hauptkommissar tritt dagegen.

»Da hat uns wer eingesperrt«, zieht der Hauswart ein Resümee.

»Des glaub i ned, des glaub i einfach ned!«

Noch einen letzten Tritt bekommt die Tür. Schweres Eisen, da tät selbst Thors Mjölnir, Vater aller Hämmer, nichts ausrichten.

»Aufmachen«, plärren sie jetzt unisono.

Außer sich ist der Polizist, am liebsten täte er mit dem Schädel vom Lehnharter die mistige Tür auframmen, heiliger Bimbam, aber dessen Holz wär gwies zu weich, das gäbe höchstens eine Scharte.

»Holens einen Hammer! – Halt, Moment – ob was wahr ist?«

»Was ist?«

»Sie ham gsagt …«

»Ja da war ein Zetterl auf dem …«

»Fußabstreifer.«

»Woher wissens das, war der von Ihnen?«

»Was stand drauf?«

»Es hat geläutet, aber da war niemand im Gang und draußen auch nicht, nur der Zettel …«

»Was, zum Kuckuck, stand drauf?«

»Im Keller geht das Licht nicht.«

Die Einschätzung, das könnte bitter werden für den Sandner, wird dem weiteren Verlauf der Nacht nicht annähernd gerecht. Der Lehnharter scheint es mit der Angst zu kriegen.

»Herr Sandner, da will mir jemand was! Denkens an den Gockel!«

»Der meint es aber gut mit Ihnen.«

»Wieso nachert?«

»Lehnharter – wenn ich was von Ihnen wollt, hätte ich bestimmt Sie gekragelt und nicht ein unschuldiges Viech – und jetzt holens den verreckten Hammer her!«

Das kann ihm jetzt keiner verdenken, dass er sein Feingefühl in der Wohnung gelassen hat, der Sandner.

»Wir könnten ein Fenster einschlagen«, schlägt der Hauswart vor, während er sich zu seinem Kellerabteil vortastet.

Der Schlossersohn Sandner weiß, wie Gitter verschweißt werden.

»Und dann?«, fragt er lauernd. »Bin ich eine Ratz, dass ich zwischen den Gitterstäben durchschlüpf?«

Der Lehnharter antwortet ihm nicht. Der Sandner hört ihn nur angestrengt schnaufen. Das darauf folgende Geplärr hat die Phonstärke eines Barbarenüberfalls.

»Hurenseuch! Mein Keller hams aufgebrochen, das Schloss

ist weg. Und der Kasten ist fast leer, nur zwei Bier hams übrig gelassen, die Bagage, die grindige!«

Der Sandner denkt sich, dass der Hauswart die restlichen allemal selbst gegurgelt hat, und ob da jemals ein Schloss vorhanden war?

»Sie müssen doch herausfinden können …«

»Lehnharter, zum allerletzten Mal! Ich bin bei der Mordkommission, hams das endlich gfressen? Wenn Sie hier unten erschlagen in Ihrem Blut liegen wie ein Karnickel in Rotweinsoße, dann bin ich Ihr Mann!«

Der Hauswart schweigt, rumort in seinem Keller.

»Auch a Halbe?«, fragt er leise.

»Gebens her.«

Aus der Richtung vom Lehnharter hört er ein klirrendes Geräusch und dann schlürfende Schritte. Ein Schatten baut sich vor ihm auf, seine tastende Hand greift nach einer Flasche.

»Hams den Hammer?«

»Ja.«

»Damit schlagen Sie jetzt gegen die Tür oder an ein Heizungsrohr. Aber schlagens kein Loch rein. Vermisst Sie eigentlich Ihre Frau nicht?«

Sie lassen die Verschlüsse aufploppen. Der Sandner setzt die Flasche an.

»Die nimmt immer Tabletten – schläft wie eine Tote.«

Das Bier ist warm und hat einen seltsamen Beigeschmack. Alles hier hat einen seltsamen Beigeschmack. Wahrscheinlich würde in einem Kellerloch, interniert mit dem Lehnharter, selbst ein dreißig Jahre alter Merlot schmecken, als würde er ihn aus dem miefenden Turnschuh eines Pubertierenden schlürfen. Er nimmt noch einen Zug, weil eh schon wurscht, hört zu, wie der Hauswart auf die Tür einprügelt. Immer wieder, pang, pang, pang. Dorad sind sie, die Nachbarn, allen voran die Imhofer, eine Qualle ist ein Dreck dagegen. Dem Sandner ist es augenblicklich völlig gleich, wer sie da weggesperrt hat. Darum wird er sich kümmern, wenn er endlich wieder draußen ist. Die Dunkelheit schleicht sich in sein Hirn. Alles Schwarz. Pang, pang, pang.

Langsam gewöhnt er sich an das Bier.

Der Lechner würde sich wundern, wenn er am Morgen sein Radl holen wollte. Immer um Viertel vor acht. Die Selbstdisziplin hat nicht nachgelassen, im Pensionistenalter, für den ehemaligen Lehrer. Immerhin, um Viertel vor acht wäre es spätestens vorbei.

Jetzt ist es vielleicht elf. Pang, pang, pang. Neun Stunden im Kellerloch. Schöne Aussicht! Langsam hat der Sandner das Gefühl, als tät sich sein Hirn im Nebel verstecken, die Gedanken lassen sich gar nicht mehr finden, oder sie führen in ein waberndes Labyrinth, wo er sich nimmer auskennt. Ein Fadenknäuel bräuchte er oder Brotkrumen. Pang, pang, pang.

Er setzt sich auf den Betonboden und wundert sich, wer seinen Beinen den Befehl gegeben hat. Der Kopf sinkt ihm auf die Brust. Zu dösen fängt er an. Pang, pang, pang.

Irgendwann später reißt ihn die aufgeregte Stimme vom Lehnharter aus der Lethargie. Er richtet sich mühsam auf.

»Herr Sandner, da ist wer!«

»Wer?«, will er fragen, das Wort kommt partout nicht raus. Dafür denkt er es ziemlich lange. Wer ist da?

Unvermittelt steht der Lehnharter in der offenen Tür, der Gang wird von einem Lichtstrahl beleuchtet.

Der Sandner zieht die Augen zusammen und schlürft zum Ausgang.

Da ist die Imhofer. Sie schaut nur, sagt kein Wort. Mit ihren schwarzen Knopfaugen, dem schwarzen Kleid und ihrer kleinen, gebückten Hexengestalt passt sie akkurat zum Kellergewölbe. Erschrocken wirkt sie. Starrt ihn an, das Bier in seiner Hand.

»Frau Imhofer«, will er rufen oder denkt es nur? Hat er

überhaupt die Lippen bewegt? Schweigend dreht sie sich um und huscht die Treppen wieder hinauf. Schwarzer Geist.

»Komplett damisch ist die«, hört er den Lehnharter schimpfen, wie vom anderen Ende einer Halle, »durchdraht, die alte Hex. Redet eh bloß mit ihrer Katz. Vielleicht hat die uns aus Versehen eingesperrt. Tät mich nicht wundern. Kommens, Herr Sandner – geht's Ihnen nicht gut?«

Der Sandner weiß nicht, wie es ihm geht. Er tappt am Lehnharter vorbei, Stufe für Stufe aufwärts, Fuß für Fuß, mit dem letzten Rest Willen. Eine Herkulesaufgabe. Seinen Namen hört er durch den Hausgang schallen – zwei Treppen noch, dann hat er es geschafft.

Wenn du die Augen aufschlägst, dich nicht rühren kannst und in das konzentrierte Gesicht eines Rechtsmediziners schaust, ist das ein denkwürdiger Moment. So hat sich der Sandner den Tod beileibe nicht vorgestellt.

»Josef, wach auf!«, bellt eine Stimme. Eine Mischung aus Ärger und Sorge.

Auf seiner Couch liegt er, drapiert auf dem Bauch sein Telefon, die Hände geklammert um ein leeres Glas. Noch immer rührt er sich nicht.

»Wie spät ist es?«, krächzt er schließlich. Sein Mund ist die Wüste Gobi, die Arme zentnerschwer.

»Halb acht. Erst hab ich den Schlüssel rauskramen müssen, können wir froh sein, dass du mir den einmal gegeben hast – und die Heidrun hat gemeint, du bist eh bloß besoffen.«

»Was?« Ganz langsam richtet der Hauptkommissar sich auf.

»Verreck. Hab ich einen Schädel.«

»Der Bischoff Kare hat mich angerufen, der hat sich Sorgen gemacht. Vor zwei Stunden hat er bei dir durchgeläutet, wegen zwei Mordverdächtigen, die sich gestellt hätten, und du hast ihm nur was vom Bier vorgelallt.«

»Ich? Einen Schmarrn verzapft der.«

»Also, pack ma's, steh auf.«

»Wir müssen gleich in den Keller, da steht noch das Bier. Da stimmt was ned.«

»Fängst wieder an – für mich tut es Kaffee auch.«

»Ah geh.« Jetzt sitzt der Sandner. Sein Hirn gibt ein Puzzle, ein Teil nach dem anderen schiebt er zusammen.

»Ich hab gewusst, wer der Mörder ist«, sagt er. »Vorher hab ich es genau gewusst, und jetzt fällt es mir nicht mehr ein.«

Der Aschenbrenner grinst. »Wenn ich es nicht besser wüsste, würde ich sagen, du hast was eingeworfen. Ich hab einmal gewusst, wie das ist mit Gott und der Erschaffung der Welt, die letzten unerforschten Zusammenhänge, alles – wieder vergessen – war wohl nicht wichtig.«

»Was eingeworfen? Sag ich doch, das Bier. Da war was drin. Des is doch ned normal nach den paar Schluck, wie ich beinand war. Zefix noch amal!«

»Du redest einen Schmarrn daher. Also wenn du meinst, dass du nicht besoffen warst, hast du einen Apoplex, oder jemand hat dich sauber sediert.«

»Sediert – mit was geht das am besten?«

»Haloperidol, Benzodiazepine, irgend so an Dreck, da findest du haufenweise Präparate.«

»Ich bring ihn um.«

»Wen?«

»Den Grattler da herin! Was hat er mit dem Lehnharter, das ist doch auch bloß eine arme Sau.«

»Wer ist denn das nun wieder?«

»Es war was in seinem Bier, das schwör ich dir, hundertprozentig, Kruzifix, das war nicht für mich! Ich war bloß wegen dem depperten Eimer unten!«

Der Aschenbrenner schüttelt den Kopf.

»Ich weiß wirklich ned, was du da daherlallst. Wenn du kannst, steh amal auf.«

»Was kann ich dagegen machen?«

»Ich weiß ja nicht, was du intus hast und wie viel. Hast du nichts geschmeckt? – Flumazenil intravenös vielleicht, aber ich sollte dir Blut abnehmen und …«

»Na – dankschön, vergiss es. Passt schon, alles bestens. Ich dusch kalt und trink ein Haferl Kaffee.«

»Musst du wissen, dann schick dich.«

Den Sandner hat sein Zeitgefühl verlassen. Die Welt dreht sich schneller, als er mittun kann. Das wilde Pumpern vom Aschenbrenner an der Badtür holt ihn unter der Dusche hervor. Im Slip schlürft er seinen Kaffee. Die Jacke knöpft ihm der fürsorgliche Doktor zu – sonst knöpft er anderen das Gewand auf –, bevor sie losgehen. Tattrig ist der Sandner, als hätte er vierzig Jahre übersprungen, und unbändig grantig.

Sobald sie im Erdgeschoss ankommen, schellt er bei der Imhofer. Keine Reaktion. Mit der Faust drischt er gegen die Tür.

»Aufmachen, Polizei!«

Der Aschenbrenner drängt ihn weg.

»Wie bist denn du drauf, sag amal? Deine alten Leut da herin trifft noch der Schlag.«

»Ja – meiner, wenn ich die erwisch!«

Dass im Keller keine Bierflaschen mehr liegen, wundert den Sandner nicht. Der ordentliche Täter räumt hinterher den Dreck weg. Nur resigniert die Achseln zuckt er.

Der Aschenbrenner muss in der offenen Tür stehen bleiben, zur Sicherheit.

Im Stockdunkeln hat der Sandner nächtens natürlich nicht erkennen können, dass das Papiersiegel am Flaschenhals gerissen war. Bügelverschluss wieder zu, kurz geschüttelt und fertig.

Der Kellerverschlag vom Lehnharter ist noch ohne Schloss. Ein riesiger Pappkarton fällt dem Sandner auf und ein leeres Biertragerl. Als einzige Erinnerungen an die Kellernacht bleiben die Dellen in der Tür, dank der unermüdlichen Energie vom Hauswart. Den hat die Angst beflügelt, ohne einen Vorrat an flüssigen Grundnahrungsmitteln weggesperrt zu sein. Blanker Horror.

Auf den Stau in der Brudermühlstraße Montagmorgen könnte man genauso wetten wie auf die Endlichkeit des Lebens. Annähernd dieselbe Quote. Jeden Morgen reihen sich die Wagerl, Stange an Stange. Man könnte meinen, sie hätten eine Verabredung, ein stillschweigendes Übereinkommen, sich hier und jetzt zu versammeln zum großen Ganzen. Eine Autoschlange, ein organisches Blechreptil. In seinem Bauch bettmüde Fahrer, zur Untätigkeit verdammt, fluchend, resignierend, mit Kippen, Handys und Kaffeebechern, wälzt es sich dröhnend durch Obersendling. Es presst sich durch Tunnelröhren und zwischen Schallschutzwänden hindurch. Mittendrin Aschenbrenners schwarzer Volvo.

Der Sandner schweigt. Sortieren muss er. Als wäre er gerade mit einem Bauchladen voller Gelump die Treppe hinuntergerasselt. Ein jedes Drum muss wieder an seinen Fleck. Für jedes Wort, jeden Gedanken, jede Geste sucht er das richtige Tascherl.

Das kann man per se nicht zum üblen Zustand ausrufen. Die Leute legen viel Geld für selbigen auf den Tisch oder pflegen guten Kontakt zum Doktor ihres Vertrauens. Wenn du aber zwangsweise davon gepackt, ohne eigenen Willen in neue Erlebnishorizonte expediert wirst, ist das ein bisschen wie Mathematikstunde. Prägende Erfahrung.

Der Pythagoras und seine Spezln sind nicht über dich gekommen wie feurig-zärtliche Liebhaber, denen du die Arme sehnend entgegenreckst. Nix da – die haben unentwegt und gnadenlos penetriert, mitten rein ins Hirn und ohne Gummi.

So fühlt sich der Sandner. Es ist ihm, als tät er die Welt, wie einstmals die Großmutter, mittels des betagten Nordmende Fernsehempfängers beglotzen. Flimmerndes Bild und der Ton in Monoqualität.

»Als hätt mich wer ins Hirn gfickt, so a mieses Gefühl.«

Die subtile Seite vom Sandner ist noch im Tiefschlaf.

»Erst steh ich die Brudermühlstraße runter im Stau und jetzt wieder raufwärts. Das, Sandner, ist ein mieses Gefühl.«

Der Aschenbrenner wohnt in Sendling beim Westpark. Ein kleines Häusl hat er da, das Geburtshaus von der Frau. Vier Zimmer, Speis und Dachboden. Eine schöne Ecke, der Westpark, fünftausend Bäume umringen ein paar kleine, entengespickte Gewässer. Besonders mag der Sandner die Pagode und den chinesischen Garten. Im Sommer allerdings mutiert das Grün zum riesigen Open-Air-Grill, da könntest du die Emissionswerte von Peking toppen.

»Wieso hast du nix gsagt, vom Wellness-Urlaub?«

»Hast keine anderen Sorgen? Des war ganz spontan. Eine Freundin von der Heidrun ist krank geworden, die hat mit ihrem Mann reserviert gehabt. So simmer einfach mal hin.«

»Und?«

Der Aschenbrenner zuckt die Achseln.

»Was willst wissen? Könnte man öfter machen – war schon nett – und entspannend allerweil. A schönes Zimmer, das Essen akzeptabel und diese Moorlandschaft – beeindruckend, das hat was. Und wenn du ankommst, kriegst du gleich einen schneeweißen Bademantel in die Hand gedrückt.«

»Wie im Prospekt – das steht dir sicher gut – Frottee. Den Doktor Schädlinger brauch ich trotzdem nicht zwingend wieder.«

»Baumwollvelours heißt das, bittschön. So vermisst ihr mich wenigstens. Der Bischoff hat es mir schon erzählt. Heute Nachmittag sind wir schon schlauer wegen deiner Friedhofsleich.«

Und nicht nur wegen der, denkt sich der Sandner.

»Na, hoffentlich.«

»Geh, so ein Depp!« Der Aschenbrenner wollte gerade beschleunigen, muss aber abrupt auf die Bremse steigen, als ihn ein Lieferwagen schneidet.

Dem Ermittler fallen die Augen zu.

»Hoffentlich«, murmelt er noch. Er döst dahin, bis sie in der Hansastraße ankommen. Vom Doktor wird er wachgerüttelt.

»Du hast noch fünf Minuten, schick dich.«

Dankbar ist der Hauptkommissar um den groben Ton. Mitgefühl und Besorgnis könnte er nicht mit hochschleppen ins Büro, wo sie alle erwartungsvoll glotzen würden, als brächte der Kellner die Vorspeisensurprise fürs Hochzeitsbüfett. Er weiß, dass der Aschenbrenner sich Gedanken macht. Seit fünfundzwanzig Jahren kennen sie sich. Da kannst du natürlich im Gesicht vom anderen lesen wie vom Teleprompter. Aber Fragen kann er nicht gebrauchen, weil er selber gern Antworten wüsste.

Der Lehnharter hat sich Feinde gemacht. Schön langsam wird am Eskalationsrädchen gedreht – und nun ist es eine persönliche Sache. Sandners persönliche Sache. Ins Vertrauen ziehen will er niemanden. Ein Hauptkommissar der Kripo, der so deppert ist, sich vom Hauswart ein vergiftetes Bier andrehen zu lassen – da hätte er in puncto Lächerlichkeit für lange Zeit eine Gutschrift auf dem Konto. Er konnte es sich ausmalen, das Feixen – schauts her, da kommt das Schneewittchen von K11. Eine blödere Masche musst du lange suchen, passend gestrickt für den Lehnharter.

Er ließe sich nicht ungestraft die halbe Nacht in ein muffiges Kellerloch sperren und am Ende sedieren. Da hat jemand die Realität mit billigem Kino durcheinandergeschmissen. Den Regisseur würde er abfieseln und das Drehbuch um die Ohren hauen – frei nach dem Talionsprinzip. Der hätte sich überlegen sollen, wen er zum Darsteller macht. Böser Fehler! Wie er darüber nachdenkt, treibt es seinen Blutdruck gleich in ungeahnte Höhen. Hilfreich, um den Tag durchzustehen, da bringt ihn die Wut als Krücke ordentlich voran.

Mit geballten Fäusten stapft er die Treppen hinauf.

Dem Sandner wünschte man eine alternative Quelle, aus

der er Energie generieren kann, sonst liefe er Gefahr, zum notorischen Grantler zu mutieren.

Dass just in diesem Moment der Staatsanwalt auf ihn zukommt und sich vor ihm aufbaut, ist diesbezüglich kontraproduktiv. Ein Gefühl, als wäre er auf der Autobahn mit einem Geisterfahrer konfrontiert. Da wirst du blass.

Die Wissenschaft unterscheidet unterschiedliche Reaktionen in Gefahrensituationen. Manche Leute treffen intuitiv die richtige Entscheidung, andere wiederum verharren – Kaninchen vor der Schlange –, bis es bumst. Denen stellt sich die Entscheidungsfrage kein zweites Mal – wie überhaupt Fragen an sich.

Der Sandner zählt aktuell, in Anbetracht seiner nächtlichen Erlebnisse, zur Nagetierfraktion. Stocksteif, mit starrem Blick, erwartet er den unvermeidlichen Dialog.

»Sie sehen schlecht aus … Herr Hauptkommissar.«

Ganz im Gegensatz zu seinem Gegenüber. Gesunde Bräune im dezenten braunen Maßanzug, tipptopp, was willst du mehr? Der Staatsanwalt Wenzel kann von oben auf ihn runterschauen, besser, auf ihn herunterstoßen. Er hat etwas Raubvogelartiges, die langen Arme, die Hakennase und die hagere, sportliche Gestalt. Nur an den Adleraugen mangelt es. Er mustert den Sandner durch eine randlose Brille, als wär der ein pelziges Beutetier.

Ein »Danke« schmeißt ihm der Sandner hin. Die Fäuste wollen nicht aufgehen.

»Auf ein Wort«, sagt der Wenzel und wirft einen Blick über die Schulter, als wär das der Beginn einer Verschwörung.

»Sind Sie wieder nüchtern?«

Auf die Frage ist er nicht gefasst. Er kann sich nicht vorstellen, dass der Kare beim Wenzel über das missglückte Telefonat getratscht hat.

»Um was geht es?«, schnappt er zurück.

»Ich sag Ihnen das jetzt von Mann zu Mann. Wenn Sie wieder mal betrunken sind und das Bedürfnis haben, sich auszusprechen, rufen Sie die Telefonseelsorge an, und lassen Sie die Corina aus dem Spiel.«

Der Sandner ist baff. Da hat er die halbe Nacht telefoniert und die Erinnerung einfach verschmissen. Er schaut am Wenzel vorbei, den Gang hinunter.

»Und dienstlich – wenn ich merke, dass Ihre Arbeit vom Alkoholeinfluss beeinträchtigt wird, hat das selbstredend Konsequenzen, der Polizeirat …«

»Ach, Schmarrn«, sagt der Sandner und winkt ab. Leise, weil er in der Defensive ist. Was er wohl von der Corina gewollt hat, in der Nacht? Und einen Brass bekommt er. Hat sie es ihrem Björn gleich aufs Butterbrot schmieren müssen? Das hätte es nicht gebraucht.

Gönnerhaftes Nicken vom Wenzel.

»Wir haben alle mal einen schlechten Tag, der uns mitnimmt, wenn es bei einem bleibt … ach, noch etwas. Der Herr Bischoff hat mich über Ihr weiteres Vorgehen informiert. Sie haben den Herrn Auerhammer vorgeladen, für heute Nachmittag.«

»So? Kann sein.«

»Die Auerhammers sind sehr honorige Leute. Und die Stiftung, die HiZ e.V., setzt sich ein für sozial Benachteiligte, für Jugendliche. Das sollten Sie nicht vergessen. Außerdem bestehen ihre Spender und Fördermitglieder aus angesehenen …«

Der Sandner nimmt sich einen Moment. Während sein Gegenüber sich heißredet und gestikuliert, beschleicht ihn eine Ahnung.

»… die Gelder werden gut eingesetzt, da gibt es kein Gemauschel.«

»Sie wissen gut Bescheid. Haben Sie zufällig auch mit den Fendts gesprochen? Heute Morgen? Sind Sie auch ein Fördermitglied?«

»Herr Sandner!« Der Kopf des Staatsanwalts wirkt auf einmal gut durchblutet. »Phantasieren Sie sich da nichts zusammen, wo es keinen Zusammenhang gibt!«, sagt er scharf. »Und bringen Sie niemanden in Verruf, besonders eine soziale Stiftung nicht. Sie wissen, wie die Geier von der Presse sind. Vielleicht sollten besser Ihre Kollegen mit dem Herrn Auerhammer sprechen.«

»Ja, und eine Masseuse lassen wir kommen, dass er sich ja wohlfühlt bei uns. Keine Sorge, das wird eine Wellness-Stunde für den Herrn Bauunternehmer.«

Der Sandner drückt sich am Staatsanwalt vorbei.

»Sandner!«, schreit der ihm hinterher, »passen Sie auf!«

»Herr Staatsanwalt, ich muss pinkeln.«

Wie er auf die Toilette kommt, macht sich der Kare am Pissbecken gerade den Hosenstall zu.

»Sag amal …«, beginnt er.

»Ich war ned besoffen, hast mi?«, fährt ihm der Sandner über den Mund. »Vor zwei Stunden war es grad mal sechs, was hast du hier scho gemacht? Hast du Schlafstörungen – oder kannst du dich nimmer entscheiden?«

»Nein.« Der Kare bleibt neben ihm stehen.

In das Plätschern hinein fragt ihn der Hauptkommissar, ob er im Büro geschlafen habe.

»Wenn du es genau wissen willst – ja.«

»Herrschaft, Kare! Das ist doch …«

»Ja mei, ich konnte gestern einfach nicht heim, verstehst? Ich konnte mir den Blick nicht mehr anschauen von der Kathrin, und ich wollte auch – nirgends anders hin, begreifst du das? Und jetzt lass uns endlich über den Weiß-Fall reden.«

Sie stehen am Waschbecken, glotzen in den Spiegel.

Der Sandner begreift nur zu gut.

»Du schaust aus wie ausgespien«, sagt er.

»Kann des sein, dass du uns verwechselst, ich bin der Rechte«, bekommt er zur Antwort.

»Gut, reden wir – aber muss es auf dem Scheißhaus sein?«

Auf dem Weg zum Besprechungsraum bekommt der Sandner von seinem Kollegen ein Update über die letzten Ereignisse. »Sanguis« und »Licinia«, bürgerlich Marcus Schulz und Beate Raitmeir, waren in der Nacht auf dem Präsidium aufgetaucht und hatten angegeben, den Dennis Weiß nach dem Konzert erschlagen zu haben. Der Oberkommissar hatte sie vernommen und erst einmal vorsorglich wegsperren lassen.

»Verbindungen zum Opfer?«

»Sie hatten Konzertkarten.«

»Motiv?«

»Er hätte es selbst gewollt, und jemand hat es ihnen eingegeben.«

»Eingebung, sauber, Satanisten?«

Achselzucken vom Kare. »Wie die sich benennen, ist mir wurscht, schwarzes Gwand und Kajal halt, aber wenn du mich fragst, ein klassisches Renommiergeständnis – ich hab Leut drauf ansetzen müssen, die den ganzen Mist überprüfen, und ihr Auto und die Wohnung werden auseinandergenommen.«

»Von unseren Steuergeldern. Haben sie Details gewusst?«

»Nicht mehr, als veröffentlicht ist, aber ehrlich gesagt, wissen wir auch nicht viel mehr.«

»Waren sie auf Droge oder betrunken?«

»Nicht mehr wie du, Sandner.«

»Depp, verblödeter.«

»Was mach ma mit denen?«

»Vorläufig einkasteln. Wenn sich dann kein Haftgrund ergibt, kann's uns wurscht sein. Sollen der Wenzel und der Haftrichter eine Entscheidung treffen, die verdienen mehr Geld.« Ein Schwindelgefühl erfasst den Sandner. Zurück aufs Scheißhaus könnte er und sich ordentlich ausspeien. Er greift sich an die Stirn, seufzt.

»Ich komm glei«, sagt er zum Kare und wedelt mit der Hand, um ihn loszuwerden.

Der Oberkommissar schaut ihn mit gerunzelter Stirn an, weicht aber nicht von seiner Seite.

Keinen Pfifferling tät man momentan darauf setzen, dass diese beiden ungekämmten, stoppeligen Mannsbilder mit den untertassengroßen Augenringen in der Verfassung sind, einen Mörder zu erhaschen. Misstrauen sollte aber immer dann angebracht sein, wenn das äußere Bild sich gar zu harmonisch an die Erwartungen schmiegt, quasi kuschelndes Klischee. Und – das Präsidium besitzt einen funktionstüchtigen Kaffeeautomaten.

Dass ihnen merkwürdige Geschöpfe aller Art und Gattung die Tür einrennen, ist für die Ermittler Routine. Bei der Konstellation des Falles gibt es keinen Mangel an Möchtegern-Mördern und sonstigen Lichtgestalten, das öffnet Tür und Tor für jedwede abstruse Geschichte. Werwölfe, Wiedergänger und Vampire, per Anruf, E-Mail oder Fax, die wenigsten haben sich die Mühe gemacht, vorbeizuschauen – das ist hochanständig gewesen von Sanguis und Licinia.

Ein netter Herr aus Germering hatte sogar telefonisch seine Großtante als Hexe denunzieren wollen, worauf ihm der Oberkommissar mitgeteilt hatte, sobald der Großinquisitor von der Fortbildung aus Rom wieder da wäre, würde er sich persönlich des Falles annehmen.

»Wie wär's mit einem Scheiterhaufen am Marienplatz?«, schlägt der Kare grinsend vor.

»O lodernd Feuer«, rezitiert der Sandner, dann geht er in die Schlacht.

Er hat sich daran erinnern können, dass in früheren Jahren doppelt so viele Beamte einen Besprechungsraum bevölkert haben, oder war das nur eine optische Täuschung wegen der Dimension des Raumes gewesen? Die Technik hat der Quantität die Zunge rausgestreckt. Dazu ist der Andrang heute auch wegen Personalmangel, Krankschreibungen und Stundenabbau überschaubar.

Nicht ganz ein Dutzend Leute haben sich vom Kare instruieren lassen, die Tatortbilder betrachtet, in den ersten Protokollen gelesen und sich Notizen gemacht. Der Sandner hat seine kindische Befriedigung aus dem nervösen Zucken der wenzelschen Mundwinkel gezogen, immer wenn er die Namen Fendt und Auerhammer oder gar die Rolle der Stiftung erwähnt hat. Funktioniert hat das als Schlüsselreiz, ab und an hat der Wenzel protestierend den Schnabel aufgesperrt, aber eingebracht hat es natürlich nichts. Nach wie vor hat ihnen jeder Anhaltspunkt gefehlt für die Stunden zwischen dem Abgang vom Dennis Weiß nach der Party bis zum Mord. Vom Tatort ganz zu schweigen. Sie haben sich im Umfeld der Location um Zeugen bemüht, inzwischen sind auch die Trambahnfahrer der Nachtlinien und die Taxler mit einbezogen worden.

Ermittlungsgruppe Sisyphus, hat sich der Sandner gedacht, wie allweil, nur dass der alte Grieche sich das Buckeln verdient hatte. Die Spurensicherung hat mit einem halben Gummistiefelabdruck und einem Achselzucken aufgewartet. KTU dito. Jemand hatte im Büro eines kirchlichen Sektenbeauftragten verschiedene Bedeutungen des Pentagramms eruiert, vergleichbare Ritualmorde sind ausgewalzt worden, die Stimmung ist ins Mystische gekippt. Ein Gruseleffekt macht auch vor den Ermittlern nicht halt, so hat sich fiebrige Erregung breitgemacht. Sie haben mit der Aussicht auf etwas Außergewöhnliches geliebäugelt, im Gegensatz zu den brunzdummen Affekt-Totschlägern, ihrem alltäglich Brot.

Wie in den alten Frankenstein-Filmen, bei denen das ganze Dörflein mit Mistgabeln, Dreschflegeln und Fackeln gegen das Monster zieht. Brennen soll es. Das geständige Pärchen hat, trotz erheblicher Zweifel an ihrer Schuld, noch Öl ins Feuer gegossen. Vornehmen würden sie sich all die aktenkundigen Friedhofsschänder, Katzenquäler, Bondagefreaks und Außenseiter jeder Güteklasse. Sollte dabei etwas herauskommen, würde der Sandner das große Latinum ablegen.

Da hat sich der Staatsanwalt entspannter zurücklehnen können, wohingegen der Hauptkommissar immer nervöser geworden ist. Sie sollten dran denken, nichts zu übersehen und in alle Richtungen zu denken. »Alle!«, hat er angeschrien gegen das Murmeln.

Die Wiesner ist auf den Zug mit aufgesprungen und hat angeregt, das Bild von der Janine an die Medien zu geben. Dazu haben sich der Polizeirat und der Staatsanwalt nicht durchringen können, weil ein Zusammenhang derzeit nicht zur Disposition stünde.

Wie die Messe schon gelesen ist, spielt das Handy vom Sandner auf, und ein wutentbrannter Aschenbrenner ist dran. Der Hauptkommissar ist nur mäßig überrascht.

»Sag amal, spinnst du jetzt komplett?«, wird er vom Rechtsmediziner angeschrien.

»Ja?«

»Mir einen depperten Gockel abzuliefern, bin ich dein Privatmetzger? Warum bringst du den nicht ins veterinärmedizinische Institut?«

»Weil nur du weißt, worauf es mir ankommt!«

»Bei einem Huhn? Ich hab mit dem stinkenden Viech geschwind heimfahren müssen, das geht doch nicht im Institut. Bei mir auf dem Küchentisch hab ich es aufschlitzen dürfen! Die Heidrun ist ausgeflippt! Noch einmal so eine Sauerei, und sie ist weg, hat sie geplärrt. Du weißt schon, dass sie Vegetarierin ist?«

Die Heidrun ist noch viel mehr, sie hat von einer höheren Macht den Auftrag bekommen, die Welt zu retten. Seit dem letzten gemeinsamen Abendessen mit den Aschenbrenners fühlt der Sandner oft den imaginären Blick melancholischer Berggorillas auf sich lasten, wenn er zum Handy greift. Da wäre doch Coltan drin, und mit dessen Abbau in Minen würden die Affen im Kongo ausgerottet. Der Sandner pflegt mit seinem Mobiltelefon keine Liebesbeziehung, er nimmt es nicht mal mit ins Bett, für ihren dynamisch-emotionalen Appell bei, zugegeben, schmackhaften Spinatknödeln mit Steinpilzen war er definitiv die falsche Zielperson gewesen. Er hatte dann auch nicht mehr fragen wollen, ob es Schwammerln aus der Ukraine gewesen waren.

»Gestern war er noch frisch. Hättest ihr halt gesagt, ich versuch, den brutalen Mord an einem …«

»Sei bloß stad! Es ist vorgestern geschlachtet worden, fachmännisch, aber nicht in einer Fabrik. In seinem Magen waren Hopfensamen.«

»Und was will mir das sagen?«

»Das heißt – höchstwahrscheinlich ein fränkisches Biohuhn. Das kenn ich mit dem Hopfen vom Altmühltal her …«

»Du bist ein Gott, Asche.«

»Und du ein Depp, ein trauriger – in einer Stunde mach ich mich an euren Musiker, falls es dich noch interessiert. Oder überführst du bloß noch Hühnerdiebe?«

»Dank dir, du hast was gut.«

»Das will ich meinen.«

Nachdem die Aufgaben geklärt sind, gesellt sich der Kare zum Sandner. Der hat schon Hummeln im Hintern.

»Ich fahr jetzt bei der Therapeutin von dem Madl vorbei«, … und dann nach Hause, um mir die Lehnharter-Geschichte vom Hals zu schaffen, ergänzt er den Satz gedanklich. Ein Mühlstein ist ein Dreck dagegen.

Dass die Pressekonferenz der Polizeirat himself abhalten wird, samt Unterstützung vom Kare und dem Sprecher der Staatsanwaltschaft, dafür hätte ihn der Sandner abbusseln können, wäre der Mann für diese Art Dankbarkeit empfänglich. Präsentabel fühlt sich anders an wie der augenblickliche Sandner, und das Gedrängel, angesichts des Opfers und des Hergangs der Tat, wird arg sein.

Wortgewandt mit wichtigem Gschau, dass selbst das Tappen im Dunkeln noch im strahlenden Kompetenzgewand daherkommt, da brauchst du ein Talent, dass sie dich im Residenztheater mit Handkuss für die Hauptrollen nehmen täten. Alternativ kriegst du immer eine Stelle als billiger Jakob. Der Sandner ist kein Medienmuffel, mit einigen Schreiberlingen geht es schon kumpelhaft zu, zumindest fair, aber er ist allweil zu gradaus als Podiumsbesetzung.

Natürlich Schwabing. Therapeuten-Hochburg. Wenn du als Psychologe etwas auf dich hältst, muss es schon Schwabing sein. Den Altbauten haftet noch der Geruch von Boheme und Kreativität an, etwas Beschwingtes, wie ein kleiner Schwips und eine Prise Illusion und exotischer Ausschweifung, steckt in den Räumen. Geschmückt für den Aufbruch in eine neue Lebensphase, selbst wenn's schad ist, dass du dich selber überall mitschleppen musst. Schon für die alten Freudianer das passende Ambiente, die Ledercouch aufzustellen. Heutzutage nur noch am Deckenstuck nachweisbar, die künstlerische beziehungsweise schöpferische Opulenz.

Längst hat die Wirklichkeit die Giselastraße überrollt. Dass ein gescheites Café heute Lounge heißen muss, um etwas herzumachen, kann der Sandner allüberall lesen. In den Seitengassen sind kleine Second-Hand-Lädchen, Hand in Hand mit Kleinkunstbühnen und Kneipen in Häuserkämpfe verwickelt um ein Stückerl Identität. Sie halten noch stand, bunte Inseln im weichgespülten Meer der Gleichmacher, originell, trotzig, verschroben, prahlerisch oder mit leisem Charme. Scharfe Krallen und Zähne, zum Wehren und Festbeißen, wünscht ihnen der Polizist, und eine starke Rüstung, vielleicht aus Sentimentalität oder weil er sich an die überall aufpilzenden Burger-Tandler nicht gewöhnen mag.

Die Praxisgemeinschaft von Janines Therapeutin repräsentiert im fünfstöckigen Jugendstilhaus. Pünktlich ist er bloß, weil er sich vor eine Ausfahrt gestellt hat. Dienstwagenprivileg. Das Klingelschild ist vergoldet, und im schwarz-weiß verkachelten Treppenhaus könntest du ohne Rempelei zwei Klaviere nebeneinander transportieren.

Eva Fuchs. Sie kommt ihm gleich entgegen, wie er die Praxis betritt – zumindest hofft er, dass diese Frau seine Gesprächspartnerin ist.

»Herr Sandner? Scheiße, Sie hab ich ganz vergessen. Eva Fuchs«, sagt sie und reicht ihm die Hand. »Ich habe leider nur zehn Minuten, dann kommt meine nächste Klientin.«

»Sandner, Hauptkommissar, wird nicht lange dauern«, retourniert er und bedauert es und wünscht sich, dass sie es auch bedauert.

Warm ist ihre Hand und zierlich.

Den zehn Minuten, die er mit der Frau Fuchs verbringen darf, sollte man sich ohne Hast widmen.

Sie geleitet ihn in einen Raum, da schnauft er hörbar auf. Ein Geruch von Gräsern und Erde ist um ihn, und zusammen mit der orangen Wandfarbe wirkt das Zimmer wie ein Organismus, in dessen Innerem Möbel harmonisch heranwachsen dürfen.

Sie setzen sich in Lederswinger und schauen sich an. Die Fuchs, neugierig, fragend – und der Sandner?

An einen Apfel denkt er, wegen ihrem grünen Kleid, asiatisch angehaucht, und den rötlichen Haaren. Sie mochte um die Vierzig sein, eine gewisse Verspieltheit liegt in ihren Zügen. Ein kleiner, schmackhafter Apfel, nicht einer von diesen glanzrot-überkandidelten Exemplaren. Um ihren weißen Hals trägt sie eine Perlenkette, und die leicht schrägen Augen richtet sie unverwandt auf den Hauptkommissar.

Der wippt nur. Das reicht ihm. Aushalten könnte er es hier, durchatmen und entspannen. Nichts müssen.

»Und?«, fragt sie.

Er braucht einen Moment, bis er einen Fetzen Wirklichkeit zu packen bekommt. Er konzentriert sich auf sein Gegenüber.

»Was würdens jetzt von mir wissen wollen, wenn ich ein Patient wär?« Schade findet er es, im Augenblick, dass er keiner ist.

Sie lächelt.

»Wenn Sie hier wieder rausgehen, nach zehn Minuten, mit was wären Sie zufrieden, was wäre gut für Sie?«

»Ich muss bloß geschwind einen Mörder fangen.«

»Das war schnell – und was wollen Sie von mir?«

»Zu schnell, finden Sie? Dann hätt ich gern einen neuen Versuch. Oiso, wenn ich einen Zeitzuschlag bekommen könnte.«

»Wieso das?«

»Der Mensch entscheidet spätestens nach neunzig Sekunden, ob ein anderer ihm sympathisch ist. Stand letzte Woche erst in der Beilage von der SZ.«

»Die lesen Sie also. Und der Polizist?«

»Braucht noch weniger lang, wegen der Spürnase.«

»Okay.«

»Okay?«

»Ja, okay – mehr Zeit. Obwohl ich nicht weiß, ob ich Ihnen über die Janine so viel erzählen kann.«

»Da findet sich schon ein Stoff. Wollens mit mir was essen gehen?«

Jetzt grübelt sie einen Moment, schaut auf ihre schwarzen Stiefeletten.

»Warum nicht?«, meint sie dann.

»Wann hättens Zeit?«

»Schlagen Sie was vor.«

»Freitag abends?«

»Keine Zeit.«

»Mittwoch?«

»Geht's leider wahrscheinlich auch nicht.«

»Heut Abend?«

»Sie wollen ja wirklich schnell vorankommen. Okay, wo?« Ein Lächeln schenkt sie ihm, ehrlich schaut es aus.

Auf diese Frage ist der Sandner unzureichend vorbereitet. Deswegen kommt er in Kalamitäten. Eben hatte er ein Leck-mich-am-Arsch-Gefühl, als hätte man ihm in der Nacht eine Wahrheitsdroge eingeflößt. Offenbar nicht abschreckend. Über die Janine reden? Auch. Wohlfühlen tut er sich bei der

Frau Fuchs, so wird ein Schuh draus. Und der direkte Weg ist für den ungeduldigen Sandner oft der einzige, weil er sich sonst verheddert, ausfranst wie der Saum einer alten Jeans, und zum Tüfteln anfängt. Besser wird es erfahrungstechnisch damit selten, höchstens anders. Entweder, du kommst ans Ziel, oder du machst dir die Schuhe schneller nass. Wenn du dich um Tötungsdelikte kümmerst und siehst, wie gschwind das Sackerl zu sein kann, findest du von Jahr zu Jahr weniger, wofür sich Warten rentiert. Einen Bausparvertrag hat er auch nicht. Als routinierter Womanizer würde er eine passende Lokalität locker aus dem Ärmel ziehen, aber wir reden hier vom Sandner, und der ist untrainiert.

»Und?«, wiederholt sie.

Misstrauische Menschen trauen den Therapeuten zu, dass sie das Hirn aufblättern und drin schmökern, wie in einem Roman – in Abhängigkeit vom Klienten könnte es auch ein Groschenhefterl sein oder ein Remittenden-Exemplar.

Genauso scheint die Fuchs ihn augenblicklich zu mustern. Ihre Aufmerksamkeit hat eine Konsistenz, sodass der Sandner glaubt, ein Wesen wahrzunehmen, das grad seine Finger nach ihm ausstreckt. Nicht unangenehm, warme Hände hat es und riechen tut's nach Zedernholz. Bevor er ganz den Spinnerten gibt, stemmt er die Füße fest gegen den Boden und macht den Rücken gerade.

»Sie könnten mich anrufen, so gegen sieben«, sagt er.

»Wär eine Möglichkeit, ja.«

Synchroner Blick der beiden zur Uhr. Drei Minuten sind verstrichen, ausreichend Zeit für ein hart gekochtes Ei, alternativ für einen magischen Moment beim Hauptkommissar.

Sie verbringen die restlichen sieben Minuten mit der Janine. Erfahren tut er wenig. Nach dem Umzug zu den Fendts war sie nur noch einmal hier gewesen. Über die Schwangerschaft und den Dennis hat sie sich nicht großartig auslassen wollen. Es wär halt passiert, sie hätte Mist gebaut und wolle nicht darüber reden. Aber gefreut hätte sie sich über das Kind. Dass sie verschwunden ist, ohne es mitzunehmen, wäre schon merkwürdig.

Bevor der Sandner die Praxis wieder verlässt, will er noch wissen, wie sie vorgehen würde, um einen Mord aufzuklären.

»In der Therapie kann man manchmal die Leute verstören, sodass sie aus ihren alten Mustern ausbrechen und handeln.«

»Verstören, damit sie handeln?«

»Die Lebenden natürlich. – Vielleicht tät ich auch eine Rekonstruktion machen, eine Skulptur.«

»Das Verstören gefällt mir – was meinens mit Skulptur?«

»Das würde jetzt länger dauern, heben Sie sich die Frage doch auf, für heut Abend. Ich unterstütz Menschen, ihre Mittel zu nutzen, das, was in ihnen steckt, für die Zukunft. Sie dagegen kümmern sich doch ums Handeln in der Vergangenheit.«

»Auch. Aber ich hab schon ein Interesse, die Lebenden zum Handeln zu bringen. Wenn man nix findet in der Vergangenheit, kann man immer noch morgen was verändern.«

»Nicht mehr für die Toten, oder?«

»Um der Toten willen, tät ich sagen.«

»Ciao, Herr Sandner.«

»Ja. Wiederschaun, Frau Fuchs.«

Ein bisschen durcheinander ist er, der Sandner, er muss auch gleich noch einmal läuten, weil er seine Handynummer noch nicht abgeliefert hat.

Die Wiesner schaut von ihrem Schreibtisch auf.

Eine junge Polizistin steht vor ihr. Sympathische Erscheinung, Marke Pumperlgesund. Mit ihren vollen, roten Backen und den gülden glänzenden Locken könnte sie just aus der Werbung für Hautcreme entstiegen sein.

Der Kommissarin ist sie heute Morgen bei der Besprechung

aufgefallen. Sie war in der Umgebung des Friedhofes eingesetzt gewesen und hatte die Befragung einer älteren Dame zum Besten gegeben. Klassiker.

Die Seniorin hatte angegeben, nächtens vier vermummte Gestalten mit langen Mänteln gesehen zu haben, die zum Friedhof geeilt wären. Der liegt von ihrer Behausung zirka einen Kilometer entfernt. Fragwürdig sei die Geschichte allerdings geworden, als sie steif und fest behauptet hatte, dass sie just um halb zwei mit ihrem Zamperl dort Gassi gegangen wäre. Dessen optische Erscheinung hätte allerdings eine andere Sprache gesprochen. Nach dem Eindruck der Polizistin hätte sie das verfettete Viech höchstens hinter sich herschleifen können, wie einen Kohlesack. Während ihrer Anwesenheit hätte der Hund mindestens zwei Stück Schwarzwälder Kirsch verdrückt. Seine Bewegungsimpulse beschränkten sich auf das Mahlen der Kiefer. Aber es sei ein nettes Gespräch bei Kaffee und Kuchen gewesen, und unmittelbar nach ihr hätte auch ein Reporter der AZ für einen Schluck Kaffee vorbeigeschaut.

»Und?«, will die Wiesner jetzt von ihr wissen, »was gibt's?« Sie ist gerade dabei, noch einmal die Fundortfotos zu studieren – ein Unterfangen ohne Erkenntnisgewinn.

»Ja, ich weiß nicht, ob es wichtig ist oder Sie des vielleicht schon wissen.«

»Besser etwas zweimal gesagt als gar ned.« Die Wiesner lächelt sie aufmunternd an. »Legens los.«

»Mein Freund, der Mike, der ist bei einem Online-Musik-Magazin, sfm, surf for music – so Beiträge im Internet halt. Und der hat mich gerade angesimst, der weiß ja, dass ich mit dem Mord zu tun hab, ich sag dem auch nichts, was …«

»Ist scho recht.«

»… ja, und es gäbe eine Presseerklärung der Band. Sie wollen die Tournee nicht absagen. Sie wollen spielen. Ihre Trauer wollen sie musikalisch zum Ausdruck bringen, hat es geheißen, das wären sie dem Dennis Weiß schuldig.«

»Da schau her – mit einem neuen Schlagzeuger? Den hams aber schnell aus dem Hut gezaubert, die hinterbliebenen Sangesbrüder. Weiß man, wer das ist?«
»Jens Sobotnik.«

Der Sandner ist in Wallung.
»Schaffts den Sobotnik her, wurscht, wie! Und wo sand die Colegas von der Truppe? Wohnen die noch im Hotel Sammert?«
Brav gemeldet hätten sich die Bandmitglieder, erfährt er am Handy von der Wiesner, eine Adresse in Augsburg angegeben, unter der sie jederzeit zu erreichen wären. Beim Papa Kleinschmidt, verhinderter Rockstar und Lehrer. Und von Sobotniks angekündigtem Einstieg als Drummer in die laufende Tour wären sie überfahren worden. Unabgesprochen wäre das gewesen, eine Aktion vom Holländer. Aber da gäbe es wohl kein Zurück, auch wegen der Verträge. Der van Leyden sollte, nach Aussage vom Kleinschmidt junior, vielleicht noch im Sammert anzutreffen sein. Der wollte aber heute flugs nach Österreich. Sie würden ein paar Tage proben und am Donnerstag die Tour fortsetzen, sonst gingen ihnen zu viele Konzerte durch die Lappen.
Nichts da, mit Österreich, die nächste Station wäre U-Haft in der Ettstraße.
Der Bursch wird gerade seziert, und die Show geht weiter, als wenn nichts gewesen wär. Business hin oder her, aber für alles muss er kein Verständnis haben. Er ist in Giesing daheim und nicht im Ashram in Puna.
Trotz denkwürdig-hypnotischer zehn Minuten mit der Frau Fuchs geht das mit der Wut bei ihm heute besonders hurtig. Die hockt ihm auf den Schulten, ein Poltergeist, der geschäftig Bestellungen aufnimmt. Da brauchst du keinen aufbrausenden Charakter, wenn dich Umstände beuteln, wie der Fuchs das Huhn im Stall.
Der Sandner will postwendend im Hotel Sammert auf-

schlagen, den Lehnharter und sein sedierendes Gebräu schiebt er dafür vorübergehend in eine abgelegene Hirnwindung.

Mit offenen Fenstern zuckelt er Richtung Bahnhof. Nicht, weil er kühlen Kopf bewahren will, im Dienstwagen schweißelt es gottserbärmlich, und offenbar musste sich in letzter Zeit auch jemand darin erbrochen haben. Vielleicht hat ein Beifahrer vom Hartinger seinen Fahrstil dickflüssig kommentiert.

Stop and Go. Der Verkehr ist ein Geduldsspiel. Bitterkalt ist es mittlerweile im Auto, trotzdem bricht ihm der Schweiß aus, und sein Herz pocht, wie nach überstandenem Vollrausch.

Der van Leyden hat also sofort einen Nachrücker präsent, der zufällig auch am Abend beim Konzert und hinter der Bühne war. Dass der Sobotnik sofort einsteigen konnte, ist aus musikalischer Sicht für den Sandner ein Mysterium. Als hätte er im Hintergrund gelurt, Zweitbesetzung, wie im Opernhaus. Auf die Geschichte ist er gespannt. Das wäre kein Schuss ins Knie gewesen, finanziell gesehen, wenn der van Leyden den Weiß abräumt, wegen dem Ärger und weil der ihn absägen wollte. Und der Sobotnik ist der Profiteur. Wie viel muss es sein, damit du jemanden derschlägst wie einen Kakerlak?

Der Sandner hat sich schon mit billigeren Motiven rumplagen müssen.

Da war zum Beispiel die Geschichte mit dem Streit um die Telefonrechnung in Moosach gewesen. Morgens beim Frühstück war der eskaliert. Die Frau hat dem ein Ende bereitet, indem sie den Wanst ihres mauligen Gatten mit dem Brotmesser perforiert hat. Am Küchentisch ist die arme Sau verblutet, den Schädel auf dem weißblauen Brotzeitbrettl, und sein reuiges Weib hat vergeblich versucht, eine Nachbarin aufzutreiben, wegen der Eins-eins-null. Ihr Franz hatte zuvor blindwütig das Telefonkabel aus der Wand gerissen.

Am Tatort hat es ausgesehen wie im Schlachthof unter Volllast, und natürlich war das Rechnungsgezeter nur das letzte Mosaiksteinchen gewesen, wie alle Welt so dahersagt.

Den Sandner hat damals die Frage umgetrieben, ob die Leut nicht generell nur ein, zwei Steinchen entfernt sind vom blutigen Muster, aber mehr als ein Achselzucken als Antwort willst du nicht ernten, sonst könntest du justament nach Haar, in die Psychiatrische, und gleich den Zimmerschlüssel fressen.

Diesmal prügelt er den Wagen bis vor das Hotel. Zweite Reihe.

Der Hartinger hat ihm gerade verkündet, dass sie den Sobotnik aus dem Bett geholt haben. Der wäre auf dem Weg ins Präsidium, mit Begleitschutz.

Es gibt Zeiten, da ist es von existenziellem Vorteil, wenn sich der Mensch nicht in Gedanken verheddert, wie im klebrigen Spinnennetz, sondern sich im Jetzt und Hier aufhält. Eher aus pragmatischen denn religiösen Überlegungen. Sonst verpasst du deine S-Bahn, dein Reis verkocht, das Ei wird steinern, oder dein Johannes will nicht mittun im entscheidenden Moment einer angebahnten Kopulation.

Wie der Sandner die Treppe zum Zimmer des van Leyden hochstürmt, ist die Umgebung für ihn ausgeblendet, S-Bahn, Reis, Ei oder Koitus wären chancenlos.

Gerade geht ihm zum hundertsten Mal die Frage durch den Kopf, was er der Corina wohl heut Nacht für einen Schmäh erzählt hat. Er ist fast vor dem Zimmer des Holländers, da öffnet sich die Tür, und eine Gestalt erscheint. Ein junger Bursch mit schwarzem Rollkragenpulli und rasiertem Schädel.

Verblüfft glotzen sich die beiden an, verharren in der Bewegung. Nur ein Wimpernschlag, dann drängt sich der Mann am Sandner vorbei zur Treppe.

Der Bruchteil einer Sekunde bleibt für die richtige Reaktion. Seine abschweifenden Gedanken haben ihn bis zum Schopf in die Gülle getaucht. Von allzeit bereit keine Spur.

Endlich fällt der Sandner eine Entscheidung, dreht sich

um. Umständlich holt er seinen Dienstausweis aus der Hosentasche.

»Moment amal!«, ruft er dem Glatzkopf nach.

Hinter sich nimmt er etwas wahr, ein Geräusch, einen Schatten. Nackenhaare und Wirbelsäule alarmieren ihn. Es reicht ihm nicht mehr zum Umdrehen. Die Schultern bekommt er noch hochgezogen. Hundsverreck, zwei!, blitzt es panisch in ihm auf. Etwas Hartes knallt an den Kopf. Schmerzgetränkte Schwärze. Die Beine geben nach. Er sackt zusammen. Liegt gefällt auf dem Boden.

Bei einem weicheren Schädel hätte das gereicht, die Reise ins Nirwana anzutreten, der Sandner aber rollt auf den Rücken. Anschauen will er den Dreckhammel. Nicht noch den finalen Schlag kassieren! Benommen starrt er in die Höhe, die Glieder lahm, bleischwer. Zeitlupe. Aus der Reichweite muss er, reagieren. Tu etwas! Nicht das Karnickel geben. Alles verschwimmt ihm. Wieder ein Sekundenbruchteil, ein Atemzug. Springerstiefel, schwarzer Rolli, rote Adern auf den Wangen, ein bunter Rucksack in der Hand, Adidas. Schweigen. Er kommt nicht hoch.

»Poli…«, will er brüllen, als ob es was helfen könnte, wenn nichts mehr hilft.

Mitten hinein in den Ruf stampft ein Fuß ihm wuchtig zwischen die Beine.

Bullseye! Ein dumpfer Ton dröhnt in seinen Ohren, sein eigenes Stöhnen, aus den Tiefen der Eingeweide hervorgezerrt. Neun, zehn, und aus! Professionell. Die Suppe ist gelöffelt, samt Nachschlag. Ein zertretener Kakerlak windet sich auf dem Teppich, ein schmieriger, blutiger Sandnerfleck. Zusammengekrümmt, keuchend, die Augen wollen ihm aus den Höhlen springen.

Behandschuhte Finger lesen seinen Dienstausweis auf, dann ist er allein.

Es gibt eine Art Schmerz, die lässt sich selbst mit ausgefeilter Wortakrobatik nicht befriedigend beschreiben. Mitleid mit dem Sandner wäre angebracht, aber das buchstäbliche Mitleiden sagt sich einfach daher und ist schwer getan. Der Sandner befindet sich in einem Schmerzuniversum, in das ihn niemand begleiten mag. In solch einer Situation zeigt es sich, welch Wunderwerk der menschliche Körper ist. Wie all die Nerven und Synapsen verdrahtet und verschaltet sind, bis hinauf zur Hirnrinde. Ein Wahnsinnsbauplan.

Nicht einmal schreien kann der Sandner.

Eine Straßenwalze rollt grad hin und her auf ihm und tunkt seine Fleischreste in glühenden Teer.

Er weiß nicht, wie lang er da im Gang vor sich hin gedämmert hat, als zusammengeschoppter Haufen Mensch.

Stad ist es, mucksmäuschenstad.

Nur das eigene Schnaufen hat er in den Ohren. Embryohaltung, Teppichflusen im Mund.

Von Gästen oder Personal keine Spur. Aufstehen mag er nicht probieren. Halb rollt er, halb kriecht er auf die Zimmertür vom van Leyden zu. Zwei verreckt lange Meter. Immer wieder nach Luft schnappen. Stechende Lenden. Ein Karpfen, der sich über den Teppich wälzt. Noch ein Meter. Er muss wissen, was mit dem Holländer ist.

Eine böse Ahnung hat er. Dafür musst du kein Prophet sein. Blut läuft ihm in die Augen, sein Blut. Es ist geschafft. Die Tür ist geschlossen. Er muss sich aufrichten. Brennende Hölle im Leib. Er beißt sich in die Lippe. Endlos kommt ihm die Zeit vor, bis er die Klinke herunterbekommt. Kruzifix, hoffentlich nicht abgesperrt – die Tür gibt nach. Als sie aufschwingt, fällt er mit einem Schmerzensschrei ins Zimmer. Kurz ist alles schwarz, dann erkennt er verschwommen den van Leyden vor sich.

Sie liegen beinahe Kopf an Kopf. Die Sonnenbrille ist an ihrem Stammplatz, ansonsten scheint der Manager weniger Glück gehabt zu haben. Reglos auf dem Bauch, den Kopf zur Seite gedreht. Wieder einer achtlos hingeworfen. Eine schmutzgraue Socke ist in seinen Mund gestopft, und die Hose ist heruntergelassen bis zu den Knien. Die Augen starren ins Leere, die Arme unter dem Leib verborgen.

Der Sandner hält den Atem an, lauscht.

»Van Leyden?«, stößt er dann hervor. Scheißdreck. Er hat das sichere Gefühl, der Boandlkramer hat gerade final die Sense geschwungen. Das Licht ausgedreht haben sie ihm, dem Langen, direkt vor seiner Nase. Himmelherrgott!

Er stemmt sich hoch und kramt auf Knien in den Jackentaschen nach seinem Handy. Während er die Tasten drückt, kann er den Blick nicht vom Holländer lassen. Die linke Arschbacke leuchtet rot, Hautfetzen ziehen sich um eine nässende Wunde, Pavianhintern. Drei Sätze bringt er noch heraus, dann taucht der Polizist in den Nebel der Bewusstlosigkeit ein.

»Da schickt er mich gestern glatt mit Bodyguard los, und selber lässt er sich zammschlagen! Wie krass ist das denn?«

Die Wiesner tobt. Um ihren Beifahrer schert sie sich nicht, der verkrampft auf die Straße starrt. Seine Fingernägel bohren sich in die Handballen.

»Schickt er zwei vom Trachtenverein hin, ganz bequem, wie es sich gehört? – Nein, der Sandner doch nicht. Selbst ist der Mann.«

»Schaug«, quiekt der Hartinger, wie ein Lastwagen seine Schnauze aus einer Einfahrt steckt.

Die Wiesner reagiert mit einem synchronen Druck auf Gaspedal und Hupe.

»Wenn der ernsthaft was abgekriegt hat, kann er was erleben!«

»Immerhin hat er ja selber anrufen können.«

»Was? Ach so, ja super.«

»Wenn es uns gut reinläuft, kriegen wir die Deppen über die Personenbeschreibung, Fahndung läuft eh schon, und vielleicht haben die alle beide umgebracht. Hätte also sein Gutes.«

»Den Weiß und den van Leyden? Das glaub ich erst, wenn ich einen Beweis seh. Mal schauen, was der Sandner sagt.«

»Wenn er klar im Kopf ist, meinst du.«

»Hauptsache, er hat ihn noch auf.«

Die Wiesner wollte grad mit der Vernehmung vom Sobotnik anfangen, als die Nachricht vom Hotel Sammert reingerauscht war. Ein Toter, Hauptkommissar Sandner schwer verletzt.

»Wenigstens duschen hätten Sie mich vorher noch lassen können«, war dem Sobotnik sein erster und letzter Satz gewesen, bevor sie aufgebrochen ist.

Alle sind sie da. Dem Sandner kommt's vor, als hätte er zu einer zwanglosen Party ins Sammert geladen.

Der Polizeirat, der Aschenbrenner, sein Team, diverse Sanitäter, der Poschner mit den weißen Engeln und uniformierte Legionen. Im dritten Stock brummt es wie noch nie in der wenig glorreichen Historie des Hotels.

Sogar der Wenzel. Einen Anflug von Sorge hat der Sandner in seinem Gesicht gesehen. Das gute Haar will er ihm nicht lassen, Aversion ist wichtig, damit du deine Vorurteile beruhigt spazieren führen kannst. Getäuscht wird er sich haben beim Gesichtsausdruck. So weit käme es noch, dass er ihm einen Sympathiepunkt ankleben müsst.

In van Leydens Zimmer werden akribisch Spuren gesichert, während nebenan der Sandner auf dem Bett sitzt und sich vom Rettungssanitäter Mull um den Kopf wickeln lässt.

»Er will nicht ins Krankenhaus«, hört er einen Notarzt zum Aschenbrenner sagen, als spräche er über ein ungezogenes Kind. Nein, meine Suppe ess ich nicht!

Der Aschenbrenner schaut herein, wie sich der Sanitäter wieder schleicht.

»Na, wie geht's?«

»Wird.«

»A saubere Gehirnerschütterung wirst haben, die Platzwunde is ned dramatisch, aber zur Beobachtung gehörst du …«

»Vergiss es. Ich bin doch voll mit Drogen.« Sein Versuch, aufzulachen, lässt an Bronchitis denken.

»Du bist ein solcherner Sturkopf, Sandner.«

»Komm rein und mach die Tür zu.«

»Was ist los?«

»Da wär noch was.«

Der Aschenbrenner schließt die Tür hinter sich und schaut neugierig auf den Sandner runter. Ganz Arzt, die Stirn skeptisch gefaltet, Scannerblick.

»Der Sauhund ist mir in die Eier gestiegen, das tut sakrisch weh.«

»Schau ma's uns an.«

»Glei? Hier?«

»Oiso, zier di ned, Zenzi.«

Der Sandner schaut zur Tür, einen Schlüssel kann er nicht entdecken. Das macht ihn nervös, das muss nicht sein, dass ihm der Wenzel noch auf den Zipfel schaut. Exponierte Haltung. Zögernd lässt er die Hose herunter und legt sich ächzend auf das Bett. Eiskalte Hände hat er, der Aschenbrenner, wie er da latexummantelt gleich herzhaft zugrabscht.

»Zefix«, stößt der Sandner zwischen zusammengepressten Kiefern hervor.

»Geschmeidig bleiben, ist schon rum. Wenn du mich fragst, hast du eine Hodenprellung erlitten, mehr seh ich erst mal nicht, aber innerlich sollt man sich das auch anschauen, wenn die Schmerzen ned weggehen, es sei denn, du brauchst sie nimmer.«

»Hodenprellung, sagst du. Kann man da was draufschmieren?«

»Nützt ned viel, schadet nix. Am besten ist Eis, gut kühlen. On the rocks, da machst du nix verkehrt.«

Mühsam zieht der Sandner seine Hose wieder hoch. Einen Blick hat er, bodennah, wie ein Schuhverkäufer.

»Jetzt schaug i mir die Leich an«, meint der Rechtsmediziner munter, »in meinem Job ham die Toten Priorität.«

»Vergelt's Gott.« Hinter ihm her schlappt der Sandner zum Tatort, ganz Cowboy ohne Pferd. Während sein Freund sich an der Leiche zu schaffen macht, winkt er die Wiesner zu sich.

»Chef, du gehörst ins Krankenhaus«, befindet sie und studiert ihn mit besorgter Miene.

»Na, ins Irrenhaus, wenn das so weitergeht. Was hat der Sobotnik gesagt?«

»Noch nix, ehe ich ihn verhören konnt …«

Sie weist auf den van Leyden.

»Und da brichst du die Vernehmung ab? Meinst ned, hier sind scho genug wichtige Leut versammelt? Auf meiner Beerdigung werden's weniger sein.«

»Aber du …« Sie winkt ab, schnauft laut und schüttelt den Kopf.

»Oiso, tot ist der höchstens eine halbe Stunde, mehr nicht«, verkündet der Aschenbrenner, wobei er sich im Kreis dreht, weil sich qua Amtsautorität die Ansprechpartner im Zimmer drängeln. Tonfall wie der Prediger von der Kanzel.

»Keine sichtbaren Verletzungen, bis auf ein paar äußerliche Schürfwunden und eine Verbrennung am linken Gesäß. Sieht aus wie ein Dreieck, ein Brandeisen etwa oder ein Bügeleisen. Todesursache … Herzstillstand … Genaueres nach der Obduktion.«

»Das Bügeleisen passt in ein Rucksackl«, knurrt der Sandner und befühlt seinen Verband. »Gefoltert werden sie ihn haben, und er ist ihnen unter der Hand weggestorben, weil seine Pumpe nimmer mitgemacht hat.«

»Gefoltert?«

Die näselnde Stimme kennt er, da braucht er sich gar nicht umdrehen.

»Grüß Gott, Josef. Wie geht's? Der Oberkommissar Bischoff war so freundlich, mich zu informieren. Er hat mich unterwegs ins Bild gesetzt über den Toten, und ich will mir jetzt selbst einen Eindruck der aktuellen Lage machen – Synergieeffekte, du verstehst?«

Der Hauptkommissar wendet sich dem Sprecher doch noch zu. Widerwillig, aber im Rücken will er ihn auch nicht haben: Der Schachner Gernot, Leiter Abteilung Glücksspiel. Tandelei und Fang-den-Hut.

Der Sandner bläst die Backen auf.

Neben dem Kare und dem Schachner steht noch eine mollige Blondine mit modischer Brille und rosa bemalten Lippen. Knappes, braunes Kostüm und Handtäschchen aus Krokoimitat – Oberkommissarin Walther. Ein blumig-kräftiges Parfum zieht dem Sandner in die Nase. Von ihr geht die Mär, sie hätt ein Techtelmechtel mit dem Schachner, aber Gschichtln brauchst du in jeder ordentlichen Behörde, da blüht die dreckige Phantasie wie eine Frühlingswiese.

»Ja, der Gernot«, stellt der Sandner fest und schaut genau, ob dem nicht ein klitzekleines Lächeln auskommt, wegen Sandners Zustand. Was dem Schachner sonst so im Kopf herumspukt, wenn er das Gfries vom Hauptkommissar sehen muss, kann er nur ahnen.

Mit ihm verbindet den Sandner eine gemeinsame Geschichte, eine kleine Episode aus der Jugend. Allerdings gibt es da eine Täter- und eine Opfer-Perspektive, die zu unterschiedlicher Interpretation verführt.

Als der Sandnerbua, mit vierzehn oder fünfzehn, den Sommer über im Freibad seine Heimat hatte – sie sind ja oft hintenrum über den windigen Zaun –, haben sie sich meistens am Kickergerät herumgetrieben. Stammplatz. Ein alter Kasten, Spiel zwanzig Pfennig, und der Faller Hans hat seinem Vater, der den Kiosk betrieben hat, öfter die Münzen rausleiern können. Wenn jemand zugesehen hat, haben sie Anfänger gegeben und dann den einen oder anderen herausgefordert.

So kam der Gernot ins Spiel. Er ist damals schon ein paar Jahre älter gewesen als der Sandner, aber ein Grischberl mit Hühnerbrust und geblümter Badehose.

Der Sandner hat brav das erste Spiel gegen ihn verloren, da musst er sich richtig anstrengen – und ihn dann unschuldig gefragt, ob er um zwei Mark tandeln mag.

Da ist der Gernot gierig geworden und hat prompt gegen den Sandner verlieren müssen. Nur zahlen hat er nicht gewollt.

Der Sandnerbua wollte es auf sich beruhen lassen, aber die Susi, mit der er damals »gegangen« ist, hat gemeint, wenn der nicht zahlen wollt, müsst er ihm wenigstens gescheit auf die Goschen hauen. Und rote Bäckchen hat sie gekriegt, weil sie sich aufs Zuschauen gefreut hat.

So hat der Sandner den Gernot abgepasst, und weil die dralle Susi so rumgehüpft ist und ihn angefeuert hat, in ihrem windigsten Teilchen, ist er engagiert zu Werke gegangen und hat dem Gernot die Nase geknickt und ihn überhaupt saumäßig verdroschen. Bis in die Haarspitzen motiviert, wie man von Leistungssportlern so gern sagt.

Ihren Helden hat die Susi abschließend von vorn bis hinten abgebusselt und sich über den flennenden Gernot lustig gemacht, der sich auf dem Boden gekrümmt hat wie die Eidechse beim Eierlegen.

»Wenn du wem was sagst davon und ned schleunigst fünf Mark herbringst, haut er dich gleich wieder zamm, dass du nimmer aufstehst, dumme Sau!«, hat die Susi ihm, schon ganz Geschäftsfrau, noch mit auf den Weg gegeben.

Falls der Sandner mit ihr zusammengeblieben wäre, hätte er wahrscheinlich heute ein exzellent geführtes Inkasso-Unternehmen, das erste am Platzl.

Vor Kurzem hat er sie getroffen, beim Bekleidungstandler in der Kaufingerstraße als Verkäuferin. Ein schwarzes Hemd für die Beerdigung vom Haube hat er gebraucht. Ja, die Susi. Dezenter Schick, dick aufgetragene Farben, schweres Parfum, passend zur mittlerweile schweren Statur.

Er hätte nicht gewusst, wo er sie einordnen sollt, aber sie hat ihn erstaunlicherweise sofort erkannt.

Er wär doch der Josef und Wahnsinn und so ein Zufall mit der kleinen Welt. Einen Kaffee müsste man trinken gehen, alte Zeiten und Pipapo, aber da war er vage geblieben. Wegen dem Hemd hat sie ihn unbedingt beraten wollen. Letztendlich hat er eines von Boss erstanden, hundertsechsundfünfzig Euro Kaution, nur um wieder in Freiheit zu kommen. Kaufhaus-Syndrom. Vom Geschäftlichen hat sie etwas verstanden, die Susi.

Das Hemd war stark tailliert gewesen, zweite Haut, weil das jetzt die Mode wäre. Etwas anderes käme ja gar nicht infrage, und er könne so etwas noch gut tragen.

Der Sandner hat es nie angezogen. Da fehlt ihm die Härte, dass ihm die Frauen nicht allerweil das Gwand vorschreiben dürfen.

Und der Gernot? Der hat sich bei der Abteilung Glücksspiel nach oben gedient, ehrgeizig und arbeitsam, vielleicht, um sein Trauma zu überwinden.

Der Sandner hat sich ab und an gefragt, ob er mal etwas sagen sollte zu ihm. Schwamm drüber, oder mei, des waren wilde Zeiten damals, gell? Was man halt so daherredet. Aber dreißig Jahre her, dazwischen ist viel Wasser den Auer Mühlbach hinunter. Einen schönen Gruß von der Susi könnte er ihm ausrichten. Selber schuld ist er freilich gewesen. Er hätte ja bloß zahlen müssen. Schließlich – es war halt Giesing und nicht Bogenhausen.

»Josef, bist du aufnahmefähig, alles klar?«, fragt der Schachner.

»Jaja, Synergieeffekte.«

»Deinen Holländer hams wohl ganz schön zugerichtet? Und dich auch?«

Wenn ihm jetzt ein Grinsen auskommt, fällt der Watschnbaum um, denkt sich der Sandner, ganz alte Zeiten. Er versucht sich zu konzentrieren.

»Und was meinst du jetzt dazu, synergetisch betrachtet?«

»Wenn sie ihm den Arsch verbrannt haben, heißt das, er

soll sich nicht hinsetzen und faulenzen, sondern das Geld ranschaffen. In Bewegung bleiben«, sagt die Blondine. Ein dunkles, knurrendes Organ hat sie, und das »Arsch« zischt tonlos aus ihrem Mund.

»Spielschulden?«

»Spielschulden und vielleicht dabei noch ein paar Drogen bestellt. Verlieren und dabei noch Schnee reinziehen ist ein teurer Spaß. Alles Hypothese, versteht sich.«

»Habts ihr Kandidaten, die auf Hintern vom Grill stehen?«

»Scho«, meint der Schachner, »aber deine beiden Freunderl sind wahrscheinlich auf dem Weg in den Balkan oder sonst wohin, da sieht's düster aus. Die täten auch schön das Maul halten, sonst wär das schlecht für ihre Gesundheit. Das kennen wir schon. Hams dich arg zammfallen lassen, sag?«

Sandners Züge sind aus Marmor gehauen, da entgleist nichts. Klassische Sandnerbüste.

»Kommt vor, so is das Leben. Wie schaut's mit möglichen Auftraggebern aus? Des waren doch keine Schläger mit eigenem Antrieb.«

»Ja, der Auftraggeber. Da gibt's vielleicht ein Interesse, eine Motivation aus den richtigen Kreisen, den uns zu servieren. Da setzen wir an. Da geht es ja um Marktanteile, ums Geschäft. Wenn der weggeräumt ist, setzt sich ein anderer an den Gabentisch. Und ein Toter ist ja immer lästig.«

»Und was mach ma jetzt, schauts ihr die an oder wir?«

»Wir – und wenn ihr was erfahrts, kriegen wir es.«

»Freilich. Und wenn ihr einen Namen habt, möchten wir schon auch mitkartln.«

»Sicher. Das versteh ich doch. Wer lässt sich schon gern so bös traktieren. Du solltest vielleicht ins Krankenhaus.«

»Schmarrn, ich hab halt nicht aufgepasst. Selber schuld. Wenn man sich deppert anstellt, kriegt man halt amal auf die Goschen.«

»Kommst du, Ruth?«, wendet sich der Gernot etwas zu schrill an seine Mitarbeiterin. Als hätte er sein Zamperl herpfeifen wollen, bei Fuß, Ruth! Auf der Macht wollte er ein wenig ausreiten, aber für den Sandner hat es sich angehört, als käme er gar nicht erst in den Sattel. Mochte an der Stimme liegen, von der du immer erwartest, dass sie gleich ins Falsett kippt.

Die Spusi packt zusammen, und die Walther studiert ungerührt den Hintern des van Leyden ganz aus der Nähe, bevor er hinausgetragen wird.

»Ich schick dir gern ein Buidl, Vergrößerung, Hochglanz, wenn du drauf stehst«, meint der Kare zu ihr.

»Mach das, solang es keines von dir ist, meine Sammlung ist exklusiv«, schnurrt sie.

Dem Sandner wirft sie noch einen langen Blick zu, lächelt kokett. Geübte Unergründlichkeit hinter dicken Gläsern, bevor sie zur Treppe stöckelt.

Er muss sich wieder setzen. Sein Kopf gibt den Amboss für einen imaginären Schmied, Schlag auf Schlag spürt er.

Im rechten Licht betrachtet, geht es ihm jedoch ganz kommod. Das hätte ins Auge gehen können. Ein armer Hund, der van Leyden.

»Soll ich dich heimfahren?« Der Kare ist der Erste, der nicht über das Krankenhaus palavert.

»Die Handyverbindungen brauchen wir, vom van Leyden.«

»Jaja – und was ist jetzt?«

»Wer verhört den Sobotnik und den Auerhammer?«

»Die Sandra und ich nachert. Bist jetzt zufrieden?«

»Da wird der Wenzel drei Kreuze schlagen, dass unser Menschenfreund Auerhammer ned einem groben Klotz wie mir ausgeliefert ist. Pass auf, ned dass ihr ihn zum Greinen bringts.«

»Jaja, fahr ma?«

»Wie schaugst du mich eigentlich an? So mitleidig, wie einen senilen Deppen, und hör auf mit dem Jaja.«

»Ja – ich mein, das läuft, der Hartinger hat grad einen Zeugen aufgetan, der den Weiß Samstagnacht draußen vor der Halle gesehen hat. Gestritten soll er haben mit jemandem.«

»Was treibt der sich dann hier herum?«

»Vielleicht haben wir uns Sorgen gemacht, ob dir das jetzt passt oder nicht, Kruzifünferl.«

»Kare, das gefällt mir gar ned, das schaut so aus, als ob die beiden Tode nix miteinander zu tun haben, aber ist das ein Zufall, wenn nacheinander zwei aus der Band ins Gras beißen?«

»Dem Wenzel gefällt die Theorie, dass den Weiß ein Psycherl derschlagen hat.«

»So wie unser rabenschwarzes Killerduo?«

»Alles drin. Immerhin stehen sie fett in der Zeitung. Facebook macht's möglich. Ihren Auftritt haben sie präzise vorbereitet.«

»Die drei Stunden müssen wir halt zusammenpuzzeln, die uns fehlen, von der Party bis zum Fundort. Und ein gscheites Motiv wär auch nicht das Schlechteste.«

Der Wenzel tritt mit ernster Miene auf sie zu.

»Angriff auf einen Vollstreckungsbeamten, da müssen wir aufpassen, dass gut dokumentiert wird. Schon unglücklich, dass die beiden Männer Ihnen entwischen konnten. Vielleicht waren Sie nicht so ganz auf der Höhe? Die Entscheidung, ohne Unterstützung loszuziehen, ist im Nachhinein betrachtet etwas unüberlegt gewesen, nicht?«

»Jaja, fahr mich heim, Kare«, brummt der Sandner und schaut auf Wenzels stramm polierte Schuhe.

Der ganze Mann ist stramm poliert.

Sandner hat keine geölte Antwort parat, die er ihm ins Ohr träufeln könnte. Steine könnte er spucken. Froh ist er, dass er überhaupt Wörter sinnvoll aneinanderreihen kann. Drum geht er geizig mit ihnen um. An den Wenzel mag er sie nicht verschwenden, schon gar nicht als Reaktion auf dessen geschwollene Rhetorik. Waren Sie nicht auf der Höhe, Sandner? Daran stinkt ihm am meisten, dass der Staatsanwalt, alternativ blindes Huhn, ein Körnchen Wahrheit mit aufgepickt hat, mitten im Misthaufen stehend. Die Frage springt ihm eh im Hirn herum wie eine damische Flipperkugel, ob die Wirkung von Lehnharters Gesöff ihn beeinträchtigt hat. War er schlicht zu bedeppert gewesen für die zwei Misthunde?

»Auf geht's, mir fetzt es gleich den Schädel auseinander«, raunt er dem Kare zu, »aber der Hartinger soll mit, der soll mir unterwegs von seinem Zeugen erzählen.«

»Tja, na dann«, sagt der Wenzel und tritt einen Schritt zurück, »wünsch ich gute Erholung, Herr Sandner. Wir sehen uns dann gleich noch im Präsidium, Herr Bischoff.«

Wie beim Bauerntheater gestaltet der Wenzel seinen Abgang, gleich schlägt er noch die Hacken zusammen, nur das Publikum kannst du dir nirgends aussuchen.

Des Sandners Basiliskenblick, den er ihm nachschickt, möchte man nicht im Traum bekommen, grad dass er nicht zu Stein erstarren muss, der Herr Staatsanwalt.

»Du bist ein Viech, Sandner.«

Der Kare schüttelt den Kopf und schaut sich nach dem jungen Kollegen um.

Ein Viech, das wäre nicht verkehrt, sinniert der Sandner, allerweil besser, als sich nur schweinern zu fühlen.

Unten an der Rezeption ist ein Streit im Gange, zwischen dem Kaugummigirl und einem verlebten Mittfünfziger. Die Haare auf dem Kopf durch linsengroße Altersflecken ersetzt, tiefhängende Tränensäcke – augenscheinlich der leidende Besitzer des Etablissements.

»Leck mich doch am Arsch, dann such dir doch eine andere, die sich hier hinstellt in den abgefuckten Scheißladen.« So viel Energie hätt der Sandner dem Madl gar nicht zugetraut. Er tippt auf Valium-Entzug.

»Da kannst du Gift drauf nehmen«, plärrt der Mann zurück und haut auf den Tresen. Speichelfetzen bestäuben die Rothaarige.

»Da werden die Gäst abgeschlachtet, mitten in der Stuben

liegen die Toten rum, Gemetzel im Hotel, und was kriegst du mit, du aufblahde Pritschn? Einen Scheißdreck! Wegen dir muss ich noch zusperren! Schau bloß, dass du verschwindst, sonst …«

Draußen vor der Tür gibt der Sandner dem Kare den Autoschlüssel.

»Und i hob nix gseng«, trällert der, wie sie sich, Hände in den Taschen, Schultern hochgezogen, einen Weg durch die Absperrung und die schnatternde Presseschar bahnen.

»Janic Vlog, Aushilfe im ›Zenith‹, Spüler oder Hiwi, was immer, der hat den Dennis draußen am Eingang mit einem Unbekannten gesehen.«

»Wie weiter«, will der Sandner vom Hartinger wissen.

»Der Unbekannte hätte dem Weiß eine Ohrfeige gegeben.«

»Mehr nicht?«

»Nein.«

»Und dann? Herrschaft, lass dir doch nicht alles aus der Nase ziehen!«

»Dann wär der Dennis weggegangen.«

»Einfach so?«

»Ja.«

»Und wer war der andere?«

»Weiß er nicht. Aber ich denk mir, dann war der Mörder auf jeden Fall Gast im ›Zenith‹.«

»Hartinger, das sag ich dir jetzt ohne medizinischen Befund, der Weiß is gwies ned an einer Watschn gestorben.«

»Aber wir haben eine gute Personenbeschreibung, das müsste reichen. Außerdem glauben wir schon zu wissen, wer es ist – Ich spiel es mal vor.« Der junge Polizist fummelt sein Diktiergerät aus der Männerhandtasche.

Tiefe Stimme, leicht fremdländisch.

»Ich glaub, blond und echt nicht so groß – so wie ihr Kollege.«

»Also um die eins siebzig?«

»Ja, klein halt, und nicht so beieinander, nicht trainiert.«

»Eher schmächtig?«

»Ja, schmächtig, mit einem schwarzen Kapuzenteil.«

»Ein Sweatshirt mit Kapuze? Stand irgendwas drauf, ein Logo?«

»Hab ich nicht gesehen. Aber die Schuhe, so Sneakers halt, waren Nike. Air Max, aber kann mich auch täuschen.«

»Was hat er gemacht, als der Dennis Weiß wegging? Ist er wieder rein oder auch weggegangen?«

»Das weiß ich nicht. Ich bin rein, da stand er noch draußen.«

»Allein?«

»Glaub schon – ja.«

»Haben Sie ihn später noch mal gesehen?«

»Nö, ich meine da war ne Menge Volk, und er hätte da sein können oder auch nicht, keine Ahnung.«

»Wie spät war es?«

»Zehn Minuten vor zwölf.«

»Wieso wissen Sie das so genau?«

»Weil ich auf die Uhr geschaut habe, als ich rein bin.«

»Danke erst mal, Sie haben uns sehr geholfen.«

»Äh, gibt's eigentlich eine Belohnung oder so was, ich meine, wenn der Typ den Dennis Weiß fertiggemacht hat ... und Sie erwischen ihn wegen meiner Beschreibung.«

»Das Bundesverdienstkreuz am Bande.«

»Echt, wieso ein Kreuz?«

»Mit dem Kollegen hat er den Herrn Bischoff gemeint«, erläutert der Hartinger und schaltet das Gerät ab.

»Ich bin eins fünfundsiebzig.«

»Ich hab bloß geschätzt«, mault der Kommissar, »klein halt.«

»Mittelgroß.«

»Soll ich raten«, beendet der Sandner das kollegiale Intermezzo. »Mein Tipp fürs zweite Rennen, Sobotnik auf Sieg.«

»Woher wissen Sie das? Genauso schaut er nämlich aus, der Bursch, hat die Sandra bestätigt.«

»Wir beide haben ihn noch nicht sehen dürfen. Der Sobotnik ist unser Weihnachtspackerl«, ergänzt der Kare.

»Du weißt schon, Hartinger, dass im Vernehmungsprotokoll das Bundesverdienstkreuz mit drin stehen wird?«

»Is mir so rausgerutscht.«

»War ja kein Schlechter.« Der Sandner grimassiert vorsichtig. »Und jetzt fragt's das neue Bandmitglied von ›Nachtgoul‹, warum er gar so ausgekeilt hat, Samstagnacht.«

Es schadet nichts, wenn du dein Wagerl von Zeit zu Zeit abbremst oder sogar auf den Rastplatz fährst, nicht weil die Blase druckt, sondern weil dich das ewige Rasen auf der Überholspur vom Wesentlichen wegbringt, bis du dich selber nicht mehr auskennst mit dir. Therapeutisch ausgefuchstes Fachpersonal tät den Sandner vielleicht fragen: »Wie haben Sie das geschafft, in all dem Stress, zurückzufinden zur Ruhe und sich eine Auszeit zu gönnen?«

Antwort: »Ich hab mich sedieren und ordentlich in die Eier treten lassen.«

»Da haben Sie sehr genau hingespürt, das ist gut, irgendetwas in Ihnen hat dafür gesorgt, dass Sie dem Stress und der Geschwindigkeit absagen können. Horchen Sie auf diese Stimme. Da haben Sie eine Fähigkeit, die nicht jeder mitbringt.«

Kraft dieser Fähigkeit kann der Sandner jetzt entschleunigt und breitbeinig die Stufen bis zu seiner Wohnung hinaufstaksen.

Der Rilke hätte möglicherweise dazu bemerkt, dass Bruder Körper einen schlechten Tag hat.

Auf Sandners Fußabstreifer liegt eine Packung Pralinees. Das scheint sich im Haus zur Gewohnheit zu entwickeln, den Leuten Futter vor die Wohnungstür zu schmeißen. Hauseigener Nikolaus mitten im Herbst.

Mühsam bückt sich der Sandner und klaubt die Schachtel auf. Misstrauisch starrt er sie an. Weinbrand, das Zellophan ist unversehrt, sogar der Preis pappt noch dran. Fünf neunundneunzig. Von fremden Leuten sollst du nichts annehmen. Gebranntes Kind. Mutmaßlich wollte sich da wer entschuldigen, dass er dem Polizisten ein psychedelisches Erlebnis beschert hat – oder zu Ende bringen, was er angefangen hat.

Drinnen wirft er das Präsent gleich in den Mülleimer. Nein, so einfach geht das nicht. Der Zug ist am Rollen, da hilft es nichts, Süßkram auf die Schienen zu pappen.

Der Sandner legt sich auf die Couch und schließt die Augen. Vom Hof her hört er ein Baby plärren und Vögel zwitschern. Zehn Minuten liegt er einfach nur da, dann reißt es ihn wieder hoch. Er nimmt seine Aspirin-plus-Kaffee-Ration, dann schaut er sich im Badspiegel seinen weißen Turban an und zupft mit den Fingern ein wenig daran herum. Ins Bett solle er sich gefälligst legen, hat ihm der Aschenbrenner noch mitgegeben auf den Weg, und mit dem Polizeirat hat er ausgehandelt, entweder morgen zum Dienst zu erscheinen – oder Krankenhaus. Morgen würde er an seinem Schreibtisch sitzen, selbst wenn er seinen Kopf unter dem Arm hereintragen müsste, an seinen Männern vorbei. Der Störtebeker aus der Hansastraße.

Das Krankenhaus macht die Menschen krank.

Unentschlossen lungert er im Wohnzimmer herum. Hinlegen will er sich nicht mehr, weil er nicht weiß, ob er wieder hochkommen tät.

Ein Gleichklang von Körper und Geist ist schwer zu erreichen, falls man sein Leben nicht als Guru fristet. Mal zwickt es den einen, mal ist der andere malad. In einem seltenen Moment der Eintracht haben dem Sandner beide signalisiert, dass sie die Schnauze gründlich voll haben von der Schinderei. Er hätte ein Spezialbier vom Lehnharter gurgeln können, oder besser, ein paar Tabletten von dessen Angetrauter.

Immerhin hat sie selig im Schlummer liegen dürfen, während ihr Mann drunten im Keller sakrische Angst hatte zu verdursten. Vielleicht hat sie grad deswegen so gut geschlafen.

Das Unglück und das Glück halten akkurat die Waage in der Vertikalen. Bei eBay, bei den Bodenschätzen im Kongo, bei den Sechzgern und bei einer Gewalttat sowieso.

Zumindest das leibliche Wohl will der Sandner bedienen. Hunger hat er. Das Frühstück ist ausgefallen, und seit ihn der Aschenbrenner sanft erweckt und ins Präsidium gekarrt hatte, sind Kaffee und undefinierbare Kekse das Einzige gewesen, was er sich einverleibt hatte. Er wäre gerne einer dieser fiktiven Gourmet-Ermittler, die ihre Fälle nebenher lösen, während sie sich die exzeptionellen Gerichte ihrer Frauen, alternativ Haushälterinnen, schmecken lassen und deren bester Spezl, ein Dreisterne-Koch, fußläufig erreichbar, immer einen freien Platz für sie hat.

Nach kurzem Kontrollblick in seinen Kühlschrank entscheidet er sich für ein Käsebrot. Wenigstens Bergkäse. Am Küchentisch sitzend, Füße auf dem Stuhl, lässt er es sich schmecken. Einen Brei hätte er gebraucht, das Kauen zieht ihm bis zu den Haarwurzeln. Seit seiner Kindheit ist er nicht mehr bekocht worden, zumindest nicht regelmäßig oder selbstverständlich. Nach Abzug aller kulinarischen Vorteile bliebe da die Rechnung in Form von einem Heimchen am Herd, das ihn mit häuslicher Geschäftigkeit und Anhänglichkeit aus der Stube treiben tät. Das bräuchte er wie einen Kropf. Den Sandner haben immer die eigenständigen Frauen angezogen, die nicht alle Karten gleich auf den Tisch legen, wo es spontan und vogelwuid zugehen kann und du nicht alles zerfieseln musst, was grad daherkommt. Das Eigenständige, alternativ Eigensinnige, ist sein Metier. Da hat er Zweifel, ob er mit einem Zweiten im Takt bleiben kann, ohne dass man sich gegenseitig die Füße schundig tritt. Holprig fühlen sich seine Tage manchmal an, wie wenn du über eine alte Landstraße tuckerst, und die Stoßdämpfer haben längst den Geist aufgegeben.

Eine Weile lang hat ihm das Schicksal einflüstern können, mit der Corina, mit der könne er sie stemmen, die Zweisamkeit. Nie war es ein gemeinsamer Rhythmus gewesen, die Honeymoonphase ausgenommen, aber auch wenn jeder in einem anderen Orchester gelärmt hat, so haben sie doch die Geschwindigkeit und die Töne des anderen respektiert. Seit drei Jahren sind sie kein Paar mehr, und natürlich hat es hundert Gründe dafür gegeben, aber vielleicht auch bloß einen. Sandners kurzzeitige Liebelei mit der Ylona, der Schwester eines alten Spezl, könnte man allenfalls als »grande finale« betiteln. Sein Selbstwert hat ihm das Messer auf die Brust gesetzt, bei all den damischen Debatten.

Überhaupt – dass sich die Corina mit dem Doktor Wenzel verbändelt hat, konnte er auf seinem Pannenkonto verbuchen. Wo die Liebe hinfällt, musst du für fruchtbaren Boden Sorge tragen, fette Erde, und der Sandner war unfreiwillig als Pflugochs zugange gewesen. Eine schnurgerade Furche hat er gekerbt, damit gescheit was gedeihen kann.

Als wieder Ruhe eingekehrt war, die Trennung abgehandelt, war er mit der Corina zum Mittagessen verabredet gewesen, wegen der Sanne, beim Häusl-Wirt. Da ist ihm prompt eine Leiche bei der Großhesseloher Brücke dazwischengekommen, und der Wenzel, wohl zufällig beim Häusl, hat Witterung aufgenommen. Während die Corina sich über Sandners SMS geärgert hat, musste er sie angeschwanzelt haben. Gleich die Saat ausgebracht. »Sind Sie nicht? – und blablabla.« Gekannt hat er sie von einer Beerdigung oder einem kollegialen Ringelpiez.

Anfangs war dem Sandner die Turtelei wurscht wie ein chinesischer Reissack, aber er hat gemerkt, dass der Wenzel den gestelzten Gockel gibt, sich aufplustert, als wäre der Sandner frisch geschlüpft auf dem Hof. Da hat er mitgockeln müssen, sandnerscher Reflex, dem Wenzel den Kamm zwirbeln. Ein Brezensalzer war der Staatsanwalt für ihn jeher.

Und die Corina? Bös sein mochte er ihr nicht, nach sechzehn Jahren Sandner hat sie sich halt ein divergierendes Modell angeschafft, um wieder zu Puste zu kommen. Was sie am Wenzel findet, ist Teil ihres unergründlichen und überraschenden Wesens. Da hat er noch nie reinschauen können, in die Frau, wie in eine Glasvitrine. Das ist ihm nicht gegeben.

Eine leise Wehmut beschleicht den Sandner. Nicht dass er die letzten drei Jahre im Zölibat verbracht hätte, da hat er durchaus die eine oder andere im Sinn, die gern über die Nacht bleibt. Aber in seinem Zustand heut, da hätte schon wer da sein können, der sich ein bisserl sorgt und grämt und ihm einen Kamillentee brühen will, außer einem Leichenbeschauer. Er spült den letzten Bissen vom Brot mit einem Schluck Espresso hinunter. Nach dem Beziehungs-Schmu hat sein Hirn ermittlungstechnisch aufspielen wollen und webt verbindende Fäden.

Die Schuhe zieht er sich an, und schon ist er draußen im Hausgang. Was ihm die Frau Lehnharter über ihren Göttergatten zu erzählen weiß, nach all den Jahren, darauf ist er neugierig. Polizistennahrung. Die sind noch ein Paar, im Guten wie im Schlechten. Wobei er sich für das Gute nur am Rande interessieren täte – Berufskrankheit.

Im zweiten Stock wohnt außerdem der Lechner. Den wird er sich später vorknöpfen. Weil es interessant ist, dass der ihm vor Jahren von der schnellen ICE-Verbindung nach Nürnberg vorgeschwärmt hat. Mit Weltrekord wären sie die Strecke hinuntergejodelt, ohne Patzer und Rehfrikassee, weil Betonbett. Dreihundertsiebenundfünfzig Stundenkilometer! Dass er jetzt ganz gschwind zu seinem Bruder käme, da hat der Lechner gestrahlt über beide Backen, besonders der Physiklehrer in ihm, wegen der orgastischen Technologie.

In Hersbruck hat sein Bruder einen Biohof.

Da würde so ein Gockel beinahe mit Überschall befördert. Zweite Klasse in der Jutetüte. Sein letztes Krähen kaum verklungen, läge er bereits auf einem Münchner Fußabtreter.

Alles im Konjunktiv. Der Sandner rätselt, was der Lechner mit dem Lehnharter zu schaffen haben sollte. Und eine Verbindung hätte er gern gebastelt, bevor er dem alten Lehrer umsonst an den Kragen ginge. Und wenn der Lechner schuldig ist, hat er ihm auch ins Bier gebieselt?

Während er beim Hauswart schellt, schüttelt der Ermittler entschieden den Kopf. Das bereut er augenblicklich.

»Zefix noch amal«, stöhnt er schmerzgepeinigt, als die Frau ihm grad die Tür aufmacht.

»Herr Sandner!« Da hat er sie verschreckt, die Spitzmaus. »Was ist? Um Gottes willen, wie schauens denn aus?«

Keine Antwort liegt parat.

»Ist Ihr Mann daheim?«, fragt er.

»Nein – ist was passiert?«

»Na, nix ist passiert – ich wollt mich nur ein wenig mit Ihnen unterhalten.«

Blass schaut sie aus, und die Hose schlackert um ihre Beine, höchstens neunzig Pfund mit spitzem Gesicht und tiefen Schatten unter den Augen – eine kleine Vampirette.

»Ich weiß doch nix. Kommen Sie wegen dem Viech vor unserer Tür? Der Franz ist bestimmt beim Friedel, ich kann kurz durchläuten …«

»Friedel?«

»Ja, der Fischer Friedrich, sein bester Spezl. Die werden bei ihm in der Perlacherstraße sein, der könnt gleich …«

»Des passt scho. Wenn's Ihnen recht ist, reden wir a bisserl. Aber vielleicht ned im Hausgang.«

Unschlüssig steht sie in der Tür. »Ich müsst eigentlich …«

»Es dauert ned lang, Frau Lehnharter.«

Sie macht zögernd die Tür frei und geht voran durch den Flur. Licht macht sie keines. Ein wuchtiger Flurschrank sorgt für klaustrophobische Enge, düster, als käme er in eine Höhle. Der Sandner hat ein kurzzeitiges Keller-Flashback. Er folgt der Frau in die Stube.

»Soll ich nicht doch beim Friedel …?«, fragt sie, dann setzen sie sich am Esstisch nieder. Ganz am Rand vom Stuhl kauert sie, als müsst sie allzeit bereit sein aufzuspringen, als könnt sie jederzeit wer im Genick packen und beuteln.

»Soll ich gschwind einen Kaffee machen?«

Der Sandner winkt ab. Neun Jahre wohnt er in der Lohstraße, zum ersten Mal ist er bei einem Nachbarn in der Wohnung.

Die Holzdecke drückt herunter. Die Stube duckt sich unter ihr zusammen. Möbel aus den Achtzigern, dunkles Holzfurnier dominiert. Überall steht Gelump herum, als hätten die Lehnharters eine Sammelstelle für schaurige Weihnachtspräsente. Porzellanengel, Plüschtiere, Duftlampen, Häkeldeckchen, Vasen, Moriskentänzer aus lackiertem Gips und Plastikorchideen. Wenngleich es keinen freien Fleck gibt, hat der Sandner nicht den Eindruck, das Zeugl wäre gedankenlos hingeschmissen. Das Ordnungsprinzip hält sich zwar bedeckt, aber nichts ist staubig oder gschlampert. Alles scheint einen angestammten Platz zu haben. Als hätte die Frau ihre Schutzheiligen versammelt oder müsst sich vergewissern, dass im Leben noch etwas existiert, das einfach nur eine Zierde sein darf und hübsch und naiv, nichtsnutzig, bloß eine Illusion. Bunte Fetische gegen das Saufen, das Abrackern und das Eingesperrtsein. Ein Bügelbrett ist aufgebaut, mit zerschlissenem Bezug, daneben in einem hellblauen Plastikwännchen die aufgeschichteten Karohemden vom Lehnharter. Ihn schaudert es.

»Gemütlich ham Sie's da herin«, schwindelt er.

Die Lehnharterin sagt nix, schaut nur auf ihre gefalteten Hände im Schoß.

»Sie haben sich doch sicher Gedanken gemacht, wer das gewesen sein könnte – und warum«, beginnt der Polizist.

»Mei«, kommt es leise, »warum macht einer so was? Da kannst du nicht neischauen, in die Leut.«

»Vielleicht nehm ich doch eine Tasse Kaffee, wenn's keine Mühe macht«, sagt der Sandner. Es redet sich besser, wenn die Frau Lehnharter etwas zu schaffen hat. So hockt sie vor ihm, gleich paralysiertem Elend. Sie fährt erleichtert hoch und hantiert mit der Kaffeemaschine.

»Was ist mit Ihrem Kopf passiert?«, will sie wissen.

»Halb so wild, ned aufgepasst hab ich.«

Sie stellt zwei Tassen mit Blümchenmuster auf den Tisch und eine Dosenmilch. Löffel, Zuckerstreuer, Untersetzer, alles holt sie einzeln. Die Maschine schnauft asthmatisch.

»Nehmen Sie Zucker, Herr Sandner?«

»Nein, dankschön, das hab ich mir abgewöhnt.«

»Ist gwies gsünder.«

»Ja, man wird ned jünger, da muss man schon a bisserl schaun.«

»Da hams recht.«

So könnt das jetzt weitergehen, mit der Litanei, bis entweder der Lehnharter zur Tür hereinstapft oder dem Sandner der Kaffee bis zum Kragen steht.

»Wollens ein Stückerl Nusszopf dazu?«

»Na dankschön. Den backen Sie selber, gell?«

»Ja, aber der muss weg, er ist schon ein bisserl mürb.«

Der Sandner nimmt sich dann doch ein Stück.

Beide essen schweigend. Minutenlang.

Er hört auf das Ticken der Küchenuhr, deutet kauend auf ein Bild an der Wand. Ein junges strahlendes Paar, im Hintergrund Wald, er in Jeans, sie im Dirndl.

»Da warens noch jünger.«

»Zwanzig Jahr her, in Freyung simmer gewesen. Schee war's. Wie die Zeit vergeht.«

Er nickt mit vollem Mund. Die Kaffeemaschine hat ausgeröchelt.

Sie steht auf und holt die Kanne, schenkt die Tassen voll.

»Da merkt man glei, dass Sie vom Fach sind, Einschenken immer von rechts. Die Frau, Rindsbacher hat mir ja erzählt, dass Sie im Hotelgewerbe waren.«

»Die Rindsbacherin«, schnaubt die Frau, und der Sandner

weiß nicht, ob sie die hauseigene Ratschkatl fuchst oder sie einfach nur ein Echo gibt.

»Des ist lang her, fünfzehn Jahr scho.« Sie setzt sich wieder.

»Da hams bestimmt eine Menge erlebt.«

Ein kleines Lächeln huscht über ihr Gesicht. Das darf nicht lang verschnaufen, gleich wird es von der starren Miene davongejagt.

»Ja, was glauben Sie.«

»Wenn ich mir vorstelle, ich wäre kein Polizist mehr – das tät mir arg fehlen.«

Seufzen. »Geht halt nicht. Da wart ja keiner auf dich, mit Handkuss und rotem Teppich – in meinem Alter und mein Mann ...« Sie stoppt abrupt ihren Redefluss und schenkt ihm die Tasse noch einmal bis zum Rand voll. Die Hand zittert.

Der Sandner blickt an ihr vorbei. Ein Moriskentänzer mit verzerrtem Gesichtsausdruck springt ihm ins Auge. Endlose Mühsal scheint auf den Zügen zu liegen, der Körper für immer verrenkt und überdehnt. Leidensgrimasse. Er beäugt lieber wieder die Spitzmaus.

»Ihrem Mann tät's nicht taugen, wenn Sie wieder arbeiten?«

Ihre Lippen presst sie zusammen. Auch eine Antwort – geht dich nichts an, Sandner.

»Jemand hat Ihnen den Keller aufgebrochen und einen Kasten Bier gestohlen. Wissens des? Da war Ihr Mann wahrscheinlich ganz schön angefressen?«

»Ja, scho – des hat er gsagt mit dem Keller.«

Der Themenwechsel verwirrt sie.

Der Mann schaut ihr ins Gesicht.

Ihre Augen sind auf die Zuckerdose gerichtet, als tät von dort seine Stimme kommen.

»Na ja«, sagt er leichthin, »wenns mich fragen, ist auch mal nicht schlecht, wenn Ihr Mann das Bier ein bisserl teilen muss. Schadet nix, wenn's ned gar so gach dahingeht, mit dem Alkoholischen.«

Jetzt erstarrt sie. Eine Wachspuppe sitzt vor ihm. Durchsichtig wirkt ihre Gesichtshaut, bläuliche Adern kann er sehen.

»Ich weiß scho«, stößt sie hervor. »Seit er nimmer arbeiten kann, wegen den Schmerzen – ich weiß schon, was gred wird im Haus. Die sollen selber schauen auf ihr Sach. Weiß ja keiner, wie das ist. Er hat ja gsagt, dass es anders wird, das muss ja wieder anders werden. Einer jeden kann's so gehen, und da möchte ich die mal sehen. Die Rindsbacher, ja freilich – derer ihr Mann verreckt im Pflegeheim und sabbert und weiß nimmer mal mehr seinen Namen. Der kann sich nimmer rühren und scheißt in die Windel nei – die kann schön daherreden und die Leut ausrichten. Glaubens, des sucht man sich aus?« Sie fährt hoch und dreht sich um.

»Was wird denn gred über Sie, was sagen die Leut?«, versucht es der Sandner noch mal, ganz überwältigt hat ihn der Ausbruch. Eine Ahnung bekommt er.

Ihre Schultern zucken.

»Gehens jetzt bittschön.«

Der Sandner steht auf.

»Dankschön für den Kaffee, Frau Lehnharter. Wiederschaun.«

Zurück in den dritten Stock hat es ein bisschen länger gedauert, er konnte sich entscheiden zwischen variierenden Schmerzen, in aufrechter Haltung hat sich sein Kopf gefreut, in gebückter sein geprelltes Sackl. Oben angekommen, hätte er über das Gespräch mit der Lehnharterin gern ein wenig sinniert, aber sein Handy wollte das nicht zulassen.

»Sandner.«

»Servus, Sandner.«

Der Polizeirat, eine umtriebige Gestalt, loyal mit seinen Leuten und darüber hinaus ein Presse-Dompteur, eine Rampensau par excellence.

»Ich wollt mich noch verabschieden, bevor es ab nach Zürich geht.«

»Das ist nett von dir.«

Aber untypisch, Floskeln zieht er sonst nicht aus der Sakkotasche, genauso wenig wie der Sandner.

In Zürich trifft sich die Profilerelite weltweit zu einer Tagung inklusive Festbankett und Spesen, da will man gern auf dem neuesten Stand sein. Gerechtigkeitshalber muss man erwähnen, dass es für den Chef eine Verpflichtung ist.

»Obwohl ich im Moment das blöde Gefühl hab, ich sollte vielleicht lieber dableiben.«

»Ah geh?«

»Der Hans hat das im Griff, an den kannst du dich immer wenden.«

Der Hans ist sein Stellvertreter, Hans Muck, ein ruhiger pedantischer Beamter, Hauptkommissar, der jede Vorschrift schon mit der Muttermilch aufgesogen hat, Polizeistammbaum seit der Weimarer Republik. Dass den Muck letztlich keiner ernst nimmt, damit hat er sich arrangiert, sein Einsatzgebiet sind die zirka zwanzig Quadratmeter um seinen Schreibtisch herum, er wird nur in Fragen bezüglich der Polizeiordnung und Paragrafenauslegung konsultiert, sonst delegiert er.

»Der Hans macht das«, bestätigt der Sandner mechanisch.

»In einer Woche bin ich wieder da.« Der Vorgesetzte hört sich nach besorgtem Vater an.

Der Sandner wartet, was da noch kommt.

»Wie geht's deinem Kopf? Alles wieder in Ordnung?«

»Wird scho.«

»Sandner, wir kennen uns doch schon lang. Sag amal, da geht was um, dass du persönlich ned ganz auf dem Damm bist.«

»Wie meinst du des?«

»Das frag ich dich – ist da was, was du mir sagen müsstest?«

»Von wem geht das aus?«

»Ich hör's halt, weißt ja eh, wie das ist. Dass du nicht so

recht diensttauglich wärst zurzeit. Ich geb nichts auf Gerüchte, gred wird viel, aber Futter darf man denen nicht geben, sonst werden's ganz schön große Viecher – die wirst du nimmer los, die zerreißen dich. Stell dir nur die Zeitungen vor. Und sonst – wenn was ist, würdest du's sagen, gell? Es ist auch keine Schand, mit dem Psychodienst einen Termin zu machen. Das haben schon ganz andere.«

Der Sandner zwingt sich, ruhig zu bleiben. Eine abgeschossene Kugel, die sich wieder zurück in den Lauf zwängen soll.

»Hat das endlich wer notiert, dass ich ein Quartalssäufer bin und mir nebenbei den Zinken wegschnupf wie narrisch?«

»Geh, Sandner, sei ned so blöd. Gibst dem keine Nahrung, verstehst? Ich steh eh da, also keine Eigenmächtigkeit, reiß dich zamm, Teamwork mit der Staatsanwaltschaft, du legst alles auf den Tisch, jedes Futzel, hörst du?«

»Ich höre dir zu.«

»Alles wasserdicht, korrekt, da soll keiner einen Grund haben, dir am Zeug zu flicken. Hau einfach nicht auf die Kacke, Kruzifix. Kann denn des so schwer sein?«

»Jaja, is scho recht, guten Flug und erfolgreiche Tage.«

»Erhol dich heut. Verstehst?«

»Ja.«

Eigenmächtigkeiten! Das heißt, da achtet jemand ganz fürsorglich drauf, dass der Sandner gleich ein Zaumzeug bekommt im Fall Weiß. Sicher ist sicher. Und zur Not, die Neunschwänzige. Infrage will man ihn stellen, verunsichern, mach nix, was uns nicht gefällt, sonst nageln wir deine Ohrlöffel an die Wand – nur, von wem geht das aus? Und wie geschwind das vorangeht, schon beeindruckend, innerhalb eines Tages durch das Haus bis zum Polizeirat.

Der Wenzel hängt mit drin, sein Auftritt heut Morgen und sein Gefasel bei der Leich vom van Leyden, da hat er gespürt, woher der Wind weht.

Der Sandner geht in die Küche und greift sich eine Flasche alten Rioja, Gift für den lädierten Schädel, aber Ambrosia für den Geist. Ein 1994er, da reicht es, wenn du ihn erschnupperst, damit du grinsen musst, als würde dich eine Gesichtslähmung packen. Genau das, was er jetzt brauchen kann. Arriba – abajo – al centro – adentro!

Während er mit dem Flaschenöffner hantiert, fällt sein Blick auf den Mülleimer. Vielleicht war das Präsent vom Staatsanwalt, Schnapspralinen, das tät pfeilgrad passen.

Salud, Björn!

Als die Wiesner wieder in der Hansastraße ist, erlebt sie eine böse Überraschung. Die Vernehmung des Herrn Sobotnik fällt aus, mangels Objekt der Begierde. Der Bursch ist nicht schuldbeladen ausgebüxt, wie es ihr am liebsten gewesen wäre, sondern mit erhobenem Kopf wieder rausmarschiert. Allerdings in Begleitung des Doktor Waldach, seines Zeichens hochbezahlter Strafverteidiger mit Faible für opereske Auftritte. Wieso war der hier aufgetaucht, und wie kann sich der Bursch das leisten? Überall um sie herum nur ratloses Achselzucken. Da hätte sie rumgehen und einen Sack Schuldbewusstsein füllen können. Das ist ja allzeit entspannend, wenn du wen hast, den du ordentlich zammputzen kannst. Selbst wenn er vorher ein reines Gewissen hatte, kann man ihm das eigene Unbehagen in den Rucksack packen, wo es sich verlässlich einnistet. Beliebt sind Sätze, die eigenständiges Denken, alternativ Engagement und Handeln infrage stellen, verbunden mit Einschätzung geistiger Kapazitäten im IQ-Bereich vom Gänseblümchen.

Die Wiesner tobt durchs Büro, bis jedweder, mit Ausnahme der traurigen Yuccapalme, in wichtige Aufgaben vertieft scheint. Die Tanztruppe vom Nationaltheater inszeniert Büroarbeit. Gekrümmte Rücken und wackelnde Köpfe allüberall.

Dabei ist es nur ein Teil der Wahrheit, dass der Doktor Waldeck ihnen den Advokatenmarsch geblasen hat. Der Sobotnik war nicht verhaftet gewesen, der brauchte keine geschlagenen zwei Stunden abzusitzen und bekam nicht einmal einen Becher dünnen Pulverkaffee angeboten. Vernommen hat ihn niemand, das wollte ja die Kommissarin erledigen. Einfach vergessen haben sie ihn, bis er sich verdrückt hat. Servus, dann eben ein andermal.

Aus dem Ruder läuft die Sache. Den Sandner hauen sie nieder, die Verdächtigen spielen Katz und Maus, und die Theorien und Hypothesen behakeln sich im Minutentakt. Sie kann es an den Mienen vom Hartinger und dem Kare sehen, die gerade auftauchen – Zufriedenheit kommt anders daher.

Wie sie dann zusammensitzen im Büro, schaut es mehr nach Kriegsrat aus denn nach Auswertung von Ermittlungsergebnissen.

»Wie wär's mit was zu essen?«, schlägt der Kare vor.

Die Wiesner sieht den van Leyden vor sich, wie er da liegt mit entblößtem Arsch und Socke im Mund. Das wird eine Weile brauchen, bis sie das Bild wieder los ist. Vielleicht wird man es auch gar nicht mehr los, es liegt nur im großen Stapel bald nicht mehr obenauf. Ihre männlichen Kollegen tun sich da anscheinend leichter, sich den nackten Tatsachen von der technischen, abstrakten Seite zu nähern. Auch wenn sie sich eine Hornhaut aus Zynismus zugelegt hat, irgendwann kommt die Lanze doch durch, wie beim Siegfried. Und wenn einer so daliegt, verreckt, gedemütigt, gebrandmarkt, dass du es keinem Viech wünschst, möchtest du dir einfach einen Moment die Decke über den Kopf ziehen, und dunkel wird es und stad.

»Pizza wär ned schlecht«, sagt sie.

»Super Idee!« Hartingers Euphorie klingt ausgeborgt. Wo er das Geschehen hinpackt, wissen die Götter. Ein jeder hat sich seinen Rucksack selbst genäht.

»Gut, dass ich Sie beieinander hab. Was Gutes zu essen könnte uns allen nicht schaden, was?« Ein leutseliger Staatsanwalt ist gegenüber einem überkorrekten allenfalls die zweite Option. Hereingeschlichen, wie ein Wiesel in den Stall.

»Herr Staatsanwalt«, beginnt die Wiesner sofort, als hätte sie grad wer mit dem Schlüssel aufgezogen, »der Sobotnik ist in unserer Abwesenheit vom Rechtsanwalt Doktor Waldach in Obhut genommen worden. Es war bis dato keine Befragung möglich.«

»Aber wir zwicken ihn uns gleich wieder, London sagt, er hat mit dem Weiß zusammengewohnt.« Souverän klingt der Kare.

»Und wir haben einen Zeugen«, vermeldet der Hartinger, »Herrn Vloc, seines Zeichens Hilfskraft, der gesehen hat, wie er mutmaßlich gestritten hat in der Nacht mit dem Weiß und ihn geschlagen. Ich meine – eine Gegenüberstellung ...«

Der Wenzel scheint ihnen nicht zuzuhören, wirft einen Blick aus dem Fenster, kneift die Augen hinter der Brille zusammen. »Vergessens einmal den Herrn Sobotnik. Konzentrieren Sie sich auf das Naheliegende.«

Die Wiesner traut ihren Ohren nicht. Naheliegender ist nur noch der eigene Haarschopf.

»Haben Sie sich zum Beispiel mit dem Pentagramm beschäftigt? Wer macht so was? Am Freitag kam darüber eine sehr interessante Sendung. Satansanbeter, Psychopathen, das ganze Gesocks. Ich weiß, was Sie jetzt einwenden wollen, mit unseren Geständigen ist es vielleicht mau, aber das schließen wir doch deswegen grundsätzlich nicht aus, oder? Wollte uns der Täter etwas mitteilen, was sagt die Tat über ihn aus? Was haben Sie Neues über den van Leyden? Was sagt die Spurensicherung, gab es wirklich diesen Kampf auf dem Hotelflur? Zwei Tote, die sich kannten, in kurzer Zeit. Na, klingelt es? Wir haben hohen Ermittlungsdruck, und Sie kommen mit der Aussage einer minderbemittelten Hilfskraft daher. Wahrscheinlich eh in unserer Kartei, das Manderl.«

Die Wiesner stützt den Kopf in die Hände und schaut auf die Tischplatte, hört, wie der Hartinger hochrumpelt.

»Der Herr Vloc ist unbescholten!«, protestiert er. So leicht will er sich wohl seinen Schatz nicht abnehmen lassen, den er mühevoll ausgebuddelt hat. »Kein Strafregister. Kam vor fünf Jahren nach Deutschland wegen seiner Großmutter, die ist deutschstämmig. Eigentlich ist er Pferdemetzger aus der Walachei.«

»Was reden Sie da daher?«

»Hat er angegeben, Rumänien, Region Montenia, gebürtig in Slatina …«

Von Kares Schreibtisch kommt ein hyänenartiges Keckern.

»Das ist ja schön, Kommissar Hartinger«, stoppt Wenzel ihn. »Ihre geografischen Kenntnisse in allen Ehren, aber das ändert nichts an der Tatsache, dass der Herr Sobotnik keine Rolle für Sie zu spielen hat – nicht die, welche Sie ihm zugedacht haben. Das sind keine Erkenntnisse, die Sie da zu haben glauben, sondern allenfalls schwächelnde Hypothesen. Basta. Haben wir uns verstanden?«

»Heißt das, aus Ihrer Sicht der Dinge sollten wir ihn nicht befragen, nach dem Samstagabend?«, will die Wiesner vom Staatsanwalt wissen.

»Natürlich. Meine Sicht der Dinge ist objektiv, wie ich betone. Rufens seinen Anwalt, den Doktor Waldach einfach an, machens einen Termin aus, in seinem Büro, und der Herr Sobotnik wird dort Angaben machen. Sie erstellen ein Protokoll und Schluss. Ich hab mit dem Doktor Waldach telefoniert. Hören Sie auf, seinen Mandanten grundlos zu verfolgen und aus dem Bett zu zerren. Wo sind wir denn? Im Rechtsstaat, oder? Regeln gelten auch für uns.«

»Der Sandner meint …«

»Was der Sandner meint, ist jetzt nicht von Belang. Aktuell ist er nicht dienstfähig – und ich steh mit meiner Meinung nicht allein, wenn ich sage, dass seine Urteilsfähigkeit, wegen diverser Gründe, nicht unumstritten ist. Herr Oberkommissar Bischoff, wenn Sie überfordert sind, müssen wir mit dem Polizeirat natürlich eine andere Lösung forcieren, das wäre vor dem Hintergrund Ihrer augenblicklichen Personalsituation zwar prekär, aber nicht unmöglich.«

»Ja«, kommt es vom Kare gedehnt, »prekär, versteh scho.«

»Noch etwas zur Kenntnis. Herr Auerhammer bat mich, Ihnen mitzuteilen, der Termin verzögert sich zirka um eine Stunde, er muss noch sein Auto in die Werkstatt bringen, dann stehen er und seine Frau zu Ihrer Verfügung. Und ich bitt Sie, nein, ich verlange, gehens korrekt mit ihm um. Da verlass ich mich auf Ihr Gespür.«

»Ah so, der kommt später, hat er ausrichten lassen?« Der Wiesner langt's. »Des ist doch hier ned Friseurstudio Arabella! Was hams bloß mit Ihrem grindigen Ermittlungsdruck, wenn alle Welt drauf scheißt?«

»Frau Kommissarin Wiesner, reißen Sie sich zusammen!«

»Ein Schmarrn daherin!« Sie fährt hoch und greift nach ihrer Jacke. Im Gehen fetzt sie damit dem Hartinger das wertvolle Vloc-Protokoll vom Schreibtisch, schaut kurz in aufgerissene Glubscher, dann ist sie schon draußen bei der Tür.

Es mag vereinzelt vorkommen, dass ein ungehaltener Zeitgenosse brüllt im Präsidium, wie ein brünstiger Esel, »ich war's nicht!« oder inhaltlich Identisches. Eine Polizistin, die im Gang einen Schrei lässt, der die Lampen zum Vibrieren bringt, ist eher rar. Dafür darf sie sich von vielen neugierigen Augenpaaren begaffen lassen, Reality Show für Arme, bis sie endlich auf der Straße steht. Bewegung und Kippe, die einzige Mischung, die ihr weiterhilft.

Der Sandner hat sich eine Kontaktsperre auferlegt. Er wird heute nicht anrufen im Präsidium. Wahrscheinlich nicht.

Einen Eisbeutel hat er zwischen den Beinen, liegt auf der Couch und lauscht Billie Holiday, die mit großer Stimme ihrer verflossenen Liebe nachtrauert. Die Augen geschlossen, summt er die Melodie mit.

Heute Mittag ist er noch neben einer Leiche im Hotel Sammert gelegen, hat den muffigen Geruch vom Teppich eingesogen. Irreal, als wäre das einem anderen Sandner passiert, als tät er zwei Leben führen.

Das kennt er auch von Mördern, die von der Tat himmelweit weg sind, weggesperrt ins hinterste Kammerl haben sie das Erlebnis. Manchmal magst du nicht glauben, dass dieser brave Mensch, grad noch hat er die Oma über die Straße geleitet und die Katz gebusselt, Leute gemetzgert hat, als tät er den Radi für die Brotzeit aufschneiden.

Beim Lehnharter ist das auch so eine Sache. Heute früh hätte der Sandner die rechte Hand gegeben, wenn er den Bierpanscher am Schlafittchen gehabt hätte – jetzt schwankt er, ob er wirklich alles wissen will. Wem nützt es? Kreuzbrave Menschlein hat er im Verdacht. Und bei dieser speziellen Geschichte wär im wohler, wenn ein Täter abgrundtief böse sein könnte. Wie in den Schundstreifen, in denen der blutrünstige Alb aus der Hölle die Stiegen heraufstapft oder vom unbekannten Planeten auf ein Schlachtfest vorbeischaut und du ihn pulverisierst und dabei noch ordentlich derbleckst. Da braucht das Gewissen keinen Urlaub, und die üppige Maid ist inklusive.

Sein Handy holt ihn wieder auf den Boden. Lang hört er sich die Blues Brothers an, bevor er sich entscheidet, den Anruf entgegenzunehmen. Unterdrückte Nummer.

»Ja servus, Josef.«

Die Stimme kennt er, rau und dreckig wie – ja, wie in alten Zeiten. Der Wagner Lucky, Halbweltspieler und Ex-Sänger von »The Grattlers«.

»Wo hast du mei Nummer her, Lucky?«

»Die von deiner Dienststelle ham sie mir gegeben, freundliche Leut, ich hab gesagt, ich bin ein ganz alter, besonderer Freund – des stimmt doch, Joky?«

Nicht einmal der Aschenbrenner nennt ihn noch so. Abgelegt hat er den Spitznamen, wie ein kneifendes Gwand, das passt nicht mehr. Und die Kollegen hauen seine Nummer raus, wie die Telefonauskunft. Da wird er dreinschlagen, morgen. Aber der Lucky konnte schon immer äußerst überzeugend sein.

»Bist no dran?«

»Was willst?«

»Vielleicht wollt ich nur fragen, wie es dir geht. An harten Tag hast gehabt, hab ich mir sagen lassen.«

»War's das? Gut geht's mir, brauchst dir keine Sorgen machen.«

»Ja weißt, es wär schon optimal, wenn wir uns mal sehen könnten – möglichst zeitig.«

»Hast Stress im Gschäft? Vielleicht solltest umschulen.«

»Ah geh, ich bin sicher, ich könnte da was für dich tun – in deinem Gschäft.«

»Für mich – bei was?«

»Oiso?«

»Kommst halt auf der Dienststelle vorbei, kriegst auch einen Kaffee.«

»Du warst scho immer ein Gspassiger, Joky.«

»Also schön – treffen wir uns – morgen Abend, heut hab ich zu tun.«

»Im ›Summertimes‹ um halb neun? Wie in alten Zeiten. Bis dann, Joky.«

»Hoffentlich hast was Gscheites.«

Der Sandner ist Polizist geworden, weil er das Gefühl hatte, sich entscheiden zu müssen. Da gab's nur die zwei Wege, nichts in der Mitte. Nicht Schlosser oder Postbote oder in einer Bank sitzen und die Leute damisch reden, bis sie glauben, sie fahren grad Kettenkarussell auf der Auer Dult.

Gut sein können hätte es damals, dass er Luckys Weg begangen hätte, viel gefehlt hat nicht. Vielleicht weil ihn gar nicht so viel unterscheidet von den Burschen, die er zur Strecke bringen will. Auf Augenhöhe. Nah dran. Er kann sich nicht einmal sicher sein, dass die Moral immer auf seiner Seite ist. Die ist ja auch eine Hure und geht mit dem ins Bett, der grad gewinnt im Spiel.

Eine halbe Stunde ist die Wiesner einfach rauchend durch die Gegend. Ziellos, nur weg vom Präsidium. Die kühle Luft hat sie gebraucht. Durchschnaufen. An den Bürogebäuden vorbei Richtung Westpark. Graue Fassaden. So trist schaut's in ihr auch grad aus.

Ruhig werden, Fakten sammeln.

Acht Silben – acht Schritte.

Fuchsteufelswild.

Vier Schritte.

Sie ist auf dem Rückweg, da fällt ihr ein Wagen am Straßenrand auf. Abgestellt ist er vor den einstelligen Hausnummern in der Hansastraße. Cremefarbiger Mercedes, Ostallgäuer Autonummer, die beiden älteren männlichen Insassen blicken angestrengt umher. Als sie auf Höhe des Wagens ist, wird das Fenster heruntergelassen. Sie kann es nicht fassen. Halten die sie tatsächlich für eine Bordsteinschwalbe? Die ortsansässige Fleischerei ist untertags geschlossen. Offenbar besitzen die notgeilen Dotschen mangelhafte Kenntnisse über die Münchner Anbahnungszonen. Bevor der füllige Fünfziger im rotkarierten Hemd den Mund aufmachen kann, legt sie los.

»Habts ihr Deppen nix Besseres zu tun? Zum Beispiel Stall ausmisten? Was glaubts ihr eigentlich? Allweil bloß einen Drum Schwanz im Hirn.«

Der Mann wirkt verstört, sein Doppelkinn zittert. Er zuckt vom Fenster zurück, als stünde der Rahmen unter Starkstrom.

»Zur A96, da simmer scho richtig, oder?«, wagt der mutige Beifahrer zu rufen.

Die Wiesner antwortet nicht und geht weiter. Erhobenen Hauptes, stur geradeaus. Sie schüttelt den Kopf über ihren Ausbruch, dann muss sie grinsen. Hat den beiden nichts geschadet, der präventive Smalltalk. Könnten sie zu Hause erzählen, wie derb das bayrische Sodom daherkommt. Im Buchloer Nest drohten weder Schwefel noch Feuer. Für die nächste Expedition bekommen sie von ihren besseren Hälften gewiss ein Navi geschenkt. Das Geplänkel hat die Polizistin abkühlen lassen.

Sie hätte nicht gleich aus der Haut fahren dürfen gegenüber dem Staatsanwalt samt seiner wirren Thesenonanie.

Kindischer Trotzanfall. Ein damisches Rädchen schert das Getriebe nicht. Allerhöchstens wird es nachgefeilt oder ersetzt.

Wie sie wieder ins Büro hereinkommt, sitzen da bloß noch der Hartinger und der Kare. Der Wenzel hat sich zu ihrer großen Erleichterung wieder verdrückt, sie hat ihn schon vergnüglich Pizza essen sehen mit den Kollegen.

»Bist wieder vernünftig, sag?«, vergewissert sich der Kare, ohne aufzublicken.

»Was?«

»Der Wenzel hat gemeint, wir sollen dich zur Vernunft bringen.«

»Ihr zwei? Ihr könnt mir höchstens einen Kaffee bringen. Und was ist eigentlich aus der Pizza geworden. Bevor ich den Auerhammer vernehm, bräuchte ich eine Unterlage.«

»Ich vertrau auf dein Gespür.«

Die Wiesner verdreht die Augen.

»Mensch, Kare, den hab ich so gefressen, den Gschaftlhuber.«

»Des geht wieder rum, angesteckt hat dich der Sandner mit einer saubernen Wenzleritis.«

»Na, die holt man sich von allein, wenn man dem zwei Minuten zuhört. Da krieg ich Wimmerl. Was dem Sandner seine Ex an dem bloß find?«

»Nach der Pest hat sie halt die Cholera ausgesucht«, sagt der Kare und grinst sie an. »Typisches Krankenschwestersyndrom – mental, mein ich.«

»Du kennst dich ja bestens aus, bist ein wahrer Frauenflüsterer. Deswegen schläfst du lieber im Büro.«

Kares Grinsen löst sich in Luft auf. »Wenn du schon so zwider bist und immer umanand schlagen musst, dann such dir dazu ein Gspusi aus. Vielleicht findst du ja amal einen, der dir auch bleibt.«

»Arschloch, deppertes«, knurrt die Wiesner.

»Äh, ich frag mich …«, setzt der Hartinger an.

»Was?«, keifen seine beiden Kollegen unisono.

»Ich frag mich halt, was der Wenzel meint, mit diversen Gründen?«

»Das möcht ich auch gern wissen«, äußert sich die Wiesner, »wenn er die Sache im Hotel meint, das konnt ja keiner ahnen, dass aus van Leydens Zimmer gleich ein Schlägertrupp springt.«

Vom Hartinger kommt ein entschiedenes Räuspern.

»Da ist was anderes im Busch. Ich weiß nicht, was es soll, aber der Josef sollt wissen, wie es um seine Urteilsfähigkeit ausschaut. Wissts eh, immer wenn der Sandner eppas Schräges macht, spitzen die ganzen Korinthenkacker hierherin die Löffel. Ich könnt euch Geschichten erzählen, den halben Tag lang.«

»Was meinst'n du mit schräg?«, fragt der Hartinger.

»Na gut, kennts zum Beispiel des mit den Briefen?«

Die Wiesner nickt. Ratschn gibt's hier wie überall. Der Ruf vom Sandner ist ihm vorausgeeilt, bevor sie in sein Team gekommen ist. Allerweil besser, als wenn sie beim kleinen Muck sitzen tät. Sie schaut den Hartinger an, der gespannt den Stuhl zurechtrückt.

»Erzähl's nur, Kare.«

»Vor ein paar Jahren haben wir einen Mord gehabt vor einem Altersheim, ich mein Seniorenstift, hinten beim Westfriedhof. Mitten auf der Straße, eine blutjunge Altenpflegerin, bildhübsches Madl – zwölf Messerstiche. Übertötung. Zwei Verdächtige, Ehemann und Liebhaber – keine ausreichenden Beweise und keine Zeugen, zumindest keine, die noch verlässliche Sinne hatten. Wochenlang sind wir gekreiselt, bis wir schon damisch im Hirn waren. Beide ein Motiv, beide bloß ein windiges Alibi, aber gereicht für den Haftrichter hat es uns nie und nimmer. Irgendwann hat der Sandner zwei fingierte Erpresserbriefe geschickt. Niemand hat was gewusst davon. Alles gesehen hätte er, stand drin, von seiner Kammer im Stift, zweiter Stock. Und was sag ich, am Treffpunkt, nachts beim Westpark ist tatsächlich einer aufgetaucht. Sechser im Lotto – der Ehemann. Der Sandner als Tattergreis ausstaffiert, mit Stock und krummen Rücken, selbst einen Bart hat er umgehabt. Ein halberter Weihnachtsmann. Wissen wollt er von dem Kerl, wie es jetzt mit dem Diridari ausschaut. Aber der hat statt dem Geld ein Messer einstecken gehabt, zwanzig Zentimeter Klinge. Die interne Abteilung hat sich drauf gestürzt wie die Aasgeier.«

»Wieso des?«

»Erstens darfst du nicht den Erpresser geben, weil da einer vermuten könnte, du magst das Geld einstecken, und so eine Mausefalle steht auch nicht im Handbuch für korrektes Ermitteln. Zweitens sollst du einem Verdächtigen nicht mit einem Gehstock den Kiefer brechen, wenn möglich.«

»Und was ist rausgekommen?«

»Nix. Erstens hat es nach Notwehr ausgeschaut, angemessene Gewalt, und der alte Oberstaatsanwalt Brauner hat sich hingestellt und flugs behauptet, des war alles in Absprache mit ihm. Der hat sich nix geschissen, hat ja nur noch ein paar Monate gehabt. Den Sandner hat er geschätzt, und am Zeug flicken beim Brauner hat sich keiner getraut. Verdienstvoll und eine Autorität vom alten Schlag. Aber der Sandner hat natürlich einen Ruf weggehabt. Und des war nicht das erste und letzte Mal.«

»Hat man den Mörder wenigstens überführen können?«

»Freilich, der hat ein Geständnis abgelegt, nachdem er wieder halbwegs nuscheln konnte. Weil, unabhängig vom Umstand und ob du gelockt worden bist wie der Erpel vom Entenpfeiferl, des erklär einmal, was du nachts im Westpark treibst, mit der Tatwaffe im Sack. Ja, für so was ist er immer mal gut, der Josef Sandner. Jetzt weißt, was es gschlagen hat, Hartinger.«

»Und was sollte das mit der Personalsituation – eine Drohung?«

»Ah geh, doch nicht für uns. Der Polizeirat kann ja keine anderen backen. Wenn er uns den Fall entzieht, scheißt er ein anderes Team dermaßen mit Arbeit zu, dass nur noch die Mützen rausschauen. Es sei denn, der Meininger meldet sich gesund. Dem Muck solltest du so etwas nicht auf den Schreibtisch legen, wenn du nicht willst, dass Spinnweben dran kleben.«

»Aber den Sandner kann man aus dem Spiel nehmen. Leitest du jetzt, oder der Sandner? Wie ist das offiziell?«, bohrt der Hartinger nach.

»Offiziell? Heut darf ich. Aber will ich, dass der Josef mir den Kopf abreißt? So schaut's aus – und jetzt geh ich zum Polizeirat, bevor der nach Zürich fliegt, und horch, was die Spatzen so pfeifen.«

»Den Waldach ruf ich ned an«, sagt die Wiesner. »Kannst du das machen, Hartinger? Komisches Getue – als wär der Sobotnik sakrosankt.«

»Vielleicht ist er das ja, aber wer sorgt dafür?«

Die Wiesner ist gerade dabei, van Leydens Handyanschluss zu eruieren, als der Aschenbrenner ins Büro platzt. Dass ein Leichenbeschauer ausschaut wie das blühende Leben, ist fast ein Sakrileg in ihren Augen. Im Schlepptau hat er einen jungen Burschen, der ihren Maßstäben eher gerecht wird. Blass, picklig, strähnige Haare, und ein Bäuchlein füllt das Marilyn-Manson-T-Shirt, das zeigt, Sporteln ist eine exotische Tätigkeit für den Träger.

Vom Kommunikationswissenschaftler Herrn Watzlawick sind ein paar bedenkenswerte Grundsätze überliefert. Zum Beispiel, dass du nicht nicht kommunizieren kannst. Selbst wenn du dich ausschweigst wie ein Kartäusermönch, sagst du etwas damit. Gerade als Leiche, auch wenn die bei den Watzlawickschen Grübeleien keine tragende Rolle gespielt haben dürfte – dem Aschenbrenner seine Arbeit könnte man schon kommunikative Ansätze bescheinigen, eine gewisse zwingende Art der Befragung post mortem.

»Habts ein wenig Zeit für den Obduktionsbericht vom Weiß?«, fragt der Aschenbrenner. »Ich hab gedacht, ich schau vorbei, weil der Hansi gern einmal die Mordkommission gesehen hätte. Das ist mein Praktikant, Medizinstudent, der wird einmal ein fähiger Mediziner.«

»Ja, ich hab Zeit, ich komm hier eh nicht recht weiter mit dem Handyscheiß, hallo auch, Hansi«, meint die Wiesner.

»Hallo«, schallt es fröhlich zurück.

»Sag hallo, Hansi«, sagt die Kommissarin zum Hartinger, der zum x-ten Mal das Vernehmungsprotokoll vom Vloc liest. Er wird es bald auswendig rezitieren können.

»Hallo, Hansi«, folgt er, »na, wie ist es mit den Leichen?«

»Ein m-o-r-d-s-mäßiger Spaß.«

Darauf sagt keiner etwas.

»Wie du gekommen bist, hast du auch so schlechte Witze gemacht, Hartinger«, bemerkt die Wiesner schließlich.

»So schlecht waren die nicht«, beschwert der sich.

»Freilich, genauso schlecht. Denk an den mit dem Pinguin.«

»Der war besser, der Kare hat gelacht.«

»Höchstens leidend das Gesicht verzogen.«

»Du hast bloß die Pointe nicht verstanden.«

»Wo nix ist, braucht man nix verstehen.«

»Eigentlich können sie auch ganz freundlich sein«, unterbricht der Aschenbrenner, an den Hansi gewandt, den Dialog. »Das ist meine Lieblingsmordkommission. Bei einer typischen Tätigkeit: am Schreibtisch lungern.«

Der Hansi hat einen roten Kopf bekommen und nickt artig.

Der Doktor fläzt sich auf einen freien Schreibtisch und holt seinen Bericht aus einer Ledermappe.

»Ihr studiert ihn eh, ein paar Sachen erzähl ich euch. Mal schauen ... was ist wichtig für euch?«

»Was lässt sich über den Täter sagen?«

»Also, vom Winkel der Kopfverletzung her könnte er ungefähr zwei Meter vierzig gewesen sein.«

»Dann fragen wir am besten bei den Münchner Schreinern, wer ein Bett in Überlänge bestellt hat«, meint die Wiesner lapidar. Den verwirrten Blick vom Hartinger spürt sie auf sich ruhen. Aber er ist wief genug, das Mundwerk im Zaum zu halten.

»Du darfst erst einmal nichts ausschließen«, belehrt der Aschenbrenner seinen gelehrigen Schüler. Der hängt ihm an den Lippen, nickt wieder eifrig.

»Ich erzähl euch mal was. Das müsst sechs, sieben Jahre her sein, da ham sie in Köln einmal den Stelzenmörder gehabt. Mitten im wildesten Faschingstreiben ...«

»Karneval«, unterbricht der Hansi.

»Meinethalben mitten im Karnevalsgesumms wird da einer zammgschossen. Präzise in den Hinterkopf. Der Täter war kostümiert und auf Stelzen unterwegs, Walther P8, Schalldämpfer, weite Ärmel am Gwand, des Ganze war nicht blöd, auch wegen der Übersicht. Schaut über die Menge und – plop! Ab dafür. Dann stöckelt er geschwind weiter, schnallt sich irgendwo die Holzprügel ab und macht sich still und heimlich vom Acker. So schaut es aus. Keine brauchbaren Zeugen, nur wild daherredende oder panische Leut und Besoffene, so weit das Auge reicht. Jetzt passts auf. Wie man die Tat rekonstruiert, Schusskanal, Abstand, weiß der Geier, kommt man zum Ergebnis, der Täter müsste aus dem ersten Stock geschossen haben. Nur dass da partout kein Häuserl gestanden ist. Kein Kran, kein Berg – kein nix. Da hams dumm aus der Wäsche gschaut, die Herrn und Damen Ermittler.«

»Und wie sands draufkommen?«

»Akribische Ermittlungsarbeit, wie immer. Der kleine Bua einer Schreibkraft aus dem Präsidium hat grad an einem pädagogischen Zirkus-Workshop teilgenommen und am Abend begeistert erzählt, vom Jonglieren und der Akrobatik und last not least Stelzenlauf. Und wie der kloane Schoaßer so plappert, da ist bei seiner Mutter der Groschen gefallen, und sie hat die Idee gleich brühwarm den Ermittlern serviert. Erst mal haben sie es nicht ernst genommen, logisch – war ja nicht von ihnen. Aber wie es gar nicht weitergegangen ist, haben sie damit gespielt. Gezielt gefragt, gesucht und ermittelt – Bingo. Das hat mir ein Kollege aus Düsseldorf letztes Jahr erzählt, natürlich in der schadenfrohen Variante. Also – nichts ausschließen, was du nicht sicher negieren kannst. In München könnte so etwas natürlich nicht passieren.«

»Natürlich nicht«, spöttelt die Wiesner, »bei uns wär sofort das Ordnungsamt auf dem Plan beim Stelzengeher, wegen Verstoß gegen Paragraf Pimplpampl, oder?«

»Nein, mit dem nötigen Bildungshorizont kommst du allerweil weiter. Ich hab als Kind alle Folgen von ›Tom und Jerry‹ geglotzt, da warst du noch gar nicht geplant, Sandra. Ich kann mir so ziemlich alles vorstellen in puncto kreativer Gewaltanwendung.«

»Der Weiß ist gesessen!«, platzt der Hartinger heraus.

Die Wiesner beglückwünscht ihn zu seinem Geistesblitz.

»Freilich«, bestätigt der Arzt, »das derfst glauben. Da schrumpft uns gleich der Täter zamm, um die eins fünfundsiebzig könnt er groß sein, nur ein wuchtiger Schlag, sofortiger Exitus. Kann jeder, Mann, Frau oder Memme, Mensch wie du und ich, wenn du nur den Willen und die Energie aufbringst.«

»Gezielt?«

»Gezielt oder einfach ein Gefühlsrausch.«

»Tötungsabsicht?«

»Wenn du so draufschlägst, ja – entweder ein handelsüblicher Hammer oder ein so geformter Gegenstand.«

»Das heißt, er sitzt nichts ahnend auf einem Stuhl, und jemand greift aus Wut oder Hass zum nächstbesten Werkzeug.«

»Ja, das wär plausibel. Oder natürlich, er hat sich den Hammer vorher zurechtgelegt. Gegessen hat der Weiß übrigens nix, eine Menge Alkohol intus, den Rest könnt ihr der Lektüre entnehmen. Wenn was ist, rufts an, heut kommt euer Holländer noch dran. Den hab ich auf der Warteliste nach oben befördert. Sagt dankschön. Lieber wär's mir gewesen, den hättens ordnungsgemäß erschossen. Jetzt brauchst du das ganze Gutachter-Gfrett. Was wäre, wenn sie ihn nicht gefoltert hätten, et cetera.«

»Dankschön – Ciao, Hansi, schau mal wieder vorbei.«

»Darf ich noch was sagen?«, fragt der Hansi.

»Freilich«, ermuntert ihn sein Chef.

»Es ist nur wegen dem Nippelpiercing. Beide Brustwarzen sind durchstochen, aber nur ein Ring war am Körper ... tja, wenn am Fundort der Leiche nichts war, der Ring hält ja mit diesen kleinen Kügelchen, schauns.« Er schiebt die Haare hinters Ohr und zeigt seinen Schmuck.

»So wie die hier. Und wenn das aufgeht, weil was dran reißt, durch blöden Zufall oder wie auch immer, rollt das Minikügelchen irgendwo hin, das findest du so schnell nicht – oder nie mehr – ist mir auch schon passiert. Könnte sein, es ist noch am Tatort oder so. Vielleicht hat ja der Mörder beim Schnippeln gehudelt – und ratsch, das Piercing erwischt. Das Pentagramm ist ja keine sorgfältige Arbeit. Nur 'ne Idee.«

»Nicht schlecht«, sagt die Wiesner, »Klassen besser als deine Witze. Wenn der Dennis beide beim Mord getragen hat und wenn wir einen Tatort haben täten.«

Wieder bekommt Hansi einen roten Kopf.

»Sag ich doch – der Hansi«, meint der Aschenbrenner.

Der Sandner fährt vom Sofa hoch. Gleich wirft ihn der Schmerz wieder zurück. Das Handy! Eingenickt war er und braucht einen Moment, bis er die Orientierung wiederfindet. Wird auch Zeit, dass jemand durchläutet vom Präsidium, er hat einen Sack voller Fragen.

»Sandner hier.«

»Ja, Eva Fuchs.«

Verreck, die hat er ganz vergessen. Kurz schweigen beide.

»Also?«, fragt sie schließlich. »Steht es noch? Was haben Sie ausgesucht, ich bin gespannt?«

»Mei, Frau Fuchs, heut Abend wird's schwierig.«

»Ach so, ich versteh schon.«

Er weiß nicht, was oder besser, wie sie es versteht. Das macht ihn fuchsig, einen Kasperl, der den Schwanz einzieht, möchte er nicht geben und überhaupt … grüne Äpfel.

»Ja ich hab einen harten Tag gehabt, ich hab mich verletzt … am Bein.« Lügen hätte er besser sollen, er müsst noch arbeiten oder ist krank, aber das fällt ihm schwer. Die Verletzung kann er mit Inbrunst bezeugen, das hat nichts Schäbiges. Zumindest hautnah an der Wahrheit – dass ihm wer aufs Hirnkasterl geklopft hat, mag er nicht preisgeben, das klingt nicht nach kommunikativer Abendgestaltung, von gestiefelten Hoden ganz zu schweigen.

»Sie brauchen es nicht erklären, schad, aber ist schon in Ordnung.«

Er will es aber auf jeden Fall erklären, überzeugen will er. Wissen will er, was sie glaubt.

»Ich will es aber erklären, ned dass Sie meinen …«

Sie sagt nichts. Sackgasse.

Er schnauft.

»Ich bin einfach ned gut zu Fuß, mit derer Verletzung, ich tät mich schon gern mit Ihnen unterhalten.«

»Tja, ist halt so, kann man nichts machen.« Sie klingt eher genervt, denn enttäuscht. Kann Mann nichts machen.

Manchmal ist der Teufel ein Eichhörndl, und manchmal wird der Sandner vom Kobold geritten.

»Mögens vorbeikommen? Ich hab einen Rotwein daheim, wenn es Sie nicht stört, dass Sie einen Krankenbesuch machen. Ich bin halt ein Mann, ich kann sakrisch gut leiden.«

Zögerndes Schweigen. »Ich hab keine Neigung zur Krankenschwester, Herr Sandner, überhaupt nicht, das sag ich Ihnen gleich. Wehleidige Männer sind das Allerletzte, und ich bring zumindest selber Wein mit. Sie sind … ach egal, wie kommt man denn zu Ihnen hin?«

Er ist was? Der Sandner nennt seine Adresse, ist aber in Gedanken bereits damit beschäftigt, zu überlegen, ob er nachher arg humpeln muss – tanz den Käptn Ahab – von wegen überzeugender Simulation eines lädierten Haxens. Schon saublöd. Mit geschultem Blick schätzt er gleichzeitig ab, wie viel Aufwand er betreiben muss, damit die Stuben einen halbwegs aufgeräumten Eindruck macht. Männliches Multitasking.

»So um neun?«, fragt sie.

»Des passt gut. Oiso bis später, Frau Fuchs.«

»Ja … bis später dann, Herr Sandner.«

Ich freu mich, hätte er noch sagen sollen. Oder besser nicht? Da bist du Mitte vierzig, leitest eine Mordkommission, hast Hunderte von Verhören geführt und fängst an zu gatzen, wie ein Schulbub, sobald ein Weib im Spiel ist. Verstören, auf das versteht sie sich gut, die Füchsin, die holde Apfelmaid.

Der Sandner hantiert gerade mit dem Staubsauger, wie es Sturm bei ihm läutet. Entweder ist der Beutel voll, das Saugrohr verstopft oder der Motor heißgelaufen, ein ewiges Mysterium. Die meiste Zeit mit dem Gerät verbringt er durch Fummelei, nebst begleitendem Fluchen. Als würde er eine alte Harley fahren. Weghauen ist nicht so einfach. Er hat eine Beziehung zum Sauger entwickelt, die über bloße Funktion hinausgeht. Diesen Lump würde er nicht einst auf dem Wertstofffriedhof zur letzten Ruhe entsorgen, sondern mit Benzin übergießen, abfackeln und vom Balkon stürzen lassen.

Wie er endlich die Wohnungstür aufreißt, hat sich der Lehnharter schon zum Gehen umgewandt. Kruzifix, hätte er noch zehn Sekunden abgepasst, verwünscht sich der Sandner.

»Ich hab nachgedacht«, blökt ihn der Hauswart gleich an

und unterdrückt ein Rülpsen. Dass ein gehöriger Seier Distanzen überwinden kann, ist dem Sandner nichts Neues. Er streckt ihm die Hand abwehrend entgegen, sonst täten sie bald die Nasen reiben, Inuit Style.

»Nachgedacht hab ich über die verreckte Gschicht«, bekräftigt der Hauswart.

»Nie zu spät für a neues Hobby, Lehnharter.«

»Was sagens? Äh, ja, mei Frau, die hat mir gsagt, Sie sand bei uns unten gwesen und äh …«

»Ich hab jetzt keine Zeit für den Schmarrn. A andermal!«

Der Sandner will grad die Tür zudrücken, da lässt ihn ein Satz vom Hausmeister innehalten.

»Des war jemand von hier herin!«

»So, und wer bittschön?«

»Wo Sie doch jetzt ermitteln tun …«

»Wer, Lehnharter, wer und warum?«

Es gibt Menschen, die tragen ihren Namen wie Schildkröten den Panzer. Gehärtet durch die Ahnenreihe. Funktionell ist das, damit überstehst du Steinschlag ohne Blessuren und schlüpfst mit dem Kopf drunter, wenn dir wer saublöd daherkommt. Manchmal mag es leichter sein, mit dem Vorwärtskommen, wenn man das harte Drum abschnallen könnte, wie einen Ranzen, aber die Evolution kennt nur die fatalistische Variante. Selig ist, wer vergisst …

Der Name Auerhammer ist so ein Panzer für seinen Träger, wie die Wiesner vom Kare erfahren darf. Er ist Experte in Sachen auerhammerscher Historie.

Sie haben Zeit. Das Büro ist verwaist. Der Polizeirat hat den Oberkommissar abgewimmelt, als hätte der ihm an der Haustür mit dem Wachturmblattl das Hirn verstauben wollen. Der Kare hat sich wieder geschlichen, mit dem lautstarken Verweis, sich in organisatorischen Fragen an den Hauptkommissar Muck zu wenden. Sie sollten gefälligst nicht herumspinnen. »Schleich di, Herrschaftszeiten!«

So kommen sie dazu, lätschige Pizzateile original aus der Pappschachtel zu essen. Eigentlich hätte die Wiesner lieber in Ruhe geschmaust, aber der Kare ist nicht mehr zu stoppen. Er gibt ihr, hauptsächlich mit vollem Mund, eine Einführung zum Thema Münchner Bauunternehmersippen. Eins-zu-eins-Übertragung der Schilderungen seiner Großtante Magda, einer begnadeten Geschichtenerzählerin. Deren zweiter Mann, der Schorsch, drei hat sie bislang überleben dürfen, war Polier gewesen beim alten Auerhammer, bis ihn der Prostatakrebs weggeräumt hatte. Neunundsechzig. Nichts und niemand hätte den umhauen können, war das Mantra der Verwandtschaft gewesen, bis zuletzt.

In die Nachkriegszeit fallen die Gründerjahre vom Bauimperium. Der Großvater des heutigen Stammhalters war als grobes Viech weithin bekannt. Die Leut haben von ihm immer mit einer Mischung aus religiöser Ehrfurcht und Abscheu gesprochen. »A abdrahter Hund, der oide Auerhammer.«

Genau hat das keiner herausbekommen oder herausbekommen wollen, wie er sein Tagwerk verrichtet hat. Nur, dass an ihm bald kein Weg mehr vorbeigeführt hat im Baugeschäft, das hat sich schnell herausgestellt. Besonders für die, die partout nicht einsehen wollten, dass ihnen in Zukunft der Schnabel sauber bleiben sollte. Ein didaktisches Talent hat er mitgebracht, selbst den Begriffsstutzigen die Tatsachen nachhaltig einzubläuen. Von den Lernunfähigen hast du bald nichts mehr gehört und gesehen.

Zäh, gewieft und eisenhart muss er gewesen sein – die Sorte Mensch, die zu allen Zeiten den Kopf herausreckt aus der Brühe, weil sie den anderen ins Kreuz steigt mit ihren Nagelschuhen und sie hineintunkt. Die Luft ganz oben reicht halt nicht für alle. Große Verdienste hat er sich erworben um die Stadt, mit dem Bürgermeister auf du und du und Küsschen und Trallala mit der Schickeria. Einmal im Jahr per Lufthansa nach Nairobi, zwecks Safari. Zurück ist er allweil mit Büffelschädel, Löwenfell oder sonstigen exotischen Kadaverteilen im Gepäck. Erster Münchner Tierfriedhof. Alles in Reichweite seiner Flinte hat, mit Glasaugen versehen, die Wände seines Anwesens in Bogenhausen verziert. Beinahe alles. Das Diebsgesindel, auf frischer Tat gestellt, als es dabei gewesen war, sein Tafelsilber in den Rübensack zu stopfen, hat er nicht ausstellen dürfen. Keine Trophäen, obwohl ihm das Jagdglück hold gewesen war.

So kleinlich hätte man nicht sein müssen, weil: Wenn du mit der Elefantenbüchse ins Jenseits gepulvert wirst, steht sowieso Metamorphose auf dem Programm.

Selbstredend ein erwiesener Fall von Notwehr. Böse Zungen haben damals behauptet (geflüstert), zwei Ausgeschmierte wären das gewesen, die sich nur hätten holen wollen, was ihnen zugestanden hätte. Viel Feind, viel Ehr.

Der alte Auerhammer hatte seine ganz spezielle Meinung gehabt, was anderen zustünde. Im Zweifelsfall hat das auch einmal ein Loch in der Brust sein können, wo du die Faust durchschieben kannst.

Und seinen Sohn, den Eberhart, hat er ganz in seinem Geiste gedrillt. Mit sechs Jahren soll er sein erstes Nashorn erlegt haben, der Burschi, mit einem Blattschuss. Kein Wunder, dass das Geschäft geblüht hat wie ein japanischer Kirschbaum, bei so viel unternehmerischer Substanz. Auf den Enkel ist die Wiesner gespannt.

Mit einiger Verspätung hat sich also der jüngste Spross vor ihnen aufgepflanzt. Im weißen Hemd, braungebrannt, massig, die muskulösen Unterarme auf der Tischplatte abgelegt, Werkzeuge zum sofortigen Gebrauch. Jeder B-Movie-Regisseur würde die Rolle des Baulöwen mit ihm besetzen. Noch mehr Karat um den Hals und die Armbanduhr eine Spur protziger – voilà. Selbst der Siegelring prangt am kleinen Finger. Die Brusthaare sprießen bis zum Halsansatz, quellen hervor, wie Holzwolle aus einem zerschlissenen Kanapee. Sein Blick ist unverwandt, beinahe obszön, auf die Wiesner gerichtet.

Neben ihm thront seine Gattin, überragt ihn im Sitzen um

einen halben Kopf. Gepflegt, hohe Wangenknochen, schwarzes Kostüm. Der Mund ein schmaler Strich. Blonde Summe aus täglichem Workout, Dauerdiät und Askese. Sehnig – hartes Fleisch, bis hinein in die schwarzen, zugespitzten Lackschuhe von Louboutin.

»Herrschaftszeiten, jetzt, wo ich seh, wer da auf uns gewartet hat, tut mir die Verzögerung noch mehr leid«, schmelzt der Auerhammer daher und schießt ein dekoratives Lächeln auf die Polizistin ab.

Die schwenkt den Kopf demonstrativ Richtung Gemahlin. Mit mir nicht, Bürscherl.

Ausdruckslos schaut Frau Auerhammer ins Leere, das scheint sie vom Gatten zu kennen, dass er die Fiedel auspackt, sobald er einen Rockzipfel gewahr wird. Bazelaugen und aufgespielt wird. Bestimmt könnte sie die Melodie miträllern, nachts im Schlaf, ohne Notenblattl. Zum Jagen reist er nicht nach Kenia, und die Flinte hat keinen Doppellauf.

»Dankschön für die Blumen, Herr Auerhammer«, sagt der Kare, »aber jetzt sands ja da. Da freu ma uns.«

»Des is doch selbstverständlich«, erwidert der Auerhammer, »so tragisch die Gschicht mit dem Dennis ist. Da wollen wir natürlich helfen, fragens nur, was immer Sie müssen.«

Die Wiesner muss schlucken. Eine passende Bemerkung hinunter oder gleich den ganzen aufsteigenden Ärger.

Das Paar ist nicht zur Vernehmung geladen, sondern hat in altruistischer Großzügigkeit beschlossen, eine Charity-Audienz zu geben.

Vielleicht ist das wirklich so. Dass die Menschen gleich sind, vorm Gesetz, der Spruch ist genauso wahr wie die gängige Lohnsteuererklärung. Nur bei den Leichen herrscht die reine marxistische Lehre. Da zerfallen sie zu Staub, die Hierarchien, Beziehungen, Fäden, Autoritäten, all die exponierten Stellungen, die man sich erkämpft und erschlichen hat, als Westentaschen-Hamlet, Bonsai-Mephisto oder schlicht mit einem prallen Geldsackerl.

Die Auerhammers sind lebendig, zumindest strahlt der Mann eine Vitalität aus, unter animalischer Präsenz könnte man das subsumieren. Für jeden Primatenforscher vertrautes Terrain. Die Frau allerdings kommt daher wie Treibhausgemüse. Makellose Präsentation. Aber nicht zu unterschätzen, die sind dem Geheimnis des ewigen Lebens dicht auf der Spur. Wechselseitig schildern die beiden ihr Stiftungsengagement. Die Wiesner hat sich kundig gemacht über HiZ.

Aus dem Mund der Auerhammerin hört es sich nach ehrlichem Engagement an. Sie beschließt, ihr noch eine Chance zu geben. Keine Spur von Arroganz oder selbstgefälliger Sozial-Attitüde spürt sie. Leben schießt ein in die Frau, wie sie schildern darf, wofür sie das Geld verwenden und wer alles im Beirat sitzt. Bekannte Namen werden lässig hingeworfen, auch die Fendts, kein Staatsanwalt, dafür ein Stadtrat, ein Kommunalpolitiker und ein Möbelmillionär. Sie hätten eine Verantwortung, lautet ihr Credo, alle säßen sie im selben Boot.

Ihr Mann mag da sein eigenes Süppchen kochen, mit engem Kontakt zu den großkopferten Matrosen. Er sitzt schweigend dabei, nickt aufs Stichwort, lässt dabei seine Augen nicht von der Polizistin.

»Der Dennis Weiß, was fällt Ihnen zu dem ein, Herr Auerhammer?«, fragt der Kare.

Die Ungeduld sieht ihm seine Kollegin an.

»Ja, was fällt mir dazu ein«, wiederholt er nachdenklich.

»Ich kenn ja das Josephusheim, von der einen oder anderen Einweihungsfeier. Die Frau Giese ist auch eine Umtriebige. Respekt!«

»Der Dennis«, erinnert die Wiesner ihn.

»Jaja, hams Geduld, junge Frau, ich komm scho drauf. Die Frau Giese hat mir von ihm erzählt, und er hat ein Praktikum gemacht bei einer meiner Firmen. Tiefbau. Der strunzfaule Lackel ist aber nur einen Tag gekommen, und an dem hat er gleich einen saubernen Streit gehabt. Früher hättest du so einem ein paar hinter die Löffel gegeben, dann hätt der gespurt. Was ich kassiert hab, sag ich Ihnen, aber geschadet hat des nix.«

»Und London?«

»Ja passens auf. Wo er schon bei mir war, hab ich mich a bisserl schlaugemacht über den Dennis, bei der Giese. Die hat mich schon hergenommen, die Gschicht. Und da hab ich ihm helfen wollen.«

»Ham Sie gwusst, dass er Vater wird?«

»Ja mei, des ...«

»Das haben wir natürlich gewusst«, ergänzt seine Frau.

Er seufzt. »Schaun Sie, wir haben keinen Sohn, und irgendwie, grad bei ihm ...«

Unverwandt lächelt er die Wiesner an.

Der bleibt plötzlich die Luft weg. Das Fenster muss sie aufreißen, sonst erstickt sie.

Der Mann hat sich noch weiter über den Tisch gelehnt, riechen kann sie ihn, eingehüllt fühlt sie sich von seinem Körperdunst. Als hätte sie ihn schon einmal gerochen, als würde alles nach ihm riechen, jede Erinnerung und alles Menschliche.

Sie springt auf und stellt sich hinter dem Kare auf, die Hände an seiner Stuhllehne.

»Zehntausend Euro im Jahr?«, fragt sie.

Die Stimme ist ihr zu grell geworden.

»Junge Frau, das verstehen Sie nicht. Wenn Sie denken, dieser Junge hat eine ehrliche Chance, etwas aus seinem Leben zu machen, da scheiß i doch aufs Geld.«

»Und es war kein Stiftungsvermögen«, fügt seine Gattin hinzu, »nur unser Geld.«

»Und die Pflegeeltern von der Janine Fetzner, die Fendts, das ist ja kein Zufall, das lief auch über Ihre Verbindung?«

»Ich versteh ja, dass ein Beamter misstrauisch sein muss, junge Frau ...«

»Kommissarin Wiesner!«

»Oiso Frau … Kommissarin, aber das können Sie nicht begreifen, dass sich Menschen einsetzen für andere? Wissens, Sie sand noch so jung und so sympathisch, aber …«

»Dem Dennis Weiß hat jemand den Schädel eingeschlagen, mit einem Hammer, ihn nackert auszogen, ihm den Körper zerschlitzt und auf ein Grab geschmissen!«, schreit die Wiesner ihn an.

Seine Frau hält sich erschrocken die Hand vor den Mund, der Auerhammer schaut nur, fast spöttisch.

»Öha.«

»Genau«, sagt der Kare ruhig, »und deswegen ist alles wichtig, was Sie uns sagen können. Alles könnte uns weiterhelfen.«

»Ein Temperament hat sie, Ihre Kollegin, sakrament.«

Die Wiesner geht zur Tür. Sie sagt nichts.

»Herr Auerhammer, haben Sie das alles organisiert, die Musikschule, die Unterkunft und so weiter?«, hört sie den Kare noch fragen, dann ist sie draußen. Noch immer spürt sie den Blick. Diesen Blick. Sie rennt zur Toilette und verriegelt die Tür. Tränen steigen in ihr auf, lassen sich nicht zurückhalten. Sie hat geglaubt, das Gespenst besiegt zu haben, doch der Auerhammer hat es mühelos wieder hervorgezerrt und es ihr vor das Gesicht gehalten, wie einen Spiegel. Und sie hat sich sehen können, erkennen, als Kind, so wehrlos und prall gefüllt mit unbändiger Wut.

Der Wimmer Rudi ist eine arme Sau gewesen. Bis vor zwei Jahren hat er noch im Dachgeschoss in der Lohstraße gehaust. Etwa um die Zeit, als sich der Sandner und seine Corina getrennt haben, ist das mit dem Rudi losgegangen. Gut in den Fünfzigern ist er damals gewesen, eine gepflegte Erscheinung, immer freundlich und hilfsbereit. Jeden Morgen die Zeitung und Semmeln geholt und dazu ein steifgebügeltes Hemd getragen.

Der Sandner kann sich noch gut an ihn erinnern, die gedrungene Gestalt, die knollige Nase und die Brille mit dem breiten Gestell. Der Abschied von Siemens war ihm nicht schwergefallen, dank der Abfindung, und die Frau hat sich gefreut, ihn öfter zu sehen – das kann man nicht als Selbstverständlichkeit betrachten.

In der Firma waren sie froh gewesen. Für die ganzen neuen Entwicklungen scharrst du besser Leut um dich, die ihre Muttermilch schon übers Web bezogen haben. Alle hätten zufrieden sein können und es sich kommod einrichten.

Nur der Boandlkramer hat nicht mittun wollen und die Frau Wimmer mit auf die Reise genommen. Das Herz, nichts zu machen.

Zu der Zeit hat der Sandner so um sich und sein Dilemma gekreiselt, dass ihm lange nichts aufgefallen ist. Einmal hat er den Wimmer spätabends die Treppen hochgeschleift, weil der, voll betankt, keinen Fuß mehr vor den anderen setzen konnte. Bei den Briefkästen hat er gekauert, die haben nicht weggekonnt, wie er vor ihnen übers Leben lamentiert hat.

Der Sandner hat auch öfter ins Glas geschaut, weil es so stad um ihn war und eine Familie sich für ihn als Fata Morgana herausgestellt hat. Verständnis hat er gehabt für die Wüste vom Wimmer.

Aber der ist nicht mehr auf die Füße gekommen, und mit dem Lehnharter hat er den Bruder im Geiste gefunden. Geschluckt haben sie zusammen und gestritten und geplärrt, dass du gemeint hast, die Hells Angels haben ihr Vereinsheim in die Lohstraße unters Dach verlegt. Natürlich geht so was nicht lange gut, wenn man in dem Zusammenhang überhaupt von Gutgehen sprechen kann. Weil – gegangen ist es dem Wimmer schlecht. Und auf den Hund gekommen ist er, dass alles Zureden nichts genützt hat. Zu guter Letzt ist er ausgemietet worden von der Hausverwaltung, vielleicht hat er auch kein Geld mehr hergebracht.

Wiederum hat der Sandner das nicht realisiert, weil er sich in die Arbeit gewühlt hat wie ein Dachshund. Bis er im Hausgang einmal auf eine junge Frau getroffen ist, die längst im Dachgeschoß eingezogen war.

Dass der Lehnharter und der Wimmer sich in der Schlussphase ihrer feuchten Beziehung nur noch abgehackelt haben, wie die Frettchenrüden in der Ranz – Geruch dito –, das hat er ab und zu mitbekommen. Ohren hat er ja noch gehabt, der Sandner.

»Der Wimmer war des, die Drecksau, die dreckige. Der hat bestimmt noch einen Schlüssel von da herin«, hat der Lehnharter vorhin zu ihm gesagt.

Da hätte er dem Hauswart die Geschichte erzählen können, wie der Wimmer die Ursache gewesen ist, dass der Wenzel mit der Corina anbändeln hatte können. Beinahe hätte er ihn nicht erkannt, da war nicht mehr viel geblieben vom semmelholenden Nachbarn. Wie er ihn hat liegen sehen, bei der Großhesseloher Brücke, ist es ihm durch und durch gegangen. Von einer natürlichen Todesursache hätte man reden können. Körper und Geist hatten aufgegeben.

Der Sandner hat sich seinen Kinderglauben herbeigesehnt, nur für einen Moment. Dann hätte er den Wimmer bei seiner Frau sitzen sehen können, von der Sonne beschienen, auf einem Bankerl – droben.

All das hat er dem Lehnharter nicht geschildert.

»Soso, der Wimmer«, hat er bloß gemeint und dass er sich drum kümmern würde.

»Sonst kümmer ich mich um die Bachratz, die greisliche, man trifft sich im Leben immer zweimal«, hat der Lehnharter gelallt und dem Sandner zwei Finger vor das Gesicht gehalten. Die langen krummen Nägel mit dem schwarzen Rand haben den Sandner fasziniert, da braucht es nicht viel, dass ein Mensch sich zum Viech wandelt. Nur vom Schicksal einen ordentlichen Tritt in den Arsch.

Wenn der Lehnharter das nächste Mal den Wimmer trifft, wird er sich gscheit wundern über die Umgebung. Zumindest wär er dann sorgenfrei.

Der Lechner scheint noch unterwegs zu sein, die Imhofer macht ihm die Tür nicht auf, letztendlich erreicht er auch den Kare, den Aschenbrenner und die Wiesner nicht. Als hätten sie in Thale beim Hexentanz einen Bund geschlossen, den Sandner im eigenen Saft zu kochen. Um ihnen heimzuleuchten, müsste er sie erst einmal erwischen.

Einzig der Lehnharter erweist sich als treue Seele. Wenn er ein Zamperl hätte, könnte er es nach dem Hauswart benennen.

Zwei Stunden hat er noch, bevor die Frau Fuchs vorbeikommen wird, zwei Stunden, die er totschlagen muss.

Da er das Handy gerade in der Hand hat, ruft er sie an, die Corina.

»Ja?«

»Ich bin's.«

»Wer ich? Ach du, Josef.«

Jetzt sollte er etwas sagen, ihm fällt aber partout nichts ein. Er will einen Hinweis, was er in der Nacht dahergeplappert hat, das kann ja nicht so schwer sein.

»Du, ich sitz grad im Auto«, sagt sie.

»Hoffentlich mit Freisprechanlage, sonst kost's was.«

»Sehr witzig. Ich ruf dich nachher zurück, ja?«

»Na, brauchst ned. Ich wollt bloß … ned so wichtig.«

»Gut, ciao-ciao, Josef.«

Die Verbindung ist unterbrochen. Nicht so wichtig. Die Spreu vom Weizen trennen, alles passt nicht in die Scheune.

Er macht einen Kontrollgang durch die Wohnung. Bekritzelte Papierfetzen, einsame Socken, Einkaufsquittungen vom Netto und schmutzige Kaffeetassen klaubt er aus diversen Ecken.

Endlich ist er zufrieden und lässt sich auf die Couch plumpsen. Ob sein Schmerz nachgelassen hat oder sein Körper sich einfach daran gewöhnt hat, kann der Sandner nicht auseinanderdividieren. Wahrscheinlich fällt es ihm bloß nicht mehr auf, wie die käselnden Füße vom Mitreisenden im Nachtzug nach einer Weile.

Er schenkt sich ein weiteres Glas Wein ein, greift nach der Hoyer. Die ersten Töne, die er anspielt, lassen den Hausmeister und die ganze Lohstraßensippe schrumpfen bis zur Unsichtbarkeit. »One bourbon, one scotch, one beer.«

Die Welt um ihn herum verflüchtigt sich, als wär es Pfeifenrauch, der kräuselnd Richtung Decke schwebt, um sich dort in mikroskopische Teilchen aufzulösen. Keine drei Minuten braucht der Sandner für a bisserl Magie, wenn er allein ist. Die Finger gleiten über die Saiten – eigenständige Wesen, verspielt, vorwitzig, erfahren – ein jeder konzentriert auf seinen Part. Die Wiesner, der Kare, der Hartinger und er, manchmal disharmonisch und manchmal zu einem Riff verschweißt. Keiner kann auskommen. Kurz lächelt er, der Sandner, bevor auch die Kollegen in die Luft entschweben und nur noch eine gespielte Melodie Platz hat und seine raue Stimme dazu.

»And then I sat there, gettin high, mellow, knocked out, feelin good.«

Die Zeit hat für jeden ein anderes Gwand an. Ob du einen funkgesteuerten Chronometer trägst oder einfach zum Himmel hochschaust, schenkt sich nix. Beweisen kann man das zum Beispiel, wenn man im Winter mit der S-Bahn nach Obermenzing muss. Da ist es gescheiter, die Zugankunft per Schneeflockendichte zu schätzen.

Eine Sekunde für einen kräftigen Schlag, zehn Sekunden für Sandners glatzköpfigen Peiniger, zehn Minuten Apfelmaid, drei Stunden sind abgängig im Leben vom Dennis Weiß, zweiundsiebzig Stunden ist ein Mord noch warm.

Grob packt dich die Zeit allweil mit ihren Klauen am Schlafittchen. Sie springt mit dir los, als wär es ein Gefallen, das raffinierte Luder. Ausschmieren kann man sie nur, indem man sie vergisst.

Der Sandner hat keine Ahnung, wie lange er da gesessen ist, Musik lässt sich für ihn nicht in Zeit umrechnen, so wie ein Gefühl auf dem Zifferblatt nichts zu suchen hat. Nur der

Rhythmus hat sich verändert, wie er die Gitarre zurückstellt. Eingependelt hat er sich, langsamer ist er geworden, klarer kann er die Dinge wieder betrachten. Nichts rauscht vorbei an ihm. Vielleicht hat es die Zeit gefuchst, dass er sich so gar nicht hetzen lassen will. Eine viertel Stunde bleibt, so die Apfelmaid Schlag neun daherkäme. Die Turmuhr von der Heilig Kreuz Kirche dröhnt auch gleich herunter vom Berg, zur Mahnung.

Der Sandner verlässt noch einmal das Haus. Das Laufen geht befriedigend, dafür kratzt die ungewohnte Wollmütze.

Drei Straßen weiter betritt er die Dönerbude seines Vertrauens. Voll ist es und lärmig, türkische Gesprächsfetzen schnalzen ihm um die Ohren.

»Servus, Sandner«, hört er ein paar Mal. Vom Ömer, dem Besitzer, und vom Miran hinten in der Ecke. Irgendjemand erzählt von der Perlhuhnjagd nahe der syrisch-türkischen Grenze, ein anderer hat sich offenbar gerade ein Quad geleistet. Gestenreich beschreibt er den ersten Ausritt. Mittendrin steht der Polizist, wartet, dass Ömer ihm seine umfangreiche Bestellung zusammenpackt.

»Hast du schon einmal Perlhuhn mit Fenchel-Couscousfüllung gegessen, Erol?«, fragt er den stämmigen Vogeljäger im ballonseidenen Jogginganzug auf Deutsch.

»Couscous ist Schmarrn, schwules Huhn, verstehst du? Bec Tavugu macht meine Großmutter immer mit dem Grill. Es gibt nichts Besseres, Sandner. So zarte Brüstchen, musst du mal probieren.«

»Was du abgeknallt hast, war Spatz, Erol, ein mickriger, grauer Vogel«, ruft ein alter Zausel, ohne den Blick vom plärrenden Fernseher zu lassen.

»Da kenn ich aber noch einen Spatz«, brüllt der Erol zurück. Ins Gelächter hinein meint der Sandner, dass er gern mal vorbeischauen tät beim Großmütterlein, auf ein Huhn.

»Wenn ich zufällig mal am Euphrat bin, zum Ausspannen oder so.«

»Ach, Scheiße ist es da, nichts los, da war ich als Soldat«, vermeldet Ömer und gibt ihm die prallgefüllte Plastiktüte.

Der Sandner schnuppert verzückt.

»Wenn du willst, mach ich dir Cerkez Tavugu, hast du noch nie so gut gegessen, das schwör ich dir. Tränen weinst du. Musst du mir einen Tag vorher sagen. Was du auch vorhast, das sollte der Auftakt sein«, fügt er noch schmunzelnd hinzu. Wohlmeinende und zweideutige Ratschläge für die Gestaltung des Abends werden ihm hinterhergeschickt, als er den Raum verlässt.

Dem Ömer hätte er den Gockel vorbeibringen sollen, statt seinem grantelnden Leibarzt. Tscherkessenhuhn hätten sie verdrückt, bis zum Platzen. Wenn du ständig auf Scheiße triffst, mach dich getrost zur Fliege, und flugs bist du im Schlaraffenland. Just in time ist der Sandner. Er packt den Einkauf in die Küche und überlegt sich gerade, ob er die Mütze auflassen soll, da schellt die Türklingel. Er reißt an der Kopfbedeckung, und den Verband zieht es gleich mit. Ratlos steht er da. So schlimm wird es schon nicht sein. Er zuckt die Achseln und öffnet.

»Ja Scheiße!«, ruft die Fuchs.

Er sagt nichts. Starrt sie nur an, die Wollmütze und den verkrusteten Verband in der Hand. Superlativ von schlimm? Irgendein Kasperl hat die depperte Haustür offen gelassen, sonst hätte er ausreichend Zeit gehabt, sich zu verhüllen. Herrschaftsverreck!

»Ich komm gleich, gehens nur rein«, fordert er die Frau auf, dann verschwindet er im Bad. Er sieht gleich, was sie kommentiert hat. Da packt ihn selbst das Gruseln. Als hätte jemand auf seinem Schädel zünftig Brotzeit gehalten und sich dabei eine Blutwurst, frisch von der Sau, einverleibt. Braune, klebrige Haarmasse. Er schaut zwischen Mütze und Mull hin und her.

An der Badtür klopft es.

»Alles okay?«, hört er ihre Stimme, »oder soll ich nicht doch wieder gehen?«

»Na, bleibens. Ich mein, gehens dawei ins Wohnzimmer, ich komm gleich.« Notdürftig wickelt er den Verband wieder um seinen Schädel, unprofessionell – zumindest verschonender Sichtschutz. Kaum aus dem Bad, schellt es wieder an der Tür. Die Fuchs ist offensichtlich im Wohnzimmer. Oder ist sie wieder gegangen und hat es sich anders überlegt?

»Frau Fuchs?«, ruft er.

»Ja«, kommt es aus der Stuben.

»Glei bin i da«, versichert er ihr. Er reißt die Wohnungstür auf. Bekanntes Sprücherl im neuen Kleid:

»Mein Gott, Josef, wie schaust denn du aus!«

»Kathrin, was machst denn du da?«

»Ich ...«, bringt dem Kare seine Perle noch heraus, dann schluchzt sie los.

Dem Sandner versagt die Imprägnierung, der Stress wandert unter die Haut. Mit der Kathrin an seiner Brust pappend, schaut er zum Wohnzimmer hin. Im Türrahmen steht die Frau Fuchs und beobachtet die Szene. Sie hat ihre Lederjacke noch an und könnte ohne Aufhebens verschwinden. Sag nur ein Wort.

»Das ist die Frau meines Kollegen«, erklärt der Sandner. Sauber. Mit einem Satz, das Wesentliche zusammengefasst. Einen größeren Ochs kannst du lange suchen in Giesing.

Die Beschriebene macht sich von ihm los und schnieft.

»Tut mir leid, Josef, aber ich erreich den Kare ned, seit gestern früh. Nur den jungen Burschen hab ich gesprochen heut Abend, der Kare wär nicht da, hat er gesagt, aber der klang so komisch, und das Handy ist aus.«

Das wird er noch lernen, das Schwindeln, bei der Polizei, der Hartinger.

»Du weißt doch, was los ist mit uns, mit dem Kare, er hat ja sonst keine Freunde, und du, ich hab gedacht ...«

»Ich geh jetzt wirklich besser«, verkündet die Fuchs.

»Na, ich wollt nicht stören«, meint die Kathrin, »wenn ich gewusst hätte …«

»Setzt euch bittschön beide einen Moment ins Zimmer, ich komm sofort«, sagt der Sandner. Fast hat es sich wie ein Befehl angehört, zumindest gibt es von den Madln keine Widerworte. Das hätte er nicht gedacht, dass sie folgsam in der Stuben verschwinden. Möglicherweise seinem hinfälligen Erscheinungsbild geschuldet, Marke gerupfter Uhu. Der Sandner verharrt im Gang. Das Richtige kann er nicht tun, nur Minimum zweieinhalb nicht wiedergutzumachende Gräueltaten. Eine Münze werfen? Er kann die Kathrin nicht einfach davonjagen. Gefühllos und eiskalt, der Mann. Und die Apfelmaid? Auf Nimmerwiedersehen wär er sie los – wenn auch mit Verständnis –, sollte er sie auf die Gasse komplimentieren.

Da hat sich der Sandner selbst überrascht. Draußen auf der Straße kommt er wieder zur Besinnung und zieht sich die Mütze auf den Kopf. Langsam schlendert er den Auer Mühlbach entlang. Keine optimale Lösung, kein gewitzter Dreh, aber Besseres hätte er nicht zustande bringen können. Schlupfloch im Dilemma, die dritte Möglichkeit. Keine geht. Nur er. Schlimmstenfalls wäre minutenschnell seine Wohnung entseelt. Eigentlich hat er nur einen kurzen Spaziergang vor. Aber er überlegt es sich anders. Die Tüte mit Ömers Schweinereien hätte er dabeihaben sollen, dann wäre er hinunter an die Isar und hätte sich auf die Steine am Ufer gesetzt. So hatscht er über den Kolumbusplatz, in die Au, bis es ihn letztendlich in die Kneipe treibt. Die Größte hat er sich ausgesucht. Stark Platzangst-gefährdet ist der Hauptkommissar gerade und unsozial wie ein Zwingerhund, alternativ das Herrchen. Halbleer ist die Wirtschaft, sodass er einen Tisch für sich alleine besetzt. Das wird so bleiben, weiß er, wie er das quietschfidele Publikum in Augenschein nimmt. Zum alten Sack mit der fleckigen Wollmütze und dem finsteren Gschau wird sich niemand freiwillig gesellen.

Der Primitivo ist unterer Durchschnitt, aber nach dem dritten Glas hat sich der Sandner dran gewöhnt. Die Penne all' arrabiata hat er glücklich hinter sich gebracht.

Das Rabiate daran war höchstens das Bedienungsmadl gewesen, welches ihm den Teller zünftig hingepflunzt hat, als wär's die Mittagsmahlzeit in Stadelheim. Vielleicht hat sie sich gedacht, so wär er das gewöhnt, und sie wollte ihm etwas Gutes tun, auf Freigang.

Grad will er das Glas leeren, da klingelt der Hartinger bei ihm durch.

»Ich weiß, es ist spät, wie geht's denn?«

Der hört sich nicht gut an, der Bursch.

»Könnt ned besser sein. Aber deswegen rufst nicht an, oder? Was druckt di, Hartinger?«

»Was ist das da im Hintergrund?«

»Lady Gaga, warum?«

»Nur so, passt es grad?«

»Freilich, jetzt red halt.«

»Warum ich anrufe, also angefangen hat des mit dem Staatsanwalt. Weil wir den Sobotnik nicht befragen konnten, wegen seinem Anwalt. Der hat ihn abgeholt. Und wie der Wenzel gemeint hat, das wär nicht wichtig, darum sollen wir uns nicht kümmern, ist die Sandra abgegangen wie die Geierwally.«

»Versteh ich.«

»Und dann ...«

»Weißt was, Hartinger, morgen bin ich wieder im Gschäft, erzähl mir bloß den Schluss.«

»Also ... die Sandra ist handgreiflich geworden, gegen den Kare.«

»Handgreiflich, wie meinst des?«

»Eine saftige Watschn hat sie ihm eingschenkt.«

»Mi hast ghaut, warum des?«

»Da muss wohl was passiert sein bei der Vernehmung vom Auerhammer, und dann hat der Kare sie erst gefragt, ob sie ihre Tage hätt, und dann hat er gsagt, sie wär eine hysterische Zuchtl.«

»Hysterische Zuchtl? Und was hast du dabei gmacht?«

»Ich? Nix. Was hätt ich denn machen sollen?«

»Des war gscheit. Wo sand's denn jetzt, die beiden Streithähne.«

»Die Sandra ist scho weg, und der Kare hockt im Büro und friemelt an den Akten rum. Ich komm mir wie eine Petze vor, aber die sind beide so derb daneben. Ich weiß ned, was da los ist.«

»Fahr heim, Hartinger, mach dir einen schönen Abend. Gut dass du es gsagt hast, ich red morgen mit ihnen, in der Früh bin ich da. Des kriegen wir hin, mach dir keinen Kopf. Gut Nacht.«

Noch einen Primitivo bestellt sich der Sandner. Dass er dabei zum lachen anfängt, bringt ihm einen misstrauischen Blick der Kellnerin ein. Der Tag hat keinen Notausgang, und die passende Nacht kriegt er gleich dazuserviert. Da soll ihm keiner kommen mit Carpe Diem, da ist er Experte, wobei der Tag sich eher den Sandner gepflückt hat. Mit einem Zug stürzt er das Glas hinunter und zahlt.

Draußen vor der Kneipe spürt er, wie die Koordination ins Stottern gerät. Er stapft nach Hause, die kalte Nachtluft meint es gut mit ihm. Irgendwann musste das mit dem Kare einmal Probleme geben. So eine Angelegenheit kannst du nicht im Kammerl zu Hause wegsperren, und kreuzfidel in die Arbeit. Da hat der Sandner Erfahrung. Kathrins Zustand hat gezeigt, dass die Kammerltür eingeschlagen worden ist und die Gschicht vogelwuid umanand läuft. Dressed to kill.

Der Kare ist ein guter Polizist. Der Sandner kann sich keinen besseren vorstellen, so er denn nicht gerade einen Poltergeist mit sich rumschleppt, der ihm ins Hirnkastl rülpst.

Gerade einmal zwei Wochen hatten sie zusammengearbeitet, da hat er dem Sandner das Leben retten dürfen.

Wie die meisten Geschichten hat diese ganz banal angefangen. In Neuperlach sind sie unterwegs gewesen und haben kurz bei einem Madl vorbeischauen wollen, welches zum Vernehmungstermin nicht aufgetaucht war. Meier hat sie geheißen, Kerstin Meier. Den Namen wird der Sandner nicht mehr vergessen.

Wie der Kare das Zetterl mit der Adresse aus der Tasche gezogen hat, haben sie nicht erkennen können, ob die Hausnummer nun eine Drei oder eine Neun ist. Sauklaue. Sie hätten natürlich nachfragen können, aber sie sind munter drauflos. Mausgraue Wohnblocks beim Einkaufszentrum. Nummer neun, rein zur offenen Haustür und flugs bei K. Meier geläutet. Früh am Morgen hat der Kare gescherzt, die Meierin könnte sie im Morgenmantel empfangen.

Die Tür ist prompt aufgemacht worden. Nur einen Spalt.

»Guten Morgen, wir sind von der Polizei«, hat der Sandner höflich gesagt, in der rechten Hand unvorschriftsmäßig einen Kaffeebecher. Wie sich nichts gerührt hat, wollt er reinspechten und hat einen Schritt in den dunklen Flur getan. Ein verhängnisvoller Schritt. Knüppel aus dem Sack. Der erste Schlag mittels Baseballschläger hat ihm den Kaffee übers Gwand geleert und die Speiche am Handgelenk glatt durchgebrochen. Aber bevor das Holzdrum, wie geplant, von oben auf ihn heruntersausen konnte, um ihm den Schädel aufzuknacken, hat es geknallt neben ihm. Schläger samt Besitzer sind auf dem Boden aufgeschlagen. Der Meier Kurti hat eine 9 mm-Kugel in die Schulter bekommen. Gebrüllt hat er wie der Ochs am Spieß. Dass er einen abgeschabten Morgenmantel angehabt hat und nichts drunter, ist nur ein unwesentliches Detail gewesen.

Der Sandner ist gleich mit umgefallen. Das Nächste, an das er sich erinnern konnte, war das bärtige Gesicht vom Notarzt gewesen, zehn Zentimeter vor dem eigenen. Vielleicht hatte der ihn wachgeküsst.

Der Kare war als Scharfschütze fehlbesetzt, genauso gut hätte er ihm das Licht ausblasen können, dem Kurti.

Das Geschoss war arg nah am Sandner vorbeigezischt.

Am Schießstand hatte sein Kollege mit der PPK eine gewaltige Streuung gehabt. Da hast du nur beten können, ein realer Gegner brächte mindestens zweihundert Kilo auf die Waage, zwecks amtlicher Trefferfläche.

Der Kurti war ein dürrer Hering gewesen.

Aus zwei Meter Entfernung hat der Kare das Optimum herausgeholt. Die allgemeine Redewendung war »gezielter Dienstwaffengebrauch«.

Davon hatte der Sandner ein akustisches Trauma davongetragen. Wochenlang hat es geklingelt bei ihm, als hätte er einen Wecker im Schädel. Kollateralschaden. Trotz Gipsarm konnte er drei Kreuze schlagen, wie die Sache ausgegangen war.

Was den Kurti am Auftritt der Polizisten verstörten musste, hat sich schnell gezeigt. Schmuck haben sie gefunden, in prallen Plastiktüten, Kreditkarten, Autoschlüssel, Uhren und haufenweise Geldbeutel. Ein windiger Dieb, ein winziges Licht, sozusagen Glühwürmchen. Er hätte bloß deutlich machen müssen, dass er keine Kerstin Meier wäre. Kurz das Mäntelchen gelüftet, gescheiter wär das für alle Beteiligten gewesen. Das Paranoide hatte sich eingenistet gehabt bei ihm, unerschüttert Gläubige täten das unter dem Begriff »schlechtes Gewissen« subsumieren. Und durch exzessiven Gebrauch ungeeigneter Substanzen ist die Gewalt aus ihm herausgebrochen wie beim frustrierten Kirmesboxer.

Ermittlungserfolg für die Statistik.

Die Meier Kerstin von Hausnummer drei ist derweil in den Wehen gelegen, ein paar Straßen weiter, im Neuperlacher Krankenhaus.

Ganz in Gedanken verharrt der Sandner vor seiner Wohnungstür. Kurz lauscht er, dann sperrt er auf.

Im Gang stehen ein paar Frauenstiefel.

Auf der Couch liegt die Apfelmaid und schläft. Der Tisch

ist übersät mit den Resten von Ömers Lunchpaket und diversen Flaschen.

Er setzt sich in einen Sessel und beobachtet sie.

Den Mund hat sie halb geöffnet, einen Arm unter dem Kopf. Plötzlich ruckt sie hoch, verwirrter Ausdruck in den Augen. »Scheiße!«

»Des sagst du immer, wenn du mich siehst.« Es ist ihm gar nicht aufgefallen, dass er sie duzt. Warum sollte man jemanden siezen, den man nachts auf seinem Sofa vorfindet?

»Das hätt ich auch gekonnt.« Er zeigt auf die Flaschen.

»Was heißt das?«, herrscht sie ihn an. Die verwaschene Stimme steht ihr gut.

»Na ja, ich hab mir gedacht, Gespräch unter Frauen. Und die Kathrin?«

»Liegt besoffen in deinem Bett. Wollt nicht nach Haus in ihrem Zustand – Gespräch unter Frauen, ganz klar. Weißt du was? Du bist so was von einem Arschloch, Herr Sandner.«

Er nimmt sich ein Glas und schenkt sich einen Rest Rotwein ein.

»Ja, das kann sein.«

»Das darf nur ich sagen, nicht du. Komm mir nicht mit Selbstmitleid, ruf mir lieber ein Taxi.«

»Gleich. Was habts ihr …?«

»Geht dich bestimmt nichts an.«

Er nickt. Schweigend trinkt er.

Sie greift sich die Whiskyflasche und trinkt ohne Glas. Husten muss sie.

»Musst du die Scheißmütze auflassen, du siehst aus wie … ach, ist egal.«

»Genauso will ich grad ausschauen – egal.«

Dass sie jetzt aufsteht, unsicher schwankend, auf ihn zukommt und ihm die Mütze vom Kopf reißt, schiebt der Sandner auf fortgeschrittenes Trunkenheitsstadium. Sie winkt ab. »Auch nicht besser.«

Er nimmt ihr die Whiskyflasche aus der Hand.

»I glaub, ich muss aufholen.«

»Einen Scheiß musst du.«

Wer jetzt wen küssen wollte, kommt nicht so recht raus. Passieren tut es jedenfalls. Von Abwarten keine Spur. Dann lässt sich die Apfelmaid auf ihn plumpsen, oder es ist unvermeidlich, wegen der leidigen Geschichte mit dem Gleichgewicht. Eintauchen könnte er in das Gefühl, den weichen Körper der Frau und ihren Geruch. Schmecken möchte er sie, aber es ist ein Kübel Eiswasser, weil der Schmerz ihn beim Wickel packt.

»Was hast'n?«, will sie wissen, wie es ihm das Gesicht verreißt. Er verändert seine Lage, nimmt einen Schluck, schnauft auf.

»In die Eier hams mir treten, heut Mittag.«

»Kein Wunder, das wünscht sich bestimmt die halbe Stadt. Und – hast du sie wenigstens gleich erschossen, ja?«

»Ned wirklich.«

»Auch schade.«

Sie macht sich los und schwankt zurück zur Couch. Selbst das sieht tänzerisch aus. Der Sandner steht auf.

»Wenn du duschen gehst, lass die Flasche da. Und bild dir nichts ein«, sagt sie.

Auf dem Tisch liegt ein Packerl Marlboro light, Kathrins Marke. Die Apfelmaid steckt sich eine an und beobachtet ihn. Sogar Rauchringe kann sie. Wenn du duschen gehst – das Taxi scheint keine Priorität mehr zu haben. Verstören, damit er handelt.

Wie das Handy spielt, fährt der Sandner aus dem Schlaf. Nackt auf dem Sofa liegt er. So wie das bisherige Leben ihn gemeißelt hat. Nicht gerade Michelangelo, aber auch nicht VHS Anfängerkurs. Allein ist er. Geschunden kommt er sich vor, als wär er im Foltermuseum zu Rothenburg Bestandteil einer Live-Demonstration gewesen. Zerkratzt und mit Bissspuren bis hinauf zum Hals. Sauber. In der Nase hat er ihren Grasgeruch. Wittern muss er, der Jagdhund in ihm, dass ihm nichts verloren geht. Obwohl gerädert, ist er aufgeräumt. Er schaut an sich herunter. Den vielen unwahrscheinlichen Dingen, in die er in seinem Leben hineinstolpern durfte, kann er wieder eines hinzufügen. Heute Nacht hat sich die Apfelmaid mit ihm eingelassen. Nein – zammgepackt haben sie sich, wie die Biber.

Der eine bleibt auf bis in der Früh, phantasiert sich händeringend die Dirndln herbei und hat am Ende einen staubtrockenen Schlund und einen nassen Bauch vor Einsamkeit und Fleischesgusto. Der andere braucht sich nur zur Seite drehen und das Hirn ausknipsen, da spürt er etwas Weiches, Warmes, Empfängliches neben sich, und das ist weder die Heizdecke noch die Katz. Gerecht mag das nicht sein, aber biochemisch ausgefuchst, mit Pheromonen und Dopamin und was ein Körper alles brauen mag. Manchmal braucht es kaum Worte dazu. Wenn zwei Bescheid wissen und auf kleiner Flamme köcheln, plapperst du nur, um den Stimmbändern nicht den Spaß zu verhauen. Beim akustischen Vorspiel als Aphrodisiakum ist die Dosis entscheidend. Du kannst die größten Ohrenschmeichler daherschmettern, aber wenn du nackert bist und bloß – alles Schnee von gestern.

Beispiel Apfelmaid. Wie der Sandner aus der Dusche gekommen ist, haben sie eigentlich nichts mehr Erinnernswertes gesprochen. Überhaupt, die Sätze, die sie gewechselt haben, kann man an einer Hand abzählen. Natürlich hat der Whisky mitgetan und die damischen Zeiten, in denen ihm das Adrenalin bald das Blut ersetzt. Aber natürlich ist es gewesen, als täten sie sich ewig kennen. Zwei Schiffbrüchige, vor Jahren hingeschmissen von der Brandung an den gottverlassenen Strand.

Ein Bäuchlein hat sich gezeigt, wie die Eva aus dem Kleid geschlüpft ist und die Brüste, wie zwei Golden Delicious – nur kleiner. Der Sandner hat sich gleich verschaut darin. Weil, Vollkommenheit ist zwar ein Leckerbissen, aber den teilst du mit Verlegenheit.

Die Apfelmaid hat seinen Lingam, sein sensibles Liebesorgan, massieren wollen. Die ideale Methode, in seinem desolaten Zustand höchste Lust erleben zu können. Namen sind ja Schall und Rauch. Mit dem tantrischen Prozedere hatte der Sandner bis dato keine befriedigenden Erfahrungen sammeln können, aber wo sie recht gehabt hat …

Lang gestreckt hat er sich auf der Couch und gemaunzt wie ein streichelzahmes Kätzchen, bis es irgendwann getobt hat in ihm, als hätte er zum Nachtisch einen Sturm gefressen. Seinen Verstand hat es weggeblasen wie Löwenzahnsamen. Ganz Autodidakt, hat sich der Sandner, wie er wieder ein bisserl Luft bekommen hat, an ihre Yoni herangetastet. Zubereitet auf sandnersche Art. Sie ist ihm quasi auf der Zunge zergangen.

Zwei, drei Gläser weiter haben sie methodisch umdisponiert. Das Finish hat er noch vor Augen. Die Füchsin beim Rodeo, biegsam, vogelwuid, ganz schonungslose Amazone. Aufgeheult hat sie und ihm arg ins Gesicht gehauen, wie es sie erwischt hat. Durch kreuzderbe Sprüche haben sie sich aufgepeitscht, um mit wundgescheuerter Haut übereinander herzufallen. Ein jeder ein Jäger und winselndes Viech zugleich. Am Ende haben sie ihre Wunden geleckt und sind ins Koma gefallen.

Erstaunlich ist, dass ihm an seinem Lingam nichts schmerzt. Zumindest nicht an der Stelle von gestern. Therapie besonderer Art.

Aus dem Schlafzimmer hört er nichts. Keinen Gedanken hat er in der Nacht daran verschwenden können, dass die Kathrin nebenan ihren Rausch ausgeschlafen hat. Wenn Schlaf drin gewesen ist, bei dem Radau. Kaum hat er sich eine Unterhose angezogen, geht prompt die Tür auf.

»Darf ich dein Bad benutzen?«, fragt die Kathrin und reibt sich die Augen. »Ach und tschuldige.«

Er nickt stumm, schlüpft in die Hose.

Es läutet an der Tür.

»Des sieht ma glei, dass du wieder gut beinand bist. Hast Krallenalarm g'habt?«

Die Wiesner hätte er am wenigsten erwartet. Ein Shirt hätt er sich anziehen sollen. Sie schaut ihm nicht ins Gesicht.

»Guten Morgen. Magst an Kaffee, Sandra?«, fragt er.

Was sie sieht, beim Blick über seine Schulter, kann er sich denken. Große Augen macht sie. Er braucht sich nicht umzudrehen. Kares Eheweib wird grad aus dem Bad kommen.

»Des hast du ned, oder?«, flüstert die Wiesner ihm zu.

»Bist narrisch! Komm rein und trink an Kaffee.« Der Sandner lässt sie an der Tür stehen und schaut sich nach einem Gwand um.

»Ich weiß nimmer mal, wie ich in dein Bett gekommen bin, tut mir leid, Josef, ich hab so einen Belli auf«, stöhnt die Kathrin.

»Normalerweise nehm ich dazu K.-o.-Tropfen her«, meint er.

»Die Eva ist eine ganz Sympathische, lass die ned aus.«

Eine sympathische Reitersfrau. Dressur. Der Sandner rennt mit der Kaffeetasse beinahe gegen den Türrahmen, in memorandum.

Aktuell geben sich bei ihm die Frauen die Klinke in die Hand. Froh ist er, dass die Eva schon abgezogen ist, sonst wär's ein fideles Damenkränzchen. Zweimal Espresso, kommt sofort, nur Zopf hat er nicht gebacken.

Schweigsam nippen sie am Kaffee. Augenringe tragen sie vor sich her. Dem steht der Sandner in nix nach. Konversation vorwiegend pantomimisch.

»Ich brech dann auf – und danke, Josef –, wahrscheinlich hab ich des gebraucht«, verkündet die Kathrin schließlich. »Pass auf dich auf, gell.«

Der Sandner begleitet sie in den Flur.

»Kennst eigentlich die Eva schon länger?«, fragt sie.

»Mhm – soll ich dem Kare was ausrichten?«

»Nein … Des is lustig – Fuchs passt zu ihr, wegen den roten Haaren.«

»Jaja, ganz lustig.«

Er macht die Tür auf, fast hätte er sie hinausgeschoben.

»Des kriegts ihr wieder hin, Kathrin, da bin ich sicher«, sagt er halbherzig, dann ist sie im Treppenhaus. Schmarrn – mit Floskeln hätte er sie nicht bewerfen müssen. Er atmet durch. Zurück in der Küche, weiß er Bescheid. Es knistert.

Die Wiesner ist nicht auf der Brennsuppen dahergeschwommen. Den harten Zug um ihre Mundwinkel kennt er. Er schenkt sich Wasser ein, schaut an ihr vorbei.

»Eva Fuchs, aha. Vernimmst du Zeugen neuerdings im Bett?«

Als tät sie nach der Uhrzeit fragen, kommt ihr Satz daher.

»Des geht dich nix an«, braust er auf.

»Was, wenn sie was weiß? Wenn sie der Auerhammer geschmiert hat? Was machst dann?«

Der Sandner kann nicht folgen. »Sag, bist du paranoid? Warum sollt der Auerhammer die Eva schmieren? Zwecks was, bittschön? Was habts ihr gestern Grandioses erfahren, dass du dich gar so aufmandelst?«

»Des is bloß a Gfühl«, sagt sie leise.

»A Gfühl? Wegen dem Auerhammer? Oh mei.« Der Sandner streckt sich, reibt sich den Schlaf aus den Augen.

»Sandner, ich will ned mit dir rumstreiten. Du hast mich gar ned gefragt, warum ich da bin.«

Das hat er nicht. Mit sich ist er beschäftigt gewesen. Anderes Programm, anderer Film. Manchmal willst du die Fernbedienung ins Eck pfeffern und nicht rumzappen im Hirn, wie ein hyperaktiver Talkmaster. Er ärgert sich, dass ihn die Realität mir nichts dir nichts am Schopf packen kann und rausreißen aus dem warmen Bett, in dem er noch träumend gelegen ist. Kalt ist es draußen und ungemütlich. An jeder Ecke einer, der ihm eine andere Geschichte andrehen will. Verdammt dazu, im Schmierentheater auf ewig das Faktotum zu geben.

»Ich hab gedacht, du wolltest schauen, wie es mir geht, und

mich abholen zur Pflicht«, sagt er lahm. Eine fade Entschuldigung. Merken hätt er können, dass sie etwas umtreibt. Er denkt an die Watschn für den Kare.

»Auch«, sagt sie, »freilich.«

Der Sandner sieht, dass ihre Augen feucht werden.

»Wo bist denn du grad?«, fragt er.

Sie schüttelt den Kopf, wischt sich über die Augen.

»Ich weiß ned, ob du des verstehen kannst.«

»Wir ham Zeit, so begriffsstutzig werd ich schon ned sein.«

»Hast noch einen Kaffee?«, fragt sie, bevor sie anfängt zu erzählen.

»Da, wo ich herkomm, is ned so wie in München oder Regensburg, da kennt a jeder jeden. A Kaff halt in der Näh von Sinzing, aber des sagt dir wahrscheinlich nix. Mein Vater ist Beamter gewesen bei der Gemeinde. Urkunden, Beglaubigungen, Anmeldungen, all den Schmu. Jeden Morgen ab acht bis um vier und am Mittwoch bis um sechs Publikumsverkehr. Gebürtiger Sinzinger und meine Mutter aus Regensburg. Gespürt hab ich was, seit ich denken kann, dass des komisch war zwischen meinen Eltern. Da hast du ja als Kind Antennen dafür. Gestritten haben sie nie, eher das Gegenteil, nix gred miteinander. Mein Vater war ein ganz Ruhiger, Zurückhaltender, nie aufbrausend. Der hat nie mit der Faust auf den Tisch ghaun und gsagt, so wird's gmacht und ned anders. Vielleicht hätt er das amal tun sollen.

Und die Mama kenn ich nur abwesend, nicht körperlich, aber so, als wär sie immer mit den Gedanken woanders.

Als ich so elf rum war, hat des angefangen. Um es kurz zu machen, was gehabt hat sie mit einem Arzt aus Regensburg. Zweimal die Woche ist sie hingefahren zu ihm. Wenn das wegen einer Krankheit gewesen wär, dann höchstens chronisch liebeskrank oder vernachlässigt, was weiß ich.

Der Vater hat es, glaub ich, gewusst, und ich auch.

Meine Brüder waren da viel naiver irgendwie, und gred hab ich ned mit ihnen. Zu der Zeit hab ich auch nix gegessen.

Anorexie könntest du das nennen. Und irgendwann hat mich die Mama eingepackt und hat gemeint, ich müsst zum Arzt, so ging des ned weiter. Sie is aber ned zu einem, den ich gekannt hab, vielleicht war ihr des peinlich. Zu ihrem Gspusi ist sie hin, Arzt ihres Vertrauens.

Und wie ich so dagestanden bin vor ihm und mich geschämt hab, für mich und die Mutter, hat er gewollt, dass ich mich auszieh, damit er mich untersuchen kann.

Groß war er, ein Bärtchen hat er gehabt und ganz lange, behaarte Finger. Die Mama hat er rausgeschickt, weil ich ja schon groß wär, und des wär vertraulich. Und dann waren plötzlich seine Finger überall, und wenn ich sag, überall, mein ich des auch so.

Ich war stocksteif und hab die Augen zugekniffen. Ich weiß gar nimmer, wie lang es gedauert hat. Endlos is mir des vorkommen. Später hat er mit der Mama über meinen Zustand geredet und Magersucht und Scheißdreck. Und dass er mich alle zwei Wochen sehen müsst, zur Kontrolle.

So ist das gegangen über ein Jahr, mit seinen Fingern, und immer mehr ist es geworden. Weißt, des Schräge war, dass ich mir manchmal gedacht hab, des geschieht der Mama ganz recht, dass der lieber an mir rumgrabschen mag. Oder dass er vielleicht dann aufhört mit ihr und sie zum Papa zruck will, all so einen Schmarrn. Und dann hab ich mir wieder gedacht, du dumme Kuh, verdienst es gwies ned anders, selbst schuld. Sagen hab ich des keinem können. Der Mama gwies ned, und der Papa sollt gar nix wissen von dem Schwein. Meim Bruder amal, aber der hat gmeint, ich phantasier mir was zamm. So wär des halt bei einer Untersuchung, und ich bräucht ja bloß gscheit essen. Des hättens wahrscheinlich alle gesagt, da war er schlau, der Herr Doktor. Aber bei einer Untersuchung zwickt dir keiner in die Brust nei, bis du greinen musst.

So lang ging des, bis ich am Balkon gestanden bin und gsagt hab, ich hupf nunter, wenn die Mutter mich nach Regensburg mitnimmt. Und glaub mir, ich wär gesprungen.

Da hat sich mein Vater zum ersten Mal hingestellt und gsagt, du musst nimmer zum Arzt, wenn du ned willst. Und zum ersten und letzen Mal ham sie gestritten miteinand.«

Der Sandner sagt nichts. Er schaut in seine leere Kaffeetasse. Der Berg ist ihm zu steil, da will er keine Haken einschlagen zum Kraxeln.

»Und als wir gestern bei der Giese im Heim waren«, fährt die Wiesner fort, »hab ich glei so ein blödes Gefühl gehabt. Aber ein unbestimmtes. Wie wenn du merkst, es könnt eine Grippe im Anzug sein, aber du bist noch nicht richtig krank. Verstehst? Bis der Auerhammer vor mir gesessen ist. Da war plötzlich alles da. Der hat da was aufgerissen. In mir drin, weißt? Ich hab nur noch den Doktor meiner Mama im Kopf gehabt, wie der geredet hat und sein Gschau und die Hände und des Grinsen und alles. Das ist kein Hund, der bloß bellt, der schnappt zu, hab ich mir gedacht. Ich hab's direkt vor mir gesehen. Geheult hab ich, wie ein Schlosshund, und kein Auge zugmacht, heut Nacht. Glaubst du, dass ich durchdraht bin, Sandner? Hab ich an Schlag?«

»Den ham wir alle«, sagt der Sandner. Er schnauft durch.

»Darf ich bei dir rauchen?«, fragt die Frau und nestelt am Päckchen. Sie steckt sich eine an, ohne sein Nicken abzuwarten.

Sein morgenmüdes Hirn fängt unwillig an, die Informationen zusammenzubauen, bis das Resümee steht – zumindest fürs Richtfest reicht es.

»Du glaubst also, der Auerhammer hat was mit der Janine gehabt? Und dann ist sie schwanger geworden, von ihm. Den Weiß Dennis hätt er demnach bezahlt fürs Vater spielen und ab dafür nach London, wo er ned im Weg umgeht. Wissen wir denn wenigstens, ob der das Madl überhaupt gekannt hat?«

Die Wiesner zieht hektisch an der Zigarette.

»Von einem Ringelpietz im Heim vielleicht?«

»Möglich – jetzt nehm ich an, rein hypothetisch, dein Gfühl

tät stimmen. Vaterschaftstest veranlassen? Da brauchst du nicht anklopfen, da lachen sie in Wald nei, der Untersuchungsrichter, der Wenzel, die ganze Bagage. Und recht hams. Du kannst ned honorige Leut anbieseln, weil die Kommissarin grad die Grippe hat. Die Verdächtigen vernehmen dazu? Die wären brunzblöd, wenn sie das aufblattln täten. Und wer könnt das eigentlich alles gewusst haben?«

Sie schweigen.

Kläglich schaut sie aus, wie sie da vor ihm sitzt.

»Aber ein starkes Motiv hätten wir dann schon«, brummt er.

Sie schaut auf.

»Kömmer ned was machen, Sandner?«

»Was machen kann man allerweil. Die Frage ist, ob uns dein Gfühl ned ausschmiert. Vielleicht ist er bloß ein gewöhnlicher Unsympath, der Herr Bauunternehmer.«

»Ich hab hin und her überlegt, ob ich dir das überhaupt erzählen mag. Ich hab's gsagt, damit du weißt, wo des Gefühl herkommt. Mehr kann ich dir auch ned sagen. Ich hab keine Gewissheit.«

Er seufzt. »Oiso spui ma mit derer Sau.«

Im Erdgeschoss ist die Lehnharterin gerade damit beschäftigt, Schriftzeichen von der Wohnungstür zu wischen. Exodus, 21,24.

Der Sandner nuschelt schnell einen Gruß und eilt weiter. Die Wiesner will er nicht mit reinziehen.

»Auge um Auge …«, murmelt sie.

»So ist es«, bestätigt der Sandner. Er hat schon befürchtet, es googeln zu müssen.

Wer dir lange droht, macht dich nimmer tot. Sprüche kennt der Sandner auch. Frisch geduscht und mit akzeptabler Laune ausgestattet, geht er mit seiner Kollegin zum Auto.

Der Mediziner sagt, dass Sozialkontakte wichtig seien für die psychische und physische Gesundheit. Und einen solchen

Kontakt hat er gehabt, gestern Nacht, mit »sozial« könnte man den umschreiben. Nicht dass er sofort Bäume ausreißen könnte oder einen Waldlauf durchstehen, nur aufgehellt ist er innerlich, die Sonne spitzt ihm zwischen seinen Jalousien durch. Mental bereit zum Kraftakt.

»Jetzt rufst den Kare an und fragst ihn nach der Adresse von dem Lehrer in Augsburg. Weißt schon, dem Vater vom Gitarrero Kleinschmidt, wo die Band jetzt wohnt.«

»Fahren wir nicht ins Büro?«

»Na, es sei denn, du hast einen Termin.«

»Nein, aber ich muss dir noch was sagen.«

»Des hat Zeit. Ruf ihn bittschön an, und lass dir die Adresse durchgeben. Grüßt ihn von mir. Ich hol mir dawei noch a Brezn. Magst auch was?«

Die Wiesner schüttelt den Kopf und schaut unschlüssig ihr Handy an.

Der Sandner macht sich auf zur Bäckerei.

Natürlich hat ihn die Geschichte mit dem Sobotnik gefuchst. Was der Doktor Waldach und der Brezensalzer zusammenbrauen, muss er noch lange nicht saufen. Wissen kann er natürlich nicht, was oder wer ihn da in Augsburg erwartet. Der Manager von den Burschen jedenfalls nicht mehr. Er weiß nur, was er an Stelle der Bandmitglieder gemacht hätte. Gespielt. Was bleibt ihnen sonst? Und mit ein bisschen Glück haut dabei ein Schlagzeuger auf die Felle. Die vollständige Fassung will er hören. Nichts als die reine Wahrheit, selbst wenn der Sandner helfen muss.

Er hat es nicht eilig mit dem Breznkauf. Froh ist er über die kleine Schlange, die sich beim Hofpfister gebildet hat.

Die Geschichte von der Sandra schwingt noch nach. Er ist überzeugt davon, die Sanne hätte es erzählt, sobald etwas vorgefallen wäre. Überzeugt, wie ein Vater nur sein kann. Den Namen ihres Gitarrenlehrers hatte er allerdings einstmals durch den Polizeicomputer laufen lassen. Kein Treffer.

Empört hatte seine Tochter reagiert, als ihre Mama geschildert hat, wie ihr als Dreizehnjährige ein Bademeister den Hintern betatscht hätte.

Seine Kleine hat beteuert, mindestens eine Watschn hätt sie ihm gegeben und das ganze Schwimmbad zusammengebrüllt. Da war sie neun gewesen. Kindliche Ernsthaftigkeit.

Ihre Mutter hat seinerzeit gschamig geschwiegen.

Du hockst nicht drin im Kopf. Aufs Gefühl von der Sandra tät er schon einen Zwanziger setzen, Haus und Hof nicht unbedingt.

Augsburg ist ein schönes, malerisches Städtchen. Außerdem ist hier die Augsburger Puppenkiste verortet. Das hat dem Sandner schon immer gefallen, dass eine Stadt berühmt ist für ihre Puppenspieler. Besser als für »beer and yodelin' fun«, Sperrholzmöbeltandler oder eine BND-Zentrale. Aus kriminalpolizeilicher Sicht mahnt die Stadt zur Demut. Du bist nicht allmächtig. Seit zwanzig Jahren ist ein örtlicher Frauenmörder abgängig. Fünfzehnmal hat er zugeschlagen.

Zehnmal im Jahr wird aktuell gemordet in Augsburg, statistisch gesehen. Der Boandlkramer hat sich allerdings noch nie was gschissen um Arithmetik und Stochastik – weder hier noch anderswo. Die überwiegende Mehrzahl der Menschen vor Ort scheint auf jeden Fall anderen Beschäftigungen nachzugehen, beispielsweise sich mit Nahverkehrszügen Richtung München herumzuplagen. Da wird Zeit zum kostbaren Gut.

Das Haus vom Musikervater Kleinschmidt liegt nördlich. Stadtteil Bärenkeller, dort wo die Straßen nach Mutter Natur benannt sind. Bär und Hänfling. Gediegener Wohlstand die einen – auf Naht genäht der Rest, bis auf diverse anisogamische Versuche. An gedrängten Wohnblocks, Relikte kärglicher Zeiten, vorbei zur Häuschensiedlung. Ruhiger wird es, Baum und Strauch vervielfältigen sich.

»Voilà«, sagt die Wiesner.

Vor schlichtem Holzzaun parken ein VW-Bus und ein Mini-Cabrio.

»Eigentlich wollt ich so einen, aber der ist sauteuer«, sagt die Wiesner beim Einparken.

»Ois is relativ«, meint der Sandner zu ihr und gähnt ausgiebig. Hinten im Kopf lauert noch ein dumpfer Schmerz.

»Ois is relativ teuer«, stellt seine Kollegin fest.

»Für an Zwerg is der Rodelhügel vom Olympiapark auch wie für unsereins die Zugspitz.«

»So a Zwerg, Sandner, kommt beim Mini gar ned erst zu den Pedalen nunter.«

»Eigentlich heißt es, ihr Frauen habts Phantasie und Imaginationsvermögen qua Geschlecht.«

»Steig ma jetzt aus, oder soll ich mir des bloß amal vorstellen?«

»Was hat der Kare eigentlich gsagt zu dir am Handy?«

»Du hast es gewusst? Der Hartinger ist Lehrers Liebling.«

»Und?«

»Des passt scho. Wir ham beide gekocht, und dann sind wir übergelaufen.«

»A Watschn zur rechten Zeit … lassts des ned zur Gewohnheit werden, verstehst?« Die Eva fällt dem Sandner ein. Anrufen wollt er sie noch.

»Ich hab mich entschuldigt, er hat sich entschuldigt. Bist zufrieden, Herr Hauptkommissar?«

»Beinah glücklich machts ihr mich.«

Sie steigen aus, und der Sandner drückt auf die Klingel neben der kleinen Holzpforte.

Das muss der Herr Lehrer sein. Sympathischer, schlaksiger Fünfziger mit Karohemd und kurzrasiertem Resthaar. Verdutzt ist er zwar, wie die beiden Polizisten sich vorstellen, aber er bittet sie gleich in sein Domizil. Die Burschen würden schlafen, und seine Frau wär im Krankenhaus. Pflegedienstleitung.

Sie trinken in der modernen Küche an der Stehbar zusammen Apfelschorle.

»Ich hab's den Jungs schon mal gesagt, dass ich den van

Leyden für, gelinde gesagt, dubios hielt«, sagt ihnen der Kleinschmidt senior, »aber Auftritte hat er besorgt und Internetpräsenz, und es ging ja richtig los.«

»Hat die Band Pläne, gibt's schon ein neues Management, geht ja gschwind im Business.«

»Was glauben Sie, warum ich hier bin? Eigentlich hätte ich Unterricht. Ich hab mich krank gemeldet. Bald werd ich's auch wirklich sein. Ich würde es nicht Manager nennen, aber ich versuch gerade mir einen Überblick zu verschaffen, es zu ordnen, wo ich kann. Ein Tohuwabohu sondergleichen. Unzählige Anrufe hab ich gemacht, E-Mails verschickt, lokale Roadies, Veranstalter, Anwälte, Presse, Wichtigtuer, Nullnummern, die meisten fragen mich, wo ihr Geld bleibt.«

»Wo üben die Burschen denn hier«, will der Sandner wissen, »im Keller?«

»Wollen Sie es sehen?«

Eine schmale Treppe führt nach unten. Der Sandner erfährt, dass alles schalldicht ausgebaut worden ist. Noch traumatisiert vom eigenen Kellerevent beginnt er zu frösteln. Hinter der Wiesner und dem Lehrer betritt er zögernd den Raum.

Auf der Snare drum liegen zwei Drumsticks. Alles richtig gemacht, die Reise scheint sich gelohnt zu haben. Instrumente und Verstärker sind im Halbkreis angeordnet, keine Aschenbecher, keine Bierflaschen, nicht so wie bei Sandners »The Grattlers«, wo ohne diese Utensilien kein Ton zustande gekommen wäre. Vor ihm lehnt die Hoyer Paula im Ständer.

»Schönes Stück, das war Ihre, nicht?«

Der Lehrer nickt.

»Darf ich amal?« Der Polizist hat bereits die Hand ausgestreckt.

Der Lehrer schaltet einen Marshall Verstärker an.

»Spielen Sie auch? Nehmen Sie sie ruhig raus, Sie werden schon nichts kaputt machen.«

Der Sandner hängt sie sich um. Sie ist schwerer als seine.

Der Hals liegt gut in der Hand, butterweich lässt sie sich greifen. Open-G-Stimmung. Er wirft der Wiesner einen Blick zu, dann haut er in die Saiten. »Little red rooster.«

Sein Gastgeber grabscht sich auch ein Instrument. Versonnen spielen sich die beiden ein, wechseln sich ab bei der Rhythmusarbeit, lassen die Klampfen aufheulen und singen. »Watch out strange cat people, little rooster is on the powl.«

Die Wiesner setzt sich in eine Ecke und beobachtet die Männer. Beim Sandner weiß man nie, denkt sie sich. Ob er hier rausgefahren ist, um den Sobotnik durch die Mangel zu drehen, oder auf eine Jam Session spekuliert hat. Vielleicht passieren ihm die Situationen einfach. Fallen ihm in den Schoß, und er sammelt sie auf, als tät er unter dem Kastanienbaum sitzen. Und hin und wieder bumst ihm eine auf den Kopf, das ist das Risiko, und er braucht einen Verband und den Notarzt. Alles fügt sich allweil ineinander, als könnte es gar nicht anders sein. Dass die Tür aufgeht, bekommt nur sie mit, die beiden Musikanten sind vertieft, konzentriert, nicht von dieser Welt.

Der Sobotnik setzt sich hinters Schlagzeug und nimmt den Rhythmus auf. Natürlich ist das, harmonisch. Die restliche »Nachtgoul«-Besetzung postiert sich mit Bass und Mikro im Raum. Die Wiesner wiegt ihren Körper im Takt.

Wenn der Sandner das vorausgesehen hat, geht er als Münchner Nostradamus durch. Sie spielen einfach weiter und weiter, als wär es das Normalste der Welt.

Nach einer Weile schnallt sich der Sandner die Gitarre ab und stellt sie zurück in den Ständer. Mit verklärtem Ausdruck nickt er der Wiesner zu. Sie steht auf, dann gehen die beiden die Stiege wieder hinauf. Der Lehrer und Sobotnik folgen ihnen. Im Wohnzimmer lassen sie sich nieder.

»Sie sind wegen mir gekommen, oder?«, stellt der Bursch fest und zündet sich eine Lucky an.

Der Lehrer öffnet mit finsterem Gschau ein Fenster, bleibt aber stumm.

»Ich mag, wie Sie Schlagzeug spielen. Ehrlich, kein Klimbim, keine Show. So würd ich mich gern auch mit Ihnen unterhalten«, sagt der Sandner im Plauderton zu seinem Gegenüber im Cordsessel. »Und ja, wegen Ihnen sind wir da, Herr Sobotnik, die Kommissarin Wiesner kennen Sie ja schon.«

»Und Sie sind der Hauptkommissar Sandner.«

»Ich mach mal Kaffee«, brummt der Neumanager und lässt sie allein. Der Sandner lehnt sich zurück und widmet sich ganz dem jungen Drummer. Blond ist er und fast ein bisschen zu schön. Großer Mund, zarte Finger, lange Beine in engen Jeans.

Dem Sobotnik dauert die Stille offenbar zu lange.

»Sie sind doch hier, weil Sie was wissen wollen«, sagt er. »Fragen Sie halt was.«

»Was zum Beispiel sollt ich wissen?«, gibt der Sandner zurück.

»Na ja, wegen dem Dennis.«

Der Sandner schweigt. Inzwischen hat er das Gefühl, so bekommt er mehr, als wenn er ihn mit Fragen löchern tät.

Der Sobotnik rutscht auf dem Sessel hin und her.

»Also, ich kenn, kannte den Dennis aus London. Wir haben beide dort Drums gelernt. Wir haben zusammen eine Wohnung gehabt.«

»Eine Beziehung auch?«

»Wieso fragen Sie das?«

Der Sandner zuckt die Schultern.

»Neugier.«

»Ja, wenn Sie es so nennen wollen, aber das ist Geschichte. Ich bin vor einem halben Jahr wieder nach München und hab ihn erst nach dem Gig wiedergesehen.«

»Hat er Sie eingeladen?«

»Nein, das war der van Leyden«.

»Mit dem standens in Kontakt? Wieso des?«

»Er ist ein Manager, und ich bin Musiker, ist halt so.«

»Sie arbeiten grad in der Systemgastronomie?«

»Was hat das damit zu tun?«

»Hat den Dennis das Wiedersehen arg gfreut?«

»Es war schon okay, ich meine, es war lange her.«

»Was war lange her, gab es Streit? Worüber?«

»Dennis war ein egoistischer … ich meine, der hat sich nie gekümmert, was mit anderen ist, wenn er was gemacht hat, und darüber hatten wir Stress. Aber egal – vorbei.«

»Hat er Sie hintergangen?«

»Hintergangen? Lustiges Wort. Sie meinen, ob er mit anderen gepoppt hat, in London? Kann sein, keine Ahnung – wenn, dann wär es scheißegal, lang her.«

»Und vorgestern Abend?«

»Na ja, wir haben uns unterhalten, ein Bierchen getrunken, und dann ist er weg.«

»Wann ist er weg?«

»So gegen zwölf, er hat gesagt, er muss noch mal weg.«

»Hat er sich ein Taxi gerufen oder gesagt, wohin?«

»Nein.«

»Und Sie? Sind Sie noch geblieben?«

»Nein, ich bin dann auch weg, in die Innenstadt.«

»Wie sind Sie denn weg, mit dem Auto?«

»Ja.«

»Zur selben Zeit wie der Dennis?«

»Ja, etwa.«

»Etwa? Später, früher oder zur selben Zeit?«

»Mein Gott, zur selben Zeit.«

»Hat der Dennis an dem Abend mit jemandem Streit gehabt, irgendwas Komisches, war er aufgeregt?«

»Nicht, dass ich wüsste.«

»Und warum haben Sie ihn hergewatscht?« Der Sandner schiebt die Frage zwischen die anderen, als hätte sie keinen besonderen Platz.

»Ich?«, fragt Sobotnik verwirrt.

Der Sandner weiß, dass er jetzt Zeit gewinnen will. Die will er ihm nicht lassen.

»Wir wissen, dass Sie ihn geschlagen haben – also warum?«, fragt er. Stimme Marke Filetiermesser.

»Ich …«, stottert der Sobotnik.

»Warum, Kruzifix noch mal?«

Natürlich wäre das jetzt schad gewesen, wenn er den Falschen bezichtigte. Kalkuliertes Risiko. Der Sandner steht auf, steckt die Hände in die Hosentaschen, beugt sich ganz nahe zum Sobotnik.

»Das ist einfach so passiert«, flüstert der.

»Was? Reden Sie mal lauter, was ist einfach so passiert, die Watschn? Reden wir von der Watschn?«

Sobotnik starrt ihm in die Augen. Der Sandner starrt zurück. Das kennt er noch aus der Grundschule. Ein Wettbewerb im Niederstarren. Dann nickt der Bursch.

»Ja«, haucht er.

Der Sandner setzt sich wieder, lehnt sich zurück und verschränkt die Arme. »Hat er die verdient gehabt?«

»Ja, die hat er sich verdient. Aber ich hätt es nicht machen sollen, ist halt passiert.«

»Was war los, da zwischen Ihnen beiden?«

»Oh Mann.«

»Ich möchte die ganze Geschichte, wir beide haben richtig Zeit.«

»Ja, Sie vielleicht. Okay. Ich hab den Dennis in London kennengelernt, hab ich Ihnen doch schon gesagt, Drummer school. Er kam ein halbes Jahr nachdem ich dort angefangen hab. Er war irgendwie so ’ne ganz verlorene Gestalt, verstehen Sie, so unsicher, so daneben. Und – immer aggressiv, abweisend, immer unter Strom, hat niemanden rangelassen.«

»Außer Ihnen.«

»Ja, außer mir, weil es mir ähnlich ging und ich gecheckt habe, was hinter der Fassade is – zumindest hab ich das geglaubt. Und dann haben wir uns zusammen eine Bude gesucht, ja, wir waren verliebt – nein, ich war das. Ich war damals Drummer bei ›Nachtgoul‹, es ging gerade richtig los.«

»Sie?« Der Sandner rutscht auf dem Sessel nach vorn.

»Ja klar, bis zu dem Unfall. Der Dennis war sturzbetrunken, als ich nach Hause kam, ist jetzt ungefähr ein halbes Jahr her, und hat mir vorgeworfen, ich hätt mit jemandem gepoppt. Es war voll der Schwachsinn, krank war das, aber irgendwann hatten wir uns an der Wäsche, der Dennis konnte sich nicht mehr kontrollieren, ist ausgetickt, und ich bin die Treppe runtergesegelt und hab mir den rechten Arm gebrochen. Offener Bruch, war kompliziert, volle Scheiße. Ihm tat's furchtbar leid und alles. Weil ›Nachtgoul‹ zu der Zeit die ersten Gigs hatte, war das natürlich Kacke. Ich hab dann irgendwann vorgeschlagen, dass Dennis kurz einspringen sollt, bis ich wieder fit wär.«

»Aber er ist nicht wieder ausgestiegen?«

»Ja, bald drauf ruft mich der van Leyden an und sagt mir, dass sich die Band für Dennis entschieden hätt. You are out. Ich konnte es ihnen nicht mal verübeln. Erstens war er kein schlechter Drummer, ein besessener Drummer, ewig am Üben und Machen, und zweitens brachte er die dicke Kohle mit. Die Band wollte 'ne CD produzieren, kein Problem, Dennis schaffte das Geld ran, die Band braucht dies und das, und so weiter. Ich war weg vom Fenster, ruckzuck.«

»Das haben Sie dem Dennis übel genommen.«

»Ich sag Ihnen mal, was ich dem Dennis übel genommen hab. Ich hör also, dass ich aus der Band gekickt bin, und wie ich am Abend in unsere Bude komm, ist sein ganzer Krempel weg, und er hat sich verpisst, ohne ein Wort, einfach so, die feige Sau.«

»Und Sie?«

»Ich bin abgehauen, wieder nach München, back to the roots, der Arm war noch scheiße, die Kohle ist mir ausgegangen, was sollt ich noch in fucking London – das ist alles.«

»Das muss Sie doch tierisch gefuchst haben, der Erfolg von ›Nachtgoul‹.«

»Ach nö, irgendwie fand ich's ja geil für die Jungs. Aber wissen Sie, was ich mich dauernd gefragt hab?«

»Ob es wirklich ein Unfall war mit dem Arm?«

»Haargenau – und inzwischen glaub ich das nicht mehr.«

»Und im ›Zenith‹ haben Sie Dennis wiedergetroffen.«

»Ja, war ziemlich überrascht, dass der van Leyden mich eingeladen hat.«

»Und Dennis?«

»Der war die ganze Zeit arschcool, hatten ja gerade 'nen abgefuckt guten Gig hingelegt, und als er gehen wollte, bin ich ihm nach. Ich wollt von ihm wissen, ob es zwischen uns nichts zu belabern gäbe. Nicht dass er wüsste, meint der und … Scheiß drauf! Ich soll kein Drama machen, sagt er, bloß weil wir früher mal gepoppt haben, da hab ich einfach zugehauen.«

»Und er?«

»Grinst bloß, dreht sich um und haut ab, einfach so.«

»Und Sie haben rotgesehen, sind ihm nach«, mengt die Wiesner sich ein.

»Schwachsinn.«

»Sondern was?«

»Ich musste noch weg und bin dann auch gleich gefahren.«

»Wohin?«

»Zu einem Freund!«

»Wie heißt der?«

»Das ist nicht wichtig.«

»Komischer Name.«

»Ist doch scheißegal, ich hab den Dennis nicht umgebracht!«

»Ihr Freund ist Ihr Alibi. Ohne Namen wird's kritisch.«

»Ich war es ja nicht, also brauch ich kein Scheißalibi.«

»Wie kommen Sie an den Anwalt, den Doktor Waldach?«, will der Sandner wissen.

»Das ist halt mein Anwalt.«

»Hams im Lotto gewonnen, oder hat der sein gutes Herz entdeckt? Ist er ein Freund gepflegter Musik?«

Der Sobotnik steht auf. »Ich hab Ihnen doch alles gesagt, was ich sagen kann.«

»Des langt aber ned!«

»Ihr Problem, nicht meines. Was soll ich denn machen? Am besten ruf ich jetzt den Waldach an.«

»Wenns meinen, auch den Papst oder den Bundestrainer. Wie könnens sich eigentlich so ein schickes Auto leisten, zahlt man bei den Fischtandlern neuerdings übertariflich?«

Sobotnik schweigt und schlägt die Hände vors Gesicht. Einer der drei Affen. Nur welcher? Grad als der Lehrer mit dem Kaffee daherkommt, stehen die beiden Polizisten auf.

»Wir hätten's dann«, sagt die Wiesner. »Auf Wiederschauen.« Die Verblüffung steht ihm ins Gesicht geschrieben. Sogar Vollkornkekse hätte er dabeigehabt.

»Wiederschaun, Sie spuin wirklich a sauberne Gitarre, Respekt«, schmeichelt der Sandner, dann sind sie draußen bei der Tür.

»Was soll ich denn machen?«, wiederholt die Wiesner auf dem Weg zum Auto.

»Ja, was soll er machen, der Bub«, sinniert der Sandner. »Meinst, sein Spezl hat ihm einen Anwalt spendiert?«

»A andere Idee hab ich ned.«

»Und jetzt?«

»Ich hab mir gedacht, wenn ich ihn a bisserl zwick, ruft er den Waldach schon an.«

»Der Waldach sagt uns doch auch ned, wer ihn bezahlt.«

»Wir schießen halt mit Schrot, vielleicht fällt ein Vogerl vom Baum.«

»Solang's ned bloß runterscheißt auf uns. Der Wenzel findet des Ganze bestimmt ned gspaßig.«

»Bin ich sein Privatclown?«

»Was ist mit dem Auerhammer?«

»Brauchst mich nicht erinnern, ich hab es nicht vergessen.«

»Woher hast du das mit dem Auto gewusst?«

»Auf dem Beifahrersitz vom Cabrio liegt eine zerknüllte Packung Lucky Strike. Die anderen Burschen ham kein Auto, der Lehrer raucht ned – Schuss ins Blaue.«

»Da hat er noch einen Nebenverdienst, der Sobotnik.«

»Kann sein, kann nicht sein.«

Auf der Rückfahrt haben sie sich in Theorien verwickelt, bis am Schluss keiner mehr rausgeschaut hat. Einen Entfesselungskünstler hätten sie gebraucht.

Im Präsidium tobt der Bär. Nervosität hat sich breitgemacht, das sieht der Sandner an den Gesichtern. Der Kare kauert am Schreibtisch und schaut leicht derangiert aus. Krebsrotes Gesicht, ein Uniformhemd hat er an.

»Grüß dich, Kare, auch schick«, sagt der Sandner.

»Ich sag auch nix über dein Wollmützerl«, knurrt der Angesprochene, »wie geht's dir denn, bist fit im Schritt?«

»Des wollt ich dich grad fragen. Was war los?«

»Ich schreib grad noch einen Bericht über einen tätlichen Angriff. Die Ghost Busters daherin schleppen Gestalten rein zur Vernehmung, des is wie Geisterbahnfahren auf der Wiesn.«

»Der Kare und ich haben einen vernommen«, ergänzt der Hartinger, »einen Bär im Lederoutfit, zwei Meter Minimum. Der war aktenkundig, weil er am Grünwalder Friedhof rumgeschmiert hat. Einmal haben sie ihn nachts dort aufgegriffen, nackt, dass es der Sau graust, und völlig bedröhnt.«

»Und wie ich ihn gefragt hab, ob er glaubt, dass die Toten sich fürchten täten vor seinem Drum Dödel, springt der Gleufi über den Tisch und reißt mir's Hemd in Fetzen. Was anders hab ich ned gefunden hier herin. Aufpassen musst bei den Burschen, wie ein Haftlmacher. Zu fünft ham wir ihn kaum derpackt. Drei mussten sich draufsetzen, bis er Ruhe gegeben hat. Ein solch ein strunzdummer Ochsenschädel. Dabei hätte er ein Alibi gehabt. Vorgestern wär er bei seiner Großmutter zum Achtzigsten gewesen und hätt dort auf dem

Sofa genächtigt, mit Eierlikör weggebeamt, behauptet er. Die Schnauze gestrichen voll hab ich, das sag ich dir.«

»Hauptsache, ihr habts an Spaß. Was ist eigentlich mit Sanguis und seiner Gespielin?«

»Der hat sein Geständnis widerrufen. War eh klar. Keine große Sache. Ich hab seine Mutter zu ihm lassen. Nach eineinhalb Stunden war er reif, sie durfte ihn mitnehmen. Geheult hams beide Rotz und Wasser. Jeden Tag eine gute Tat. Seine Satansbraut ham wir mitgeschickt. Anzeige kriegens halt noch, wenn wer Lust und Zeit übrig hat für den Schmarrn.«

»Komm, Kare«, meint der Sandner, »Mittagessen, ich lad dich ein.«

Zufrieden schaut die Wiesner drein.

Was der Sandner am Kare bewundert, ist sein Talent, mit der Umgebung zu verschmelzen. Überall passt er hin, als wär er schon immer da gewesen, geboren und aufgewachsen. Meister der Assimilation.

In der Hansastraße kannst du neben allerlei anderen Dingen gepflegt italienisch essen.

Der Kare hat sich sofort in ein Gespräch mit dem Bedienungsmädel vertieft, sobald sie durch die Tür der Pizzeria gekommen sind. Ihnen wird ein Platz im Eck zugewiesen, auf eine Art, als wären sie Freunde des Hauses. »Ramona«, spricht der Polizist die junge Frau an und wie es stünde mit ihrem Philosophiestudium. Selbst der Wirt himself kommt vorbei und schüttelt dem Oberkommissar die Hand.

Derweil kann sich der Sandner mit der Karte beschäftigen, weil unbeachtet.

»Schaust du jede Woch vorbei zum Schutzgeld pressen?«, meint er, als sich der Kare endlich zu ihm bequemt. Er erntet nur ein Grinsen.

»Die Spaghetti mit Meeresfrüchten kann ich empfehlen.«

Da ist er nicht allein. Ramona lässt es sich nicht nehmen, sie umfangreich zu beraten.

»A Nette, gell?«, erkundigt sich der Kare, als sie sich mit den Bestellungen trollt.

»Apropos«, sagt der Sandner.

Der Kare seufzt auf. »Ich hab gewusst, dass du mich ned einfach so einladst.«

»Bin ich so ein Geizkragen?«

»Na, zum Italiener gehst du alle heilige Jahr einmal.«

Ramona taucht wieder auf und bringt ein Weißbier für den Kare und einen Merlot für den Hauptkommissar.

»Weißt, Kare, ich sollt mich bei dir nicht einmengen.«

»Dann tu's auch nicht.«

Unbeirrt fährt der Sandner fort. »Hör zu, jetzt sag ich dir was als Vorgesetzter. Wenn du deine Arbeit nicht machen kannst, weil du zu Hause nimmer ein noch aus weißt, dann nimm Urlaub und Schluss. Sonst schick ich dich. Das Büro ist auch kein Schlafzimmer.«

»Gibt's Klagen?«

»Und jetzt sag ich dir was als Freund. Scheißegal, was da zwischen dir und der Kathrin ist und ob du umanand vögelst, aber dass du den Kopf in den Sand steckst und nix tust, geht ned. Bered's mit deiner Frau, hock dich ned einfach hin und ziehs Gnack ein.«

»Du redest dich leicht.«

Der Sandner lacht auf.

»Weißt«, erzählt der Kare, »heut Morgen bin ich heim, um mir ein Gwand zu holen, war eh umsonst – und zu duschen. Da ist die Kathrin auch grad heimkommen, und gsagt hat sie nix.«

»Und? Willst du ihr einen Vorwurf auch noch machen?«

»Was weiß ich.«

»Ich sag dir bloß – mach was. Und wenn ihr des ned alleine schaffts, suchts euch Hilfe. Ich ... ich kenn des.«

»Ich hab eh mit der Gabriela einen Schlussstrich gezogen. Zufrieden? Des war beschissen genug. Was meinst du mit Hilfe? Soll ich zum Psychiater? So weit kommt's noch. Ist doch Larifari! Ich wollt einfach nimmer so weiter, verstehst? Wie im Mühlrad, immer im Kreis. Des geht ned.«

Die Ramona bringt das Essen.

Mit düsterem Gschau stochern die Männer in den Tellern herum. Stellvertretend werden unschuldige Nudeln traktiert.

»Du machst dir's einfach. Kümmer dich um die Kathrin und dich, oder bleib halt ein damischer Esel«, sagt der Sandner schließlich hart. »Und so was wie gestern brauch ich nimmer.«

Der Kare kämpft stumm mit den Nudeln.

Der Sandner seufzt. Er hat es nicht in passende Worte packen können. Wenn du das Maul nicht aufreißt, kannst du es dir nicht verbrennen. Er legt das Besteck beiseite, schaut sich im Lokal um. Aus den Bürohochhäusern strömen sie herbei, zwitschern und plappern, die Handys neben dem Aqua minerale und dem gemischten Salat. Wie sein Handy spielt, hofft er, es wär die Eva, aber es ist die Wiesner, die ihm verkündet, dass jemand ihn abholen wolle um zwei vor dem Laufhaus, und es würde um den Sobotnik gehen. Kein Name, aber es wär nett, wenn er Zeit hätte.

Eine halbe Stunde hat er noch Zeit, nur ins Nettsein müsste er sich reinknien. Da ist ein Vogerl vom Baum gefallen.

»Sag amal Kare, gibt's was Neues vom van Leyden?«

»Mir haben ein Problem, ihm eine Simkarte zuzuordnen, wer weiß, wo der das Handy ausgegraben hat, Niederlande, England oder Posemuckl. Das Dezernat Glücksspiel lässt auch nix raus. Dass sie aufschlussreiche Spuren verfolgen, hams gsagt. Im Gegensatz zu uns.«

Der Sandner erzählt ihm vom Gespräch mit Sobotnik, und der Kare lässt die Vernehmung der Auerhammers Revue passieren. Im Aufstehen teilt er ihm mit, dass der Auerhammer ihm gesteckt hätte, die Fendts hätten vor vier Jahren ihren kleinen Sohn verloren. Ertrunken im Gartenteich der Großeltern. Und seine eigene Frau? Unfruchtbar, wie trocken Zwieback.

»Weißt, Sandner, des kann ich nachfühlen, aber andersrum, meine Burschen schwimmen ums Verrecken ned. OAT-Syndrom, sagt der Mediziner dazu.«

Während dem Sandner Mucken ins offene Maul fliegen könnten, holt der Kare seine Jacke und grinst gezwungen.

»Die Auerhammerin hätt ihn am liebsten erwürgt, so hat's ausgesehen. Plump, wie der Depp daherkommt, hat er mir klarmachen wollen, warum er dem Bursch so geholfen hat. Weil er keinen eigenen Sohn hätte, der Arme. Kein Funken Gespür, der Kerl, der haut des raus, als tät er übers Kaffeetrinken reden. Wenn den seine Alte von hinten erschießt, auf fünfzig Meter mit Zielfernrohr, plädier ich auf einwandfreie Notwehr. Für ihn gibt's allerweil nur ich, ich, ich.«

Dabei hat der Sandner immer geglaubt, die Kathrin und der Kare hätten keine Kinder gewollt.

Vor einem Freudenhaus stehen und sinnieren, ist auch ein Zeitvertreib. Seltsame Art von Humor, ihn hier warten zu lassen. Mittags brummt es. Ab und an geht ein Mann an ihm vorbei, manchmal auch Grüppchen. Die sind deutlich aufgeräumter und selbstbewusst. Einen forschen Schritt haben sie, als müssten sie etwas Unangenehmes hinter sich bringen. Kurz ausgeschüttelt, die Melkmaschine angeworfen, dann geht's wieder. Atmosphärisch allerdings ist der Kunde König und die Madln sich ihrem Wert bewusst. Geben und Nehmen, dargebotene Haut hat ihren Preis. Gestaffelt, nach Vorlieben und Aufwand. Mittagszeit ist Stoßzeit. Oase in der Servicewüste.

In Sandners Arbeitsleben hat der Lustbetrieb derbe Dimensionen. Kategorie Opfer. Dass sich einmal eine gewehrt hätte und der ewigen Maschinerie eine andere Richtung gegeben – Mangelware.

Nicht weit von seiner Wohnung, in Untergiesing haben einmal zwei Frauen ihrem Beschützer das Licht ausgedreht. So lange geschossen, bis keine volle Patrone mehr aufzutreiben gewesen ist. Merkwürdig, dass der Tote nicht als sonderlich gewalttätig bekannt war. Vielleicht auch ein Grund. Eine der Frauen hat schnell im Netz gezappelt, war aber stumm geblieben wie der Fisch. Die andere war entschlüpft – mutmaßlich Asien. Ein Motiv ist nie herausgekommen, außer dass bei so einem Sumpf aus Gewalt und Demütigung der Totschlag immer mal per Anhalter mitfährt. Meiningers Fall war das damals gewesen, und er hat sich mit dem Offensichtlichen begnügt. Ein stilles Mädel samt Mordwaffe – und ein toter Stenz aus Rosenheim mit achtzehn Einschusslöchern hat den Minigolfplatz für Heinzelmännchen gegeben.

Ein schwarzer 3er BMW mit getöntem Glas hält neben dem Bordstein. Eine Scheibe wird heruntergelassen.

»Hauptkommissar Sandner?«, vergewissert sich der Fahrer. Lederhandschuhe hat er an, der Schädel kurzrasiert.

»Ich bin's, das Aschenputtel«, flötet der Sandner.

Der Mann steigt aus, umrundet die Motorhaube und öffnet die hintere Tür.

»Ned Ihr Ernst«, sagt der Sandner, öffnet die Beifahrertür und steigt ein.

Der Mann zuckt die Achseln, setzt sich wieder ans Steuer, und schon fließen sie im Verkehr mit.

»Des macht jetzt keinen Sinn, wenn ich Sie frag, für wen Sie fahren?«

»Ich soll Sie nach Großhesselohe fahren, Herr Hauptkommissar, runter zur Isar, ist schön da.«

Der Sandner macht es sich gemütlich.

»Hören Sie keine Musik, wenn Sie alleine fahren?«

Vom Chauffeur bekommt er einen Seitenblick, am Lenkrad drückt er ein Knöpfchen. Nirvana knallt aus den Boxen.

»Besser so?«

»Hams auch das unplugged Konzert?«, schreit der Sandner.

Wieder ein Seitenblick. Bayern eins.

»Hört des Ihr Chef?« Der Sandner hat vorhin die Dienstpistole eingeschoben, amerikanisch, hinten im Hosenbund. Sie drückt ihn. Er rutscht hin und her im Ledersitz, als plagten ihn Hämorriden. Auskennen tut er sich. Das ist ein Wagerl aus dem Landtagsfuhrpark.

Wenn man die Leut nur aus der Bayern Rundschau kennt oder vom Bild in der Zeitung, täuscht das im Allgemeinen. Steht man ihnen gegenüber, taucht ein typischer Reflex auf. Den hätt ich mir jünger, schlanker, größer oder weiß der Kuckuck vorgestellt. Die Medienaura verpufft. Du küsst einen Prinzen, und es quakt die Kröte. Eine gründliche Rasur könnte er vertragen, der Herr Doktor, und die Haut wirkt schmalzig und gelblich.

»Schön ist es hier draußen«, sagt er, »das vergisst man schnell. Man sollt sich mehr Zeit für die schönen Dinge nehmen. Ich will nicht lange drum rumreden, den Herrn Sobotnik können Sie als Tatverdächtigen vergessen.«

»So?«, fragt der Sandner bloß.

Beide schweigen einen Moment und stapfen unter den Bäumen dahin.

»Des hätt ich vielleicht längst, wenn's ned so ein Klimbim darum gäb, wie bei der Landshuter Hochzeit. Vielleicht klärens mich a bisserl auf, Herr Doktor.«

»Der Herr Sobotnik war zur Tatzeit auf eine private Feier eingeladen, und da ist er geblieben, bis zum Morgen. Die Information muss reichen.«

Dem Sandner geht nicht nur ein Licht auf, eine ganze Lichterkette wird aufgehängt im Hirnkastel. Dem Sobotnik sein Nebenverdienst und sein Prominentenanwalt, der Doktor Waldach. Alles passt zusammen. Eine Edelhure ist er, der Bursch. Und die Politprominenz ist aufgehockt, der Würdenträger führt hier noch persönlich ein. Sauber.

»Sie können drüber denken, was Sie wollen.«

Dem Sandner ist nicht klar gewesen, dass man in seinem Gesicht lesen kann wie in der AZ.

»Wieso erzählen Sie mir das?«, fragt er, »hat der Sobotnik

des Schweigen nimmer ausgehalten? Sie hätten doch weiter den Waldach nehmen können als Wadlbeißer, den Polizeipräsidenten anrufen oder …«

»Bittschön, Herr Sandner. So naiv sind Sie doch gar ned. Zuerst einmal sind Sie nicht jemand, der aufhört zu wühlen, Respekt, das hab ich heut gehört. Lästig, aber professionell. Ich tu Ihnen einen Gefallen, Sie sind einen Verdächtigen los. Und ich tu Ihnen sogar noch einen.«

»Des ist richtig bürgernah. Ned dass ich Sie dann nächstes Mal wählen muss, das kann ich wirklich nicht versprechen.«

»Oiso – kein vernünftiger Mensch ruft den Polizeipräsidenten an. Da gräbst du dir doch selber die Grube und haust dir am Schluss die Schaufel mitten aufs Hirn – politisch gesehen. Passens auf. Könnens Schafkopf?«

Der Sandner nickt.

»Stellen Sie sich vor, ich wär der Schellober. Also der Schellober geht zum Eichel Wenz und sagt ihm, dieses und jenes wär zum tun, sonst stich i di. Der Eichel Wenz geht glei zum Grünen und immer so weiter. Der Grüne Wenz weiß jetzt aber nicht, wo des herkommt, von welchem Ober, verstehens?«

»Freilich, und am End bin ich die Hundsgfickte.«

»Des is einfach Politik, Herr Sandner.«

»Und warum redens mit mir, ich meine, persönlich, warum der Aufwand?«

»Hams schon wieder vergessen? Vielleicht kommt's auch vom Alten. Was den Sobotnik angeht, an meiner Glaubwürdigkeit werden Sie ja nicht zweifeln. Aber einen Gefallen erwart ich auch von Ihnen. Ich muss wissen, wen Sie im Kästchen haben, ned dass wer raushupft wie ein Springteufel. Ich möchte auf keinem Buidl sein, wie ich einem Mörder die Hand schüttel, mit ihm a Maß trink oder ihm schulterklopfend einen Verdienstorden anstecke. Ned mit im Sumpf stecken, verstehens? Da draht dir ruckzuck einer den Strick draus.«

Der Sandner überlegt, dann bleibt er stehen und schaut sein Gegenüber an. »Sie ned, und die anderen Ober auch ned, oder? Ich an Ihrer Stelle wär vorsichtig mit dem Baugeschäft im Allgemeinen, da könnt man sich zurzeit die Finger verbrennen, beim Händeschütteln.«

»Da kriegens noch etwas retour. Der Auerhammer hat eine Menge Ausschreibungen gewonnen, und der Fendt ist wahrscheinlich sein persönlicher Entscheidungsträger bei der Stadt. Verbandelt sand die alle – und sich verpflichtet. Der Fendt zum Beispiel ist befreundet mit einem Referenten vom Innenminister, und sein Schwippschwager ist Stadtrat. Wer in der Stiftung hockt, wissen Sie?«

Der Sandner schaut einer Meise zu, die neben ihnen mit Flugakrobatik glänzt.

»Dank Eana schön, Herr Hauptkommissar«, meint der Herr Doktor zu ihm. »Viel Erfolg bei den Ermittlungen. Und wenn ich Ihnen helfen kann …«

»Sie kennen sich gut aus mit unserem Ermittlungsstand. Respekt. Wissens, Herr Doktor, die Hundsgfickte sollt ned mit einem Ober poussieren. In einem Spiel helfens zamm, im nächsten sticht er sie nunter. So is des doch allweil beim Schafkopfen.«

»Ich lass Sie zruckfahren, Herr Hauptkommissar.«

»Dank Eana, aber jetzt nehm ich lieber die S-Bahn.«

Der Sandner hängt sich ans Handy. Zuerst stoppt er die hilfsbereiten Augsburger Kollegen, die nichtsahnend der Dynamik, auf sein Ersuchen hin dem Sobotnik das Auto, zwecks KTU, gezwickt haben. Dann ruft er die Eva an.

»Eva Fuchs.«

»Josef Sandner.«

»Ach du.«

Da fällt ihm nichts mehr ein. »Schön, dass du anrufst«, hätte er sich mindestens erhofft. Erwartungen liegen wie Wackersteine im Bauch. Satt wirst du davon nie.

»Bist noch dran?«, fragt sie, weil er den Mund nicht aufbringt.

»Ja, ich wollt nur …«

»Sandner, eins muss ich gleich loswerden. Das war eine spannende Nacht mit dir. Da sind wir beide … aber das heißt nicht, dass du jetzt ein Abo auf mich hast, verstehst du?«

»Eigentlich ruf ich dienstlich an«, sagt er schnell. Ein Abo? Hundsverreck. Zwei Sätze von ihr, und er ist gleich komplett durcheinander.

»Kennst du einen Herrn Auerhammer?«, fragt er sie.

»Wen? Wer soll das sein?«

»Auerhammer.«

»Lass mich nachdenken – nein.«

»Wirklich ned?«

»Ich sag doch nein. Was soll denn das?«

»Scho gut – hättest du Zeit, bald einmal in die Hansastraße zu kommen?«

»Morgen früh hat eine Klientin abgesagt, das ginge theoretisch um acht. Aber sag erst mal, wozu überhaupt?«

»Ich möchte ein blödes Gefühl überprüfen«, sagt der Sandner. Und dann fragt er sie, wie er sich als Laie das vorstellen müsste, mit einer Rekonstruktion und Szene und Pipapo. Er merkt ihr die Verblüffung an, wie er ihr vorschlägt, das im Weiß-Fall einfach auszuprobieren. Warum sollt er sie nicht auch einmal verstören dürfen?

Die Wiesner glotzt den Inquisitor an. Zumindest sieht er so aus. Einen schwarzen Anzug, samt diverser Anstecknadeln, schwarzer Vollbart, die Haare kurz geschoren. Eigentlich wollte sie eine Gruppenerzieherin befragen zum Weiß und der Fetzner. Da ist sie in eine kleine, fensterlose Kammer geführt worden. Der kirchliche Advokat versucht zu lächeln. Strahlendweißes Gebiss.

»Kommt sicher gleich«, sagt er.

Das Kammerl ist leer, kein Stuhl, kein Schrank, an der Decke pappen tote Mücken. Die Lampe ist mit braunem Stoff überzogen.

Das Madl, das hereinkommt, schaut sie unsicher an.

»Das ist die Kommissarin Wiesner, sie hat ein paar Fragen. Sie sollen sie offen beantworten«, weist sie der Mann an. Wieder zeigt er das Gebiss vor. Freundlich wie ein Bullterrier.

»Also«, rekapituliert sie, »Sandra Wiesner heiß ich, und wir ermitteln wegen dem Tod vom Dennis Weiß.« Sie versucht sich vor den Mann zu stellen, aber er wechselt flugs seine Position. Ein kleiner Tanz spielt sich vor der Erzieherin ab. Der Oberkörper und die Hände des Mannes sind in ständiger Bewegung.

»Der Dennis Weiß war in Ihrer Gruppe?«

»Ja, Gruppe zwei.« Die Arme hat die junge Frau verschränkt, immer wieder wandert ihr Blick von der Wiesner zum Advokaten. Stämmig ist sie, mit rundem Gesicht und riesiger Oberweite. Fels in der Brandung.

»Mich würde die letzte Zeit vom Dennis hier interessieren. Was gibt's zu sagen über das Verhältnis zwischen der Janine und ihm?«

»Also, die Janine war ja in Gruppe drei. Da weiß ich nicht so viel. Sie sind schon oft zusammengehangen, haben sich ganz gern gemocht.«

»Ham sie auch rumgeschmust?«

»Rumgeschmust?« Das Madl kichert. »Ganz ehrlich, so richtig drauf achten kann man da nicht. Da sind immer wieder zwei zusammen, Sie wissen's ja, wie das ist, in dem Alter, und die machen das ja nicht ständig vor uns Erziehern.«

»Soweit ich weiß«, mischt sich der Mann ein, »achtet der Nachtdienst darauf, dass es in den Zimmern zu keinen Aktivitäten diesbezüglich kommt.«

Es reizt die Polizistin, ihn aus der Reserve zu locken.

»Dass sie nicht miteinander vögeln können?«, will sie wissen.

»Jegliche diesbezügliche Aktivitäten. Wir kennen unsere Verantwortung, aber niemand ist natürlich unfehlbar.«

»Und trotzdem ist die Janine schwanger geworden.«

»Mei«, sagt das Madl, »so was geht allerweil irgendwo, in einem Eck oder draußen. Die sand ja ned dumm.«

»Und wie war des danach?«

»Na ja, der Dennis hat mit der Frau Giese gesprochen, die Janine wohl auch, und drei Wochen später ist er ausgezogen.«

»Hat er was gesagt zu Ihnen, Sie waren doch Bezugserzieherin?«

»Schweigsam, wie immer. Jetzt ging sein Leben erst los, hat er bloß gemeint. Der Janine müsste er dankbar sein.«

»Und zum Kind?«

»Kein Wort.«

Der Mann wirft einen Blick auf seine Uhr.

»Okay«, sagt die Wiesner. »Eine Frage hätt ich noch.«

Sie wendet sich dem Bärtigen zu. »Wieso sind Sie involviert?«

»Wir haben das intern so geregelt. Frau Giese hat mich informiert. QM Standard. Bei Befragungen, in denen die Sexualität innerhalb der Einrichtung zum Inhalt werden könnte, bieten wir rechtliche Unterstützung an. Sie müssen das verstehen.«

»Ja und nein«, sagt die Wiesner.

Vom schwarzen Mann wird sie bis zum Ausgang eskortiert, als hätte er ein Wächteramt inne. Nicht ganz abwegig.

»Ich glaub, ich werde noch einmal kommen«, verabschiedet sie sich.

»Gerne, rufen Sie einfach vorher an.« Der Wachhund bleibt an der Tür stehen, wie sie zum Auto geht. Dankbar sollte er der Janine also sein, der Dennis Weiß. Unfehlbarkeit hat sie nicht vorausgesetzt.

Die Fuchs Eva hat sich geirrt. Den prophylaktischen Grenzzaun hätt sie nicht aufbauen müssen.

Der Sandner hat noch nie geglaubt, dass er auf jemanden ein Abonnement hat. Das hat ihm das Leben ausgetrieben. Auf nichts und niemanden. Nicht einmal auf die Wahrheit. Manchmal liegt sie vor dir im Dreck, und du brauchst sie bloß aufklauben und polieren, dass sie erglänzt. Ein anderes Mal findest du sie nie, so besessen du auch sieben magst, wie ein Goldsucher am Klondike. Für das Wühlen kann sich der Hauptkommissar nicht begeistern, eher schätzt er den alchemistischen Ansatz. Hiervon ein bisschen und davon und simsalabim – liegt er da, der glänzende Klumpen. In Bezug auf die Wahrheit, könnte man sagen, es schadet nichts, sie zu kreieren. Hauptsache, sie ist da, auch wenn ihr Geburtshelfer sich Illusion schimpft. Letztendlich ist sie nie ungeschminkt. Ein bisschen Rouge darf es schon sein. Und für seine Zutaten macht sich der Sandner auf nach Giesing.

Mit der S-Bahn fährt er selten. Ihm gegenüber sitzt ein Paar, neben ihm ein dicklicher Junge, vielleicht neun, mutmaßlich ihr Sohn. Gummibärchen stopft er in sich hinein, während er mit dem Handy daddelt. Die Geräuschkulisse besteht aus Piepstönen, Rascheln und Schmatzen. Irgendwann fällt ihm die Tüte zu Boden, und der Sandner muss der Versuchung widerstehen, darauf herumzutrampeln, am besten noch auf den Wurstfingern.

Der Bub sammelt akribisch die Bärchen vom Boden, selbst zwischen den Füßen der Mitreisenden.

Er erinnert sich, wie unmöglich die kleine Sanne gewesen war auf längeren Zugreisen. Das versöhnt ihn, stimmt ihn milde. Soll er machen, der Bub. Er lächelt ihm sogar kurz zu.

»Ich möcht noch was«, quengelt der.

Die Frau kramt in ihrem Täschchen und fördert einen Schokoriegel zutage, der alsbald im Mund des Jungen verschwindet.

Friss dich ned so zamm, möchte der Sandner ihm zurufen. Die Gier von dem Burschen deprimiert ihn.

Der Weiß Dennis und die Janine fallen ihm ein. Auch sie

haben sich etwas geholt, weil sie nicht bekommen haben, was ihnen zustand. Gier.

Noch immer schaut die Frau aus dem Fenster und der Mann ins Leere. Kein Wort, keine Geste wird verpulvert. Der Kleine bleibt unbeachtet.

Wenn du etwas partout nicht bekommen kannst, nimmst du dir einen Ersatz. Es klingelt in Sandners Hirn, aber er kann es nicht deuten. Den Zusammenhang findet er nicht. Vielleicht, weil es so durchgeschüttelt worden ist in letzter Zeit. Der Kopfschmerz stellt sich wieder ein.

Bis zum Harras fährt er, um mit dem 54er weiterzukommen. Wie er aussteigt, sagt er »Servus« zu dem Burschen.

»Servus«, echot der verblüfft und starrt ihn groß an.

Als er draußen vor dem Fenster steht, treffen sich ihre Blicke noch einmal.

Der Knirps probiert tatsächlich ein Lächeln aus.

Seine Eltern sind weiterhin abwesend. Elterndummies, damit man das Sorgerecht irgendwo draufstempeln kann.

Der Harras ist einer der seltenen Plätze, die ihren Namen einem Kneipenwirt verdanken. Wenn es nach dem Sandner ginge, könnte sich das System durchsetzen. Zumindest hat er niemanden umgebracht, der Harras, sofern sein Schweinsbraten tadellos gewesen ist. Im Gegensatz dazu sind ja Legionen von Straßen und Plätzen nach schlachtenden Feldherren aller Epochen benannt. Summierte man die Anzahl an vorwiegend ahnungslosen Menschen, die sie und ihre Gefolgschaft um die Ecke gebracht haben, hast du locker die Einwohnerzahl Münchens übertroffen. Hingegen der Robert Mathias Harras, der hat den Leuten Geselligkeit beschert und knurrende Mägen mit Kuchen bekämpft. Das ist eine Platztaufe wert.

Die Gemütlichkeit findest du am Harras allerdings trotz Gründerzeitfassaden nicht mehr. Verkehrsknotenpunkt. S-Bahn, U-Bahn, Oberlandbahn, Einkaufspassage, Bus, Kaffee to go, Butterbrezen, Baustellen. Dazwischen stehen Auswärtige, Inseln gleich, im Meer der hyperaktiven MVV-Nutzer. Links gehen oder weggerempelt werden.

Nach kurzer Busfahrt besucht der Sandner den Miran in seinem Lädchen. Schwer und muffig liegt der Geruch aufgehängter Kleidungsstücke im kleinen Raum.

Hunderte ihrer Träger hinterlassen ihre Marke.

Einen Polizeihund könntest du hier binnen zehn Minuten mit Psychose zum Tierpsychologen schaffen.

Nach einem längeren Schwatz mit dem Miran trollt sich der Hauptkommissar nach Hause.

Zwei Stunden hat er noch Zeit. Ruhig ist es im Treppenhaus. Die Rindsbacherin scheint unterwegs zu sein. Sonst fühlt sich der Sandner wohl mit der Beschaulichkeit. Heute ärgert er sich darüber, weil er ahnt, was dahinter lurt. Und noch mehr packt ihn der Ärger über sich selbst. Könnte er nicht die Stiegen hoch, und gut ist es? Ignoranten sind im Allgemeinen negativ konnotiert, den Sandner überkommt der Neid auf diese Spezies und ihre Fertigkeiten. Da könnte er sich ein Liedchen pfeifen auf der Treppe.

Kaum ist er in den vier Wänden, spielt sein Handy. Wo er denn abgeblieben wär, will der Kare wissen. Ohne auf die Frage einzugehen, weist er ihn an, den Auerhammer zum Gespräch zu bitten. Sechs Uhr im Präsidium.

»In zwei Stunden? Und warum? Was soll ich dem sagen?« Der Kare ist verblüfft.

»Sagst ihm, es wär wichtig, aber kein Drama. Er braucht keinen Anwalt daherschleppen, aber kommen muss er.«

»Sandner, des macht ihn und mich misstrauisch. Was ist mit dem Wenzel, der wird davon Wind bekommen.«

»Das darf er, Hauptsache, der Auerhammer kommt. Des schaffst du schon. Mit Gespür.« Er lässt sich vom verdatterten Kare noch den Mann genau beschreiben, dann beendet er das Gespräch. Die Versuchung, sich ein Glaserl Wein einzuschenken, wird so übermächtig, dass er ihr schlicht nachgibt.

Wenig später steht er wieder einmal bei der Imhoferin vor der Tür. Nur einen Spalt hat sie aufgemacht. Es riecht intensiv nach Kräutern und Katze.

»Sie ham uns den Keller aufgesperrt, mir und dem Herrn Lehnharter?«

Einen Blick schickt sie ihm, der ist im Malleus Maleficarum ausführlich dargelegt. Wahrscheinlich wird schlagartig seine Milch sauer im Kühlschrank, oder den Beischlaf kann er nie mehr praktizieren.

»Oiso – hams uns auch weggesperrt, da unten? An Gspaß gemacht?« Falsche Ansage. Nach Spaß sieht sie definitiv nicht aus – aber vielleicht geht sie dazu gerade in den Keller. Sie lässt den Spalt noch offen.

»Schauens, des is so eine Sache mit der …« Rums! Die Tür ist zu. Zum Narrischwerden mit der Alten. Wenigstens konnte er sie locken. Morgen würde er wieder vorbeischauen. Der kleine Prinz zähmt den Fuchs. Obwohl er, nomen est omen, bei der Fuchszähmung Schwächen offenbart.

Die Wiesner und den Wenzel verbindet außer dem W eigentlich nichts. Nicht einmal eine gemeinsame Abneigung. Die Wiesner vermutet, dass sie dem Staatsanwalt wurscht ist, wie eine überfahrene Kröte auf der A8. Wie sie ihn auf der Stiege gewahr wird, grübelt sie, ob sie ihn überholen und ihm ein lässiges »Grüß Gott« zuwerfen sollte. Natürlich trägt sie das Stigma, zu Sandners Team zu gehören. Ein Schandmal. Die beiden werden in diesem Leben nicht mehr zusammenfinden. Eigentlich war sie zweite Wahl gewesen, als die Stelle bei der K11 neu besetzt wurde. Nachrücker.

Der ursprünglich Auserwählte ist kurzfristig aus dem Polizeidienst ausgeschieden. Gerade nach fünf Tagen Kripo. Er hat auf der B31 einen Mann niedergeschossen, der das Pech gehabt hatte, eine Katze zu überfahren. Obwohl der Polizist schon als tierlieb galt, war das dem Zufall geschuldet. Blöde Geschichte.

Nachts, halb zwölf ist es gewesen, und der Polizist hat angehalten, weil da ein Auto gestanden ist am Straßenrand.

Der Fahrer hat sich über etwas gebeugt. Wie der Beamte näher gekommen ist, hat er gesehen, es war eine Katz, mehr tot als lebendig. Nix mehr zu machen. Ein letzter Funken ihrer neun Leben war noch am Glimmen im zerstoßenen Leib. Erbarmt hat ihn das arme Viech. Selbst Haustierbesitzer, hat er die folgenschwere Entscheidung getroffen, das Tier mittels Dienstwaffe zu erlösen. Die Kugel hat das Tier wie geplant durchschlagen, final, sofortiger Exitus. Als der Meisterschütze das Schießeisen wieder verwahrt und sich umgedreht hat, ist er selbst blutleer geworden: Den Verursacher des Malheurs hat es ebenfalls hingestreckt, vor seinem Mercedes. Steckschuss im Schädel. Leider hat der nur ein Leben gehabt.

Die Rekonstruktion war eindeutig gewesen. Katze, Straßenbelag, metallene Straßenbegrenzung, Hirn.

Nicht mal nach den Statuten von PETA würde das als höhere Gerechtigkeit durchgehen. Schicksal eben. Du steckst halt nicht drin in so einer Kugel, meistens ist es umgekehrt. Nach diesem Querschläger mit 9 mm Vollmantel könntest du dich getrost zur Snooker WM anmelden.

Der verhinderte Samariter ist heute Angestellter eines Wachdienstes. Das Führungszeugnis ist blütenweiß.

Inzwischen glaubt die Wiesner längst bewiesen zu haben, dass der Begriff zweite Wahl auf sie nie gepasst hat. Und sie wird es weiter beweisen. Den Mannsbildern hierherin samt und sonders.

Der Staatsanwalt ist stehen geblieben. Jetzt bückt er sich und wischt mit der Hand über einen seiner Hochglanzschuhe.

»Grüß Gott, Herr Wenzel.«

»Ach, die Frau Kommissarin Wiesner. Da kann ich's mir gleich sparen, zu Ihnen zu kommen.« Warum spart er sich nicht auch dieses Gespräch?

»Ich habe gerade vom Herrn Bischoff erfahren, dass der Herr Auerhammer noch einmal zu Ihnen kommt. Es geht wohl um Formalitäten, Vernehmungsprotokoll, Unterschriften, Bestätigungen, weiß der Teufel. Wie auch immer, ich fände es höchst angemessen, nein, ich fordere Sie auf, sich bei dem Mann für Ihren gestrigen Auftritt angemessen zu entschuldigen.«

Schlag sechs steht der Sandner auf dem Parkplatz vor dem Präsidium. Besser gesagt, er flippert umher. Immer wieder schaut er auf die Uhr. Pünktlichkeit ist eine Zier. Der Sandner als Großwildjäger. Und die Beute heißt Auerhammer. Ob die Falle zuschnappen wird und er ihm das Fell abziehen kann, steht in den Sternen. Falle ist sowieso ein großes Wort, eher wird er ihm ein Steinchen in den Weg kullern, über das er stolpern könnte, wenn er die Augen grad woanders hat. Und wenn das Gefühl der Wiesner keine Luftnummer ist. Mit zweimal »wenn« würdest du beim Pokern nix zerreißen.

Als endlich ein silberner Neunelfer angeschossen kommt, schlägt ihm das Herz höher. Jeans, Nappalederjacke und stämmige Figur, das muss er sein, der Auerhammer. Der Sandner achtet darauf, ein paar Schritte vor ihm Richtung Eingang zu kommen. Plötzlich nähert sich ihm von der Seite ein Mann. Einen schwarzen Ledermantel hat er an und einen Schlapphut. Das Gesicht beinahe nicht zu erkennen. Der Sandner weiter voraus, der Auerhammer dicht hinter ihm.

»Sie sind doch Hauptkommissar Sandner?«, wendet sich der Hutträger ihm zu. »Kommissar Ecici, Kripo Berlin. Wir haben Neuigkeiten von der vermissten Janine Fetzner.«

Der Sandner geht ruhig weiter. Schaut dabei den Sprecher an. Noch fünf Meter zum Eingang.

»Wir haben sie aufgegriffen. Sie hat interessante Angaben zur Vaterschaft ihres Sohnes, da werden Sie kieken, ick …«

»Nicht hier auf dem Parkplatz, Herr Kollege. In einer Stunde im Büro, bei mir. Trinkens derweil einen Kaffee.«

Lässig klingt das, nebensächlich, trotz übertriebener Lautstärke. Nur noch durch die Tür.

Sandner schreitet aus, der Lederne hat offenbar ein anderes Ziel. Hinter ihm kommt niemand. Der Auerhammer muss stehen geblieben sein. Oben durchs Fenster beobachtet der atemlose Hauptkommissar, wie der sich eine Zigarette anzündet. Frankfurt war ausgemacht gewesen, nicht Berlin. Und der Miran hat ausgesehen, wie von der Gestapo, der Hirsch. Dass der so übertreiben musst? Hoffentlich kann er den Mantel zurückbringen, bevor der Besitzer ihn holen will. Wer trägt denn so etwas? Der Sandner hat einen Fluch auf den Lippen. Die Geschichte ist billig genug, eine Schmierenkomödie. Faschingstreiben.

Der Auerhammer frisst das nur, wenn er nicht auf die Idee kommt, dass die Polizei Spielchen treiben könnte. Darauf kommt es an. Der Mensch gibt sich manchmal der Täuschung hin, weil er sich die Wahrheit gar nicht vorstellen kann. Hanebüchen mag es sein, aber kriminelle Phantasie brauchst du, dass du dir ausmalen kannst, ein Münchner Hauptkommissar lädt dich ins Theater ein.

Oben im Büro trifft der Sandner auf eine grimmig dreinblickende Mitstreiterin. Allein sitzt sie an seinem Schreibtisch und fixiert ihn. Der Sandner beachtet sie nicht. Unruhig steht er in der Tür, ein flehmender Hengst.

Wenn er nicht einfach umdreht, der Auerhammer. Dann wär er so schlau wie vorher.

»Der Wenzel will, dass ich mich beim Auerhammer förmlich entschuldig«, kommt es von seinem Tisch.

Der Sandner zuckt die Schultern.

»Ja mei. Dann entschuldigst dich halt, wenn du magst. Aber erst red ich mit ihm.«

»Wenn i mag? Hörst du mir überhaupt zu?«

»Grad ned. Sandra, bittschön, halt jetzt die Bapn.«

Lautes Zeitungsrascheln bekommt er als Antwort. Dazwischen ein gezischtes Wort, das er nicht versteht. Etwas Kurzes mit P am Ende.

Kruzifix, er kommt nicht! Zehn Minuten, seit er geparkt hat.

Hat er seinen Anwalt verständigt? Andererseits bedeutet das, es hat ihn am Schlafittchen. Elf Minuten. Der Sandner muss etwas tun, sonst wird er einen Schrei lassen oder der Wiesner die Zeitung zerfetzen.

»Gib mir gschwind die Nummer vom Auerhammer, Sandra. Ich will fragen, wo er bleibt.«

»Nicht nötig.«

Der Wenzel. Als tät er im Tarnmäntelchen durch die Gänge huschen. Nie siehst du ihn kommen.

»Den Herrn Auerhammer hab ich grad in Empfang genommen, er wartet zwei Türen weiter. Da sind wir ungestört.«

»Wir?«

»Nach dem letzten missglückten Auftritt Ihrer Mitarbeiter halte ich es für besser, wenn ich ...«

»Oiso gemma.«

Der Sandner sieht, wie der Wenzel der Wiesner einen vielsagenden Blick zuwirft. Er zwinkert ihr zu und grinst kurz. Verwirrung stiften lernt er so allmählich.

Der Sandner merkt gleich, dass er ihn ausnehmen und zubereiten kann. Fangfrisch. Aber so ein Hecht wie der Auerhammer ist ein wehrhafter Fisch. Noch zappelt er.

»Machens den Rekorder bittschön aus«, begrüßt er sie.

Der Sandner hat ihn grad eingeschaltet.

»Dann hol ich eine Schreibkraft«, sagt er, »mein Gedächtnis ist grad einmal durchschnittlich. Überhaupt, grias Eana, Herr Auerhammer, Hauptkommissar Sandner.«

Es folgt die geleierte Belehrungsformel, polizeilicher Rosenkranz.

Der Auerhammer nickt.

»Was der Hauptkommissar meint«, sagt der Wenzel und deutet auf den Rekorder, »ist ...«

»Und ich red mit ihm allein«, fährt ihm der Bauunternehmer über den Mund.

»Karl! Herr Auerhammer, es ist besser ...«

»Ich weiß scho, was für mich besser ist.«

Der Wenzel reißt die Arme nach oben, gibt den Schnürlhanswurscht. Dann schließt sich die Tür hinter ihm.

Von einem Baulöwen hat der Auerhammer gerade nichts. Das kennt der Sandner, dass es Momente gibt, in denen die Autorität, die Rollen und Masken verschwinden, als würd jemand aus der Rüstung geschält. Vor dir kauert der blanke, nackerte Mensch. Meist sind es tragische Momente, immer haben sie mit Schuld zu tun.

Der Mann vor ihm schaut zur Zimmerdecke. Er schwitzt. Seine Hände hat er zu Fäusten geballt, der Kehlkopf hüpft auf und ab wie ein Springfrosch.

»Wissens«, sagt er nach oben, als würd er zur höheren Macht sprechen, »des hab ich schon gewusst, dass der Tag kommt, wo des rauskommt.«

Der Sandner schweigt.

Auerhammers Blick richtet sich auf ihn.

»Ja, der Kevin is meiner.«

Nicken vom Sandner.

»Ich bin ... ich hab, Sie dürfen ned von mir denken, dass ich allerweil umanand bin und die jungen Madln zammschuster.«

Jetzt schaut der Sandner zur Decke. Das Warum ist für ihn nicht relevant. Der Auerhammer wird es ihm erzählen, weil er sich rechtfertigen muss, weil er nicht würdelos sein will. Irgendeine Mischung aus spontanem, unerklärlichem Trieb und lockender Lolita wird es halt sein. Das hätt einem jeden passieren können, würd er als Resümee verkaufen wollen. Den Sandner interessiert das Danach. Aber er muss ihn erzählen lassen. Auch wenn er bei der Sanne ist mit seinen Gedanken.

»Des ist bei einer Weihnachtsfeier im Heim gewesen. Lustig war's, ich bin hin, wie ...«

Der Sandner nickt wieder, diesmal aufmunternd.

»Hams mir ein Glas Wasser?«, bittet der Auerhammer.

»Freilich.«

Der Sandner steht auf und geht hinüber zu seinem Büro, in dem die Wiesner immer noch sitzt. Sie blättert in der SZ, schaut nicht auf. Der Auerhammer wird ihm nicht weglaufen. Nach Dummheiten schaut er nicht aus.

Der Hauptkommissar nimmt sich eine Wasserflasche und zwei Gläser.

»Mit deinem Gefühl könntest im Varieté auftreten«, bemerkt er im Rausgehen, »des wär immer ausverkauft.«

Nachdem der Auerhammer getrunken hat, redet er weiter. Glühwein hätte er an jenem besagten Abend ordentlich getankt. Eigentlich hätte er nicht mehr selber fahren sollen, aber er hätte den Neunelfer da nicht stehen lassen wollen. Und da wär sie draußen gelehnt, die Janine, an seinem Wagen.

»Und ich weiß nimmer warum, ich habs halt gefragt, ob sie mal mitfahren möchte. Einfach so. Bin ich noch gar nicht auf irgendwelche Gedanken gekommen.«

Freilich bist du das, denkt der Sandner. Er ist ein geduldiger Mensch bei einem Verhör, aber wie ihm der Auerhammer erzählt, das Madl hätte ja genau gewusst, was es wollte, und Pipapo, reicht es ihm.

»Und wie hams das eingefädelt hinterher? Wie hams denn erfahren, dass sie schwanger ist?«

Der Auerhammer legt sich eine Antwort zurecht. Er holt Luft.

»Und warum hams ned wenigstens ein Präservativ benutzt, zefix?«, schiebt der Polizist unwirsch nach.

»Einen Gummi? Ich hab halt keinen dabeigehabt. Wissens, ich bin zwanzig Jahre verheiratet. Wir haben keine Kinder. Meine Frau hat immer gemeint, ich soll mich untersuchen lassen, aber ich wollt ned. So weit kommt's noch. Dann ist es eben so, hab ich mir gedacht, hat nicht sollen sein. Ja, Scheißadeckl!«

»Und Aids?«

»A geh, so a Madl.«

»Ich hab an Sie gedacht.«

Der Auerhammer haut auf den Tisch. »Jetzt tätens mir noch die Seuche anhängen!«

»Gar nix häng ich Ihnen an, hauens ned so herum da herin. Schnaufens durch.«

Der Auerhammer reibt sich die Augen. »Erfahren hab ich's von der Janine.«

»Sie ham sie noch mal getroffen?«

»Ja.«

»Wie oft?«

»Höchstens zwei- oder dreimal.«

»Und dann?«

»Der Dennis hat grad sein Praktikum in den Sand gesetzt bei uns. Und ich hab eine Lösung gebraucht. Also hab ich mich mit ihnen getroffen, und sie waren einverstanden. Beide haben die Schnauze voll gehabt vom Heim.«

»Was hat die Janine davon gehabt?«

»Sie wollte das Kind unbedingt behalten und hat gedacht, die Giese sorgt dafür, dass sie es weggeben muss. Sie hat auch eine Lösung gebraucht.«

»Wolltens keine Abtreibung?«

Der Auerhammer schüttelt bloß den Kopf.

»Und die Lösung war England und die Fendts?«

»Den Rest wissens ja oder können es sich denken.«

Die Janine hat den Dennis als Vater angegeben. Das Jugendamt hat sie als Pflegekind zu den Fendts gegeben.

»Die Frau Giese und die Fendts ham Bescheid gewusst, oder? Ohne die wär's doch ned möglich gewesen.«

»Niemand hat etwas gewusst!«, widerspricht der Baulöwe.

»Sie ham doch jemanden gebraucht, der ein Aug drauf hat, dass die Janine ned umfällt«, poltert der Sandner los.

»Die ham nix gewusst«, wiederholt sein Gegenüber stoisch.

»Und das Jugendamt hat mitgetan?«

Mit der Frage erntet der Sandner bloß ein Achselzucken.

Ihm klappt es den Mund auf.

»Wenn ich Ihnen des glaub, ham Sie doch in ständiger Angst leben müssen, dass es aufkommt, dass jemand redet, von den beiden.«

»Damit hab ich mich ned beschäftigt. Wenn es ein Problem gibt, brauch ich eine Lösung. Ich hab mir so eine Geschichte ned erlauben können. Da schüttelt dir ja niemand mehr die Hand. Da ging's um aktuelle Projekte, Ausschreibungen, eine Menge Geld und Arbeitsplätze. Ich hab ja Verantwortung. Ich hab glei handeln müssen.«

»Und hams jetzt wieder gehandelt? Wollt der Dennis nimmer mittun?«

»Ich bring doch niemanden um! Ich schau immer, was der nächste Tag bringt. Wenn was ned hinhaut, dann kommt was Neues. Aber gwies kein Mord.«

»Das soll ich jetzt glauben?«

Der Sandner weiß, dass der Auerhammer den ganzen Samstag Abend zu Hause gewesen sein will, gearbeitet. Und seine Frau hätte geschlafen. Die hätte auch ein Motiv. Wenn sie es denn gewusst hätte.

»Immerhin, mit dem Verschwinden von der Janine hams nix zu tun.«

»Wie meinens des? Die is doch abgehauen. Die ist doch jetzt in Berlin. Und wieso ich?«

»Herr Auerhammer, warum haben Sie mir des heut erzählt?«

»Sie hätten's doch eh erfahren von Ihrem Kollegen aus Berlin.«

»Berlin? Ach, Sie ham mitgekriegt, wie der mich angesprochen hat? Des war kein Polizist. Glaubens im Ernst, der dürft nach München fliegen? Wo jeder Cent umgedreht wird? Da hätten wir höchstens ein Fax bekommen. Des wird ein Journalist gewesen sein. Die lassen sich immer was Neues einfallen.«

Der Auerhammer schaut ihn fassungslos an, während er munter weitererzählt.

»Vor einem Monat wollt sich einer in die Rechtsmedizin einschleichen, als angeblicher Bruder eines Mordopfers. Eine Minikamera hat er am Revers gehabt, wie der James Bond. Stellen Sie sich …«

»Sie sand a Hund, Sandner«, unterbricht ihn sein Gegenüber.

Der Polizist stoppt seinen Monolog. Nichts Triumphales hat der Blick, den er dem Baulöwen zuwirft. Konzentriert ist er. »Beschreibens noch einmal genau, wie Sie das mit der Vaterschaft initiiert haben«, sagt er.

»Ja, mein Gott!«, bekommt er zur Antwort.

Eine halbe Stunde später kann der Auerhammer nach Hause gehen. Es sieht so aus, als hätt er das selber hinauszögern wollen. Langsam erhebt er sich, schwerfällig, dunkle Schweißflecke auf dem Hemd. Er ist bei seiner Version geblieben, alles allein eingefädelt zu haben.

Der Sandner glaubt ihm nicht. Und die Absolution hat er nicht erteilt. Er ist für das Begreifen zuständig. Manchmal schaudert ihn, was er alles verstehen soll. Er kommt nicht aus. Als würde er in handwarmer Scheiße baden, Tag für Tag.

»Wo würden Sie eigentlich eine Leiche verstecken?«, fragt er, als der Bauunternehmer schon halb zur Tür draußen ist.

»Was?« Er dreht sich um. »Eine Leiche? Welche Leiche?«

»Die Janine«, sagt der Sandner kalt. »Jemand könnt ein Interesse haben, dass niemand den Mund aufmacht. Kennen Sie so jemanden?«

»Nein«, sagt der Auerhammer, seine Stimme vibriert. »Aber verräumen würde ich eine Leich unter Beton, in einem Fundament, wenn Sie es genau wissen wollen. Sicher wäre das, das können Sie mir glauben.«

Es geht nichts über erprobte Erkenntnisse der Altvorderen. Darauf kannst du allzeit bauen.

»Aber warum sollte jemand das arme Madl umbringen?«, will er wissen, »des is doch kompletter Wahnsinn!«

»Wahnsinn, finden Sie? Kann schon sein. Na, außer Ihnen hat eh niemand die Wahrheit gewusst.«

Ob er ihn verstört hat, weiß der Sandner nicht.

Auerhammers Blick kann er nicht deuten. Grimmig sieht er aus, entschlossen. Die Entschlossenheit braucht er, sein Gang ist nicht leicht.

Mitleid hat der Sandner nicht. Das hebt er sich für Opfer auf.

»Da hätt ich doch die eine oder andere Frage«, sagt der Kare, als sie sich im Büro versammelt haben.

»Nur zu«, meint der Sandner, »sagt, was ihr denkt.«

»Der Auerhammer hat mir geflüstert, seine Frau könnt keine Kinder kriegen. Sie hat dabei ausgesehen wie der Ätna höchstselbst. Gebrodelt hat es in ihr, aber ausgebrochen ist sie nicht. Kein Protest von ihr. Könnte bedeuten, sie hat gewusst, dass er einen kleinen Kevin hat. Und ihre Stiftung, ihr guter Name wär Geschichte, wenn das rauskommt. Ein Motiv?«

»Ohne die Giese hätte der Auerhammer das nie alleine durchziehen können«, merkt die Wiesner an, »das glaub ich nie und nimmer. Und sie und das Heim wären fällig gewesen, wenn der Bursch geplaudert hätte. Motiv Nummer zwei.«

»Bleiben die Fendts, die ham das bestimmt gewusst. Verbandelt mit dem Auerhammer, der Stiftung und loyal. Wie weit geht die Loyalität?«, meint der Hartinger.

»Wär noch die Janine. Wohin ist die entschwunden? Da hab ich gar kein gutes Gefühl. Die Fendts, die Giese und die Frau Auerhammer laden wir uns morgen vor«, schließt der Sandner. »Ab halb zehn. Um spätestens acht seid's bittschön alle hier. Ein paar Leut kommen dazu, die verständig ich noch.«

»Fallanalyse?«, will der Kare wissen.

»Könnt man so sagen. Lasst euch überraschen.« Der Sandner bleibt kryptisch. Er wünscht sich, er könnte den Enthusiasmus seiner Mitarbeiter teilen.

Die Köpfe reden sie sich heiß, über mögliche Verdächtige und Verstrickungen, während es hinter seiner Stirn zu pochen anfängt. Ganz langsam, beinahe unmerklich, hat der Schmerz eingesetzt, als der Auerhammer noch am Haken hing. An Verletzungsfolgen glaubt der Polizist nicht. Den Kopf hat er sich buchstäblich zerbrochen über die Geschichte. Aus dem Schreibtischschub holt er sich zwei Aspirin und spült sie mit Kaffee hinunter. Er wirft einen Blick aus dem Fenster. In knapp zwei Stunden soll er den Lucky treffen.

»Servus mitanand«, sagt er und steht auf.

Drei Augenpaare folgen ihm, wie er gemächlich aus dem Büro hatscht. Verdattert ist das Trio, bezüglich seines spontanen Aufbruchs. Da hat es die Zeit wieder eilig gehabt. Der Sandner scheint pro Tag um ein Jahr zu altern. Wenn es in dem Tempo weiterginge, könnte er zum Monatsende in Pension, zuzüglich Schwerbehindertenausweis.

Die U-Bahn vom Heimeranplatz nimmt er, um zum Hauptbahnhof zu kommen. Nach Giesing muss er dort umsteigen.

Allenthalben leere Gesichter um ihn herum. Im Gedrängel schieben sich die Leut automatisiert voran, couchreife Afterwork-Zombies. Ausgelaugt und -gelutscht kommen sie daher. Fahl, blutleer, in stickigen Büroetagen permanent zur Ader gelassen, bis zum Ausstempeln. Firma Schröpfschnepper & Söhne.

Genauso sehen sie mich, denkt er. Nur mit einer depperten Wollmütze dazu. Sein Sahnehäubchen. Praktizierender Individualist oder Narrenkappenträger? Die richtige Antwort befriedigt ihn keineswegs. Der nächtliche Hormonzuwachs scheint sich im marginalen Bereich bewegt zu haben. Allerhöchstens für durchblutete Bäckchen beim Morgenkaffee hat er gesorgt. Die Sonne im Herzen ist untergegangen. Bewölkt, sagt der Wetterbericht für morgen voraus.

Um den depressiven Habitus auf die Spitze zu treiben, versucht der Sandner, zu Hause die Sanne zu erreichen. Diesmal spricht er auf den Anrufbeantworter.

»Ich hab mir einen Dackel zulegen müssen, zwecks Vereinsamung.«

Bei ihrem letzten Besuch in München hat sich die Sanne über Dackelbesitzer echauffiert. Wie die Kinder täten sie ihre Viecher verhätscheln. Stattdessen sollten sie sich lieber für echte Kinder engagieren, ehrenamtlich.

Der Sandner hat gemeint, dass seines Wissens, statistisch gesehen, Übergewicht bei Zwergerln aktuell ein Problem wäre. Das fehlte gerade, eine exzessive Tortenmast. Die Konditorzunft tät es freuen.

Und da die Sanne nicht aufhören konnte, darauf herumzuhacken, wie die Krähe auf die halbtote Feldmaus, hat er ihr Rassismus vorgeworfen. Dackelfeindlichkeit. Ausrutschen tät sie auf ihrem sahnigen Klischee. Ausgrenzen tät sie die Zamperl-Liebhaber, ächten als unsoziale Schmarotzer. Dabei gäb's das ja ab und an, dass die Leute die Exkremente ihres drolligen Lieblings vom Grün klaubten auf den Spielplätzen. Wenn das Viecherl nicht gerade Durchfall von der Trauben-Nuss-Schokolade hätte. Das wär ein selbstloses Engagement.

Der Sandner weiß, dass die Mutter von Sannes Wiener Würstel einen Rauhaarrüden ihr Eigen nennt. Der Rundumschlag seiner Tochter ist Tribut an das mitunter spannungsgeladene Verhältnis zur Froschmama gewesen. Ihm hätte sie das zuletzt eingestanden. Da hätte er zuerst die flötende Jungamphibie akzeptieren müssen.

Kaum hat er aufgelegt, ärgert sich der Sandner über seinen Spruch. Angenommen, der Frosch hörte den Text, er hielte ihn für einen überbesorgten Klammeraffen. Vaterklette.

Die Sanne ist kein Kind. Aber je mehr er in die Geschichte vom Dennis, dem Auerhammer und der Janine eintaucht, desto präsenter wird seine Tochter im Hirnstüberl. Sitzt drin und mag nicht mehr vor die Tür. Eine erwachsene Frau kann er da beileibe nicht sehen. Der Zweifel nagt an ihm, ob sich die Fetzner Janine aus eigenem Antrieb auf und davon gemacht hat. Der Boandlkramer schwingt die Sense selbst bei jungen Madln unbeirrt. Da macht sich der Sandner nix vor.

Kaum ist er unter der Dusche, läutet es bei ihm an. Fluchend, pitschnass, das Handtuch um die Hüften geschlungen, hetzt er zum Telefon.

»Freddy Domescy hier, wegen der Sanne.«

»Was ist mit ihr?!«, schreit der Sandner in den Hörer.

»Äh, nix«, kommt die verdatterte Antwort. »Ich hab geglaubt, sie hat es gesagt, dass sie die Woche über nicht da ist.«

»Wo ist sie?«, hyperventiliert ihr Vater.

»Auf einem Retreat, Kärnten, zwei Wochen. Ohne Handy. Das hat sie doch bestimmt gesagt.«

»Retreat? Nix hat sie gesagt. Was ist des? Ist des von einer Sekte?«

»Mach dir keine Sorgen. Das ist was Buddhistisches. Harmlos, nur eben Abgeschiedenheit. Sie hat sich zurückgezogen, zu sich selbst will sie finden. Innere Reinigung.«

»Innere Reinigung? Versteh … Ist sonst alles in Ordnung?«

»Schon. Eine schlimme Erkältung hab ich. Das ist ziemlich blöd wegen der Luft und …«

»Ja, blöd. Wann kann man denn die Sanne wieder erreichen?«

»Nächste Woche. Ich sag ihr, sie soll gleich bei dir durchläuten.«

»Ja, mach des. Gute Besserung, und Gruß an die Frau Mama. Servus.«

»Die Mama? Ja äh, tschau und …«

Der Sandner hat aufgelegt. Zu sich selbst finden? Innere Reinigung? Ein neunzehnjähriges Madl? Wahrscheinlich braucht sie Ruhe vom kranken Frosch. Kaum hat der einen Schnupfen, gibt er ein Drama nach Euripides zum Besten. Wenn er so herumzicken tät, käm er aus der Klinik nicht mehr heraus. Vielleicht liegt es daran, dass der Sandner kein Publikum hat für das Zelebrieren von Leid. Selbst die Apfelmaid hat jede Rücksicht fahren lassen. Der Sandner geht zurück ins Bad und wäscht sich mit einem Waschlappen behutsam die Haare. Wenigstens einer, der sich ordnungsgemäß um ihn kümmert.

Nachdem er sich angezogen hat, pirscht er im Haus umher. Treppauf, zum Lehrer. Er ist nicht darauf gefasst, dass der Lechner gleich nach dem Läuten die Tür aufreißt. Als hätt er am Guckloch gelauert, wie die Katz vorm Mausloch.

»Gut, dass ich Sie einmal erwisch, Herr Lechner«, sagt der Polizist.

»Herr Sandner. Wieso erwisch?«

»Wissens, Herr Lechner, Sie hätten mir schon einen Bocksbeutel hinstellen können. Als ›tut mir leid‹. Mit Pralinees könnens mich jagen.«

»Ich hab keine Ahnung, was Sie daherreden, Herr Sandner.«

»Ich sag Ihnen was: Morgen früh ist Schluss mit lustig. Da wird der Lehnharter erfahren, wer ihn da herin malträtiert.«

»Herr Sandner, ich weiß nicht …«

»Herr Lechner, aber ich weiß. Und Sie ham mir des Kraut ausgschütt, verstehens? Ich wünsch Ihnen einen ruhigen Schlaf, und morgen heißt es rien ne va plus. Jetzt muss ich weg, wiederschaun.«

»Erklärens mir, was das soll?« Den Lehrerton hat er angeschlagen.

Der Sandner hat sich schon umgedreht und stapft wortlos die Stiegen hinunter. Treppab zur Hex. Bei der Imhofer kratzt es an der Tür, aber sie bleibt zu. Das lässt den Sandner kalt. Zähmung fällt aus, Schonzeit ist um.

Schwabing, zwanzig Uhr zwanzig. Frisch entkorkter Abend. Dekantiert muss er noch werden, bevor er sich entfalten kann.

Der Sandner ist ein paar Minuten zu früh dran, weil er ein Heimspiel haben will. Die Gedanken fein säuberlich sortiert, das Ambiente abgehakt. Er ist froh, das Lokal unverändert vorzufinden. Nichts zu spüren vom hyperaktiven Gehabe protziger In-Schuppen. Der narzisstischen Darbietung des durchgestylten Bedienungspersonals kannst du dort allenfalls mit dem Selbstbewusstsein eines bengalischen Tigers begegnen. Keine zwanzig Jahre jünger möchte der Sandner sein. Dem uniformen Habitus könnte er höchstens betrunken entgegentreten. Inmitten all der Jugendlichen und nach Jugendlichkeit trachtenden Gäste sucht er sich einen freien Bistrotisch. Im Eck, wackeliger Holzstuhl, freie Sicht auf den Eingang. Auf grau gesprenkelter Marmorplatte liegt eine mutig designte Karte. Spareribs, Burger, Spaghetti, Sandwiches, innovativ wie ein Ikeamöbel-Bauplan. Essen mit Inbusschlüssel. Der Sandner bestellt sich einen Merlot und sieht sich um.

Prompt wird der Wein serviert. Sympathisch rundgesichtige Kellnerin mit ruhiger Ausstrahlung.

Dem Sandner wird es wärmer. Nach den ersten Schlucken entspannt er sich. Heimisch war er hier einmal, durchwachte Nächte haben ihren Anfang genommen. Grad wollen Bilder und Erinnerungen von ihm Besitz ergreifen, da sieht er den Lucky zur Tür hereinkommen. Wie eh und je. Sein Gewerbe scheint ihn jung zu halten. Ein dürrer Lackel war er schon immer. Die Haar trägt er modisch kurz, ganz in Schwarz gewandet mit Rollkragenpulli und enger Hose.

Souverän schreitet er durch das Lokal, ein Strahlen im Gesicht, wie er den Sandner ausmacht. Der Lucky ist beileibe kein Gangsterboss der höchsten Kategorie. Nicht Champions-League, aber zumindest Bundesliganiveau.

Hinter ihm kommt ein bulliger Mensch herein, der zielstrebig zur Theke durchgeht. Rasierter Schädel, Armeehose, Rambo für Arme.

»Mensch, Jocky, schön, dich zu sehen.« Der Lucky grinst auf ihn herunter, bevor er sich umständlich setzt. Die langen Beine streckt er aus und seufzt. »Da herin, weißt es noch?«

Der Sandner sieht die vielen kleinen Fältchen im Gesicht des anderen. Wie der Mick Jagger, geht es ihm durch den

Kopf. Nur dass der Lucky nicht singt, sondern die Leut ausquetscht wie Saftorangen.

»Rest in peace«, sagt er bezüglich der Vergangenheit.

»Da hast recht.«

»Oiso, ich hab ned lang Zeit, es ist scho spät.«

»Findst? Gehst du um neun ins Bett? Früher hat dich des ned interessiert, wie spät es ist.«

»Früher war früher.«

»Gut schaust ned gerade aus, des muss ich dir sagen. Du solltest den Planters Punch probieren, die ham einen neuen Barkeeper, der macht den phantastisch.«

»Lucky, ich bin ned zum Saufen daherin. Weswegen wolltest du mich sprechen?« Der Sandner nippt vom Merlot.

»Na schön.« Sein Ex-Spezl senkt die Stimme. »Ihr seids doch mit dem toten Holländer beschäftigt?«

»Auch – und?«

»Und da gibt's ja no den Bursch vom Friedhof.«

»Was weißt du drüber?«

»Was die Schmierblattln halt so schreiben.«

»Is des alles?«

»Bleibt des unter uns?«

»Ned wenn du eine Straftat begangen hast.«

»Eine Straftat? Na komm. Des is immer relativ. Vielleicht hat ein Bekannter jemandem das Leben gerettet.«

»Eine Samaritergeschichte. Is jetzt Märchenstunde?«

»Oiso?«

»Fang scho an.«

»Gestern Nachmittag kommen doch zwei Burschen zu einem Bekannten von mir und wollen ihm etwas verkaufen. Eine wilde Geschicht erzählen sie von einem Unfall im Hotel und großen Problemen.«

»Dein Bekannter … der hat sie ned beauftragt?«

»Ah geh, wo denkst du hin. Der lässt keine harmlosen Leut mit einem Bügeleisen verbrutzeln. Ned sein Stil.«

»Wieso kommen sie ausgerechnet zu deinem Bekannten?«

»Sie wissen natürlich, dass ihr Auftraggeber ned gut auf sie zu sprechen ist. Der Holländer hat ihnen zwanzigtausend Euro versprochen, er wollt seine Schulden zurückzahlen, bis Dienstag. Und dann gab's das kleine Malheur. Tja, ihr Auftraggeber hätte jetzt einen Toten an der Backe und dazu das Geld verloren. Wenn sie zu dem hingegangen wären, hätte man sie nie wieder gesehen. Zumindest nicht lebend und vollständig. Sie müssen also weg und ham keine Kohle, also verkaufen sie meinem Bekannten etwas. Und weil er ein netter Mensch ist, zahlt er ihnen zwei Zugtickets und eine Gratifikation.«

»Was hat er gekauft?«

»Du musst wissen, der Schurke in der Gschicht ist der Yuran Ilic, der macht keine Gefangenen. Der ist richtig böse.«

»Und wenn der weg wär vom Fenster, wär's gut für das Gschäft.«

»Er macht es sich schon sehr bequem, das stört viele, weil du mit so einem nicht gepflegt reden kannst. Ein brutaler Prolet halt. Das wär ein Dienst an der Menschheit, wenn der …«

»Was hat dein Bekannter gekauft?«

Der Lucky reicht ihm ein großes Kuvert. Drin sind zwei Handys und Sandners Polizeiausweis. »Tatatata. The Missing Link.«

Der Sandner schiebt das Kuvert ein. »Von wem sind die Handys?«

»Hast du dich ned gefragt, woher die zwei Grobmotoriker gewusst haben, dass der van Leyden grad im Hotelzimmer ist, und dass sie ihre Ruhe haben werden?«

Der Sandner überlegt. Das Madl von der Rezeption? Er nickt dem Lucky zu.

»Bingo! Weißt, für ein paar Hunderter kaufst du fast jeden ein. Das eine Handy ist von dem Burschen. Auf der Mailbox ist ein Anruf von der Trulla und ein Anruf von Ilic nach dem Missgeschick im Hotel. Er fragt, was passiert ist, und tobt wie ein Brüllaff. Dummer Fehler, gar ned gut, wenn man so unbeherrscht ist. Saudumm, eben ein Prolet. Das andere Teil ist vom toten Holländer, was immer da drauf ist. Have fun!« Mit Triumph im Blick schiebt er nach: »Da könntest du schon was mit anfangen, gell?«

»Ich werde es im Präsidium auf den Tisch pfeffern und sagen, ich hab's von meinem alten Freund Lucky.«

»Da tät Freund Lucky schweigen wie ein Grab. Versiegelte Lippen. Tödliche Krankheiten braucht keiner. Da wirst du dem Ilic nicht am Zeug flicken können. Weil, erstens will niemand gern aus der Isar gezogen werden, mit einem Drum Loch im Schädel, und zweitens sind die Burschen wahrscheinlich ab nach Tirana oder Tunis oder irgendwo in der Weltgschicht umanand. Viel Spaß beim Suchen. Da fällt dir gwies was Besseres ein.«

»War's das?«

»Ein kleiner Bonus. Von der Sache mit dem Bub auf dem Friedhof weiß niemand etwas – andere Baustelle.«

Baustelle ist gut, denkt der Sandner. Er deutet auf Rambo. »Der Bursch hat keinen Stil.«

»Deswegen bezahl ich ihn«, kriegt er zur Antwort. »Die Leut mit Stil ham immer was zu verlieren.«

Luckys Hand legt sich auf seinen Arm. Er blickt zum Eingang. Zwei Männer in Schwarz. Sie nähern sich zielstrebig ihrem Tisch.

»Da schau her. Dem Ilic sein Capo.«

»Was will der?«, fragt der Sandner.

Bevor der Lucky ihm antworten kann, stehen die beiden vor ihnen.

»Hallo Lucky.«

»Hallo Dragan.«

Rambo erscheint, wie aus dem Nichts, und baut sich bei ihnen auf, die Arme verschränkt.

»Was wollts?«, will der Lucky wissen. »Setzt euch doch her, trinkts was mit uns.«

Dragan mustert den Sandner, schüttelt den Kopf.
»Der Yuran fragt sich, ob du ein Freund bist. Gut für die Gesundheit, so eine Freundschaft.«
Der Lucky lächelt.
»Freilich. Morgen schick ich ihm Rosen. Er sollte mit mir telefonieren, falls es ein Missverständnis gibt. Deswegen müssts euch nicht die Schuhe kaputt latschen, wie die Grattler. Macht er sich Sorgen?«
»Keine Sorgen, das ist nur präsentiv.«
»Präventiv, du Hirnakrobat«, mischt sich Rambo ein, »lern Deutsch.«
Dragans Augen wollen morden. Seine Blicke ziehen blank. Ein Klischee heißt Klischee, weil Wahrheit dranklebt wie Kaugummi.
»Und du?«, wird der Sandner angeraunzt.
»Ich bin bloß ein kleiner Polizist«, sagt er.
Dem Dragan zucken die Mundwinkel. »Hast du eigenen Komiker, Lucky?«
»Der meint das todernst«, sagt der und nippt vom Drink.
Eine Runde Stirnrunzeln nebst ultimativem Anstieren.
»Meinst, du kannst uns verarschen?«
»Das schafft ihr ganz allein«, giftet der Rambo.
Nach Sandners Geschmack dürfte Luckys Personal mundfauler sein. Die beiden treten den Rückmarsch an. Der Wortführer zeigt am Ausgang mit dem Finger Richtung Rambo und nickt wie ein aggressiver Leguan.
»Ahnt der Ilic was?«, will der Sandner wissen.
»Ah woher«, winkt der Lucky ab, »der haut bloß auf den Sack, weil ihm sein Personal abhanden gekommen ist.«
Der Sandner zuckt die Achseln.
»Wenn du meinst, nicht mein Problem.«
Seinem Spruch zum Trotz ist er alarmiert. Probleme gleichen Stubenfliegen. Immer lästig, mal da, mal dort. Mit Mein und Dein nehmen sie es nicht genau.
Er stemmt sich hoch.

Lucky gibt seinem Knecht einen Wink.

Der macht sich unverzüglich auf nach draußen.

»Zur Sicherheit, bevor du gehst, nur präservativ.«

»Passt scho.« Der Sandner winkt ab.

Auf der Straße ist vom Rambo nichts zu sehen. Was der Sandner hört, beschleunigt ihm den Herzschlag. Probleme. Unverkennbares Geräusch. Patsch, patsch. Akustischer Eindruck: Etwas gerade noch Lebendiges wird ordentlich hergetrommelt. Dem Sandner pressiert es nicht mit der visuellen Bestätigung. Ums Hauseck linst er. Bei einem Müllcontainer wird aufgespielt. Dragan und sein Kumpel schlagen den Takt auf dem hingestreckten Rambo.

Oben an den Fenstern glotzen erste Schaulustige.

»Hey!«, schreit der Sandner.

Die beiden unterbrechen ihren Rhythmus.

»Geht dich nix an«, warnt Dragan, »ist persönlich.«

Der Sandner hebt die Hände und zieht die Mundwinkel in die Höhe. Klassische YourPower-Stellung, auf der ganzen Welt zu Hause, bis zu den Stämmen im Regenwald.

»Okay«, meint er, »lasst es gut sein, Burschen.«

Der Dragan grient und tritt dem Liegenden hinterfotzig in den Wanst.

Der Sandner seufzt. Der Puls rechnet mit Warp-Antrieb. Heldentum ist steinernes Brot. Scheißdreck, Sandner versus Unterwelt, zweite Runde. Schritt für Schritt nähert er sich dem Trio. Heiß wird ihm und der Mund trocken.

Die Schläger schenken ihm nun ungeteilte Aufmerksamkeit.

Der Rambo grunzt, übel lädiert schaut er drein, Blut läuft ihm aus allen sichtbaren Öffnungen.

»Was willst du?«, knurrt sein Peiniger.

Mit heiler Haut davonkommen – für den Anfang.

»Weißt du …«, beginnt der Sandner und ist mit einem Satz bei dessen Kumpan.

Zwischen ihm und Dragan flackt ein menschliches Hindernis. Fünf Sekunden Aufschub.

Der andere will den Shaolin geben, stolpert aber vornüber.

Der Rambo hat nach seinem Knöchel gegrabscht. Braver Bub.

Zweimal stoßen Sandners Fäuste vor, Jochbein und Leber, bevor er vom Dragan eine Sauberne eingeschenkt bekommt. Blitzgeschwind, der Bazi.

Er taumelt zur Seite und plumpst über ausgestreckte Haxen. Metallischer Geschmack im Mund.

Der Schweigsame will sich wieder hochrappeln. Kompliziert, weil der Rambo ihn am Kragen zu fassen kriegt und ins Ohrwaschl beißt.

Ein damisch zappelndes Knäuel, der Sandner mittendrin. Ohne ein Wunder kommt er nicht aus. Hinter ihm die Hauswand – nix zu machen.

»Was denkst du dir hä, alter Sack?«, zischt der Dragan, aufrecht tänzelnd.

Ja, was? Den alten Sack kann er ihm unterschreiben.

Ins Dunkel kommt Bewegung, eine Gestalt schleicht heran. Es scheppert, Scherben fliegen. Den Dragan schmeißt es aufs Pflaster. Sein Spezl reißt sich vom Rambo los. Bevor der Fisimatenten macht, haut ihm der Sandner von hinten, mit ganzer Wut, in die Nieren. Der Kerl japst auf, bevor es ihn zusammenrollt wie einen panischen Igel. Aus ist's! Sakrament!

»Des is jetzt zwar blöd, aber ihrem Cheffe werdens das nicht auf die Nase binden wollen«, kommentiert der Lucky, einen abgebrochenen Flaschenhals in der Hand.

Sie zerren den Rambo hoch.

»Immer ein Gfrett mit dem Personal«, schnauft der Sandner. Er bückt sich und zieht dem Dragan das Handy aus dem Sakko. Scharren und Getuschel von den hinteren Rängen. Klammheimliche Zuschauer. Vorstellung vorbei, Vorhang. Gehens weiter, keine Polizei. Sein Personal hängt dem Lucky in den Armen, als wäre es eine gamsige Schicksn.

»Schleich di endlich«, keucht der.

Der Sandner hastet los, ein Taschentuch auf die Lippen gepresst. Die Zähne sind heil davongekommen. Was kannst du mehr verlangen für eine halbe Minute Remmidemmi.

Zu Hause geht der Sandner gleich zum Kühlschrank. Darin wird er demnächst kampieren können. Eiswürfel lutschend schiebt er einen Sessel bis dicht an die Wohnungstür. Er lässt sich mit einem Glas Wein und seiner Handysammlung darin nieder. Die Lippe blutet nicht mehr. Den Schalter umlegen. Nicht leicht, wenn dir allerweil die Ganovenazubis das Gestell verbiegen wollen. Luckys Geschichte muss sich hinten anstellen.

Warum in aller Welt Verschwörungen immer am Abend ihren Ausgang nehmen, lässt sich rational nicht erklären. Der Schutz der Dunkelheit wäre nur sinnig, sollte man sich am Marienplatz zum Umsturz verabreden wollen. Der dramaturgische Effekt der Nacht ist halt ausschlaggebend. Pure Gewohnheit. Deswegen sitzt der Sandner hinter seiner Tür, wartet und lauscht. Wie das Kuvert zu Boden fällt, ruckt er hoch. Beinahe wäre er weggenickt. Himmelherrgott. Jetzt hört er ein Geräusch vom Gang. Gespannt schaut er durch den Türspion.

Die Frau Rindsbacher schließt hinter sich sorgsam die Tür. Zweimal sperrt sie ab.

Der Sandner trinkt sein Glas Wein aus. Er wird noch warten müssen. Die Stimme von Tom Waits hüllt ihn in rauchige Klänge ein. Underdog-Stories mit pechschwarzem Pathos. Das ist es, was er braucht.

Gleich beginnt die Jagd.

Eine halbe Stunde später ist er unten vor dem Haus und betrachtet gespannt die Fassade. Halb zehn, und die meisten Wohnungen dunkel. Da sind sie vorsichtig und sparsam. Niemand hier lässt das Licht brennen, wenn er die Wohnung verlässt. Vier Fenster sind erleuchtet. Sandner, Lehnharter, Lechner und das Madl aus dem Dachgeschoss. Internetsüchtig, hatte die Rindsbacher über sie das Urteil gefällt. Und gleich die Frage nachgeschoben, ob ihr Kind gut versorgt wäre, wo sich doch ihr Lebensgefährte die meiste Zeit in Kalifornien herumtriebe. Wahrscheinlich wäre es mit ihr schwer zum Auskommen. Nicht verheiratet. Ein IT-Spezialist könnte doch wohl in München zum Schaffen gehen, wenn die Liebe größer wäre.

Unten bei den Briefkästen lurt die Rindsbacher gewöhnlich auf arglose Opfer, denen sie ihre Meinung um die Ohren hauen kann, gleich einem nassen Putzlumpen. Auskommen möcht sie vielleicht, wenn die Stille ihr die Brust zusammendrückt, dass sie nicht mehr schnaufen kann und weil der eigene Mann sie nicht einmal mehr kennt. Mit dem Auskommen hat es auch der Sandner, damit er nicht damisch wird. Meistens hetzt er wortlos die Stiegen hinauf. Eingehüllt vom Wörterschwarm, wie der Honigdieb von kampfeslustigen Bienen. Tür zu und »pfüat di Gott«.

Aktuell stellt er sich die Frage, ob er mit Scheuklappen herumgelaufen ist. Heute Nacht allerdings … Die Ohrwascheln würde er der Bagage langziehen, sodass sie im Hasenstall nicht auffallen täte.

Wie er beim Lechner läutet, passiert erst einmal nichts. Damit hat er gerechnet. Es wird niemand mehr erwartet. Er lässt den Finger stoisch auf dem Klingelknopf. Verstärkend patscht er mit der flachen Hand aufs Holz. Einen Spalt geht die Tür auf. Ein Gesicht erscheint.

»Herr Sandner, was möchten Sie denn um die Zeit?« Unwirsch klingt der Pensionist.

»Erst einmal reinkommen.«

Schrecken löst er aus, nervös fuhrwerken die dürren Ärmchen vom Nachbarn in der Luft herum.

»Nein, nein, das geht nicht.« Er macht Anstalten, die Tür wieder zu schließen.

Der Sandner schiebt einen Fuß in den Spalt.

»Das geht.« Er zieht die Augenbrauen zusammen. »Wenns mich nicht reinlassen, Lechner, lass ich Sie wegsperren wegen Freiheitsberaubung in Tateinheit mit schwerer Körperverletzung«, droht er. »Dann übernachtens in der Ettstraße.«

Die Luft hat er ihm rausgelassen, dem Physiklehrer. Er fällt in sich zusammen. Ratlos, was er tun soll. Ausgespielt.

Der Sandner drängt sich an ihm vorbei in die Wohnung. Besorgtes Tuscheln vom Wohnzimmer her. Im Türrahmen lehnt, mit verschränkten Armen, die Imhofer.

»Ah, da schau her, der Herr Kriminaler, tretens näher«, fordert sie ihn auf. Eine rauchige, tiefe Stimme hat sie, gleich einer alternden Diva. Der Sandner kann sich nicht entsinnen, sie überhaupt schon einmal gehört zu haben. Ihr intensiver Blick durchdringt ihn, prickelt auf der Haut. Hexenaura.

Das Wohnzimmer vom Lechner misst vielleicht fünfzehn Quadratmeter. Gemütliches Interieur, naturbelassene Hölzer. Großversammlung. Mit dem Wohnungseigentümer zählt er neun Verschwörer. Fast die gesamte Hausgemeinschaft.

»Sie haben mir eine Falle gestellt«, empört sich der Lehrer von der Tür aus.

»Ich hab mir halt gedacht, da wird der Lechner sich heut beraten müssen.« Der Sandner ist ein bisschen stolz. Das Gefühl vergeht ihm, wie er in die bockigen Gesichter schaut.

»Ich sag Ihnen, was ich weiß, und Sie ergänzen den Rest, meine Herrschaften.«

Betretenes Schweigen, trotzige Blicke. Krimiatmosphäre. In Schwarz-Weiß. Der Ermittler, zwischen den Verdächtigen umhergehend und Mutmaßungen anstellend. Mit Pfeife im Mund wäre es Nachkriegskino. Der Breitwieser vom ersten Stock, das Ehepaar Albin, die zwei Pauli-Geschwister, beide über siebzig, und das Mädel mit Baby auf dem Arm.

Alle in Schwarz, die verhinderten Assassinen aus der Lohstraße. Die Nacht scheint sie herausgerissen zu haben aus ihrem Dasein. Gestalt hat sie ihnen verliehen, sie verschmolzen zu einem Wesen. Jungbrunnen. Das gemeinsame Ziel hat den Neun Flügel wachsen lassen.

Der Sandner hat vor, sie ihnen gewaltig zu stutzen. Er kennt sie kaum wieder. Durchatmen. Nicht beeindrucken lassen.

»Oiso, Sie, Herr Lechner ham dem Lehnharter den gekragelten Hahn vor die Tür gschmissen. Den hams von Ihrem Bruder aus dem schönen Frankenland geholt. Die Frau Imhofer hat mich mit dem Unglückseligen drunten eingesperrt. Dem Lehnharter seinen Keller habts vorher aufgebrochen, und die Rindsbacher hat Tropfen für ihren Mann abgezweigt und ins Bier neigeschüttet. Beweisen kann ich nix, aber ich glaub, so war es. Wer ihm den Spruch an die Tür geschmiert hat, weiß ich ned, aber getan habts des alles, weil der Lehnharter seine Frau gar so herschindet. Und jetzt seids ihr dran. Was habts ihr noch vorgehabt?«

Der Sandner schaut dem alten Breitwieser ins Gesicht. Tierpräparator war der gewesen. Das hätte noch gefehlt im Programm, dass sie den Lehnharter ausstopfen täten. Schauts her, ein Problemtroll.

An Sannes zehntem Geburtstag ist der Breitwieser mit einem Präsentpackerl angekommen, das Madl hätte beinahe der Schlag getroffen. Ein Wiesel kam zum Vorschein, fein präpariert, mit aufgerissenem Maul, auf einem dürren Ast stehend. Der Sandner hat's im Müll entsorgt und der aufgelösten Sanne erklärt, der Breitwieser hätte es tot im Wald gefunden. Wär halt ein altes Wiesel gewesen. Geheult hat sie zum Steinerweichen. Partout begraben hat sie es wollen. Von Holzwolle hat er besser nichts gesagt darauf. Ganz Eltern, haben Corina und er den Container durchwühlt und sind mit ihr, samt Viech in der Plastiktüte, Richtung Isarauen. Nah beim Osram-Gebäude ist heute das Grab des unbekannten Wiesels zu bestaunen.

Der Breitwieser schaut auf den Boden.

Die Frau Albin hebt schulmäßig die Hand.

»Ich war das, mit dem Spruch«, bekennt sie.

Der Sandner nickt.

»Sie kommen hier hereinspaziert, selbstgefällig sand Sie wohl gar ned?«, schießt ihn die Imhofer an. »Keine Ahnung ham Sie, was daherin los ist, aber sich aufmandeln.«

»Dann erzählts mir gefälligst, was los ist«, blafft er zurück.

Der Breitwieser erhebt sich.

»Auf den Schmarrn hätt ich mich gar ned einlassen sollen«, brummt er. »Ich geh jetzt ins Bett, lasst mir mei Ruh.«

Nah am Sandner vorbei geht er zur Tür, ohne aufzublicken.

»Johann«, mahnt die Imhofer, »der Herr Sandner ist bestimmt ned zum Steine schmeißen dahergekommen. Verstehen will er es, also bleib da.«

Sie wirft ihm einen langen Blick zu und lässt sich mit einer anmutigen Bewegung auf dem Teppich nieder.

Wenn es eine Hex gibt, die ihr Geschäft versteht, dann die Imhoferin. Geglaubt hat er, dass sie den ganzen Tag aus dem Fenster starrt und allenfalls mit ihrer Katz redet. Zum Rezipient hat sie ihn grad degradiert, die hauptkommissarischen Schulterstücke heruntergerissen.

Der Breitwieser bleibt unschlüssig im Türrahmen stehen.

»Dann erklärts es ihm halt, wenn er gar so begriffsstutzig ist«, grummelt er.

»Wissens, des weiß ein jeder hier herin, dass der Lehnharter sauft wie ein Loch«, beginnt die Rindsbacher.

Beifälliges Murmeln vom Nachbarschaftskreis.

»Wurscht ist es, wenn einer sauft, solang er seine Mitmenschen nicht behelligt. Da gibt's größere Sünden. Es ist aber so, dass der Lehnharter angefangen hat, seine Frau zu drangsalieren. Die Irmi könnte ein Lied davon erzählen, was sie jeden Abend hören muss. Dreinschlagen tut er und beschimpft sie, der Dreckhammel, der ausgschamte.«

»Ich hab mit ihr gesprochen«, ergänzt der Lechner. »Die Irmi auch. Und? Versprochen hätte er es ihr, dass es sich ändert. Der reißt bloß das Maul auf, damit die Luft scheppert.«

»Reden hab ich wollen mit dem Lehnharter, von Mann zu Mann«, meldet sich der Breitwieser. »Einen alten Deppen hat er mich geheißen, der nixige Haderlump, und mein Maul sollt ich halten, sonst würd er mich zammfallen lassen.«

»Warum hams mir nix gsagt?«, fragt der Sandner.

»Wir ham uns dann halt amal zammgehockt«, sagt die Imhofer. »Sie ham wir nicht informiert, weil Sie halt bei der Polizei sind. Und was im Haus los ist, kümmert Sie eh ned so, oder?«

Der Sandner sagt nix. Weil es an der Wahrheit kratzt.

»Des geht doch ned, wie der die Frau zammhaut«, empört sich der Herr Albin, »und da ham wir uns gedacht, machen wir ihm a bisserl Angst. Spüren soll er, wie des ist. Begreifen soll er des.«

»Glauben Sie, dass einer wie der Lehnharter etwas begreift, wenns ihm einen Gockel vor die Tür schmeißen?« Der Sandner schüttelt den Kopf. »Und wie hätt des weitergehen sollen?«

»Da wird uns schon etwas einfallen, dass er es kapiert.« Der Lechner hat offenbar neuen Kampfesmut geschöpft.

»Des hat euch doch gefallen, den Lehnharter zu drangsalieren«, stellt der Sandner fest, »Spaß hat des gemacht. Macht habts gehabt, alle Neune. Schauts euch an. Kommts daher, wie die schwarzen Geister. Seids denn ihr die Besseren, wenn ihr einen piesackt? Sofort hört des auf!«

»Des hört erst auf, wenn der Lehnharter aufhört, oder Sie verhaften uns alle«, sagt die Imhofer.

»Bei dem wird's scho no schnackln. So a Hintafotz, a gschtinkata«, knurrt der Breitwieser.

»Wenn i euch garantier, dass er sei Frau in Ruh lässt, hörts ihr auf.« Die Karte wollte der Sandner eigentlich nicht spielen. Die Hose ist herunten. Blanker Arsch. Jeder sieht, dass er keinen Trumpf mehr einstecken hat.

»Des können Sie nie und nimmer garantieren.« Höhnisches Lachen von der Rindsbacher.

»Himmelherrgott, seids doch vernünftig. Glaubts ihr, ich schau da zu?«

»Dann nehmens uns halt gleich mit.« Die Rindsbacher streckt ihm theatralisch die Handgelenke entgegen. »Sie sind doch die Polizei! Gehens nunter und verhaftens ihn halt. Nein? Sehen Sie.«

»Da muss die Frau halt den Mund aufmachen, Herrschaftszeiten!« Sture Leut daherin. Am liebsten tät der Sandner sie über Nacht in Einzelzellen verräumen. Hören wollen sie ja nix.

»Sehens nicht das Dilemma?«, will der pensionierte Physiklehrer von ihm wissen. »Sollen wir zuschauen, bis er sie tothaut?«

»Oiso gut, ich überleg mir was. Etwas Legales! Und ihr hörts in Herrgottsnamen auf mit dem Schmarrn.«

»Is scho recht, Herr Beamter«, sagt die Imhofer und lächelt hintergründig.

»Wollens jetzt ein Glasl Wein?«, fragt der Lechner.

Der Sandner hat sich das anders vorgestellt. Reumütiger hätte er die Gesellschaft gern gehabt.

»Rindsbacherin«, herrscht er die Frau an, »was war im Bier?«

»Entschuldigens, des konnt ich fei ned wissen, dass Sie dem Lehnharter sein Bier saufen.« Ihr Ton ist leicht vorwurfsvoll.

»Was war drin?«

»Des konnt ja niemand ahnen, dass Sie auch drunten waren im Keller«, springt die Imhofer ihre Nachbarin zur Seite. »Seiens doch froh, dass ich des gemerkt hab, sonst ...«

»Und ich konnt ja ned ahnen, dass die hausinterne Verbrecherbagage drunten jemanden einsperren und vergiften will«, tobt der Sandner los, »sonst wär ich natürlich oben geblieben und hätt die Tür verriegelt. Wer glaubts ihr eigentlich, wer ihr seids? Die Giesinger Camorrafiliale?« Zumindest eine Spur Schuldbewusstsein will er destillieren. Nebenbei muss der Ärger an die Luft, platzen könnte er auf der Stelle.

»Na gehens, Herr Sandner, plärrens ned so daherin wie ein Jochgeier«, tadelt ihn die Imhofer. »Der kleine Armin wacht ja auf.« Zum Beweis reckt das Baby kurz die Ärmchen in die Luft, bevor es wieder in unschuldigen Schlummer sinkt.

»Haloperidol«, meint die Rindsbacher im Plauderton, »des soll ich meinem Georg immer geben, wenn i drin bin bei ihm. Ich hab etwas in ein Flascherl abgezweigt.«

»Ja verreck. Sie können doch nicht rumlaufen und Menschen vergiften mit dem Zeugl, wie Sie grad lustig sind.«

»Der Lehnharter ist kein Mensch«, sagt sie, »des is a Viech, und meinen Georg bringt des doch auch ned glei um. Dass Sie des Bier aber auch unbedingt wegsaufen mussten.«

Der Sandner kapituliert. Er zuckt die Schultern, greift sich beidhändig an den Kopf.

»Und dass sich keiner muckst gegen den Lehnharter«, mahnt er noch, bevor er die Wohnung vom Lechner fluchtartig verlässt. Eine leere Drohung erschüttert niemanden.

Zurück in seinem Wohnzimmer, bleibt die Befriedigung aus. Das Wissen liegt ihm schwer im Magen. Als tät die Geschichte erst ins Rollen kommen, und die Bremse bleibt unerreichbar. Wie willst du garantieren, dass der Lehnharter seine Frau nicht zammrichtet, Sandner? Mittels Fangschuss aus der Dienstpistole? Worauf hat er sich da eingelassen? Verstrickt ist er jetzt, Mitwisser, Mitverschwörer, zehnter vermaledeiter Geist.

Auf dem Sofa wacht er auf. Halb sieben ist es. Das Kreuz tut ihm weh und der Schädel. Auf dem Boden steht eine leere Weinflasche. Sedieren kann er sich allemal selbst, dazu braucht es keine Rindsbacherin. Mühsam kommt er hoch, wirft die Kaffeemaschine an, schlappt ins Bad. Halbwegs passabel, die Lippe. Leicht geschwollen. Die Ruhe macht ihn misstrauisch. Kein Lehnharter vor der Tür, kein Handy. Nur Vogelgezwitscher. Auf dem Sofa trinkt er Kaffee, spielt gedankenverloren mit seinem Dienstausweis. Bowie hört er. Ziggy

Stardust. Mitsingen kann er die Texte, jede Zeile eine Erinnerung. Zur Apfelmaid passt es, zur Illusion und dem nicht Greifbaren. Warum er sie in aller Hergottsfrüh bestellt hat für das Experiment, da ist er sich selbst ein Rätsel. Die Wiesner hat etwas angestoßen bei ihm. Etwas, das über die Fakten hinausgeht, ätherisch durch den Fall wabert. Packen will er es und anschauen, in die Wirklichkeit zerren. Auch ein Missing Link. Die Verbindung zwischen dem Gefühl und der Aktenlage. Dass er dazu die Eva Fuchs braucht, hat natürlich noch einen zweiten Grund. Aber da will er sich nicht rechtfertigen vor dem gestrengen Polizisten Sandner. Frei nach Dostojewski gefragt: Kann er sich selbst gegenüber ganz aufrichtig sein, ohne vor der Wahrheit zurückzuschrecken? Eins nach dem anderen. Eine schwere Übung, Meisterprüfung, wenn die Dinge gleichzeitig daherpurzeln und den Weg versperren, so du sie nicht hurtig verräumst. Tetris spielen im Hirn.

Die Realität hat Schluckauf. Als wäre es sein erster Tag in der neuen Dienststelle, so fühlt sich der Sandner. Fünf vor acht tigert er unruhig auf dem blank gewienerten Gang vor den Büros hin und her. Nach und nach trudeln die Kollegen ein. Augenreibend, gähnend, Kaffeebecher in den Händen, schlürfen sie in den Besprechungsraum. Mancher noch im Genick gepackt vom veritablen Kater.

Dem Sandner grummelt der Magen vor Nervosität. Er kann nicht einschätzen, ob seine Aktion den nüchternen Beamten nicht bloß als Zirkus daherkommt.

»Auf geht's«, sagt er zu laut und klatscht in die Hände, als die Eva erscheint. In Grün. Lebende Hoffnung.

Ein Dutzend Menschen harren skeptisch – sein dreckiges Dutzend. Die Wiesner, der Hartinger und der Kare bilden ein tuschelndes Triumvirat. Daneben umgibt sich der Rückerl mit dreien seines Teams. Der Aschenbrenner und sein Hansi haben sich eingefunden, Wiesners hünenhafter Bodyguard nebst blondbezopfter Kollegin. Handverlesene Auswahl vom

Sandner. Ein jeder, auf die eine oder andere Weise, mit dem Fall vertraut. Letzte leise Stimmen werden von beklommener Stille aufgesaugt.

»Dankschön, dass ihr gekommen seid.« Der Sandner mustert die fragenden Gesichter.

»Ihr seids hier, weil ... äh.« Einen Hilfe suchenden Blick wirft er zur Eva, rudert mit den Armen.

»Also, ich bin die Eva Fuchs. Ich bin Psychotherapeutin«, sagt sie. Selbstverständlich klingt das. Der Sandner spürt den Blick der Wiesner auf sich, ohne sie anzuschauen.

»Der Hauptkommissar Sandner hat mich gebeten, heute zu kommen. Es geht um den Tod von Dennis Weiß. Sie kennen aus der Polizeiarbeit den Begriff Rekonstruktion. Was wir machen werden, ist eine Aufstellung, eine menschliche Skulptur. Sie werden in Rollen schlüpfen, Stellvertreter sein und den Toten betrachten. Nur diese eine Szene. Wichtig ist, alles was Sie dabei empfinden, alles, was passiert, generiert uns nicht die Wahrheit, ist nur eine Arbeitshypothese, eine Vermutung. Was immer auftaucht. Wer sich nicht darauf einlassen will, kann das sagen. Okay?«

Anders als beim Sankt Martin, teilen sich elf Leute einen Mantel, den des Schweigens. Wie in der Schule, vor dem Diktat, denkt sich der Sandner. Kruzifix. Da hat er ihnen zu viel zugemutet. Der Rückerl straft seine Gedanken Lügen.

»Legen wir los!«, ruft er. »Ich bin gespannt.«

Dankbar nickt ihm der Sandner zu.

Dass sie den Platz in der Mitte brauchen täten, erläutert die Fuchs, und der Sandner solle jemanden aussuchen für die Rolle des Toten.

»Die Leich? Von den Leuten hier?« Einen nach dem anderen nimmt der Sandner aufs Korn. Sein Blick wird vermieden, als könnte der Löcher ins Gewand brennen.

»Ich nehm dich!« Entschieden deutet er auf den Hansi.

»War eh klar«, murmelt der und grient unsicher.

»Besser ist die Frage, darf ich Sie nehmen?«, verbessert

die Fuchs. Die souveräne Konzentration, die sie ausstrahlt, könnte sich der Sandner bei Gelegenheit ausborgen. Nur ihre freundliche Mimik bräuchte er nicht. Für zünftige Ganoven muss der Polizist nicht im Narrengwand tanzen.

Der Hansi schlappt nach vorn, die Hände in den Taschen.

»Du bist also der Dennis Weiß. Leg dich bitte in der Mitte auf den Boden.« Der Bursch ziert sich ein wenig, bevor er der Anweisung folgt.

»Wenn die Stellung in Ordnung ist, lassen Sie es so, ansonsten verbessern«, weist die Fuchs den Sandner an.

Hansi legt sich endlich auf den Rücken, die Arme an den Körper gepresst, die Augen geschlossen.

»Passt«, flüstert der Hauptkommissar. Er muss sich räuspern.

»Also zu den Personen.«

»Auerhammer Franz!«, blökt der Sandner, als tät er einen Zeugen aufrufen. »Magst du das machen, Kare?«

Der Angesprochene tritt vor den Vorgesetzten hin. Nach Anweisung führt ihn der Sandner zur »Leiche« und baut sich hinter ihm auf. Er legt ihm die Hände auf die Schultern.

»Du bist der Bauunternehmer Auerhammer. Verheiratet, vierundvierzig, keine Kinder ... doch, einen Sohn. Den Toten hast du finanziell unterstützt, damit er die Vaterschaft anerkennt für den Sohn von der Janine Fetzner. Die hast du geschwängert, bei einer Weihnachtsfeier, da war sie fünfzehn. Jetzt ist sie verschwunden. Du bist Mitglied einer Stiftung ...« Während der Sandner weiterredet, merkt er, wie Kares Atmung sich beschleunigt. Seine eigenen Hände werden schweißig, er zieht sie weg.

Die Fuchs starrt ihn einen Moment lang verblüfft an. Tuscheln aus den hinteren Reihen. Nachdem der Kare keine weiteren Informationen mehr braucht, sucht sich der Sandner die übrigen Beteiligten zusammen.

»Du bist die Karin Auerhammer«, schärft er der Wiesner ein, »neununddreißig. Du kannst keine Kinder bekommen.

Du weißt, dass dein Mann einen Sohn hat und er den Toten finanziell unterstützt hat, damit der den Vater gibt. Deine Stiftung ist in Gefahr, wenn der Dennis oder die Janine die Wahrheit gesagt hätten.«

»Du bist der Rainer Fendt«, erfährt der Aschenbrenner, »fünfunddreißig. Das Kind, das du aufziehst, ist von deinem Spezl Auerhammer, dem du Bauaufträge zuschanzt. Er bezahlt bestimmt dafür. Wenn der Dennis die Wahrheit gesagt hätte, wäre es aus mit der Pracht. Politisch und gesellschaftlich, und das Kind käm weg. Du bist in der Stiftung engagiert. Die Janine ist aus deinem Haus verschwunden.«

Als Nächster kommt der Hartinger dran, der den van Leyden mimt. Du bist Gisela Fendt, du bist Paula Giese, du bist, du bist, du bist ... immer weiter.

Alle um den Toten gruppiert. Reglos stehen sie da und starren auf den Hansi. Perfekte Leiche, kaum dass man die Atmung wahrnimmt. Totenstarre. Da hilft ihm sein einschlägiges Praktikum.

Der Sandner wandert um das Grüppchen herum und betrachtet es. Da und dort nimmt er einen etwas zurück oder schiebt nach vorn. Dann schaut er zur Eva. Sie wartet ein paar Minuten, bevor sie ihn weiter instruiert.

»Frag sie, was ihnen durch den Kopf geht, was ihnen einfällt. Wie es ihnen geht, wenn sie auf die Leiche blicken.«

Der Sandner geht zurück und besieht sich das Ensemble. Er fängt an zu schwitzen.

»Herr Auerhammer?«, fragt er den Kare.

Der schnauft durch, runzelt angestrengt die Stirn. Schwerstarbeit. Die Stille paart sich mit Anspannung.

»Der arme Bub«, murmelt er schließlich. »Eine Schweinerei. Das ist alles zum Kotzen, aber ich kann's nicht ändern. Was ist da bloß passiert, das will ich schon wissen, das krieg ich raus. Die Polizei – die kannst in der Pfeife rauchen.«

»Frau Auerhammer?«

»Warum ist der wiedergekommen? Ich hab gewusst, dass es

einen Knall geben wird. Handeln muss man, bevor alles zusammenbricht.«

»Herr van Leyden?«

»Scheiße, Scheiße, nichts als Probleme.«

»Herr Fendt?«

»Ich muss da jetzt weggehen. Mein Gott, worauf hab ich mich da eingelassen. Das wird alles zu viel.«

»Frau Fendt?«

Die blonde Polizistin schweigt. Lange denkt sie nach, bevor sie spricht. Sie hat die Augen geschlossen, die Mundwinkel zucken.

»Mei, Gott sei Dank.«

»Wie bitte?«

»Na, Gott sei Dank liegt der da und sagt nix mehr. Schluss aus vorbei.«

Der Sandner starrt sie an.

Ihre Lippen bewegen sich kaum merklich.

»Das fühlt sich ned gut an, ihn anzuschauen, da krieg i Herzklopfen. Aber irgendwie bin i erleichtert.« Schüttelfrost scheint sie zu packen.

Endlos lange sagt niemand mehr etwas.

»Die anderen«, wird der Sandner ermahnt.

»Ja, Herr Sobotnik?«

»Ich, äh, weiß nicht, was ich jetzt sagen soll. Die arme Sau. Hab ihn ja gemocht. Ich würde scho gern wissen wollen, wer und warum.«

Herr Fetzner … Frau Fetzner … Frau Giese … reihum geht die Fragerunde weiter.

Nachdem niemand mehr das Bedürfnis hat, etwas beizutragen, entlässt sie die Fuchs aus ihren Rollen. Sie sollen sich schütteln, bewegen und sich gegenseitig abstreifen. Schimpansenballett.

»Gruselig«, kommentiert der Hansi, »aber schon geil.«

Aufgedreht wirken sie jetzt, die Lautstärke erhöht sich, vereinzeltes Lachen perlt durch den Raum.

Die Eva erläutert noch einmal den hypothetischen Charakter und beendet die Übung. Ob das jetzt eine ermittlungstechnische Relevanz habe, wolle sie nicht beurteilen.

Eineinhalb Stunden hat es gedauert.

Der Sandner wundert sich, wohin die Zeit verschwunden ist. Draußen auf dem Gang gesellt er sich zur Fuchs.

»Vergiss nicht, es ist nur eine Hypothese«, sagt sie.

Er steckt die Hände in die Taschen.

»Jaja«, murmelt er.

»Sandner, ich muss dir noch was sagen.«

Der Sandner ist nicht sicher, ob er es hören mag.

»Zum Fall?«, vergewissert er sich.

»Natürlich. Wenn der Auerhammer die Janine nach der Weihnachtsfeier missbraucht hat, ist er nicht der Vater vom Kevin.«

»Was?«

Der Sandner glotzt, als tät sie japanisch auf ihn einreden.

»Ja, weil die Janine mir das schon mindestens zwei Wochen früher gesagt hat. Ich war nämlich zur Feier eingeladen, aber im Urlaub auf Jamaika. Und erzählt hat sie mir das vorher, da bin ich sicher.«

»Ja spinn i! Warum hast du mir das ned gleich gesagt?«

»Weil ich erst heut von dir erfahren hab, dass der Auerhammer als Vater überhaupt Thema ist. Ich hab doch nix gewusst von dem.«

»Hast auch wieder recht.« Kopfschüttelnd lacht er auf. »Könnt sein, der Dennis war doch der Vater, schwul hin, schwul her. Des behalten wir einfach für uns, was meinst?«

»Weil?«

»Weil ich ned weiß, was ich mit der Information mach – noch ned.«

»Okay.« Sie schaut auf die Uhr.

»Na, dann«, sagt der Sandner.

Die Füchsin lächelt. »Magst mit mir was trinken gehen, heut Abend?«

»Ich denk, du hast keine Zeit?«

»Wer sagt das?«

»Magst vorbeikommen, bei mir?«

»Seh schon, du bist der häusliche Typ.«

»Ich versprech auch, dass ich daheim bleib.«

Sie nickt.

Dass der Wenzel just in diesem Moment daherkommt, ist für den Sandner ein Zeichen. Das Schicksal krault ihn sanft hinter den Ohren. Zehn Minuten früher hätte er es verflucht.

»Was ist denn hier los?«, will der Staatsanwalt wissen.

»Kleiner Umtrunk am Morgen«, sagt der Sandner.

Die Apfelmaid mustert den Wenzel kurz und geht ohne ein Wort.

»Sehr spaßig, Herr Hauptkommissar. Sie können mich gleich begleiten zum Herrn Muck. Er erwartet uns schon.«

»Uns?«

»Ja.«

Schweigend gehen sie nebeneinander über die Gänge.

Von Wenzels Sohlen hörst du nie ein Geräusch.

Wenn der Hauptkommissar Muck im Dienst ist, findet man ihn entweder hinter seinem Schreibtisch oder auf der Toilette. Irgendwann einmal ist das Gerücht zum Sandner gedrungen, der Muck hätte ein lateinisch ausgesprochenes Leiden des Dickdarms, was die Häufigkeit seiner WC-Aufenthalte zumindest rudimentär erklärte. Mutmaßlich hat er das Gerücht selbst in Umlauf gebracht, damit seinen Besuchen des gekachelten Refugiums der Geruch von tragischer Notwendigkeit anhaftet. Ein stilles Örtchen braucht er halt ab und an in dieser lauten Welt.

Die bricht jetzt in Gestalt des Giesinger Hauptkommissars in sein Büro ein.

»Grüß Gott, Herr Hauptkommissar.« Fünfzehn Jahre kennt er sein Gegenüber, aber sie sind beim gepflegten Sie geblieben. Ausdruck einer Distanz, die der Sandner körperlich spüren kann. Heute besonders deutlich. Der Muck hat eine imaginäre Kelle in der Hand und zieht flugs ein Mäuerchen hoch. Am Fenster steht der Schachner Gernot.

»Ich will gar nicht lang herumreden, Sandner«, eröffnet der Muck das Spiel, »der Hauptkommissar Schachner ist im Laufe seiner Ermittlungen auf etwas gestoßen, das Sie uns vielleicht erklären können.« Er wirft einen Stapel Bilder vor sich auf den Schreibtisch.

Der Sandner tritt näher. Schaut sich das oberste an. Der Lucky ist gut getroffen. Er reicht dem Sandner gerade das Kuvert.

»Ist des mit so einer Minikamera gemacht?«, erkundigt sich der Sandner beim Gernot.

Der Muck nickt dem Angesprochenen zu.

Selbstgefälliges Grinsen. »Wir haben einige der einschlägigen Ganoven überwacht. Falls die zwei Täter mit ihnen Kontakt aufgenommen hätten, dabei sind die Bilder entstanden. Und wir haben verbreiten lassen, dass wir schon erste Informationen besitzen, dass es eine undichte Stelle gäbe. Vielleicht kommt jemand aus der Deckung, wird nervös. Wir zündeln ein wenig und schauen dann, wo es brennt.«

Deshalb der schlagkräftige Auftritt von Ilics Kasperln. Und die Schachner-Truppe war live dabei gewesen. Vielleicht selber zugeschaut, Bilder geknipst, fürs Familienalbum, der Hund, der mistige. Also hat der Ilic wirklich bloß Wind gemacht.

»Befriedigens unsere Phantasie, Sandner«, unterbricht der Muck seine Gedanken. »Wissens, wenn der Wagner Lucky was mit dem van Leyden zu tun hat, wird's eng. Vielleicht war er selber im Hotel, oder seine Leut und er haben Ihnen etwas gegeben, damit Sie schweigen.«

Der Sandner lacht auf.

»In kleinen Scheinen? Im Kuvert? Des hätt er mir auch überweisen können, da kräht kein Hahn danach.«

»Herr Hauptkommissar«, ereifert sich der Muck, »ich will

Klarheit haben. Also, zeigen Sie uns, was drin war, im Kuvert. Es ist schon komisch, dass Sie sich gerade dann treffen, wenn Sie einen einschlägigen Fall haben, milieuverwandt.«

»Etwas Persönliches, den Lucky kenn ich von früher, wie Sie vielleicht wissen.« Jetzt kann er nicht mehr zurück.

»Hören Sie«, mischt sich der Wenzel ein, »wer sagt uns, dass sich die Geschichte im Hotel so abgespielt hat, wie Sie behaupten. Ihre Ermittlungen im Falle Weiß haben nur das Ziel, bestimmte Richtungen fernzuhalten.«

»Was meinen Sie mit Richtungen? Ihr Spezl, der Herr Auerhammer, hat mir gestern erzählt, er hätt eine Fünfzehnjährige missbraucht und geschwängert. Da geht's lang, Herr Wenzel, oder brauchens ein Navi?«

»Sie beißen sich an Persönlichkeiten fest, wann immer Sie können. Haben Sie einen Komplex, Sandner? Von Missbrauch reden nur Sie. Wir wissen noch gar nicht, ob ein strafwürdiges Vergehen vorliegt oder gar öffentliches Interesse besteht.«

»Ihr Interesse ist es jedenfalls nicht, des is mir klar!«

»Schluss damit, Sandner.«

Der Muck haut auf seinen Schreibtisch. Er wirft eine Zeitung auf den Tisch.

»Bekannter Bauunternehmer in Ritualmord verwickelt? Polizei tappt im Dunklen. Eine Frechheit ist das von den Schmierfinken und durch Ihre Fehlleistungen entstanden. Wie immer haben Sie die Dimensionen nicht vor Augen. Politische Dimensionen. Minütlich Anrufe bekomm ich, mit Beschwerden über Sie, respektive Ihrem Team. Selbst Monsignore Rösner lässt nachfragen …«

»Delicta graviora«, raunt der Sandner.

»Unterbrechens mich nicht! Nachdem auch die Staatsanwaltschaft, in persona Doktor Wenzel, mit Ihren Ermittlungen gravierende Probleme hat und Sie nichts zur Klärung beitragen wollen, bezüglich Ihrer Verbindungen mit dem Lukas Wagner, genannt Lucky, entbinde ich Sie von den weiteren

Ermittlungen in Fall Weiß. Sie werden ab morgen den Kollegen von den Internen voll und ganz zur Verfügung stehen, bis Licht in die Sache gekommen ist. Und Ihre Unterlagen übergibt Ihr Team morgen früh an den Kollegen Meininger, der wird dann wieder im Haus sein. Sein Team ist zuständig.«

»Was sagt der Polizeirat dazu?«

»Der ist in Zürich, und ich habe Amtsvollmacht, Herr Hauptkommissar Sandner. Im Übrigen tu ich Ihnen einen Gefallen. Es macht keinen guten Eindruck, wenn herauskäme, Sie wären zurzeit persönlich ... überfordert, oder sollte ich sagen, angeschlagen? Das kann jeder sehen.«

Dem eifrig nickenden Wenzel müsst allmählich der Hals ausleiern.

Als hätte ihm ein Zamperl auf den Schreibtisch einen Haufen gesetzt, verzieht der Muck sein Gesicht. Das Schnurrbärtchen und die straff seitlich gekämmten Haare hat er von seinem Großvater übernommen. Überhaupt der wandelnde Anachronismus, mit seiner Cordhose und den Haferlschuhen.

Entweder der Sandner flüchtet aus dem Zimmer oder springt über den Tisch. Er kann die Befriedigung vom Schachner spüren, als wär er dessen Leibhure. Vier schnelle Schritte – geschafft. Die Tür haut er ins Schloss und lässt das närrische Dreigestirn unversehrt zurück.

Die Handys brennen lichterloh. In seinem Schreibtischschub. Ein kreativer Impuls muss her. Lang hat es gebraucht, bis er sich beim Lucky revanchieren konnte. Der ist ein Spieler. Er hat auf den Sandner gesetzt. Wenn der das Handy dem Muck auf den Tisch geworfen hätte, täte der Lucky schon im Vernehmungsraum braten.

So wie er schon einmal wegen dem Sandner gesessen ist. Polizeifrischling war der damals, als bei einer Verkehrskontrolle ein Packerl Cannabis in seinem Handschuhfach gefunden wurde. Frisch erworbene Sechs Gramm. Wegrauchen hat er das wollen mit der Schuster Vroni übers verlängerte Wochenende am Weßlinger See. Deren Vater hat ein blickdichtes Seegrundstück besessen, samt Holzschuppen und Ruderboot. Mit dem Opel GT vom Lucky war er unterwegs gewesen, seine Rostlaube wieder einmal nicht fahrtüchtig.

Und der Lucky ist hergegangen und hat angegeben, es wäre sein Packerl gewesen. Einfach so. Kein Drama, hat er gemeint.

So konnte der Sandner weiterhin vom Polizistendasein träumen, und der Lucky hat sich eine Vorstrafe abgeholt.

Sie haben hinterher nie mehr darüber geredet.

Die Schuster Vroni ist heute Sozialpädagogin in der Altenhilfe.

Der Hauptkommissar hat sein bewusstseinserweiterndes Kräuterhobby längst an den Nagel gehängt, auch wenn ihn der Aschenbrenner ab und an zu einem Revival verführen will. Aktuell mäandert Sandners Bewusstsein sowieso als Schleppnetz mit zu engen Maschen durch die Geschichten.

Die Wiesner ist noch überwältigt vom Geschehen. Sie weiß nicht recht, was sie davon halten soll. Dass der Sandner ein Überraschungspackerl ist, daran kann man sich wohl nie gewöhnen. Hypothese hin oder her, es hat sich so real angefühlt, dass ihr Herz noch pumpert, als hätte es einen Kolbenfresser.

»Ich glaub ned recht an Voodoo«, hört sie den Kare zum Hartinger sagen. Der schweigt.

Wie der Sandner zur Tür hereinkommt, richten sich aller Augen auf ihn.

Fassungslos hört die Wiesner zu, wie er die Entscheidung vom kleinen Muck verkündet. Sie hätte gern gewusst, was er sich dabei denkt. Emotionslos kommt es daher, wie der Wetterbericht im Fernsehen. Er grinst sogar ein bisschen.

Sie hat das Gefühl gehabt, nahe dran zu sein, und jetzt wurden sie ins Aus geschossen. Die Fendts will der Muck selbst vernehmen in Co-Arbeit mit dem Wenzel. Belämmert schauen alle vor sich hin.

»Einen Tag ham wir noch«, hört sie den Sandner sagen, »also legts ned die Füß hoch, sondern tummelts euch.«

Ein Tag. Vierundzwanzig Stunden. Es muss etwas passieren.

Ihr verhinderter Bodyguard, der Hintertupfinger Tarzan, reißt sie aus ihren Gedanken. Sie hat ihn gar nicht herumschleichen sehen.

»Hast du Lust auf einen schnellen Kaffee?«, will er wissen.

»A andermal gern, aber jetzt geh ich mit dem Hansi frühstücken.«

Der steht grad neben ihr und schaut sie verblüfft an.

»Schönheit siegt«, sagt er schulterzuckend zum Tarzan.

Mit dem Praktikanten verlässt sie das Präsidium.

»Um elf erwartet mich der Doktor Aschenbrenner. Da muss ich im Institut sein.«

»Trifft sich gut«, meint die Wiesner kryptisch.

»Gestern Abend hab ich die Liste abtelefoniert mit den Gästen von Erdlingers Beerdigung«, berichtet der Hartinger unverdrossen. »Ein Schulrat kennt die Auerhammers und die Fendts recht gut. Bei einer Turnhalleneinweihung unlängst im Westend sind sie zusammengesessen. Er weiß aber nicht mehr, ob er die Beerdigung erwähnt hat.«

Ein Mosaiksteinchen. Ein Braver, der Hartinger. Sie müssen sich an etwas klammern. Der Kare gibt dem Sandner ein Zeichen und stellt ein Telefonat an ihn durch. Der Auerhammer.

»Grias Eana, Herr Sandner.«

Forsch klingt er, der Polizist geht mit dem Hörer etwas auf Abstand.

»Herr Auerhammer, da schau her. Ist Ihnen noch etwas eingefallen?«

»Naa – ich wollt einmal nachfragen, ob es schon etwas Neues gibt.«

»Ich darf Ihnen doch über die Ermittlungen nix erzählen, des wissen Sie doch.« Der Sandner seufzt. »Aber mal ehrlich, wir treten auf der Stelle. Ich geb den Fall ab.«

Vom Kare bekommt er einen neugierigen Blick.

»So, auf der Stelle?«, hört er den Auerhammer grummeln. »Glaubens denn weiterhin, dass die Janine umbracht worden ist, gibt's da irgendeinen Beweis?«

»Mei, des werden wir wohl nie erfahren, aber ja, ich glaub, sie ist tot. Weil's einen Grund dafür gäbe. Und weil sich keiner vorstellen kann, dass sie abgehauen wär ohne den Kevin.«

»Ah, meinen Sie. Na dann – ich, äh, wollt Ihnen bloß sagen, heut um fünf setzt sich der Stiftungsbeirat zamm und mei Frau und ich werden bekanntgeben, dass wir uns zurückziehen von ›Helfen ist Zukunft‹. Ende Gelände. Dass mit Dreck geschmissen wird nach mir, is ja das eine, aber die andern ham damit nix zum tun.«

Der Sandner nickt und lässt sich vom Auerhammer beschreiben, wo sie tagen werden. Gehobene Gastronomie, im Hirschen, in Grünwald. Er wär aber nicht dazu eingeladen.

Der Auerhammer lacht rauh. Gequält klingt das, beinahe manisch. Wie lang der Staudamm noch halten wird, fragt sich der Sandner, nachdem er den Hörer auf die Gabel geworfen hat.

»Wieso erzählst du dem Auerhammer des alles?«, wundert sich der Kare.

»Der Auerhammer hat den Schlüssel in der Hand. Nur der weiß doch, wem er was gesagt hat. Wir stellen nur Vermutungen an. Da brauchen wir ihn.«

»Du meinst, wenn er den Bursch nicht selber umgebracht hat, ahnt er zumindest, wie des zusammenhängen könnt?«

»Wenn er ned ganz blöd ist – und wenn wir uns ned blöd verrannt haben.«

»Und was ham mir davon?«

»Langt es dir ned, wenn wir ihn verstören?«

Verstört scheint eher der Hartinger zu sein, der dem Dialog mit offenem Mund gefolgt ist.

»Äh, des ist vielleicht eine dumme Frage, aber …«

»Dann heb sie dir auf, bis sie was gelernt hat«, sagt der Sandner.

»Wissens, was man über Sie sagt, Herr Sandner?«

Die Oberkommissarin Walther lehnt sich zurück und nippt von ihrem Espresso.

»Bei Ihnen im Glücksspieldezernat? Kann ich mir denken, was Ihr Chef, der Schachner, daherredet? Sollt ich das wirklich wissen?«, fragt ihr Gegenüber zurück.

Unter anderen Bedingungen könnte sich der Sandner hier entspannen. Sie sitzen sich in einem kleinen, gemütlichen Café bei der Schwanthalerhöhe gegenüber. Nahe genug bei der Dienststelle und weit genug weg, keine Überraschungen zu erleben. Dass die Walther seine Einladung gleich angenommen hat, war der erste Schritt auf den Berg. Ob sie es dem Schachner getratscht hat, weiß er nicht.

»Gewalttätig wären Sie, ein schräger Vogel, ein Einzelgänger mit kriminellen Neigungen.«

»Sie müssen ned alles glauben, was dahergesagt wird.«

»Schade.«

»Manchmal untertreiben die Leut maßlos.«

Die Walther spielt lächelnd mit ihrer Tasse.

»Sie sind ganz schön ruhig, wenn man bedenkt …«

Der Sandner schaut ihr ins Gesicht. »Wenn man was bedenkt? Dass ihr mich gestern Abend geknipst habt mit einem Kriminellen und die Interne, der Wenzel und der Muck mich abfieseln wollen?«

»Zum Beispiel.«

Der Sandner winkt ab.

»Was wollens von mir?«, fragt die Polizistin.

»Sie meinen, neben Ihrer angenehmen Gesellschaft beim Kaffeetrinken?«

»Schon klar.«

»Ich hätte ein Präsent für Sie.«

»Sprechens nur weiter.«

»Der Name Ilic, der sagt Ihnen was? Wenn ich Ihnen jetzt sag, er ist der Auftraggeber von den beiden Schlägern im Hotel Sammert?«

»Tät ich Sie erstens nach den Beweisen fragen und zweitens, warum Sie das gerade mir in einem Café in der Kazmairstraße zuflüstern.«

Der Sandner winkt nach der Bedienung, bestellt sich einen weiteren Milchkaffee.

»Gefällt es Ihnen ned hier?«

»Also weiter«, bekommt er zur Antwort.

Gespannt beugt sie sich nach vorn. Tiefe Einblicke gewährt sie. Ein Hauch von schwarzer Spitze. Gebräunte vielversprechende Haut. Immun ist der Sandner dagegen nicht, eher resistent aus aktuellem Anlass.

»Der Ilic spricht auf eine Mailbox und tobt sich dabei aus über die Unfähigkeit der Angestellten. Und dieselbe Nummer ruft das Rezeptionsmadl vom Hotel Sammert an, wegen dem van Leyden. Wie das mit ihrem Geld wäre, fragt sie nach. Ich hab das Handy.«

»Dem Ilic war bisher nie etwas nachzuweisen. An den haben wir schon gedacht. Wir kennen ihn. Und Wind scheint er auch zu machen, grad. Das Handy ist also das Geheimnis im Kuvert vom Wagner Lucky – und wie weiter?«

»Sie durchsuchen das ein oder andere Etablissement vom Ilic, finden zufällig das Handy, kriegen einen richterlichen Beschluss und quetschen das Madl aus. Erster Schritt.«

Die Walther lacht laut auf.

»Ich glaub, das ist wirklich Ihr Ernst.«

Der Sandner nickt.

»Ihr wollts den Ilic. Wenn ihr nur ein Handy aus einer dubiosen Quelle habt, vom Rivalen, der noch dazu das Maul hält, zerreißen euch die Anwälte in kleine Fetzen und spülen euch in den Abort. Wenn es bei der Durchsuchung auftaucht und vielleicht noch so einiges mehr, Koksspuren, ein geschwätziger Mitarbeiter – Royal Flash.«

Die Walther starrt auf ihre Hände. »Sie wollen mich manipulieren, Sandner. Warum sollt ich etwas Illegales machen? Für Sie wär es perfekt, wenn der Ilic dran ist und nicht der Wagner.«

»Momenterl, Tatsache ist, der Ilic ist der Auftraggeber gewesen, ned der Wagner. Wurscht, ob mir das in den Kram passt. Es geht doch drum, ihn festzunageln. Weil er eine Drecksau ist und weil der van Leyden hat sterben müssen.«

»Und warum gehens damit nicht zum Schachner Gernot?«

»Vielleicht weil Sie Eier ham?«

»Wie außerordentlich schmeichelhaft.« Sie lacht wieder.

Der Sandner zieht einen gefüllten Plastikbeutel aus der Tasche und legt ihn vor ihr auf den Tisch.

»Zwei Möglichkeiten. Sie geben die Simkarte dem Gernot und erzählen ihm von unserem Tête-à-Tête, oder Sie packen sich mit dem Teil den Ilic. Als Bonus ist das Handy von seinem Capo inklusive. One pair. Schauens seine Anrufe durch. Vielleicht ist ein inkassogeschädigter, spielsüchtiger Familienvater dabei. Da wird der eine oder andere den Schnabel auftun, wenns ihm den Richter ersparts.«

Nach einem langen Blick auf die Tüte verstaut die Walther sie in ihrer Handtasche.

Der Sandner verfolgt angespannt ihre Bewegungen.

»Egal, was Sie machen, tuns es bittschön hurtig. Und wollen – willst du jetzt wissen, was man über dich sagt?«

»Nur die dreckigen Geschichten und – unter einem Tête-à-Tête stell ich mir was anderes vor, Sandner.«

Sie bestellt sich einen Cognac.

Mensch ärger dich nicht. Kaum schaffst du frohlockend ein Mandl ins Häusl, fegen sie dir ein anderes kaltlächelnd vom Brett.

Wie der Sandner in sein Büro kommt, sitzt der Spusichef an seinem Schreibtisch und blättert in Papieren.

»Hast du deinen Büchereiausweis verloren und brauchst Lesestoff?«, fragt ihn der Sandner.

»Noch lachst du«, sagt der Poschner.

»Soll ich greinen?«

»Was sagschd du zum Einbruch bei den Fendts?«

Der Sandner muss sich setzen. Er hatte die letzten vier Stunden in der Kazmairstraße sein Lager aufgeschlagen. Atmosphärisch ein enormer Gewinn. Kaffee dito. Nach dem Intermezzo mit der Walther war er mit einem alten Spezl zusammengesessen, K6, Diebstahldezernat. Synergetischer Austausch. Von Poschners Nachricht ist er fürs Erste geplättet. Der Kommissar Zufall ist ja ein geschätzter Mitarbeiter, aber der Sandner hat das Gefühl, hier war er gar nicht vor Ort gewesen. Was ist da vorgegangen? Wieso kommt der Poschner wegen einem popeligen Bruch daher?

»Während der Muck die Fendts hier bewirtet hat?«, fragt er den Spusileiter ungläubig. Fast hätte er losgelacht, die Erkenntnis fährt dazwischen.

»Poschner?«

»Jo, so haas isch. Sandner, isch war dort in Harlaching – und du haschd es ned emol gewusst?«

Er reicht dem Sandner ein kopiertes Vernehmungsprotokoll von Fendts Nachbarn. Der Hauptkommissar überfliegt es kurz. Eine Gestalt auf dem Grundstück ... am Carport zu schaffen gemacht ... ein Fenster eingeworfen ... vielleicht Jugendliche.

»Isch war da, Sandner, weil jemand mer von dir ausrischten ließ, das wär e gude Gelegenheit, sisch dort umzuschaue. Nur deswäje, Freundschaftsdienschd.«

»Jemand Bestimmtes?« Der Sandner spielt mit einem Kugelschreiber.

»Geh ned zu grob mit ihr um, isch kenn disch.«

Dem Sandner zerbricht der Kugelschreiber in der Mitte.

»Habts was gefunden?«, fragt er flüsternd und wirft die Plastikteile in den Müll.

»Was glaubst du?«

Der Poschner steht auf und hält dem Sandner einen Plastikbeutel vor die Nase. Eine kleine silberne Kugel.

Vom Piercingring des Jungen?

»Carportboden, in de Egg, sonst alles absolut blankgeputzt. Des sieht mär ned oft, einen Garagenboden, von dem du esse kenndschd. Aber – wer so akribisch putzt und schrubbt, würde so was ned übersehe, oder?«

Der Mann schaut dem Sandner forschend ins Gesicht.

»Wie lange kennen wir uns jetzt, Poschner? Fünfzehn Jahre?«

»Des beruhigt misch irgendwie, dass du nix gewusst haschd.«

Der Sandner nimmt dem Poschner das Tütchen aus der Hand. Schweigend schaut der zu, wie der Hauptkommissar es lässig in die Hosentasche schiebt.

»Ich glaub, bei einem ordentlichen Wein können wir des am besten vergessen.«

»Die Sabine tät sisch auch freue, disch widder mal zu säe. Mein Schwager hod grad erst ein paar Flasche von einem kleine Weingut aus Wiesbade mitgebracht. Isch sage dir, ein Riesling, in dem willschd du bade.«

»Für einen guten Wein nehm ich sogar in Kauf, dass du kochst.«

»Du bischd ein Banause, mein Woihinkelsche is unerreischt.«

Der hereinschneiende Hartinger wird gleich um zwei Kaffee geschickt.

»Danke«, sagt der Sandner zum Poschner.

»Isch häbb scho gedacht, du wolltest misch verarsche. Pass uff, da will wer in deine Fußstapfe trete.« Er grinst.

Der Sandner nicht. Wie der Hartinger mit den Bechern kommt, steht der Poschner auf.

»Einer is fär disch, Hartinger«, sagt er.
»Na klasse. Dank auch, wie großzügig.«

Eine halbe Stunde später befinden sich der Aschenbrenner und der Sandner mit zwei Verdächtigen auf dem Parkplatz vor der Dienststelle. Im Volvo riecht es nach nassem Hund.

»Reden wir zuerst über Logik«, schlägt der Sandner vor.

»Gut«, sagt der Aschenbrenner, »mit Moral kennen wir uns eh ned so aus.«

»Denksportaufgabe. Wenn ich ein Beweisstück bei einem Verdächtigen deponiere und gar nicht wissen kann, ob ein identisches Stückerl später auch noch dort auftauchen könnt ...«

»Dann hast den Fall im Scheißhaus, sollte der ›worst case‹ eintreten«, ergänzt der Doktor. »Und der Richter stellt dir äußerst unangenehme Fragen. Konkret müsste unserem Dennis dann gschwind eine dritte Brustwarze wachsen.«

»Schön, reden wir jetzt amal über Bonnie und Clyde.«

»Des war allein mei Idee, ich hab ihn überredet«, sagt die Wiesner kläglich.

»Hat sie dir Geld gegeben?«, will der Aschenbrenner vom Hansi wissen.

»Natürlich nicht«, empört sich der Praktikant.

»Schad aber auch, das hätt ich als Motiv gelten lassen.«

»Schlau wiederum«, sagt der Sandner, »dass ihr eine echte Kugel vom Burschen genommen habt und kein Imitat.«

»Dumm allerdings, dass ich fuchtig werden kann, wenn jemand meine Leichen abräumt, wie einen Christbaum. Auch wenn das Imitat schön glänzt.«

»Immerhin hast du einen Praktikanten mit Eigeninitiative.«

»Aber leider einen Idealisten.«

»Und ganz arg blöd, den Poschner dilettantisch verscheißern zu wollen.«

»Ja, dickes Minus im Bücherl. Des müssts noch lernen in der Sandnerschule.«

»Was mach ma jetzt mit denen?«

»Die Fendts waren es doch!«, begehrt die Wiesner auf. »Das weißt du doch auch! Warst du in einem anderen Film am Morgen? Nur noch heut, dann sind wir den Fall los, und vielleicht kommen sie davon. Du hast den Wenzel doch erlebt. Die Großkopferten scheißen uns aufs Hirn! Ich weiß, des war ein Riesenschmarrn, es tut mir auch leid, aber ich wollt einfach irgendwas machen. Nicht bloß rumsitzen. Verdammt.«

»Sehr emotionales Plädoyer, spontan, wie der junge Sandner – und du, Hansi?«

»Das ist doch Scheiße hier. Geben Sie mir einfach einen Tritt, und gut ist es. Ich hol bloß noch meine Sachen.«

»Du kannst sofort verschwinden«, bescheidet ihm der Aschenbrenner, »wenn du aber bleibst, dann eine unentgeltliche Stunde länger pro Tag. Und lass dich von den Sirenen daherin ja nicht mehr besingen.«

»Und du, Sandra«, sagt der Sandner, »es steht dir frei, um Versetzung zu ersuchen, wenn dir die Arbeit mit mir ned passt. Ansonsten spuin mir daherin mit meinen Karten.«

Der Aschenbrenner streckt dem Sandner die offene Hand entgegen. Der zeigt keine Reaktion.

»Morgen kriegst dei Kugerl wieder«, sagt der.

Die Wiesner und der Hansi schauen sich fassungslos an.

Ungerührt blättert der Hauptkommissar im Protokoll.

»Du hast Krawall gemacht, damit der Nachbar die Polizei ruft?«, fragt er die Wiesner.

Sie nickt stumm.

»Des hätt bös ins Aug gehen können«, sagt er.

Der Aschenbrenner nickt und stößt einen Seufzer aus.

»Immer ein Gfrett mit dem Personal.« Sein Blick ist ernst dabei.

»Faltermayer, Klemens«, liest der Sandner laut. »Asche, hast grad Zeit? Fährst mich gschwind zu Fendts aufmerksame Nachbarn?«

»Bin ich dein Chauffeur?«

»Von deinen Klienten trenzt ja keiner, wenn er warten muss.«

»Das ist Akkord, wie in der Fischfabrik, du Depp, weil ihr es immer brisant habts mit den Filets.«

Einen seiner silbernen Ohrringe muss der Hansi beim Sandner abliefern. Der schaut ihn sich genau an, lässt sich zeigen, wie die Kugel als Verschluss dient. Dann schiebt er sich das Kügelchen in die Hosentasche und drückt dem Hansi seinen nun unvollständigen Ring wieder in die Hand.

»Ein Ring, sie zu knechten«, zitiert der. Sein Ork-Shirt passt akkurat zum Spruch.

»Bloß a Roulettekugel«, orakelt der Sandner.

Die beiden reumütigen Delinquenten bleiben zurück.

Der Aschenbrenner gibt Gas.

Das Beste draus machen, improvisieren. Du brauchst ja ab und an eine glückliche Situation für die Torchance. Einnetzen steht auf einem anderen Blatt.

Der Mann, der ihm auf sein Läuten hin aufmacht, beäugt misstrauisch seinen Ausweis. Faltermayer. Ganz in Beige gekleidet, als hätt er sein Gewand aus der gleichfarbigen Auslegware im Flur geschnitten. Selbst die Haarfarbe – wenn er sich auf den Boden legte, die perfekte Tarnung. So gelungen kennt der Sandner das von den Blattheuschrecken aus Hellabrunn. Mitte vierzig, mit Halbglatze und Brille.

Dass sie der Polizei schon alles gesagt hätten, bekommt der Hauptkommissar von ihm verkündet. Mürrisch wirkt er über die Störung.

Er wäre von einer anderen Abteilung, erläutert ihm der Sandner. »Wissens, Herr Faltermayer, der Herr Fendt gehört zum besonders gefährdeten Personenkreis, ein BGP, da sind weitergehende Ermittlungen vorgeschrieben.«

»BGP? Wie meinens des? Meines Wissens ist der doch beim Baureferat?«

»Eben. Schnackelts? Der hat Zugang zu den Grundrissplänen aller öffentlichen Gebäude.«

Der Faltermayer wirft einen ehrfürchtigen Blick auf das Nachbarhaus, dann tritt er zur Seite, um den Sandner einzulassen.

»Terrorismus?«, fragt er flüsternd.

»Man muss in alle Richtungen denken«, kommt ihm der Sandner konspirativ.

»Klemens, wer ist da?«, schnarrt eine Frauenstimme aus dem ersten Stock. Das wäre seine Mutter, die hätte alles mitbekommen und ihn genötigt, die Polizei zu rufen.

Der Sandner schaut zur Stiege, an deren Geländer ein Treppenlift installiert ist.

»Gehens nur rauf zu ihr«, ermuntert ihn der Faltermayer. »Die freut sich über jeden Besuch.«

»Grias Eana, Frau Faltermayer, ich bin von der Polizei.«

Die Frau sitzt in einem Stuhl neben dem Fenster. Vertrauter Tantengeruch. Ein einfaches rustikales Holzbett, ein Kruzifix, ein Tisch und ein massiver Kleiderschrank. Auf dem Tisch bilden diverse Saftflaschen, eine Blumenvase nebst vertrockneten Rosen und einige Pillenschächtelchen ein farbenfrohes Ensemble.

»Wissens, mit dem Gehör ist des ein Gfrett«, sagt sie.

»Von der Polizei bin ich«, schreit der Sandner sie an.

»Was plärrens denn so? Ich bin doch nicht dorad. Seit meine Augen nicht mehr so mittun, hör ich alles. Jedes Rascheln, da kommt man kaum zum Schlafen. Kein Spaß, das Alter, das kann ich Ihnen versichern. Aber Sie sind nicht da, um sich so ein Geschwätz anzuhören.«

»Des passt schon, Frau Faltermayer. Alt müssen wir alle werden, wenn's uns ned jung derpackt. Was hams denn vorhin gehört?«

»Dass sich da jemand rumtreibt, bei den Fendts. Schauens, des is ja fast unter meinem Fenster. Die depperte Garage.

Und dann hab ich gehört, wie eine Scheibe kaputtgeht. Und eine Gestalt gesehen, die weggerannt ist, aber Sie wissen ja, meine Augen sind nicht mehr zuverlässig. Ich hab nach meinem Sohn gerufen, aber der hat sich wie immer im Keller verschanzt. Er ist ja grad krankgeschrieben und bastelt da unten den ganzen Tag herum.«

Der Sandner unterdrückt seinen Impuls, zu fragen, was der Faltermayer im Keller zu schaffen hat. Bomben basteln oder Modelleisenbahn?

»Also bin ich nunter, und mein Sohn hat Ihre Kollegen gerufen.«

»Sie sind sehr aufmerksam.«

»Gezwungenermaßen. Was glauben Sie, wie oft ich auffahre, seit der Fendt sich letztes Jahr diesen lächerlichen Unterstand für sein Auto hingepflanzt hat. Ich sag immer zu meinem Sohn, er soll mit ihm reden, dass er die Türen nicht immer so knallt. Als er noch bei der Straße geparkt hat, war das ja kein Problem.«

»In der Nacht wird er aber ein bisschen rücksichtsvoller sein, oder?«

»Ja, was glauben denn Sie? Erst am Wochenende bin ich mitten in der Nacht aufgefahren, weiß der Teufel, wo er da hin musste.«

»Am Samstag?«

»Ja, des war der Samstag, weil ich dem Klemens am Sonntag beim Frühstück noch einmal gesagt hab …«

»Mitten in der Nacht ist des schon saublöd, wenn man so hochschrecken muss.«

»Ja, ich hab auf den Wecker gschaut. Halb zwölfe war's und rums und Motor an. Da schert der sich nix. Und kurz drauf sind sie wiedergekommen.«

»Sie?«

»Ja, zweimal hat es gescheppert. Mein Gedächtnis ist ausgezeichnet. Wie sind wir jetzt darauf gekommen? Wieso wollens des eigentlich wissen? Es geht doch um heut?«

»Mei, ich hab mir grad gedacht, vielleicht red ich mal mit ihm über Rücksichtnahme. So als gestrenger Polizist.«

»Als Mann tät schon reichen. Mein Sohn ist dazu wohl nicht in der Lage.«

Der Sandner hat ein Glas Multivitaminsaft mit der alten Dame getrunken und geplaudert, bevor er sich wieder auf den Weg macht. Wie sich das verhielte, mit den BGPs, begehrt der Faltermayer noch von ihm zu wissen, als er sich von ihm verabschieden will. Schließlich wäre er selbst mit Verwaltungsaufgaben im öffentlichen Nahverkehr beschäftigt.

Kein unrechter Mensch, der Faltermayer, nur halt ein bisschen beige.

Wenn der Sandner ein Feldherr wäre, alternativ Minister, könnte er seine Soldaten versammeln und eine Tüte voll mit pathetischen und anspornenden Worthülsen verteilen. Greifts zu, kostet nichts, bester Zeitpunkt. Und lasst euch dabei ergänzend von meinem kämpferischen Mienenspiel inspirieren.

»Wieso schaust du eigentlich so gefährlich zufrieden aus?«, wundert sich der Kare. »Bist du Masochist?«

Der Sandner schaut irritiert von seinem Schreibtisch auf. Es stimmt. Auf eine bestimmte Art und Weise ist der Sandner zufrieden. Mit sich im Reinen.

Es läuft darauf hinaus, alles auf eine Karte zu setzen. Spitz auf Knopf. Eine müßige Frage, ob er hingehetzt wurde oder es provoziert hat.

»Warst du schon einmal im Hirschen, drunt in Grünwald, Kare?«

»Freilich, jeden Samstag, Stammgast, mein Schmiergeld verprassen.«

»Da musst deine Gewohnheiten ändern, weil heut is ja ned Samstag.«

»Geht des auf Spesen?«

»Nur, wenn du ein Hauptkommissar wärst.«

Gehauen ist der Wald, bereitet das Feld.

Sie sitzen im BMW. Der Hartinger, der Kare, die Wiesner und der Sandner.

»Du magst dem Meininger kei gmahde Wiesn übergeben, eine Brandrodung muss es mindestens sein, oder?«, hat der Kare grad bemerkt. Der Sandner muss feststellen, dass er mit geschlossenen Augen nicht herausfinden kann, ob der Hartinger oder die Wiesner am Steuer sitzt. Aktuell ist es die Wiesner, die den Wagen gen Grünwald jagt.

»Von van Leydens Handy is zweimal bei Fendts angerufen worden«, sagt er. »Vor dem Mord und danach.«

»Woher …?«

»Is wurscht«, wischt der Sandner die naheliegende Frage beiseite.

»Ham wir auch was, was zumindest von Weitem wie ein Beweis ausschaut, oder spieln wir an Assenbettler?«, will die Wiesner wissen.

»Einer muss das Bummerl kriegen. Du wolltest doch allerweil Action, beschwer dich ned. Ganz einfach – ihr könnts sagen, der Sandner spinnt – oder mittun. Wir machen halt Wind und können beten, dass er den Fendts das Gwand runterreißt.«

»Der Muck und der Wenzel werden sich drum streiten, wer dir den Kopf runterreißen darf.«

»Ich bin nimmer sicher, ob kopflos ned sowieso gsünder wär. Wissen wir übrigens, was der Muck vom Fendt erfahren hat?«

»Gute Reise wird er ihm gewünscht haben. Übermorgen fliegt der mit der Stadtratsdelegation nach Harare, unserer reizenden Partnerstadt«, sagt die Wiesner.

Der Hartinger wird dem Kare auf den Schoß geworfen, so nimmt sie die Kurve.

»Zupf di«, schnappt der, »und schnall di an.«

»Zimbabwe wär eine Alternative für seine Talente«, stellt der Sandner fest.

»Meinst du den Muck oder den Fendt?« Der Kare grient.

»Der Auerhammer ist ein Mordsrindviech. Der konnt sich ned entschließen, uns zu helfen.« Der Sandner fletscht die Zähne.

Sie sind vor Ort. Mit dem Hartinger steigt er aus. Die Wiesner und der Kare bleiben erst einmal im Auto sitzen. Schnelle Eingreiftruppe.

»Schad, dass es kein Drive-In ist«, bedauert der Kare.

»Bei uns kommt erst die Moral und dann das Fressen«, wird ihm vom Sandner aufgetischt.

»Scho recht.« Der Kare holt seine Dienstpistole hervor und mustert sie angeekelt.

»Steck's wieder weg«, sagt die Wiesner, »erst muss dir mal jemand erklären, wie sie funktioniert.«

»Irgendwo hab ich doch noch die Anleitung einstecken.«

Der Hartinger ist nervös. Marke hyperaktives Eichhörndl. Verübeln kann der Sandner es ihm nicht. Anstecken will er sich nicht lassen.

Sie sind just durch die Tür, da springt ein adretter Jüngling auf sie zu. Weißes Hemd, schwarze Gelhaare.

»Grüß Gott, die Herrschaften. Sie haben reserviert?«

»Freilich.«

»Auf welchen Namen bitte?«

»Kriminalpolizei.«

»Oh, ich hol …«

»Na na, keine Sorge, wir hocken uns nur ein wenig an die Theke. Nimmt ned viel Platz weg.«

»Ja bitte, natürlich.«

Der Sandner bestellt sich eine Weinschorle, sein Kollege ein Wasser. Weit und breit kein Fendt oder Auerhammer. Im Nebenraum geschlossene Gesellschaft. Das hat der Sandner erwartet. Ruhig nippt er an seinem Glas.

»Was machma jetzt?«, zischt ihm der Hartinger zu.

»Was flüsterst denn so? Warten und improvisieren, wenn's Zeit ist.«

Gemütlich ist es. Für Sandners Geschmack eine Spur zu rustikal. Breite, freiliegende Deckenbalken, das eine oder andere Geweih an der Wand. Nur wenige Tische sind besetzt, trotzdem eilen geschäftige Bedienungen mit vollen Tabletts umher. Der Sandner behält die Tür zum Nebenraum im Auge. Fünf Minuten später schon wird er für das Warten belohnt.

Der Herr Fendt wird serviert. Die Blase drückt. Er macht sich auf den Weg zu den Toiletten. Im grauen Trachtenjanker, passend zum Ambiente.

»Komm mit«, weist der Hauptkommissar den Hartinger an. »Auf geht's.« Der Prophet macht sich zum Berg auf. Er wartet, bis der Fendt im Scheißhaus verschwunden ist, dann geht er ihm nach.

»Lass niemanden rein«, befiehlt er dem verblüfften Kollegen.

»Wie soll ich …«, hört er noch, dann ist die Tür zu.

Neben den Fendt stellt er sich ans Pissbecken und pinkelt. »Ich hab mich gefragt, warum der van Leyden Sie angerufen hat.« Jetzt sollt sich der Fendt möglichst nicht sofort zu ihm drehen. Gottlob, er fummelt nur hektisch am Hosenstall.

»Was aber …?«, stottert er.

»Der war ja nicht blöd, der van Leyden.«

»Was soll das denn hier?«, schreit der Fendt, »sind Sie durchgedreht?«

Der Sandner schüttelt seinen Schniedel aus und knöpft sorgfältig den Hosenschlitz zu. »Der hat vor dem Mord dem Dennis das Handy geliehen und mitbekommen …«

»Verfolgen Sie mich bis ins Scheißhaus?« Fendts Stimme überschlägt sich. Er dreht sich um und will nach draußen. »Das werden Sie bereuen. Sie mach ich fertig!«

»Wenns durch die Tür wollen, leg ich Ihnen Handschellen an und nehm Sie als Schemel.« Ganz nahe ist der Sandner seinem Gesicht.

Der Mann verharrt. Er dreht sich nicht um.

»Sie drohen mir? Lächerlich. Das kostet Sie ... was wollen Sie eigentlich von mir?«

Mit zwei Schritten ist der Sandner vor ihm, steht im Türrahmen zum Waschraum. Verschränkt die Arme.

»Hörens weiter zu.«

Einen hochroten Kopf bekommt er, der Fendt. »Also – ich höre. In einer Stund sind Sie bloß noch ein Stumpen von einem Verkehrsfuzzi, des schwör ich Ihnen. Was Sie tun, ist illegal, Rechtsbeugung. Ein Amoklauf!«

»Wo war ich? Ah ja – der van Leyden ruft Sie also an und will Geld. Zwanzigtausend, mag sein auch mehr. Die versprechen Sie ihm. Ein Glücksfall, dass er verreckt ist, gell?«

Der Fendt haut mit der Faust gegen die Fliesen. »Schwachsinn. Was phantasieren Sie sich da zamm, Sie sind ja krank.«

»Ich hab mich lang gefragt, was Ihr Motiv sein könnt. Ich glaub ned, dass des geplant war. Dafür sind zu viele Unwägbarkeiten drin. Sie sind doch ein Gerissener. Der Dennis ruft Sie an. Sie vereinbaren einen Treffpunkt, holen ihn ab. Fendt, Sie sind Samstagnacht weggefahren und später mit einer Person wiedergekommen. Dafür gibt es Zeugen. Sie haben mich angelogen. Vielleicht hat der Dennis gesagt, ich spiel nicht mehr mit bei der blöden Gschicht. Oder er hat sich Gedanken um die Janine gemacht. Ach, ham Sie übrigens gewusst, das der Auerhammer gar ned der Vater vom Kevin ist?«

»Was?« Der Fendt schüttelt den Kopf. »Keine Ahnung, was Sie daherreden.«

»Eine Überraschung? Ach nein, ich Depp! Des hat Ihnen der Dennis gwies gesteckt.« Der Sandner greift sich ans Hirn. »Aber zruck zum Motiv.«

»Sind Sie bald fertig, da drin wird auf mich gewartet.« Der Fendt scheint sich wieder im Griff zu haben.

»Sie ham gestritten. Der Dennis konnt sehr impulsiv sein, aufbrausend. Natürlich wär des bitter für Ihre Karriere, wenn die Geschichte rausgekommen wär, aber jemanden umbringen deswegen? Sie hätten behaupten können, von der Missbrauchsgschicht haben wir nix gewusst. Ein Killer sind Sie ja ned.« Der Sandner tritt dicht an ihn heran.

»Den Kevin hättens Ihnen weggenommen. Das Pflegekind. Ihr einziges Kind. Deswegen könnt ma jemanden derschlagen, stimmt's? Wolltens kein eigenes mehr?«

»Sie Drecksau. Können Sie des beweisen, was Sie daherreden – naa, weil es ned stimmt! Es ist nicht wahr!«

Der Fendt schreit wie ein Schwein, das justamente abgestochen wird. Die Adern treten ihm hervor.

Die Akustik ist ausgezeichnet. So ein Scheißhaus ist der beste Vernehmungsraum, in dem der Sandner je gearbeitet hat. Für das Präsidium hätte er eine gestalterische Idee.

Draußen gibt es allerdings offenbar Tumult.

»Des is mir wurscht, ob du Polizist bist«, schreit eine kratzige Stimme, »ich brunz mir doch ned wegen dir in die Hosen!« Dem Sandner kommt das Timbre bekannt vor.

»Ins Weiberklo? Glei setz ich dir einen Haufen auf die Schuh, du damische Wachtl!«

»Weiter«, sagt der Sandner. »Bei Ihnen daheim ist er gesessen, arglos, bis er von hinten den Hammer auf den Schädel bekommen hat. Ein wuchtiger Schlag, da lag eine Wut drin.« Er schlägt gegen die Wand. Wumm! Sein Gegenüber fährt zusammen.

»Wer war des? Sie? Ihre Frau? – Und dann natürlich Panik. Sie ham ihn zugerichtet, mit dem Messer. Am Freitag hams erst die Sendung über die Satanisten gesehen. Gwußt hams vom Grab des Erdlinger, auszogen hams ihn, in der Plane hingeschafft zum Friedhof, und da … was sagen Sie dazu?«

Der Sandner hält ihm den Beutel mit dem metallenen Kügelchen vor die Nase.

»Des …«

»Was des?

»Des können Sie nicht mit mir … ich mein.«

»Warum denn ned? Die Spurensicherung hat des heut Mittag in Ihrem Carport gefunden. Sie ham ned aufgepasst. Ich kann mir nur eine Möglichkeit denken, wie es da hingekommen ist.«

»Weil die Polizei es da hingeschmissen hat, was weiß denn ich!«

»Wieso hätten wir so was tun sollen. Sie sind doch ein Schlauer?«

»Soll ich auch noch in Ihr abartiges Hirn schauen? Weils sonst keine Beweise ham«, plärrt der Fendt, »weil Sie behaupten werden, wir hätten dem Burschen sein Brustringerl runtergerissen und die geschissene Kugel verloren. Weils blöd sind. Weils uns für blöd halten. Reicht des? So ein alberner Trick, da lach ich doch!«

Da muss der Stolz in ihm durchgebrochen sein, dass sie den Ring gerade nicht verloren haben. Abgegangen wird er beim hastigen Ausziehen sein, beim Schippeln oder irgendwo hängen geblieben beim Herumschleifen. Aber der Ring samt Kügelchen war dann bestimmt ein Job für den Handsauger gewesen. Der Sandner ist fast ein bisserl enttäuscht vom Fendt.

»Gut, Sie ham recht, des ham wir ned von Ihrem Carport aufgeklaubt. Übrigens, der Dennis hat sich die Piercings vor vier Wochen in London stechen lassen. Noch nicht einmal im Internet gibt's Bilder davon. Hat er wohl gestrippt für Sie?«

Kurz herrscht Schweigen.

»So wollen Sie mich reinlegen? Des sieht doch ein jeder, was des ist«, sagt der Fendt.

»Da wär ich mir selbst ned sicher. Ein jeder hätt des gwies ned behaupten können – Sie natürlich schon.«

Der Sandner holt noch ein Beutelchen hervor. »Was ich Ihnen gezeigt hab, war vom Ohrring eines Praktikanten, schauens, das andere Kügelchen, das echte, is ein wenig …«

»Is des alles? Sie sollten im Zirkus auftreten? Was beweist des, frag ich Sie?«

Zirkus? Um Sandners Talente herzuleiten, müsste man eher von Rosstäuschern oder Hütchenspielern in seinem Stammbaum ausgehen. Das Kügelchen von Hansis Ohrring schiebt er in die rechte Hosentasche, sein Pendant aus der Rechtsmedizin, das die Wiesner beim Carport deponiert hatte, lässt er in die linke wandern. Der Fendt schnappt nach Luft. Er kennt sich nicht mehr aus. Hoffentlich hat er ein gesundes Herz, aber der Hauptkommissar will ihn ausschließlich verbal abbügeln.

»Sie ham das Prinzip ned verstanden, Fendt. Mir reicht es, wenn ich sicher bin, dass er in Ihrem Haus gestorben ist. Da wer ma dann alles finden, die Kontobewegungen von der Bank, Blut, DNS. Die Spusi tät selbst rausfinden, wenn Sie sich vor fünf Jahren geschnitten haben, beim Zwiebelhacken.«

»Das können Sie nicht. Is des mit Ihren Vorgesetzten abgedeckt, Sie Wahnsinniger? Einen Kopf kürzer machen die Sie, und ich applaudier! Sie kommen ned in mei Haus nei!«

In seinen Augen sieht der Polizist einen Anflug von Mut. Der Fendt scheint zu überlegen, wie er nach draußen kommt. Der Weg führte durch den Sandner durch. Die Beule in der Hose ist wohl sein Handy. Aber er greift nicht zu. Wenn er ihm bloß nicht um Hilfe plärrt. Der konfrontative Typ ist er nicht. Lieber hintenrum oder Notausgänge, als altes Weib verkleidet.

»Glaubens tatsächlich, Sie haben Freunde? Ich geh jetzt nei und erzähl denen alles und werf dazu das Kügelchen auf den Tisch und van Leydens Handy und Sie gleich dazu. Die Auerhammerin wird einen Spaß haben. Die Presse leckt sich die Lippen, und dann beißt sie Ihnen gierig nei ins Sackerl.«

Der Sandner wird ganz leise, flüstert.

»Wissens, was Ihre Freunderl sagen werden, die Speichellecker, die Stadträte, samt Minister Großkopf und von und zu? Fendt? Kenn ich nicht, den Namen, nie gehört. Ich werd Schupo, von mir aus auch Katzenklo, aber du bist richtig im Arsch, Freunderl. Dass wir uns verstehen, ich diskreditier dich, schopp dir die Integrität ins Maul zruck, bis du ein nackerter Wurm bist.«

Der Fendt sagt nichts. Mit der Stirn lehnt er an den Fliesen.

Der Tumult vor der Tür wird lauter, ein Handgemenge scheint sich anzubahnen.

»Ein Tötungsdelikt bleibt bei uns auf dem Tisch, bis es geklärt ist. Die Akte verschwindet nie. N – i – e. Nie wird sie weggelegt, immer wird jemand auf der Jagd sein«, schiebt der Sandner nach.

»Sein Sie endlich still!« Die Schultern zucken, der Mann presst sich die Hände auf die Ohren.

Sein Jäger ist direkt hinter ihm. Er wittert teures Eau de Toilette und Schweiß.

»Ich persönlich könnt mir vorstellen, die Nacht ist einfach außer Kontrolle geraten«, wispert er dem nassen Nacken zu. Ein Schnauben bekommt er zur Antwort.

»Ich hab niemanden erschlagen. Ich ...«, setzt der Fendt leise an. Dumpf, die Lippen fast an der Wand.

Endlich.

Mit Wörtern hat der Sandner auf ihn eingeprügelt und auf den Lucky Punch gesetzt. Sich verausgabt. Nur Wörter. Hier ist er im Ring. Allein ist der Fendt, keiner da, der ihm hilft. Weit weg von der Behaglichkeit. Keiner, der ihm Wasser gibt, Zuspruch und Massagen. Es stinkt nach Pisse und Chlor.

Wenn du affektiv gemordet hast – upps, war nicht so gemeint –, ist die Schwellenangst gegenüber einem Beichtszenario nicht so ausgeprägt. Besonders, wenn du die Schuld noch großzügig verteilen kannst, wie Geburtstagstorte. Auf Empfang geht der Sandner, genug geredet.

»Rawhide« hallt plötzlich durch den Raum. Beide Männer fahren zusammen. Der intime Augenblick verpufft. Wiesners Nummer auf dem Display. Kruzifix! Was für ein Timing, Koitus interruptus. Der Sandner beißt die Zähne zusammen und geht ran. Sie wird ihm nicht den Wetterbericht erzählen wollen.

»Der Auerhammer hat im Präsidium angerufen. Er hätt die Janine gefunden. Dann war die Leitung unterbrochen.«

Der Sandner betrachtet den verschwitzten Rücken vor ihm.

Langsam dreht sich der Mann um. Er starrt den Polizisten an. Geplatzte Äderchen um die Pupillen, schweißnass, glühendes Gfries. Wer die Karriereleiter nach oben kraxelt, spürt intuitiv, wenn das Spiel verjodelt ist. Die Sprossen zerbrechen. Absturz.

»Was?«, wispert er, »was ist los?«

»Ihr Spezl Auerhammer hat die Janine gefunden. Wo ist die?«

Da ist kein Widerstand mehr im Janker. Nur mehr Erkenntnis. Angst.

»Bei uns«, kommt es tonlos.

Der Sandner weist die Wiesner an, sie solle das große Besteck zu den Fendts nach Hause jagen, velocemente, samt Notarzt.

»Und jetzt holen wir Ihre Frau raus.«

Er will der Wiesner und dem Kare Bescheid sagen. Sie sind dran. Zweiter Akt.

»Die ... die is ned da«, stammelt der Fendt.

»Was?«

»Die müssens grad verpasst haben. Der Kevin hat gespuckt. Die Tagesmutter hat angerufen. Sie wollt ihn dort abholen ...«

Er rutscht zu Boden, hockt da und starrt vor sich hin.

»Und der Auerhammer?«

»Sei Frau hat gesagt, er wär kurzfristig erkrankt. Ich muss wieder rein. Die warten auf mich.«

Mechanisch spricht er, einen Teil seines Hirns hat er ausgeschaltet.

Die Tür wird aufgerissen. Ein alter Mann mit Gehstock. Er mustert erst die zusammengekauerte Gestalt am Boden, dann schaut er auf.

»Ach du bist's, Sandner. Hätt ich mir denken können. Warum habts des ned glei gsagt. Und wer is des traurige Würschterl?«

Der pensionierte Oberstaatsanwalt Brauner stochert mit dem Stock nach dem Fendt.

Der Sandner zerrt den Knienden am Kragen hoch.

»Hartinger, pack an, wir müssen los!«

Mit Hilfe des atemlosen Kollegen schafft er den Fendt nach draußen.

»Aber das geht nicht. Ich muss doch wieder rein«, beschwört der sie, zwischen ihnen herstolpernd.

»Derf ma jetzt endlich in Ruhe pissen, ja?«, grantelt ihnen der Brauner hinterher.

»Sie sind schon vor Ort!«, ruft ihnen die Wiesner zu, »eine verletzte Person, ein Leichenfund!«

Der Sandner schlägt mit der Faust auf das Wagendach.

Ihre Beute auf dem Rücksitz in die Mitte gepresst, preschen sie nach Harlaching.

»Sie hat immer nur gesagt, niemand nimmt mir das Kind weg«, kommt es von hinten.

Vor dem fendtschen Haus steht ein Lieferwagen mit Auerhammers Schriftzug. Der Eigentümer sitzt auf dem Rasen. Zwei Sanitäter betüdeln ihn.

»Du Hornochs!«, schreit ihm der Sandner entgegen.

Um den Carport haben sich Polizisten versammelt. Ein Absperrband wird entrollt.

»Unter dem Boden, der ist aufgebrochen«, setzt ihn ein Uniformierter in Kenntnis. Blass ist der, frische Flecken auf dem Hemd. Sie wären gleich da gewesen. Nur zwei Häuser entfernt wären sie im Einsatz gewesen. Ein Nachbarschaftsstreit. Um Äste wär es gegangen, einfach nur abgesägte Äste und um jahrelang aufgestauten Ärger. Er unterbricht seinen Redefluss, fasst sich wieder, macht ordentlich Meldung.

»Offenbar weibliche, stark verweste Leiche in Plastikfolie, Herr Hauptkommissar.«

Der Sandner bleibt stehen. Er braucht sich das Madl nicht anzuschauen. Nach dem Unterschied zwischen einem abgesägten Ast und einem Toten fragt er sich. Sein Gefühl hätte ihn ruhig ausschmieren können, bloß heut.

Die Wiesner beugt sich runter zum Auerhammer.

Einen Kopfverband haben sie ihm angelegt.

Jetzt stößt er wütend den Notarzt weg, der sich weiter bemühen will.

»Ich hab's geahnt. Geahnt hab ich es. Es hat mir keine Ruhe gelassen. Dass ihr gesagt habt, sie wär tot. Wer sollt sie denn umbracht haben? Und wieso? Wissens, des Material für den Carport hab ich dem Fendt liefern lassen. Einen Tag nachdem die Janine verschwunden ist. Arbeiter waren auch ausgemacht, aber die wollt er dann plötzlich nimmer. Gut tät des ihm, die körperliche Arbeit, hat er gesagt. Keine Ruhe hat mir des gelassen. Ich hab schon mitgekriegt, wie die Gisela den Kevin vergöttert hat und alles. Wer denkt denn so was? Die sollt man einmörteln und vergessen, die Drecksau.«

Die Wiesner hört ihm schweigend zu. Dass er sich gedacht habe, wenn die Fendts bei der Sitzung wären, könnte er einfach nachschauen. Mit seiner Frau hätte er das ausbaldowert. Lieferwagen, Spitzhacke und Presslufthammer. Krähte kein Hahn danach. Bauarbeiten halt. Und dann hätt er sie gesehen, die Haare und die Folie und wie er angerufen hätte, bums, hätte ihm wer die Lichter ausgeknipst. Er hätte niemanden kommen gehört.

Der Sandner spurtet zurück zum BMW.

»Wo könnte sie hin sein, Ihre Frau?«

»Ich ...«

»Wo, zefix?«

»Ich weiß doch nicht.«

Der Fendt wird von Schluchzern geschüttelt.

»Mensch, sie hat den Kevin dabei, und für sie ist es aussichtslos. Die macht sich und das Kind vielleicht weg!« Der Sandner beutelt ihn, gibt ihm eine Watschn.

»Wo ist Ihre Frau her? Aus München?«, herrscht er ihn an.

Der Mann starrt durch ihn hindurch, als wäre er unsichtbar.

»Wieso her? Icking«, bringt er schließlich hervor, »aber ihre Eltern sind lange tot. Da ist niemand mehr.«

Der Sandner ruft nach dem Hartinger und setzt sich hinters Steuer.

»Wohin?«, will der wissen.

»Nach Icking.«

»Rüberrutschen«, befiehlt der Kommissar und drückt seinem folgsamen Chef das Handy in die Hand.

»Wieso Icking?«, fragt er und lässt den BMW an.

Der Sandner schnauft geräuschvoll aus.

»Ich weiß ned. Wo tätst du hinfahren, wenn du panisch wärst? Vielleicht dahin, wo du dich auskennst, wo dein Nest war.«

Er gibt der Wiesner ein Zeichen, winkt mit dem Handy.

Der Hartinger tritt das Gaspedal durch. »Boah, das ist vage«, schnaubt er.

»Willst du dich lieber hinhocken und warten, die Fahndung läuft ja. Vielleicht fährts über den Brenner oder in die Tschechei. Vielleicht derrennt sie sich auch oder spring wo vom Hausdach. Kruzifix, was weiß ich, aber den Kevin hat sie dabei.«

»Am besten fahren wir über die Elfer, mich tät's nicht wundern, wenn ...«

»Was ist mit mir?«, winselt der Fendt vom Rücksitz aus.

»Du bist stad«, kommt es von den beiden Polizisten unisono.

»Sie mögen mich ned besonders«, stellt der Auerhammer fest, schon auf der Trage liegend.

»Ned persönlich nehmen, ich mag halt keine Kinderficker«, bestätigt ihm die Wiesner.

»Das Leben is ned immer nur schwarz oder weiß, Madame.«

»Gscheit daherredende Kinderficker mag ich no weniger. Sagens endlich, wie's wirklich zugangen ist, mit dem Kind, und wer des geplant hat. Da hinten flackt ein vermodertes

Madl, grad amal sechzehn, die könnt noch leben und Spaß haben und Träume, wenns ned Ihren Schwanz hätten neistecken müssen. Des Leben ist des, was passiert, und ned des, was man sich herredet, Herr Auerhammer.«

Der Sandner hat nicht geglaubt, dass er noch geschwinder nach Grünwald kommt als zuvor. Als je zuvor. Leichter Regen setzt wieder ein. Sie haben dem BMW das Blaulicht aufgepappt, und sein Fahrer scheint prüfen zu wollen, bei welcher Geschwindigkeit der Bodenkontakt abreißt. Ein Helikopter wär für den Hartinger pure Geldverschwendung. In Grünwald bricht er durch Straßen, wie die Wildsau durchs Gehölz. Am Schloss vorbei über die Isar weiter nach Höllriegelskreuth geht die Hatz. Ausflügler leben gefährlich. Grad noch die Isarauen genossen, das Panorama vom Burgturm, den herrlichen Blick – das könnte schon der letzte Blick sein, sollten sie dem Hartinger in die Quere kommen. Er schafft sich Platz. Endlich auf der Bundesstraße, kennt er keine Verwandten mehr.

Die Minuten verrinnen trotzdem.

Der Sandner, in den Sitz gepresst, hat seine schweißnassen Finger verknotet. Die Augenlider presst er zusammen, sobald es haarig wird – eigentlich ständig. Jetzt dreht er sich zu ihrem Fahrgast um.

»Rufens Ihre Frau an, und dann gebens mir das Handy. Hopp-hopp!«

Das Häuflein Mensch kramt das Gerät hervor und drückt einige Tasten. Er reicht es nach vorn.

»Ja … Rainer?«

»Josef Sandner hier, geht's dem Kevin wieder gut, der hat doch gespuckt?«

»Was? Ja, dem geht's … was wollen Sie?«

»Bei den Kleinen kommt des scho mal vor, dass der Magen spinnt, gell?«

»Ich hab ihr doch gesagt, dass er Karotten nicht verträgt.« Ihre Stimme zittert.

»Bei meiner Tochter, der Sanne, ist es komischerweise immer ein Geschiss mit Hühnchen. Vielleicht die Gewürze, was meinen Sie?«

»Ja ... Gewürze können es sein. Wie alt ist sie denn?«

»Drei ist die Sanne. Was macht der Kevin?«

»Der ... der schläft. Der schläft immer beim Autofahren.«

»Des is praktisch.«

»Ich hab's ned wollen. Des ... der Kevin braucht mich doch.«

»Manchmal passieren Dinge einfach. Was habens nicht wollen?«

»Passieren einfach, ja.«

»Kinder muss man beschützen.«

»Warum sagen Sie das?«

»Weil Sie so rasen. Keiner ist hinter Ihnen her.«

»Sie lügen.«

»Wenn Kinder dabei sind, is des schlimm.«

»Was sagen Sie?«

»Als junger Polizist bin ich mal als Erster zu einem Autounfall gekommen. Des vergisst man nie.«

»Ich will das nicht hören. Wo ist der Rainer?«

»Ein kleiner Junge, vielleicht zwei ... der war ... halb zerquetscht, das Hirn auf den Polstern, alles voll Blut. Die kleinen Knochen ham herausgeragt. Da war auch ein Plüschtier, ein Elefant, auf seinem Schoß. Ich glaub, das Sterben hat wehgetan. Gequält hat das kleine Gesicht ausgesehen, ganz erschrocken.« So einen kleinen Elefanten hat der Kevin auch. Der Sandner hat ihn in seinen Armen gesehen, als die Fendt ihn ins Haus getragen hat. So lange her, als wär ein Jahr vergangen.

»Sein Sie still!«

»Und wir Helfer ham gelitten. Alle. Geweint haben wir, wie wir die kleinen ...«

»Sein Sie doch still!«

Der Sandner lässt das Handy sinken. »Weggedrückt.«

Der Hartinger pustet die Backen auf. »Sandner, des is grausig!«, stößt er heraus.

»Scho gut, so was möchte ich nie erleben, heut schon gar nicht.«

»Will die sich derrennen?«

»Weiß ma's? Ich kann ned neischauen in die Frau, ein Kind hat sie schon verloren. Wir müssen den Bub haben. Müssen!«

»Das war wegen dem Babyalarm«, würgt der Fendt hervor. Schwer atmet er. »Der Kevin ist wach geworden, und ich hab bloß schnell nach ihm schauen wollen. Lass nur, ich schau gschwind, hab ich gesagt. Und wie ich wieder runterkomm, ist er dagelegen. Alles voller Blut. Der hat sich nimmer gerührt. Und die Gisela ist dagestanden mit dem Hammer. Ich hab vorher noch einen Nagel ... wegen der Blumenampel. Der Kevin braucht mich doch, hat sie gesagt. Immer wieder. Der Weiß hat nur ständig nach der Janine gefragt, wo die sein könnte und dass wir alle bescheuert wären, weil der Auerhammer ja nicht der Vater wär. Und Schluss damit, alles würde er auffliegen lassen. Und dann ist er dagelegen. Mein Gott. Einfach so. Was hätt ich denn machen sollen? Ich ... wir ...«

»Wie weit noch?«, unterbricht der Sandner.

»Erst Schützenried, der nächste Ort ist Icking – und dann?«

Dem Sandner klopft das Herz bis in den Schlund. Ja und dann?

Beim Ortsschild von Icking lässt er den Hartinger anhalten.

»Vielleicht könnt man das Handy orten, wir ...«, schnattert der los.

Mit einer Geste bringt er ihn zum Schweigen.

»I muss nachdenken.«

Fendts Handy spielt eine hübsche kleine Melodie. George Harrison, »Here comes the sun«.

»Frau Fendt?«

»Ich ... möchte meinen Mann sprechen.«

»Hier.«

Er reicht das Handy nach hinten.

»Wo bist du?«, drängt der Fendt.

Einen Moment lauscht er, schüttelt den Kopf. »Sag es doch, bitte!«

Der Sandner reißt dem Fendt das Handy wieder weg. Er lauscht, ohne zu sprechen.

»Es tut mir leid«, hört er die Frau sagen.

Straßengeräusche. Autos. Sie scheint ausgestiegen zu sein. Eine Schnellstraße?

»Rainer?« Sie muss anplärren gegen das Rauschen.

Sandner versucht den Hintergrund einzuordnen.

»Rainer, sag doch was?«

Er kann noch ein bisschen lauschen, bevor sie ihn wegdrückt.

»Was machen Sie denn, sind Sie verrückt?«, schluchzt der Rainer.

»Wo ist hier die Autobahn?«, überbrüllt ihn der Sandner. »Brücke oder so was?«

»Sandner, die Frau kann überall sein, sogar in der Scheißwalachei!« Der Hartinger ist am Überschnappen.

»Aber da sind wir nicht, Herrgottsakrament!«

»Icking – so ein Schmarrn!«

Der Sandner haut mit der Faust aufs Handschuhfach. »Wenn dir des ned passt, du deppertes …«

»Wir müssen rechts Richtung Wadlhausen«, unterbricht sie ihr Fahrgast leise.

Beide drehen sich zu ihm um. Glotzen ihn an.

Der Hartinger gibt schweigend Gas.

»Was ist da?«, will der Sandner wissen.

»Die Autobahnbrücke«, flüstert der Fendt.

Fünf Minuten, dann sind sie da. Der Sharan parkt vor ihnen. Niemand am Steuer. Als hätte er den Kofferraum voller Nitroglyzerin, so lässt der Hartinger den Wagen ausrollen. Sanft steigt er auf die Bremse.

Das Blaulicht hat der Sandner eingesackt.

Sie schnallen sich ab. Alle drei schauen schweigend nach vorn. Beinahe andächtig.

Auf der Brücke steht die Frau und blickt über das Geländer. Auf dem Arm hat sie den Kevin. Nahe, zu nahe ist sie. Zwei Sekunden, und sie tät unten aufschlagen.

»Gemma«, haucht der Sandner.

Der Hartinger deutet beim Aussteigen auf den Rücksitz.

»Und der?« Er bekommt keine Antwort.

Der Sandner ist schon draußen und marschiert los.

Sein Kollege erreicht hinter ihm den Wagen der Frau und bleibt stehen. Er zieht sein Handy aus der Tasche.

Der Hauptkommissar geht weiter. Langsam, entschlossen.

»Frau Fendt?«

»Bleibens da stehen, lassens mich in Ruhe.«

Ihr Satz stoppt ihn wie eine Wand. Er verharrt, wirft einen Blick über das Geländer. Nicht einmal hoch. Unter ihnen die A95, Wagen an Wagen. Geschäftige, ahnungslose Gesichter hinter den Windschutzscheiben.

»Die Janine war keine gute Mutter, oder?«, ruft er ihr zu.

»Nein. Das begreifen Sie nicht, niemand kann das.«

»Erklärens es mir.«

Er muss schreien, zwei Autos jagen unbeirrt an ihnen vorbei. Empört hupend ziehen sie ihre Bahn. Die ganze Palette einhändig machbarer Gesten offenbaren ihm die Fahrer. Hinter ihm her kommt der Fendt.

»Bleibts weg von mir, oder …!«, kreischt die Frau.

Der Polizist streckt den Arm aus, hält ihren Mann auf. Sie rühren sich nicht.

»Ich hab mich abgemüht mit ihr«, sagt die Frau. Ihre Stimme klingt gepresst. Es rumort in ihr. Sie drückt den Kleinen an sich.

»Keiner hat das gesehen. Aber der war alles wurscht. Immer rumgetrieben die halbe Nacht. Bei irgendwelchen Grattlern. Um den Kevin hat sie sich nur gekümmert, wenn sie Lust gehabt hat, die Madame. Eine Puppe war der für sie. Heut spiel ich mit dir, und morgen lass ich dich flacken. Aber der ist keine Puppe. Er hat immer jemanden gebraucht und Liebe.«

»Die geben Sie ihm«, sagt der Sandner.

Die Fendt fängt an zu weinen.

»Ja, ich. Nicht die Janine. Ich wollt, dass sie es lernt. Aber ihr war's egal. Immerzu gestritten haben wir. Sie hat mich alles geheißen. Und dann bin ich heimgekommen, und da stand ihre Tasche schon gepackt. Von mir aus hätt sie verschwinden können, mein Gott, warum ist sie nicht einfach weg? Aber nicht mit dem Kevin, nicht mit meinem Kevin. Der hat mich doch gebraucht. Ich lass doch nicht wieder ... nein, nein, der musst dableiben. Wir ham ... sie ist auf mich los. Die Treppe ist sie runtergefallen. Es war ein Unfall. Ich wollt das doch gar nicht.«

»Ja«, bestätigt der Sandner. Was immer das bedeuten mag. Nur zwei Buchstaben. Ihre Augen möchte er sich nicht ausborgen.

»Der Kevin ...«, stammelt sie und dreht sich vom Brückengeländer weg. Schaut die beiden Männer an. Aufgerissene Augen, zitternd.

»Gisela, bitte, komm da weg!«, fleht der Fendt.

»Hier sind Sie aufgewachsen?«, will der Sandner wissen, »wie war des?«

Die Fendt macht noch einen kleinen Schritt vom Geländer weg. Jetzt lächelt sie sogar.

»Als Kind war es schön hier draußen. Können Sie sich gar nicht vorstellen in einer Stadt. Viel schöner wie in München. Diese Weite, der Geruch. Ich hab immer gedacht, wieder aufs Land zu ziehen, mit dem Kevin – das wäre gut für uns alle gewesen.«

Noch ein kleiner Schritt. Und noch einer.

Dem Sandner kommt es vor, als stünden sie eine Ewigkeit auf der Brücke. Ihn fröstelt. Versprengte Regentropfen treffen auf seine Haut.

Die Fendt erzählt von zu Hause. Von früher. Dass ihre Eltern Lehrer gewesen wären, und von ihrem Hund, dem Oskar, der im nahen Wald beerdigt läge. Ihr Spielkamerad.

Die Zeit tropft wie Tapetenleim. Eine halbe Stunde auf der Brücke. Wer spricht, springt nicht.

Plötzlich versiegt der Redefluss der Frau. Es schüttelt sie. Ihre Züge erstarren. Als hätte wer einen Zauber von ihr genommen. Ein Kübel Pech ist übrig.

Sirenengeheul. Kommt näher. Der Sandner zuckt zusammen, wendet sich um. Ein Reflex. Nicht jetzt!

Das erste Polizeiauto rauscht heran.

»Nein«, quäkt der Fendt und macht einen nutzlosen Hopser.

Sandners Blick schießt zum Geländer. Dorthin, wo sie gestanden ist. Fast ist sie drüber.

Er wirft sich nach vorn und packt zu. Lass es kein Griff ins Leere sein! Etwas Weiches bekommt er zu fassen. Nichts Menschliches. Nur einen Wimpernschlag lang. Den Rüssel eines Plüschelefanten. Der Kevin hat ihn wohl an sich gepresst, will ihn nicht loslassen. Ob ihn das ein klein wenig aufgehalten hat, kann niemand wissen. Zumindest ein paar Zentimeter hat es ihn aus dem Arm der Frau gehoben. Damit hat sie ja nicht gerechnet.

Alte Debatte – Zentimeter machen doch manchmal den Unterschied. Die Frau Fendt geht gerade zum freien Fall über. Da kann der Sandner nachfassen. Sein Oberkörper hängt über dem Geländer. Keinen Gedanken, nur ein großes NEIN im Schädel. Einen kleinen Arm erwischt er. Packt zu wie eine Schraubzwinge und brüllt, was seine Lungen hergeben. Gerade noch. Sonst hätt er bloß ein Plüschtier errettet. Er zieht den Buben mit einem Ruck zu sich. Einen Sekundenbruchteil pendelt der am Arm über der Brücke. Der andere hält den Elefanten.

Dann hat der Sandner den Kevin bei sich.

Bremsenkreischen und Martinshörner übertönen den Aufschlag. Unter ihnen Chaos. Das Unberechenbare ist über die Autobahn gekommen, fordert Tribut. Stößt wie ein Habicht zwischen friedvolle Tauben. Hin und her gezwirbelt wird sie werden, die Fendt, ein Spielzeug, eine zerschlissene Stoffpuppe.

Der Sandner kann sich nicht rühren.

»Warum haben Sie nicht auf den Psychologen gewartet. Herrgott, die Frau ist tot, Sandner!«, ruft der Wenzel ihm zu. Er hastet an ihm vorbei und lehnt sich über das Brückengeländer.

Der Fendt ist auf den Knien und greint hemmungslos.

Außer sich ist der Hauptkommissar. Als könnte er sich von oben zusehen, runterschauen, auf die tropfnasse, gebeugte Sandnergestalt. Taugt zur Vogelscheuche. Ein kurzer Moment, bevor die Lähmung verschwindet. Er setzt das Kind behutsam ab. Seltsam, dass es nicht weint. Ganz still, das Gesicht vergraben im Elefantenplüsch. Die kleinen Arme über dem Tier gekreuzt, die Fingerchen eingekrallt. Das wird ihm niemand wegnehmen!

Eine herbeigeeilte Polizistin kniet sich zu ihm, murmelt ein paar Worte, streicht ihm über den Kopf. Schließlich nimmt sie ihn hoch und verschwindet aus Sandners Blickfeld.

Dessen Hände zittern. Der ganze Mann vibriert, als hinge er an der Stromleitung.

Den Wenzel reißt er an der Schulter herum und packt ihn am Kragen, drückt ihn ans Geländer.

»I schmeiß di nach, du!«

Ein lebender Rucksack zerrt an ihm. Der Hartinger. Es haut ihn von den Beinen. Auf dem Burschen kommt er zum Liegen. Zappelnder Käfer mit acht Gliedmaßen. Er schlägt um sich, befreit sich aus dem Klammergriff.

»Lass los, is ja gut«, ächzt er.

Die beiden rappeln sich schnaufend hoch.

Der Wenzel zupft sich hektisch am Kragen. Die Brille liegt zertrampelt vor ihm. Entsetzen im Blick. Als stünde ihm ein tollwütiges Viech gegenüber. Der Eindruck täuscht nicht. Der Sandner könnte ihn vom Fleck weg zerreißen.

»Das hat ein Nachspiel!«, schreit der Staatsanwalt hysterisch.

»Komm«, sagt der Hauptkommissar zum Kollegen. Die beiden wanken bedeppert zum Auto.

Der Hartinger schmeißt sein Handy auf den Teer.

»Ich hab ihnen doch sagen müssen, wo wir sind.«

Tränen hat er in den Augen.

»Freilich, ned dei Schuld«, schnaubt der Sandner.

Es wimmelt von Uniformierten. Immer mehr Streifenwagen.

»Sandner!«, plärrt ihm der Staatsanwalt nach. »Hierbleiben!«

Er hätte zupacken können, vielleicht hätte er sie erwischt, wenn er sich nicht umgedreht hätte, sagt er sich. Plötzlich taucht das Bild vom Dennis in ihm auf, der Friedhof, und dann der Carport, umgeben von rot-weißem Plastikband. Steig einfach ins Auto, Sandner.

»Ich geb dem Kare und der Sandra Bescheid«, sagt der Hartinger und wischt sich über das Gesicht. Entschlossen schaut das aus. Noch immer steht er vor dem BMW. Er macht eine Handbewegung, als möchte er den Sandner wegscheuchen.

Der nickt ihm zu, lässt den Wagen an und macht sich davon. Nicht still und nicht heimlich. Niemand mag ihm in den Weg springen. Das letzte Mosaiksteinchen ist schneller eingesammelt, als du Muh sagen kannst. Keiner hat eben aus seiner Haut schlüpfen können, wie aus einem abgetragenen Mantel.

Handschellen sind essenziell. Nicht nur, falls du deiner Neigung als Fetischist frönst, sondern als symbolischer Akt. Dass sie der Frau Giese Fesseln angelegt hat, ist eine Befriedigung sondergleichen für die Wiesner. Fast hat sie gehofft, dass sich die Frau wehrt. Nur ein klein wenig. Na, komm! Die war aber zu verdattert gewesen, als es geklickt hat, um ihre Handgelenke. Endgültigkeit liegt in diesem Geräusch und Schuld. Muss das sein, hat der Blick vom Tarzan gefragt. Ja, das hat sein müssen, auch wenn sie morgen wahrscheinlich wieder frei sein wird. Keine große Sache, strafrechtlich, die Kirchenadvokaten werden's sich zurechtmauscheln, eine Mücke daraus machen. Alternativ die Giese als Bauernopfer ans Kreuz nageln. Wer den eigenen Schulderlass perfekt zelebriert, kann getrost den Hammer schwingen. Unergründlichkeit ist gleich – Tauchen verboten! Privates Gewässer.

Nicht an morgen denken, den Augenblick auskosten.

Zusammen mit dem Tarzan führt sie die Frau am Arm über den Gang. Der Auerhammer hat den Mund aufgemacht. Ihre Idee wäre es gewesen, hat der Bauunternehmer gesagt. Eingestürzt, das Lügengebäude.

Schaut her, möchte sie den Kindern zurufen, wer euch verkauft statt zu schützen, der muss büßen. Als hätte sie ein Versprechen gegeben, das sie einlöst. Vielleicht hat sich das Versprechen auch in ihr eingenistet. Nichts hat sie gesagt, die Giese, kein Wort. Als hätt der Schnitzer zuletzt vergessen, ihr den Mund einzukerben. Fast hätt die Wiesner gesungen, wie sie zu ihr ins Büro reingeplatzt sind. Dass sie ja gesagt hätte, sie käme wieder, hat sie gemeint.

Die Giese hat gleich verstanden. Dass sie nicht mehr telefonieren durfte, hat sie zähneknirschend hingenommen. Ihre Augen hasserfüllt.

An den Fenstern drücken sich Kinder die Nasen platt.

Draußen steht ein Streifenwagen. Sie übergeben die Frau zwei Uniformierten und schauen zu, wie sie wegfahren.

Die Giese schaut nicht zurück. Schlussbild.

Einen kehligen Schrei lässt die Wiesner, der den Tarzan zusammenfahren lässt. Sie reckt die Fäuste gen Himmel. Vögel fliegen erschrocken auf, ein Raubtier befürchtend.

»Kriegsruf«, meint sie, bevor sie ins Auto steigen.

»Gemma heute noch was trinken?«, will ihr Begleiter wissen.

»Ich besauf mich ned mit Kollegen.«

»Kaffee?«

»Du bist hartnäckig. Hast mit deim Spezl um eine Fanta gewettet?«

»Nogger.«

»Das krieg ich, und den Kaffee zahlst auch.«

»Im Botanischen Garten gibt's fei a Venusfliegenfalle, die is grad so drauf wie du.«

»Wenn du ein Pflanzenflüsterer bist, solltest dich zu uns versetzen lassen. Die Yuccapalme tät's freuen.«

»Ihr seids ein total abdrahter Haufen. Ich müsst narrisch sein.«

»Dann passt's ja.«

Der Mann lässt den Motor an.

Die Wiesner zündet sich eine Zigarette an. Genug. Sie mag nichts mehr verdecken mit Geplapper.

Tarzan an ihrer Seite schaut zufrieden aus.

Sie wünschte sich, dass es ansteckend sein könnte, wie eine Influenza. Nur einmal. Das Hochgefühl ist schlagartig ausgeknipst. Der Kare wird in Harlaching gerade zuschauen, wie sie ein junges Madl aus dem Beton kratzen. Und die Fendt hat sich von der Brücke gestürzt. Dunkel wird es und nichts da zum Festhalten. Als hätte der Aschenbrenner sie auf dem Tisch gehabt und ausgehöhlt.

»Zuerst muss ich noch was erledigen«, sagt sie. »Wegen dem Bruder von der Janine, dem Fetzner Pascal. Da fahr ich jetzt hin. Du musst nicht mitkommen.«

»Doch«, hört sie den Tarzan murmeln, »muss ich.«

Der Morgen danach, quasi epilogische Zeitrechnung.

Westbrucks Marching Song dröhnt durch Sandners Wohnung. Schräge, herausgestoßene Klänge, die herunterpeitschen, ein Gewitterregen, nah und unvermittelt. Requiem.

Weil er kein Abo hat, ist der Sandner allein aufgewacht.

Früh morgens war sie rausgehuscht, die Fähe, aus seinem Bau. Die Apfelmaid hat das Talent, ihn an den Augenblick zu fesseln, mit ihrer Haut und ihrer Präsenz, als wäre schon die nächste Minute nur noch ein leeres Blatt Papier. Viel Frau hat er sich genommen und viel Wein. Weil – er hat kein Seelenpflaster gebraucht, nur etwas zum Desinfizieren, bevor der Schlaf mit einem Mal seine Gier aufs Lebendige niedergehauen hat.

Die Meldung vom tragischen Geschehen auf der A95 hat er sich im Radio angehört. Sie hat niemanden mitgenommen, die Fendt. Direkt vor einem Tiertransporter war sie aufgeschlagen. Dem Boandlkramer hat dieser Bissen ausnahmsweise gereicht. Fahrer und hundertsechsundfünfzig Schweine sind unverletzt geblieben. Aufschub für die Viecher. Ois is relativ. Ob du zum Schnitzel gemetzgert wirst oder als Kadaver auf der Standspur flackst, ist bar jeder individuellen Relevanz.

Der Muck hat ihm die Mailbox vollgemault. Nach den ersten Worten hat er das Handy angewidert ausgemacht.

Auch sein Anrufbeantworter hat den ganzen Morgen Wörter aufschlürfen dürfen. Satt hat er vor sich hin geblinkt. Mit der Löschtaste hat der Sandner die Verdauung eingeleitet. Pinkeln, waschen, fressen, saufen, all das, was ein Tier vollbringen kann. Für das Menschendasein kann sich der Sandner nicht erwärmen. Kein Gefühl will er spüren und keinen Gedanken, der sich festbeißen könnte. Gedankenzecken. Vegetieren ist Anstrengung genug. So lässt er den halben Vormittag verstreichen – Josephus vulgaris –, bevor er sich aufrappeln kann in puncto Lehnharter, respektive seiner Gattin. Ein hartes Stück Arbeit, bis er Schlag zwölf beim Hauswart im Wohnzimmer warten kann.

Die Frau Lehnharter hat nichts dagegen gehabt, wie er gemeint hat, er möchte bei ihnen zu Hause auf ihren Mann warten. Sie hat ihm die Fernbedienung für den Fernseher gegeben und noch einen Kaffee aufgebrüht. Einen Bienenstich hatte sie aufgetaut, sehr schmackhaft.

Der Sandner ist froh gewesen, dass sie ihm nicht zu guter Letzt Lehnharters Pantoffeln hergekramt hatte.

Erleichtert hat sie ausgesehen, dass ihren Mann wer behätscheln mag, als sie losgezogen ist mit den Nachbarinnen, dem neuen Job entgegen. Ob der Sandner sie ersetzen kann, ist mehr als fragwürdig. Aber er ist bemüht.

Auf dem Großbildschirm vermessen, wiegen und füttern fleißige Tierwärter in akribischer Manier putzige Zoobewohner. Derweil ist der Sandner am Einnicken.

Die Wohnungstür wird aufgesperrt. Mit einem Ruck sitzt er aufrecht.

»Gertie!«, plärrt der Troll vom Gang her.

»Die is ned daha«, schallt es vom Sandner zuckersüß zurück. Mittagsläuten. Fütterung. Der Lehnharter bekommt um diese Zeit seine warme Mahlzeit. Hungrig steht er vor dem Sandner und starrt ihn an. Die feuchte Unterlippe hängt herunter. Ähnliches hat der Polizist im Fernsehen betrachtet, mit dichterem Fellbewuchs. Der Hausl scheint krätzig, stemmt die Fäuste in die Hüften.

»Was machen Sie …?«

»Warten. Ihr Frau hat koa Zeit, und ich hab gedacht, ist doch schön, wema heimkommt und …«

»Was heißt koa Zeit?«

»Lehnharter, setzen Sie sich her.« Aufmunternd klopft der Sandner aufs Polster. Sitz, Troll!

Der Mann ist zu verdattert, um zu widersprechen. Dass seine Gemahlin gerade ihren ersten Arbeitstag im Hotel Sammert hätte, erklärt ihm der Sandner, äußerst einfühlsam. Mehr dazu lässt er sich nicht entlocken. Überzeugungsarbeit war nötig gewesen. Die Imhofer und die Rindsbacher haben sich reingekniet bei der Lehnharterin. Und dazu war es wirksam, gegenüber dem Hotelbesitzer durchblicken zu lassen, wie das Etablissement sonst im Fokus von Polizei und Presse stünde.

Bates Motel am Bahnhof. Wöchentliche Razzia inklusive. Nachdem die Walther in der Nacht die Rezeption entseelt hatte, im Zusammenhang mit umfangreichen Durchsuchungen, Vernehmungen und der Verhaftung eines gewissen Ilic, ist Not an der Frau. Die Lehnharterin würde den Laden hundertprozentig auf Vordermann bringen. Sogar ein Personalzimmer hatte er rausgeschlagen, für alle Fälle.

»Ja aber … und was ist mit der Geschicht?«, fragt der Hauswart verwirrt. Überzeugt scheint er, dass er es einrenken wird mit der Gertie. Heute ein Abenteuer und morgen zurück am Herd. Banalität.

»Alles geregelt«, verkündet der Sandner lapidar.

Der Lehnharter rülpst verzückt.

»Hab ich mir gedacht, dass der falsche Fuchzger dahintersteckt. Dankschön, Herr Sandner. Sie sind halt ein Profi. Trink ma an Obstler drauf?«

Der Polizist steht auf.

»Na, Wiederschaun, Lehnharter.«

Schon bei der Tür, haut er ihm noch eine Frage hin.

»Was kostet eigentlich so ein Sony Fernseher? LCD, großer Bildschirm, tät mich auch reizen.«

»Geht scho«, nuschelt der Lehnharter. Milchschlabbernde Kragenbärbabys fesseln grad seine Aufmerksamkeit. Exorbitantes Zungenspiel.

»Na, unter Freunden? Was verlangt denn Ihr Spezl, der Friedel, wenn was vom LKW gfallen ist?«

Der Lehnharter ruckt hoch. Der Schädel färbt sich krebsrot.

»Was?«

»Lehnharter, wir beide wissen doch Bescheid.« Zumindest ist das Sandners Hoffnung, sonst könnte er zammpacken.

»Im Keller hams noch den Karton. Meine Kollegen wären ganz spitz drauf, sich das genauer anzuschauen. Der Friedel ist ja ein alter Bekannter. Fischer Friedrich, geboren siebzehnter vierter einundsiebzig in Murnau, diverse Verurteilungen wegen Hehlerei und Diebstahl. Kollegen haben mir geflüstert,

Fernseher sind aktuell seine Spezialität. Viermal eingnaht gewesen, Nummer fünf bald wegen Ihnen. Scho saublöd.«

»Was wollens denn von mir, Hurenseuch!«

»Den Fernseher ned«, sagt der Sandner. Er geht zurück zum Sofa.

»Hier ist die Adresse von der Caritas Suchtberatungsstelle, da gehen Sie hin, wöchentlich, zwecks dem Saufen. Erster Termin, morgen vierzehn Uhr dreißig. Seien Sie ja pünktlich. Und hier ist die Adresse einer Männergruppe, weil Sie so gern zuhauen, bei den Weibern. Da gehen Sie auch hin. Und hier ist ein Heftl, da lassen Sie sich das unterschreiben.«

Er wirft das Heft auf den Tisch. DIN A5, Viertklasszeilen, Lehnharter steht vorne drauf, in sandnerscher Schönschrift.

»Ich kontrollier es. Und wenn es Ärger gibt, rupft dich der Profi, wie ein Hendl. Alles verstanden? Nix vergessen!«

»Zefixhalleluja!«, brüllt der Lehnharter und fegt ein Bierglas vom Tisch. An der Wand zerscheppert es und hinterlässt einen braunen Fleck.

Der Sandner nickt bloß.

»Nicht das Heftl kaputt machen«, mahnt er schon im Gehen. »Wennst ned brav bist, ist der Fernseher weg, und du und dein Friedel treffts euch beim Richter. Capice?«

»Sie sand ja ned bei Trost!«, wird ihm nachgeplärrt.

Man sagt so leicht, jemand verstünde die Welt nicht mehr. Das ist eine Gemeinsamkeit zwischen dem Lehnharter und dem Sandner. Nur, während der Troll sich den Schädel martert, weiß der Sandner, dass diese Mühe vergeblich ist. Jetzt lässt er ihn in seinem Gram sitzen. Trostlos.

Er schlappt nach oben, die Augen vor sich auf die Holzstiegen gerichtet. Gedanklich noch auf der Couch beim Hauswart und seiner Gemahlin. Morgen früh wird er wieder vorbeischauen und nächste Woche. Prohibitive Intervention, damit die Suppe nicht anbrennt, die der Lehnharter auslöffeln soll.

Beinahe wäre er vor seiner Wohnungstür mit dem Hartinger zusammengerumpelt.

»Hartinger, habts mich zur Fahndung ausgeschrieben? Was lungerst du vor meiner Tür?«

Der Bursche bekommt rote Bäckchen. Seine Hände wissen nicht, wohin.

»Ich wollt fragen, ob Sie heut … ich mein … der Kare wollt uns alle auf eine Pizza einladen.«

»Zum Italiener? Jetzt?«

»Ned so ganz.«

»Papperdeckelmenü samt Büroambiente?«

Der Hartinger schaut ertappt aus. Grinsen muss er. Nur ein klein wenig, bevor er sich, zwecks Kontrolle, auf die Lippe beißt.

»Muss ja nicht zwingend Pizza sein, wir könnten auch ein paar Hendln holen«, sagt er.

»Meinethalben«, knurrt der Sandner, »aber ich fahr, dass du's gleich weißt – und vergiss die Hendln.«

Mit einem Happy End verhält es sich für ihn so wie mit einem Außerirdischen. Dem begegnest du höchstens vor der Glotze oder in einem Roman. Aber zumindest ein freundlicher Tag könnte es werden, für den einen oder anderen, statistisch gesehen.

Kleine bayrische Wörterkunde

abdrahder Hund: durchtriebene, listige Gestalt (wichtigstes Kriterium: Nie erwischen lassen, sonst wandelt sich das Adjektiv zu »brunzdumm«)
abfieseln: abnagen bzw. mit den Fingern ablösen (hier: jemanden fertigmachen)
aufblahd: drall, mopsig, arrogant, eingebildet
aufmandeln: sich wichtig machen/nehmen, prahlen
Assenbettler: Variante beim Schnapsen (Kartenspiel), um ohne Stich zu gewinnen
Bachratz: Bachratte, ungepflegter Zeitgenosse
Bapn: Goschen, Mund, Maul
Batzlaugen: Glubschaugen
Boandlkramer: personifizierter Tod (hantiert meist mit Sense, wie sein Vetter Samhain)
Bratzen: Hände
Brennsuppen: gebrannte Mehlsuppe, frühere Arme-Leute-Speise. Nicht auf ihr daherzuschwimmen, ließ Hirnschmalz vermuten. (Dass Reichtum schlau machen tät, ist im Zeitalter der »social skills« aber nur eine Mär.)
Breznsalzer: zu (fast) nix zu gebrauchen, Nussbaumkitzler
Buidl: Bild
Bummerl: wird dem Verlierer beim Schnapsen angehängt
damisch: narrisch, dämlich, verrückt
derblecken: verspotten, verhöhnen
Diridari: Zahlungsmittel (Muscheln, Perlen, Gold, Kamele, Euro …)
dorad: schwerhörig, taub
Dotschen: Steckrüben (Kreuzblütengewächse) oder auch plumpe, unbeholfene Menschen
Dult: ursprünglich Kirchenfest, heutzutage Jahrmarkt (zum Beispiel halbjährig im Münchner Stadtteil Au)

Fangermandl: Fang mich doch! Du bist's!
Fisimatenten: Ärger, Umtriebe oder Ausflüchte (aus dem frz. »visitez ma tente«, beliebte Anmache napoleonischer Besatzungssoldaten)
fuchtig: wütend, sauer
gach: heftig, unbeherrscht, steil
gamsig: brünstig, rollig, läufig (der Mensch ist halt gern ein Viech)
Gfrett: Ärger, Verdruss, Unannehmlichkeit
Gfries: Grimasse, Gesicht
Gleufi: grober Klotz
gmahde Wiesn: leichtes Spiel, einfache Aufgabe
Grattler: Nichtsnutz, Habenichts
Grischberl: schmächtige Gestalt
Gschaftlhuber: Wichtigtuer (kennt ein jeder mindestens zwei)
Gscheithaferl: Besserwisser, Dampfplauderer (kennt ein jeder)
Gschwerl: Pack, Gesindel, möglicherweise hergeleitet vom altdeutschen Geschwey oder Schwäher (Schwiegerleut)
Gspusi: Schatz, Geliebte/r, Lebensabschnittsgefährte/in
Hinterfotz: zwickt dem besten Spezl den Geldbeutel
Haderlump: behält jeden gefundenen Geldbeutel
Haftlmacher: »Aufpassen wie ein H…«. Das Herstellen von Hafteln/Ösen (statt Knöpfen) für das Gewand (z.B. Mieder) erforderte dazumal äußerst präzises Arbeiten vom Fachmann.
Hundsgfickte: Schellen-Ass im deutschen Kartenblatt (so schaut's aus, kein Blümchensex!)
jemandem das Kraut ausschütten: sich unbeliebt machen. Einstmals war das Sauerkrautfass unentbehrlich. (Heutzutage wär es eine Alternative, trotz Schnellfraß Skorbut zu vermeiden.)
jemanden schnupfen: jemanden besiegen, überwältigen
Jochgeier: Gypaetus barbatus, Bartgeier, span. Quebrantahuesos (der die Knochen bricht)
kreuzfidel: äußerst fröhlich, munter

luren: lauern, genau aufpassen, beobachten (Spezialisten: Uhu, Fuchs, BND)
Mandl: Männchen, Figur
mit der Sau spielen: Schafkopf-Redewendung, rudimentär: Der Mitspieler wird anhand einer bestimmten Sau (Ass) gefunden.
Moriskentänzer: mittelalterliche Tänzer mit akrobatischen Fähigkeiten, den Moriskentanz charakterisieren Körperverdrehungen und Sprungeinlagen (maurischer Ursprung)
Pritschn: äußerst frauenfeindlicher Ausdruck!
Radi: Rettich (Kreuzblütengewächs)
Ratschkathl: tratschsüchtiges Wesen
sakrisch: besonders, außerordentlich
Schafkopf: Kartenspiel, bayrisches Kulturgut (und es heißt nicht Schafskopf!)
Schicksn: Flitscherl, siehe auch Trutschn
Schnürlhanswurscht: Hampelmann
Seier: Rausch
Speis: Vorratskammer
stad: still, ruhig
tandeln: herumspielen, trödeln (der Tandler ist der Händler, oder Trödler)
tramhappert: verträumt, durcheinander, verschlafen
trenzen: winseln, weinen
Trutschn: frauenfeindlicher Ausdruck!
vogelwuid: wild, stürmisch, extravagant
Wenz: Unter im deutschen Kartenblatt
wief: schnell von Begriff, schlau
Wimmerl: diverse Hautunreinheiten
Zamperl: kleiner Hund (einraumkompatibel)
Zuchtl: sehr frauenfeindlicher Ausdruck!
Zupf di!: Schleich di! Verschwinde!
zwider: grantig, ärgerlich

Nachbemerkung

Personen und Handlung dieser Geschichte sind blühender Phantasie entsprungen. Ähnlichkeiten mit lebenden oder verstorbenen Menschen sind demnach purer Zufall und keine Absicht.

Ferdinand von Schirach

Verbrechen

Stories. 208 Seiten.
Piper Taschenbuch

»Ein erfolgreicher Berliner Strafverteidiger erweist sich als bestürzend scharfsichtiger Erzähler, der in schlaglichtartigen Geschichten zeigt, wie sich die Parallelwelt des Verbrechens in der bürgerlichen Welt einnistet.«
Literarische Welt

»Schirach schreibt so souverän, klar und einfach, als hätte er nie etwas anderes gemacht. Er ist ein großartiger Erzähler, weil er sich auf die Menschen verlässt, auf deren Schicksale … Geschriebenes Kino im Kurzformat«
Der Spiegel

»Im atemberaubenden Erzähldebüt ›Verbrechen‹ des Rechtsanwalts Ferdinand von Schirach geht es um die Wahrheit – nichts als die Wahrheit.«
Frankfurter Allgemeine Zeitung

05/2574/01/L

Michael Kibler

Rosengrab

Kriminalroman. 384 Seiten.
Piper Taschenbuch

Bei einer Autobahnraststätte wird eine junge Frau quer über die Fahrbahn in den Tod getrieben. Für Kommissar Steffen Horndeich und seine Kollegin Margot Hesgart steht schnell fest, dass hier kein Selbstmord vorliegt. Aber wer steckt dahinter? Immer tiefer dringen die Ermittler in ein Netz aus Lügen und Verrat vor. Bis sie schließlich einen rätselhaften Fund auf der Darmstädter Rosenhöhe machen, wo eine unglaubliche Wahrheit unter der Erde ruht …

»Ein hochdramatisches, raffiniertes Verbrechen.«
Heilbronner Stimme

»›Rosengrab‹ bietet spannende Unterhaltung, ist sehr gut recherchiert und erzählt von Charakteren, denen man gerne noch in weiteren Fortsetzungen begegnen möchte.«
www.focus.de

05/2581/01/R

Martina Kempff

Pendelverkehr

Ein Eifel-Krimi. 288 Seiten.
Piper Taschenbuch

Katja Klein kann nichts mehr erschüttern. Verrat, Lug, Betrug, ja selbst Morde hat sie hautnah erlebt und nur mit knapper Not überlebt. Aber jetzt ist in ihr Leben endlich Ruhe eingekehrt. Im Grenzort Kehr in der so genannten Schnee-Eifel will sie in Kürze ihr eigenes Restaurant eröffnen. Nur sind Träume bekanntlich Schäume, denn natürlich dauert es nicht lange, bis die leicht übergewichtige Genießerin die nächsten Todesfälle in ihrem Umfeld nicht nur zu beklagen, sondern auch aufzuklären hat.

»Eine schaurig schöne und gleichermaßen fröhliche Kriminalgeschichte.«
Aachener Zeitung
über »Tödliche Einkehr«

»Martina Kempffs Mischung aus Dramatik, Witz und Authentizität überzeugt.«
Saarbrücker Zeitung

05/2570/01/L

Bent Ohle

Totenflut

Thriller. 240 Seiten.
Piper Taschenbuch

Das junge Mädchen wird das Ende dieser Nacht nicht mehr erleben. Ebensowenig wie die anderen Mädchen vor ihr. Er hat ihr Grab schon vorbereitet und feinsäuberlich mit einer Nummer versehen. Obwohl schon so viele Mädchen sterben mussten, ist sein Werk noch lange nicht vollbracht. Doch dann entdecken Jagdhunde eines der Gräber. Aus ganz Deutschland treffen Experten ein, unter anderem die junge ehrgeizige Elin. Sie macht sich auf die Suche nach dem Serienmörder. Dieser hat schon sein nächstes Opfer im Visier: Elin.

05/2589/01/R